# HACK ME LOVE

## Biographie

Avec un regard lucide et émerveillé sur le monde et les gens, **Luce Emerson** nous livre des histoires pleines d'émotions, de frissons et de révélations ! Ses personnages sont poussés dans leurs retranchements jusqu'à ce que l'amour les consume et balaie toutes les objections.

LUCE EMERSON

# HACK ME LOVE

addictives

# PROLOGUE

**Clive**

**Situation 1.0**

Elle s'approche de moi, se dandine un peu.

Ses courbes sont juste… Merde, même sur un écran, ça me fait bander.

Kayla lâche exprès son classeur devant moi.

Les feuilles s'éparpillent.

Les propositions de l'application défilent devant mes yeux.

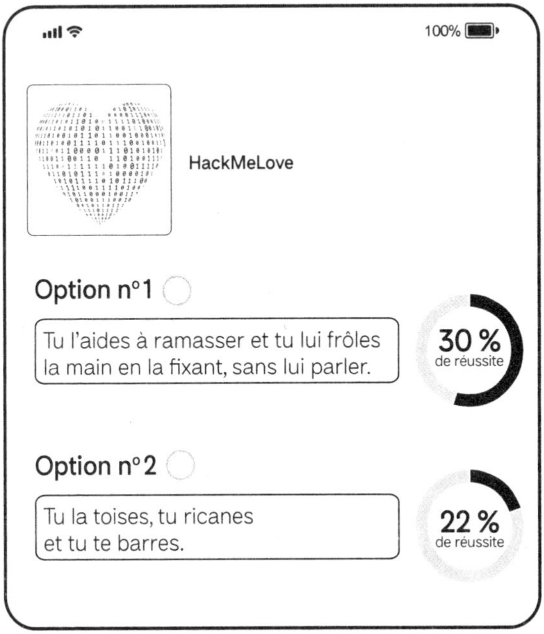

**Option n° 3**

Tu ramasses et tu fais mine de t'intéresser à elle en lui posant des questions.

15 % de réussite

**Option n° 4**

Tu marches sur ses feuilles et l'insultes.

33% de réussite

**Témoins possibles :** Trevor12, Cal_the_dick, Sepultura666

*Ouais, moi aussi j'ai été surpris la première fois. Comme quoi, ça ne fonctionne pas tant que ça de s'intéresser à la personne.*

J'hésite, mais l'idée n'est pas non plus de la connaître. Je me fiche pas mal de ce qu'elle dit ou pense. Moi, ce qui m'intéresse, c'est son corps. Il y a une soirée demain, je compte bien la faire venir. J'ai vingt-quatre heures pour l'intriguer jusqu'à ce qu'elle me supplie de la baiser.

Je clique.

**Option n° 1** ✓

Je suis un connard délicat, j'ai mes principes. Je suis sûr qu'elle fantasmera plus sur le mec mystérieux au regard troublant que sur un « dégage de mon chemin ! ». Ce n'est pas ce que disent les statistiques, mais j'aime le risque.

*Allez, Kayla, dans vingt-quatre heures, tu seras à moi.*

# 1

## Clive

Je relève le menton face au miroir et me concentre avant de répéter mon petit discours. Je ne sais pas si j'aurai besoin un jour de balancer ces mots de commercial véreux devant quelqu'un, mais si cela arrive, je serai prêt !

Entendons-nous.

« HackMeLove, c'est le rêve des étudiants qui devient réalité.

HackMeLove, c'est le futur.

Là où l'on tente de créer des robots qui ressemblent à des humains et se comportent comme eux, je choisis plutôt d'exploiter l'idée que les humains sont aussi prévisibles que des robots. Il est temps d'en terminer avec la mièvrerie des sentiments et le libre arbitre.

Ouais, je sais ce que tu vas me dire, il y a toujours un rapport minoritaire, un impondérable. Le grain de sable qui enraye l'engrenage et fait capoter le système. C'est vrai. Mais l'avenir appartient à ceux qui mettent toutes les chances de leur côté. Cette chance, pour nous les mecs, c'est HackMeLove.

Il est temps de manipuler les sentiments et le libre arbitre. Les politiques en abusent depuis des siècles, pourquoi pas des étudiants américains du campus de Massachusetts Uni, Boston ?

*On est d'accord.* Mais attention, pas n'importe comment. Un double virtuel sur l'appli, c'est du taf.

Je hacke les fichiers de l'administration pour avoir le maximum d'informations sensibles. Si tu as une maladie, je le sais. Si tu es orpheline, je le sais. Tes préférences alimentaires ? Je les connais. Je hacke aussi les chats des sites de rencontre, ils fournissent une bonne base de profils types. Car ouais, je postule que nous correspondons tous à un profil type. HackMeLove ne fait que le prouver. Une photo cochonne supprimée depuis des mois ? Je la retrouve. Tes comptes Discord, Spotify, Insta, TikTok, etc. Tout y passe.

La vie est pleine de trucs moches, je ne veux garder que le meilleur. Et le meilleur, clairement, c'est le sexe. Alors ça se prépare, ça s'anticipe. Pas d'impro. Il faut accepter de rentrer dans un profil pour "rentrer" dans un "profil", si tu vois ce que je veux dire…

Si t'as une vue sur Madame Littérature, tu actives le mode réplique. Les utilisateurs connectés peuvent suggérer en temps réel les rimes qui feront chavirer les cœurs. Pas besoin d'être Walt Whitman, il suffit d'un mot bien placé qui fait mouche. C'est fou le nombre de mecs poètes, quand on prend le temps de chercher. *Ouais, même Cal_the_dick sait faire des rimes !*

Tu veux offrir à ta cible le *perfect date* ? Aucun souci. Que ta cible soit plutôt virée adrénaline, dîner romantique ou écran noir, il existe toujours un moyen de la séduire. Fais une simulation, enregistre tes scénarios et HackMeLove fera le reste. Car ouais, les sentiments se hackent aussi.

Il faut juste suivre le processus, ne pas griller d'étapes. Les cibles ne prennent pas toutes le même temps, mais elles finissent toutes par dire oui. Fais confiance aux statistiques. Tout ce que t'imagines, quelqu'un l'a déjà tenté. L'individu lambda n'est pas aussi créatif qu'on le dit, ni aussi libre. Merci à la lobotomisation *made in* réseaux sociaux. Une opportunité de ouf pour les mecs du vingt et unième siècle.

Un Tinder ou YouPorn amélioré ? Mec, la comparaison ne tient pas. HackMeLove garantit le résultat avec n'importe quelle cible. Elle ne le sait pas encore mais elle te veut, elle a juste besoin d'un coup de pouce, pas d'un pseudo-match par écran interposé. Laisse HackMeLove s'en charger pour toi. Et devine quoi ? Bingo, c'est ta volonté qui fléchit la sienne. Et c'est réel.

Par contre, si tu veux une histoire d'amour, passe ton chemin. L'amour est un autre processus, ce n'est pas bon pour le business.

Hey, faut pas déconner, l'appli n'est pas gratuite. Mais tu sais quoi? Aucune résiliation d'abonnement depuis le lancement. J'ai des arguments. »

***

**Septembre**

**Deuxième année d'université et bientôt un an depuis le lancement d'HackMeLove**

J'ignore comment j'ai validé la première année, sûrement de la même façon que j'ai obtenu ma bourse d'études, c'est-à-dire par un coup de chance du destin, certainement pas grâce aux efforts fournis. La vie m'aura au moins donné des facilités intellectuelles qui me permettent de passer des examens sans trop de mal, et donc du temps pour perfectionner mon appli du tonnerre. J'exagère à peine, sans ma mère qui a lourdement insisté pour que je fasse quelque chose de mon existence, je ne serais pas là. Elle m'a mis le coup de pied aux fesses nécessaire pour que mon dossier illumine les yeux du doyen et de son comité, mes résultats au lycée étaient brillants, tant mieux pour moi. Ou tant pis, je n'ai pas encore décidé. J'attends de vendre l'appli et de me faire suffisamment de fric pour y voir plus clair.

Après plus d'une heure de trajet depuis la banlieue nord où je crèche, j'arpente enfin le campus immense pour un cours de maths auquel je ne me présenterai même pas. Je veux juste apercevoir la tête des étudiantes et repérer de potentielles nouvelles cibles pour étoffer mon appli. Plus j'ai de profils, mieux c'est. J'ai besoin d'un maximum de données pour être sûr du bon fonctionnement de mon innovation. D'où le choix d'un concept qui aide à coucher : là, je sais que j'intéresse du monde. De quoi tester mon code, le peaufiner et espérer le vendre aux pointures du dark Web qui en feront ce qu'elles voudront. J'en profite bien aussi, je ne vais pas mentir. D'ailleurs, j'ai prévu de « surprendre » ma cible Kayla avec ce café qui me brûle les mains et un ticket de ciné pour un film d'auteur ce soir. Rien de bien extraordinaire en soi, cela fait partie des trouvailles qu'HackMeLove déniche dans les méandres du Net. Kayla, cette jolie brune pulpeuse qui se tape toute l'équipe de foot bodybuildée au possible, est aussi secrètement passionnée de cinéma d'auteur et de cinéma muet. Une aubaine pour moi. Normalement, nous échangerons pendant ou après la séance un baiser langoureux qui m'ouvrira les portes du final ce soir chez Matt. Sa fraternité organise une soirée juste après et, incroyable mais vrai, Kayla est une fêtarde abonnée à tous les plans du campus. Je devrais pouvoir partager un bon moment avec elle d'ici tout au plus huit heures, soit au total un peu moins de vingt-quatre heures pour parvenir à mes fins. J'espère qu'elle les vaudra.

Il est bientôt quatorze heures, le temps est clair, la vue sur la Charles River et la baie est toujours aussi exceptionnelle. Ma petite sœur Mary m'envie de pouvoir me poser à loisir dans l'herbe face à un paysage aussi grandiose. C'est son truc à elle, l'océan, la navigation et l'aventure. J'ai dû lui lire trop de fois *L'Île au trésor* ou *Vingt Mille Lieues sous les mers*.

Je consulte les statistiques tout en passant devant l'accueil, et me dirige vers le bâtiment massif qui abrite le département des sciences masqué par la façade arrondie du bureau des étudiants. Deux nouveaux utilisateurs depuis ce matin, les scénarios en cours sont en voie de finalisation, tout semble en ordre. Je m'arrête sur mon profil pour confirmer les lignes directrices de mon petit numéro auprès de Kayla. L'appli a relevé une corrélation entre des chatouilles au niveau des hanches et une sensibilité sexuelle accrue, donc je choisis de l'aborder de cette manière. Merci à tous les ex-mecs de Kayla qui déblatèrent sur leurs comptes après l'acte, un retour d'expérience dont je vais bénéficier ! Un attroupement d'étudiants a pris racine devant le bâtiment, j'aperçois sans mal Kayla au milieu d'un groupe de filles de sa promotion. Elle est toujours très à son avantage et je ne peux m'empêcher de reluquer ses fesses moulées dans son jean ainsi que le *crop top* qu'elle porte qui dégage opportunément sa taille. Je m'approche discrètement et à un pas d'elle, je glisse la main sur sa peau et finis par la taquiner par une chatouille. Elle sursaute et pousse un petit glapissement parfaitement odieux, mais je m'y attendais.

– Clive ! glousse-t-elle en me prenant dans ses bras.

Je lui offre le café – deuxième cri suraigu – et comme je ne compte pas m'éterniser avec elle, je dépose un léger baiser sur sa main, dans laquelle je place le ticket de cinéma avec un clin d'œil. Sans un mot, je m'éloigne vers les quelques têtes connues rencontrées en première année et zieute à distance la réaction de Kayla. Si j'en crois les hurlements poussés par ses copines et la danse de la victoire qu'elle entame, j'ai de quoi être confiant. Je souris, HackMeLove ou le sexe gagnant-gagnant.

Je dois assister aux séminaires obligatoires du tronc commun, donc je reste sur le campus pour la littérature, la liberté n'est pas totale non plus malheureusement. J'ai l'impression de perdre mon temps, je déteste ça, je préférerais avancer au plus vite sur l'application ou avoir des cours qui m'aideraient à me perfectionner davantage, mais, même en deuxième année avec une *major* informatique, je n'ai pas appris grand-chose pour l'instant. Dans mon domaine en tout cas. Légèrement avachi sur ma chaise, je suis en train de somnoler confortablement en écoutant un de mes camarades exposer son ressenti sur le Kerouac au programme. Comme je n'ai pas lu l'œuvre et que je me fiche un peu de la Beat Generation qu'il met en scène, j'en profite pour imaginer mes prochaines améliorations. Je gribouille du code sur un coin de feuille quand je sens mon portable vibrer dans mon jean. C'est Kayla.

Trop bonne idée, Clive, j'ai vraiment hâte ! À ce soir, 18 heures, bâtiment A, chambre 212. xoxo

Je remets mon téléphone dans ma poche et souris. Elle a hâte. Un sentiment de fierté s'empare de moi : je ne suis peut-être pas Zuckerberg, mais j'ai mes petits talents, moi aussi. Et j'espère pouvoir faire un business aussi florissant.

***

– Salut, Clive ! s'écrie Kayla en m'ouvrant sa porte en grand.

J'entre dans la chambre qu'elle partage visiblement avec une colocataire, pour l'instant absente. Deux lits simples se font face contre chacun des murs et il y a les traditionnels bureaux et placards bas de gamme, tout en double, en plus d'une douche. Les W.-C. sont dans le couloir de l'étage, un vrai luxe. Le mur de Kayla est criblé de photos, selfies et posters de groupes en vogue tandis que l'autre côté est absolument vide. Je remarque juste une collection de livres entassés sur l'étagère, et une réserve de café soluble. Kayla termine de se préparer dans la salle d'eau et je m'assois sur son lit. La couette rouge vif m'arrache un sourire, rien n'est discret chez cette fille. Je devrais lui paraître bien terne, habillé toujours de noir et de gris, mais HackMeLove fait de mes défauts des charmes irrésistibles auxquels elle a envie de succomber.

La porte s'ouvre brusquement. Je me redresse et vois une blonde débouler à pleine vitesse. Elle m'adresse un bref salut tout en balançant son sac sur son lit. Pressée, elle fouille dans ses affaires, attrape deux ou trois livres et un classeur qu'elle jette sur son bureau avant de se diriger vers le minifrigo. Le téléphone en main, je capture un rapide portrait d'elle car je ne suis pas aveugle, cette fille est plus que bien roulée et mon travail à moi est de choisir des filles pour l'appli. Quand elle porte la bouteille d'eau à la bouche, j'ai un temps d'arrêt. Ses gestes sont gracieux malgré elle et son mouvement a révélé des courbes féminines comme j'aime. Elle repart aussi vite qu'elle est arrivée, sans avoir prononcé un mot. La porte à peine refermée sur sa coloc, Kayla est enfin prête. Je suis persuadé que cette blonde pourrait intéresser quelques utilisateurs, alors je demande, sur un ton un peu indifférent pour ne pas vexer mon plan du jour :

– Tu la connais, cette fille ?

– Hailey ? Elle vient d'arriver, mais elle est trop bizarre. Je ne sais pas où elle passe son temps, elle n'est jamais là. Je l'aperçois parfois en soirée, visiblement dans son monde. Bref, on n'a pas accroché. Je ne sais même pas quel cursus elle suit !

– C'est une première année ?

– Deuxième, je crois. Sûrement en licence de littérature, si j'en crois la tonne de bouquins qu'elle trimballe avec elle. J'ai envie de lui dire : « Hé oh, ça existe les livres numériques, et ça évite de gaspiller le papier », mais c'est le genre déconnecté… Elle n'a même pas TikTok !

– Tu as raison, c'est définitivement une originale !

Je la prends par le bras et nous quittons sa chambre pour le cinéma. D'une, j'évite de contredire mon *date* sauf si elle est adepte des débats, et de deux, Kayla évolue dans un univers quasiment exclusivement virtuel, impossible de prendre une photo non instagrammable avec elle, alors…

Je poste la photo d'Hailey sur l'appli et j'attends tranquillement le retour des utilisateurs.

***

Les votes sont satisfaisants : 67 % des utilisateurs sont intéressés par Hailey. Pour l'instant. Le pourcentage ne cesse d'augmenter, un signe encourageant. La lectrice acharnée a du potentiel rien que sur un portrait à moitié flou. Et si elle plaît, elle me plaît par extension : plus d'abonnés, plus de fric. La diversité des cibles est un requis indispensable, la promesse à tenir sans équivoque : du sexe facile, accessible à tous. Bien conscient de l'écueil sécuritaire possible pour les nanas, je surveille quand même le pedigree des types qui s'en servent, mais je n'ai pas le choix et j'espère vendre suffisamment vite pour limiter les risques. Besoin urgent de blé.

Après une soirée que je qualifierais de concluante avec Kayla, je suis enfin de retour chez moi, de bonne humeur. Si je n'étais pas moi, je m'envierais presque. Je prends une douche, j'ai encore le parfum capiteux de Kayla sur le corps et les cheveux, mais qu'est-ce que ça fait du bien ! Je me sens ragaillardi, frais et dispo pour m'atteler à ma prochaine tâche : créer un *bot* et établir le profil d'une nouvelle cible nommée Hailey.

Ma photo est un peu vague, je vais en chercher une ailleurs. Je me connecte et me lance dans l'exploration de sa vie. Je commence par l'administration de l'université, j'hallucine toujours autant de la facilité avec laquelle on peut accéder aux informations personnelles des étudiants. Ils devraient s'en rendre compte, à force, mais même pas. À croire que leur département d'informatique est incompétent ou pire, à croire qu'ils s'en fichent éperdument. On a beau ne pas être au MIT, ils pourraient mieux verrouiller les dossiers sensibles. Mais je dois rapidement me rendre à l'évidence, je n'obtiendrai aucune information utile par ce biais-là.

Je passe ma nuit à éplucher les différents sites afin de retrouver sa trace sur le Net depuis la maternelle, sans rien obtenir. Intrigué, je contemple mon écran les yeux fatigués. Voilà qui est assez singulier. Qu'une fille de notre âge ne soit pas adepte des réseaux sociaux, je comprends, toutefois elle pourrait avoir au moins ouvert un compte dans la bibliothèque de son enfance ou ce genre de choses. Là, rien. Pas un indice. Elle met mes compétences de hackeur à rude épreuve, j'aime ça. Toujours utile de se mesurer à une difficulté avant de vendre, je n'en serai que plus prêt.

Je bâille et m'étire. Tant pis pour aujourd'hui. Par contre, je vais devoir prendre des photos en direct si je veux avoir la matière nécessaire pour créer son double virtuel. J'écume par acquit de conscience toutes les photos de soirée échangées par les autres étudiants sur le Web, on l'aperçoit bien sur un ou deux clichés, hélas jamais de face. Maudite Hailey ! Elle fait de la résistance, mais j'aurai le dernier mot.

J'occupe les jours qui suivent à l'observer à distance. Elle suit les cours du tronc commun et des cours scientifiques, parle aux gens, mange à la cafétéria. J'ai pu prendre quelques photos supplémentaires, je pense avoir le nécessaire pour construire le *bot* dès ce soir. Kayla me demande de venir la voir, j'hésite, je n'ai rien contre un deuxième round, mais malgré moi, sa petite colocataire concentre tout mon intérêt depuis quelques heures. Je vise la satisfaction rapide des utilisateurs, et je n'aime pas laisser traîner. Je travaille depuis plusieurs heures sur son visage, c'est fou comme ses yeux sont obsédants. Ils semblent me mettre au défi et j'adore ça. Je ne peux pas être très précis à ce stade, je peaufinerai les détails quand les utilisateurs auront commencé à la séduire.

La nuit est déjà bien avancée quand son *bot* est enfin prêt. J'ai cherché en parallèle à déterrer un peu de son histoire ou de ses goûts et pour l'instant, j'ai lamentablement échoué. Je regarde cette blonde mystérieuse qui sourit sur mon écran, hors de question que ce type de profil échappe à la puissance de mon algorithme. Un challenge qui me permet de tester au maximum les capacités de l'appli, c'est du pain bénit. J'appuie sur « Enter » : bienvenue dans HackMeLove, bébé.

Je l'attends dans le hall de l'université, elle s'y rend tous les matins et se pose avec un livre en attendant le premier cours. J'ai les yeux fixés sur elle : mon énigme préférée vient sans le savoir de commencer une nouvelle partie. Je louche sur mon téléphone. Incroyable. Elle est déjà la cible de dix-sept mecs depuis que j'ai « uploadé » son *bot*. Moi y compris. Et là, je ne sais pas pourquoi, je n'ai pas envie de partager.

Cette fille éclipse toutes les Kayla de la planète. Elle vient d'entrer et putain, elle a un truc. Magnétique. De longs cheveux blonds soyeux, des yeux bleu-gris mystérieux, une silhouette féminine et putain, un cul ! Elle n'en fait pas des caisses pourtant, elle est le genre jean et sweat à capuche. Soit elle n'aime pas son corps – et là, elle serait conne, sérieux – soit elle ne veut pas qu'on la regarde.

**1.** Bof, je n'aime pas les connes.

**2.** Ça m'intrigue car quelles sont ses raisons ?

**2.1.** Elle n'est pas intéressée par les mecs, le cul, tout ça. *What ?!! Je serais dégoûté !*

**2.2.** Elle a quelque chose à cacher.

**2.3.** Elle veut qu'on s'intéresse à elle, vraiment.

*(Sans dec, ça fait longtemps que je ne suis plus dupe de ce genre de raisons.)*

Je suis joueur, je vote pour le 2.2.

Je vous rassure, ma vie n'est pas qu'une longue série de questions à choix multiples. C'est juste une déformation professionnelle. Pour aborder Hailey, j'ai déjà plusieurs situations analysées sur HackMeLove, mais je préfère le mode « temps réel », plus fun. On a l'adrénaline qui monte plus vite, plus fort. La communauté réagit immédiatement, les stats évoluent, et si dans le lot il y a des connards comme moi, on peut même voter pour les options qui foirent. On est solidaires entre mecs, mais il y a des limites.

*Hailey.* Cette année, ce sera elle ma limite.

Elle est du genre réservé mais pas mutique non plus, je l'ai vue discuter avec déjà pas mal de monde. Pour ma part, j'ai pris soin de ne pas m'approcher d'elle et ai laissé les utilisateurs d'HackMeLove se charger d'obtenir des informations. Les commentaires sont positifs : repartie, expressive, tactile, joggeuse, lectrice, végétarienne, film d'action, écolo, etc. Mais c'est pas ça qui la rend bandante à mes yeux. Non ? Alors qu'est-ce qui pourrait pousser un geek comme moi à vouloir une fille comme elle, me direz-vous ? La réponse est simple. Après toutes les recherches que j'ai faites, je n'en reviens toujours pas : aucune empreinte numérique. Cette fille est vierge. Et croyez-moi, c'est du jamais-vu.

Je passe la main dans mes boucles brunes pour les ébouriffer un peu (71 %, les boucles, les mecs), puis je dégage légèrement le col de ma veste pour qu'elle puisse entrevoir mes tatouages (résultat garanti à 69 %, car faut pas être dégueu à voir non plus). Je garde en réserve mon sourire en coin, toujours ravageur (bien que je ne sois pas prétentieux, on est sur 100 % de réussite, stat perso bien sûr).

*Cette description vous fait rêver ? Si seulement c'était réel…*

Je connecte mes lunettes à mon smartphone et je me laisse guider.

# 2

## Clive

Si j'avais des putains de boucles brunes, des yeux mirobolants, des tatouages de bad boy et un corps sculpté comme celui d'un dieu, HackMeLove serait superflu. L'idée ne me serait peut-être même pas venue.

Franchement, entre nous, les filles craquent toutes pour ces types. *C'est d'un cliché...*

Hé, je n'ai pas dit que j'étais dégueu non plus.

Je suis un peu trop grand, un peu trop fin, un peu trop blanc. Bien bruns en revanche, mes cheveux poussent droit sur ma tête et on ne peut rien y faire. *Et ce n'est pas comme si j'essayais.* Mes yeux verts sont un atout, d'un vert très pâle, presque vert d'eau. Mais ils me rendent trop spécial, alors je mets des lentilles bleues, le bleu marche bien. Et mes lunettes, toujours. Des verres connectés qui m'informent en direct des options possibles calculées par HackMeLove. Ma bite est un bon atout aussi, mais c'est pas écrit sur ma face.

Je veux passer inaperçu et pour tester mon appli, il faut se fondre dans la masse. Sinon, comment s'assurer qu'elle fonctionne ? Je l'ai dit, certains mecs n'ont pas à lever le petit doigt pour coucher et mon but est de permettre au boutonneux le plus mal foutu d'atteindre sa cible, quelle qu'elle soit. J'offre la possibilité du sexe à tous les mecs et en échange, je gagne du fric. Je ne vais pas mentir, le campus, ce n'est qu'un test grandeur nature. J'ai d'autres ambitions. Des investisseurs pas trop regardants sont déjà prêts à lâcher des millions pour mon petit bijou. Hors de question de foirer ce coup-là.

Non, la seule fantaisie que je me permets, ce sont mes tee-shirts. Toujours gris, toujours unis, mais j'écris sur la manche une phrase qui fait le tour de mon biceps. Selon mon humeur du jour. Personne ne le remarque jamais, c'est ma façon d'être moi tout en restant incognito. Elles partent au lavage, comme toutes les pensées qui nous traversent l'esprit. Rien de permanent, jamais.

Aujourd'hui, je suis dans un *mood* généreux alors j'ai écrit : « *If you love something, give it away* »[1]. C'est ni plus ni moins le principe d'HackMeLove, d'un certain point de vue.

Quant aux tatouages… Pourquoi pas, en vrai ? Mary est devenue la pro des faux. Rien d'énorme, rien de permanent non plus. Qu'est-ce qui est permanent dans la vie, au fond ? Une fois, elle m'a « tatoué » au feutre les sigles de ma console de Xbox dans le cou, version tremblante, version *Matrix*. J'ai eu des exclamations intriguées, des soupirs ravis, des doigts parcourant langoureusement les signes sur ma peau. L'objectif a été atteint. J'en ris encore.

Chaque bon plan nécessite un bon complice, moi, j'ai la meilleure. Mary est mon rayon de soleil. À 11 ans, elle répand les couleurs autour d'elle avec gentillesse et naturel. Elle se montre toujours joyeuse et pleine d'entrain, on affronte tout ensemble : les bons moments, les mauvais, les questions et les doutes face à cette complexe équation qu'est la vie. Bref, elle et moi, on est liés jusqu'au ciel, comme elle aime dire. Je m'en fais la promesse et j'espère pouvoir la tenir : lorsqu'elle aura un peu grandi, je veillerai à ce qu'elle déjoue les pièges des petits cons comme moi qui jouent du code et risqueraient de la manipuler, même pour acheter un putain d'aspirateur dont elle ne voudrait pas vraiment. Bien que je me dégoûte quand je pense qu'elle pourrait un jour être victime d'une application comme la mienne, je n'ai pas le choix. Après tout, c'est pour elle que je planche dessus depuis plus d'un an.

Revenons à Hailey.

1. « Si tu aimes quelque chose, fais-en cadeau. »

J'ai réfléchi à son cas. Si je la baise direct, est-ce que j'aurai les réponses à mes questions ? *Non, bien sûr que non.* Double objectif donc : la baiser *et* trouver ce qu'elle cache.

Il faut la jouer fine. HackMeLove est paramétré pour obtenir du sexe, pas des secrets. Mais on arrive souvent au sexe par une prise de pouvoir, et le pouvoir passe par l'information. Je ne vous fais pas un dessin.

Comme elle est vierge numériquement, il va falloir que j'implémente son profil au fur et à mesure que des expériences réelles sont menées avec elle. Autrement dit, il faut que je sois patient. Que je laisse MacFly, Trigger, R_the_Hood, SaberLegend, Cal_the_dick (*ouais, encore ce con*), et les onze autres couillons approcher d'abord Hailey pour maximiser mes chances. Ils ne savent pas qu'ils ont la même cible. Seul Admin le sait. C'est-à-dire moi.

*Ouais. L'approcher, c'est tout.*

La cerise sur le gâteau, c'est pour moi.

***

Cal_the_dick, mon concurrent, a choisi le scénario cafèt'. Un classique qui fonctionne plutôt bien en général et j'ai accepté de participer.

Vous vous demandez pourquoi ? Sur HackMeLove, les utilisateurs peuvent en effet prévoir une situation qui nécessite de l'aide, et en conséquence sélectionner un autre utilisateur témoin ou acteur pour faciliter une prise de contact ou déclencher un événement déterminant. Grosso modo, soit on la joue perso, en temps réel ou non, soit on la joue à plusieurs. J'utilise donc mon compte utilisateur pour entrer en scène, en temps réel. Une nouvelle version du « *bro code* » 2.0.

Draguer avec HackMeLove est d'une facilité enfantine, mais il y a quelques basiques. Cal n'a pas de lunettes connectées alors il a activé le mode réplique avec microphone ouvert. Il va donc discrètement loucher sur les notifications qui s'afficheront sur son écran avec les statistiques correspondantes. À l'heure des réseaux sociaux, force est de constater qu'il devient rare d'être avec quelqu'un sans que l'un ou l'autre consulte régulièrement son smartphone. Hailey ne sera donc théoriquement pas trop gênée par quelques coups d'œil sur un écran. Je travaille également sur une version avec oreillette que je testerai moi-même, comme pour les lunettes, car c'est un développement onéreux qui ne vise qu'à mieux vendre l'application.

Enfin, pour l'heure, Cal et moi collaborons, et je suis censé créer les conditions d'un futur échange passionné entre lui et Hailey. Le principe est simple : je vais arriver avec un bon gros burger et m'asseoir à côté d'elle pour faire connaissance. Je serai bientôt rejoint par Cal et je jouerai l'introducteur. Un rôle qui me permet de lui parler, de la provoquer un peu et de l'analyser sans qu'elle me remarque plus que ça car elle sera bientôt subjuguée par ce toquard.

Il y a la queue, un match de foot est prévu cet après-midi et l'université a mis le paquet sur les banderoles et autres décorations aux couleurs rouge et blanche de l'équipe. L'excitation est palpable, les joueurs sont placés au centre à une grande table aménagée pour l'occasion et comme d'habitude, ils gueulent leur slogan la bouche pleine en crachant leurs pâtes à la ronde. Je lorgne leurs plateaux, ils sont presque vides, le moment est parfait pour m'insérer dans la file. Hailey est quelques mètres devant, je double une dizaine de personnes au culot pour éviter qu'elle ne m'échappe, puis d'un geste j'invite Cal à se poster un peu plus loin. Je me connecte.

*Initializing...*
*Data analysis on...*
*Real Time Mode activated...*

***

Elle va s'asseoir seule à une table qui borde la cafèt'. Rien de surprenant, typiquement le genre de spot squatté par les nouveaux en manque d'amis. Il n'y a plus qu'à.

– Salut. Moi, c'est Clive. Tu permets ?

Question rhétorique, car je m'assois sans attendre sa réponse. Elle a un sweat gris qui met en valeur ses yeux, je suis presque envoûté malgré moi. Mon regard descend, elle ne remarque heureusement pas mon attention focalisée sur son buste. Je prends les devants et lui tends la main pour la forcer à réagir. Ça marche.

Elle affiche une expression indifférente, même si un petit sourire narquois effleure ses lèvres. Elle prend ma main et la serre brièvement.

– Hailey.

Elle replonge le nez dans son assiette de légumes au quinoa qui me donnent la gerbe rien qu'à les voir. Je m'empare de mon burger et croque dedans en cherchant ostensiblement à faire dégouliner la sauce de l'autre côté. Sa moue dégoûtée ne m'échappe pas, j'y vois un signe encourageant : elle m'observe donc sans vouloir en avoir l'air. Bonne donnée.

– T'aimes pas la viande ? je lui demande en continuant à mâcher.

Elle relève les yeux sur moi, me fixe une seconde et me lance :

– Je suis végétarienne. Mais c'est pas pour ça que je suis au bord de la nausée, là.

Elle pointe le doigt vers moi. Je hausse un sourcil.

– Clive, tu manges comme un porc et crois-moi, ce n'est pas un compliment !

Je ricane et continue la provocation, même si l'appli m'engage plutôt sur la voie des excuses.

– T'as tort d'être vegg. Les burgers sont une des rares vraies bonnes choses de la vie, s'en priver, c'est un crime contre la vie !

– Pas de vie sans planète, mon grand. J'ai choisi mon camp. Ceci dit…

Elle me gratifie d'un sourire enjôleur et papillonne des cils. *Qu'est-ce qu'elle me fait ?*

– Ceci dit ? je l'encourage.

– Si tu m'autorises à croquer dedans, je te ferai une faveur.

Merde, je ne m'attendais pas à ça. Je manque d'avaler de travers tellement je sens l'excitation me gagner. Si elle est toujours aussi directe, il faudra que je me retienne avant de faire feu.

Je consulte discrètement les options du *chat* du coin de l'œil. Je n'oublie pas que le but n'est pas de la baiser tout de suite.

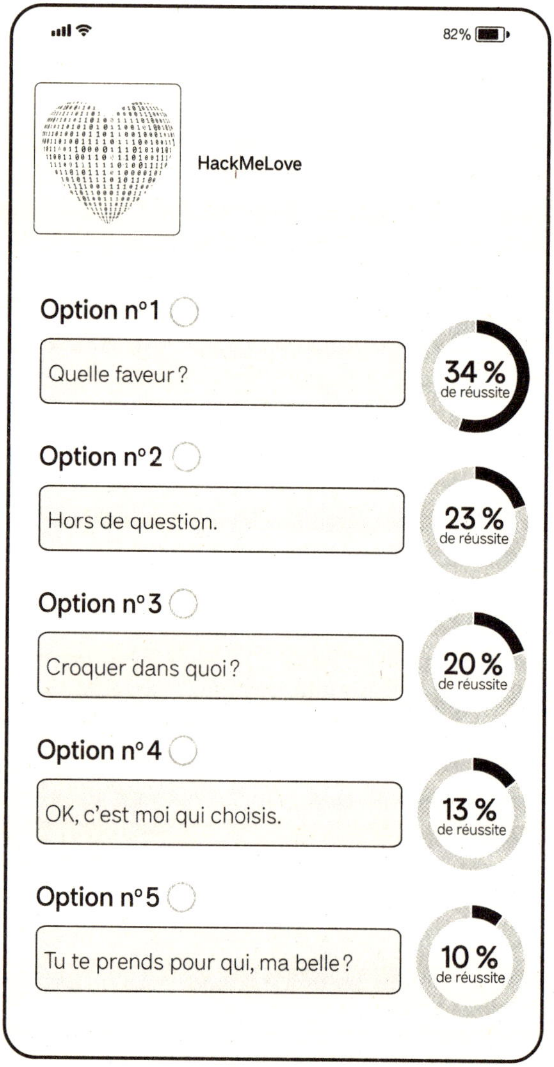

*Vous feriez quoi à ma place ?*

*Ouais, vous êtes dans ce genre de bouquin dont le lecteur est le héros.*

*Euh, en fait non.*

Je choisis :

**Option n° 2**

*Je l'ai dit, les burgers sont une des meilleures choses de la vie.*

– Dans tes rêves, la nouvelle. Tu apprendras que je partage tout sauf mes burgers.

Elle grimace et me sort des yeux de Bambi.

– Je vois. Alors qu'est-ce que tu proposes pour assouvir ma faim, Clive ?

*Bordel. C'est ça, une meuf réservée ?*

Vivement que Cal_the_dick se pointe. Je ne tiendrai pas une minute de plus.

# 3

## Clive

Le repas se poursuit un instant en silence, le brouhaha environnant s'estompe un peu, l'équipe de foot a enfin terminé son numéro. Un raclement de gorge dans mon dos signale une présence. Une seconde plus tard, une voix éraillée nous interrompt.

– Hey ! Salut, Clive. Et… Salut, toi !

*Enfin, putain !* Je checke Cal et l'invite d'un geste à prendre la chaise à côté de moi. Les salutations usuelles ont lieu.

– Hailey.

– Calvin.

Calvin alias Cal_the_dick fait son entrée en scène. C'est un mec de taille moyenne, un roux avec des yeux bleus et des taches de rousseur, taillé en V. Membre de l'équipe de natation, il est plutôt bien gaulé mais son petit côté rouquin et sa maladresse lui jouent souvent des tours. Hailey a à peine levé les yeux sur lui. Je ne sais pas pourquoi, elle semble fascinée par mon burger qui s'effondre un peu plus à chaque bouchée.

– Vous parliez de quoi ? demande Cal en s'installant.

Hailey plonge les yeux dans les miens, je sens qu'elle n'a pas fini de me chercher.

– Bonne question, ça, euh… Cal. De quoi étions-nous en train de parler, Clive ?

Coudes sur la table, elle a posé la tête sur les mains et attend ma réponse avec un sourire canaille. *Tu veux jouer ?* J'adopte la même attitude qu'elle et sans la quitter des yeux, je réponds avec bravade :

– D'écologie. Nous débattions sur l'aspect essentiel des burgers dans la vie.

Il ne faudrait pas répondre « sexe » (78 %) et évincer directement Cal. Puis j'explique à l'intention de Cal :

– Hailey est végétarienne. Mais le genre souple, à ce que j'ai cru comprendre.

J'adresse un sourire carnassier à Miss Quinoa : un double discours me tente bien. Mais Cal gâche tout.

– Écologie, ouais ? C'est important, c'est sûr. Moi aussi, je fais attention : je trie mes déchets, j'achète responsable, tout ça…

*OK. En voilà des nouvelles passionnantes, Cal.* Il ne suit pas les stats, ce con, il va tout faire foirer. Il est temps que je m'éclipse. Mon burger terminé, je me lèche ostensiblement les doigts, le regard appuyé vers Hailey, puis m'essuie sur ma serviette en papier et me lève. Hailey décroche immédiatement de Cal.

– Alors c'est tout ? s'enquiert-elle avec une moue de reproche.

– Comment ça, c'est tout ?

*Ce n'est que le début, ma belle.* Elle hésite une seconde.

– Un burger et hop, basta ? Pas un fruit, un laitage, je ne sais pas, un truc… sain ?

On s'en fout, mais elle essaie de me retenir et j'aime ça.

– *Yep* ! Un burger et le terrible vide de l'existence est comblé ! Pourquoi manger un truc qui ne m'attire pas seulement pour me donner bonne conscience ? Je laisse ça aux écolos, je lance en haussant les épaules.

Une lueur étrange traverse ses iris, cependant je ne dois plus m'attarder. J'attrape mon sac, prends mon plateau d'une main tandis qu'Hailey envoie ses cheveux en arrière d'un geste gracieux. Là, je bloque. Nos yeux s'accrochent. *Merde, il y a beaucoup trop de non-dits, là.* Je bats des paupières et me secoue intérieurement. Il ne faut vraiment pas que je m'éternise, cette nana me rend fou.

– Alors, à plus, Hailey. Si tu veux me trouver, je suis à la bibliothèque.

*Seulement 54 % de réussite, un résultat équilibré. On va voir si la littéraire en elle se laisse tenter.*

– Incroyable !

J'arque un sourcil. *Elle se fout de ma gueule en plus ?*

– Ben ouais. Un intello à lunettes qui va à la bibliothèque après manger, c'est renversant.

– Intello *et* sexy, t'oublies, je rétorque.

*Ça, c'était pas prévu dans le script.*

– Et pourquoi je voudrais t'y retrouver, Clive ? Tu crois que je traîne avec ton… (elle forme un cercle dans l'air avec son index) genre ?

Cal ricane, il tente de se ranger à ses côtés, mais je vois qu'il est largué. Mon petit doigt me dit que cette fille se moque éperdument des « groupes » qu'affectionnent les étudiants en quête d'identité et de reconnaissance. Sans réseaux sociaux, elle est d'ores et déjà classée dans la catégorie des êtres à part.

– Ne me dis pas que tu es contre la poésie aussi ?! m'exclamé-je avant de déclamer ironiquement : « Ton image en tous lieux peuple ma solitude… » *Merci Trevor12 pour la suggestion.*

C'est le moment. Je dégaine mon sourire en coin. Hailey zieute ma bouche, ma fossette, bref, mon attirail de *geek lover*. On fait avec ce qu'on a. Je sens l'excitation revenir beaucoup trop vite. C'est plus fort que moi, j'aime qu'elle se morde les lèvres en me matant. Cependant, elle et moi, on a encore des choses à voir, avant tout ça.

**1.** Barre-toi. (100 %)

**2.** Barre-toi vite. (200 %)

*Qui a dit qu'on avait toujours le choix ?* Et cette fois, ce n'est pas HackMeLove qui le suggère, c'est ma queue.

Je me détourne et commence à partir. Au bout de quelques mètres, je lance un p'tit clin d'œil à Hailey par-dessus mon épaule. Elle se marre. Et moi, comme un con, j'affiche un sourire satisfait jusqu'au couloir.

Merde ! J'ai complètement oublié Cal. Il est déjà foutu, le type.

*Ouais, quand je dis qu'il faut suivre les statistiques…*

*Cal 0-Clive 1.* Sur certaines applis, on dit « *Next !* » je crois.

# 4

## Clive

*On devrait avoir des cours pour ça, putain !*

Pour une fois que je m'intéresse à ce qu'il y a derrière le corps d'une nana, il faut qu'elle soit aussi, voire plus pressée que moi. *En tout cas, elle me tend de ces perches…*

Le problème, c'est que je suis tellement habitué à aller droit au but qu'instinctivement je me dirige vers ce que pointe ma queue. Et là, elle pointe grave vers Hailey.

Sauf que j'ai besoin de comprendre ce que cache Hailey et pourquoi elle n'a aucune existence numérique. Si je vais trop vite, je n'aurai pas mes réponses et maintenant que j'ai eu ce premier contact, je suis encore plus intrigué qu'avant.

Il faut que j'en sache un peu plus sur elle, mais peut-être moins directement. Pas facile de détourner HackMeLove de sa fonction première, bien que je trouve l'idée excitante. L'air de rien, j'ai donné des infos à SaberLegend pour qu'il tente une approche. Lui, c'est *le* mec toujours sur son tél. Il poste toute sa *life* : quand il chie, quand il jouit, quand il dort. C'est le vrai lourd. Alors je me demande comment il pourrait matcher avec une Hailey absente des réseaux sociaux qui ne semble même pas avoir de smartphone. C'est sûr, il va lui demander son numéro et elle va être obligée de répondre. J'ai déjà hâte d'entendre ce qui peut bien justifier son isolement du monde virtuel.

Je ne veux faire flipper personne, mais quand on active un scénario, tout est enregistré. Il ne s'agit pas d'espionnage, plutôt de la gestion de données. Malheureusement, seul le son est conservé puis transcrit. Ce n'est pas pour rien. L'appli récupère toujours une possibilité d'atteindre la cible.

Il y a des cas extrêmes, je veux bien l'admettre.

Exemple. Si votre cible est à fond sur un autre gars, elle aura du mal à vous remarquer. HackMeLove vous propose tout un jeu de séduction, en fonction du lien qui attache la nana à son mec. Vous seriez surpris du nombre de filles qui, par le plus grand des hasards *made by* HackMeLove, changent d'avis sur leur mec et décident de tenter leur chance avec un autre. Même un queutard comme moi.

Après, à l'université, soit on baise à tout va, soit on se jure de s'aimer pour l'éternité. L'éternité s'arrête en général pendant la période estivale, allez savoir pourquoi. Ou encore quand Monsieur Beau-gosse-bad-boy-tout-en-muscles-tatoué-mais-tendre-au-fond jette un regard brûlant sur votre soi-disant « âme sœur ». Là, c'est le carnage assuré.

*Jusqu'à la fin des temps, mon cul. Jusqu'à une meilleure opportunité, oui!* Ouais, HackMeLove n'est pas au summum de la moralité. Encore que... Vivre pour le sexe, en quoi serait-ce immoral, franchement? Et puis, la faute est pour celle qui faute. C'est mon point de vue. Et si votre meilleur ami vous pique votre *date*, ce n'est plus votre meilleur ami.

Rien de permanent, jamais.

Une seule exception, Mary. Pour elle, je pourrais tuer. Avec elle, c'est pour toujours. *Est-ce que ça compte, une p'tite sœur?* Elle me bassine sans arrêt avec mes activités douteuses, comme elle dit. C'est pourtant ma plus fidèle alliée. Une réserve sans fin d'alibis, plus ou moins crédibles, même si ma mère bosse tellement que quand elle est enfin à la maison, elle n'a plus le courage de pousser les investigations. Elle croit que je joue à un jeu vidéo quand je suis sur HackMeLove. Elle voit que je m'amuse, ça lui suffit. Elle ne veut que le bonheur de ses enfants et elle trime pour nous comme une dingue.

Je me connecte et localise SaberLegend. Il projette un scénario « Fin des cours ». On va voir ce qu'il a en tête. Les données entrées sur Hailey ont un peu changé la donne. On sait maintenant qu'elle n'a rien d'une coincée, en tout cas en paroles. Il y a toujours un fossé entre les mots et les actes. Mais ce n'est qu'une question de confiance, et HackMeLove sait comment régler ce type de problème.

SaberLegend est le genre rigoureux, il utilise bien l'appli et bétonne ses processus avant de se lancer. Il n'utilise jamais le temps réel et se fait suffisamment confiance pour ne pas avoir besoin de consulter son téléphone trop souvent. Il gère bien. En plus, c'est un mec sympa, pas un canon, mais le gars cool. Abonné à toutes les soirées, à toutes les virées, le mec qui connaît tout le monde et qui aime tirer son coup. Maintenant, je m'inquiète un peu. Si Hailey est aussi ouverte à la perspective d'une bonne baise, il va falloir que je suive de près leur évolution. Histoire de garder un œil sur elle.

***

Il l'a fait, ce con.

Il a invité Hailey.

La nuit est tombée, je suis dans ma chambre avec pour seul éclairage l'écran de mon PC. La pièce est dans un bordel monstre, mes fringues sont étalées partout, sans parler des canettes de Coca qui jonchent mon bureau ni de ma poubelle qui déborde de tous les emballages de la *fast food* que j'ai ingurgitée ces derniers jours. Ma mère n'est pas encore rentrée de son travail ce soir, alors j'ai dîné avec Mary. Une pizza surgelée. Un régal. *Faut pas trop compter sur moi pour jouer le cuistot.*

Elle est dans le salon en train de mater un dessin animé qu'elle a déjà vu cent fois, je n'arrive pas à comprendre. Je ne supporte pas de revoir un film, selon moi c'est une perte de temps. J'aime uniquement ce bruit de fond familier, ponctué des rires de Mary.

Depuis deux jours, je sèche les cours sans aucun scrupule. Ils ne signifient rien pour moi. Maman va me tuer si elle l'apprend, j'espère être resté discret. En revanche, j'ai bien bossé sur l'appli et j'ai perfectionné le système de mise à jour en temps réel. Cependant, on est encore loin du résultat escompté pour attirer les princes du darknet. Il faut que je recontacte Ulysse afin de l'appâter avec un premier échantillon. Ce mec fait du business dans l'UnderW, le darknet du darknet, la zone 51 des innovations informatiques, c'est lui qui doit me dégoter un acquéreur. Or, il ne traitera pas avec moi si mon code n'est pas parfait.

Les yeux fixés sur le *bot* d'Hailey qui rejoue la scène avec SaberLegend, je me perds dans ma contemplation. Un des privilèges d'Admin. Cette meuf est magnifique, même derrière un écran. Après un soupir, je parcours rapidement les transcriptions écrites de leur conversation, afin d'en apprendre plus.

Comme je le pensais, SaberLegend a parfaitement suivi son scénario. Il a obtenu d'elle une info importante : elle n'a pas de téléphone à cause de son passé et de ses vieux qui balisent. *Mouais… Ça n'explique pas le vide intersidéral.* Mais ils se sont confiés l'un à l'autre simplement, sans se justifier. Putain de connard. Un vrai champion.

*Y en a une qui grogne de mécontentement… Ouais, toujours ma queue.* La soirée est prévue chez Matt. Hailey y sera peut-être. Moi, c'est déjà certain. Et puis, putain, faut que je relâche la tension, là.

*Kayla, jolie Kayla, tu veux qu'on remette ça ?*

# 5

## Clive

– Attends, j'ai bientôt fini… voilà. C'est fait.

Mary se redresse et rebouche son stylo-feutre. Elle vient d'achever la reproduction d'un magnifique atome dont l'un des électrons gravitant autour du noyau a la forme d'un cœur brisé. *De quoi fondre d'empathie pour moi, n'est-ce pas ?* C'est le tatouage que je portais pour finaliser avec Kayla. Je lui ai demandé de refaire le même, par pure précaution. Prudence est mère de sûreté, comme on dit. Les faux tatouages peuvent casser une certaine image ou faire rire, c'est selon. Face à Kayla, je suis prêt à assumer mon délire, mais cette fille est une vraie commère et je préfère garder mes trucs de magicien pour moi.

Je tire un peu la peau et observe le résultat dans le miroir de notre petite salle d'eau.

– Parfait, je déclare avec un sourire. Tu es une artiste, Mary, une vraie !

Mary me fait son air mutin que j'adore et se frotte les mains de satisfaction. Parmi toutes les combines dans lesquelles je l'embarque, le tatouage de *lover* est certainement sa préférée.

– Elle a de la chance, dis donc, celle-là.

– Tu trouves ?

– Ben oui. C'est rare que tu me demandes deux fois le même.

Je ricane. Ma petite sœur sait grosso modo ce que je fais avec toutes mes conquêtes, mais son côté fleur bleue me charme toujours autant. Elle doit s'imaginer le grand amour, là, minimum. Je lui plante un bisou sur la joue puis j'enfile mon tee-shirt du jour sur lequel j'ai inscrit le thème de la soirée : « *I want a lover I don't have to love* [1]. » Dédicace à Kayla. J'en ai trop besoin. L'appli ne sera en revanche pas nécessaire pour une deuxième fois. Je crois qu'on veut tous les deux la même chose et tant mieux. J'ai envie d'être peinard et de profiter tranquille. Rien d'ambitieux.

Je me gare pas trop loin de la maison de Matt et ses potes de fraternité. Il est vingt-deux heures quand je me pointe. On entend le fracas des basses depuis la rue et les hurlements de jeunes en chaleur, trop heureux de faire la fête avec tous les excès que cela comporte. Fidèle à moi-même, en jean noir, tee-shirt gris et baskets blanches, je fais une entrée discrète, me contentant de saluer du poing les uns et les autres. Je scanne rapidement le salon, Hailey n'est pas là. J'espère qu'elle a prévu de venir. J'aperçois Matt, le propriétaire, accoudé au bar de la cuisine avec sa copine Heather. Eux, c'est du sérieux. Ils sortent ensemble depuis au moins trois semaines, une performance honorable. À côté, sur la piste, une dizaine de filles se trémoussent, déjà bien entamées. Leurs tenues plus que suggestives ne laissent pas planer de doutes sur leurs intentions et je reconnais Kayla en meneuse de *twerk. Excitant, mais... enfin si, excitant.*

Bien que je soupire d'anticipation à l'idée de planter mon drapeau dans cette jolie brune, je décide de démarrer plus classiquement par la traditionnelle bière. Sans être un grand buveur, je me plie aux standards de la vie étudiante, juste pour un verre ou deux. *Bon effet, mauvaises conséquences.*

Cela fait dix minutes à peine que je suis arrivé lorsque Hailey apparaît, accompagnée de Bryan (alias SaberLegend, vous l'aurez compris). Vêtue comme à son habitude, en jean et sweat, les cheveux enroulés en un chignon flou, pas maquillée, une besace à l'épaule, autant dire qu'elle détonne parmi la population féminine. *Putain, qu'est-ce*

1. « Je veux une amante que je n'ai pas à aimer », d'après le titre d'une chanson du groupe Bright Eyes.

*que j'aime ça !* Bryan est tout mielleux, c'est répugnant à voir, mais je suis déterminé à ne pas m'en mêler ce soir alors quand ils approchent de mon spot, je dégage pour aller rejoindre Kayla après un bref signe de tête. *Si on commence à discuter, je suis mort.*

La musique, du rap comme je n'aime pas, est crachée si fort par les haut-parleurs que je dois me coller à Kayla pour l'entendre.

Laissons plutôt parler le langage corporel. Je place mes mains sur ses hanches et elle ondule en rythme contre moi, se frotte contre mon jean en gardant ses mains croisées derrière la nuque. La vue sur sa poitrine ainsi mise en avant est imprenable, je laisse ma main droite remonter petit à petit pour prendre en coupe l'un de ses seins. Ma queue est déjà au taquet dans mon jean, je ne vais pas pouvoir faire semblant de danser bien longtemps. Je glisse à Kayla de monter à l'étage quand mon regard croise celui d'Hailey. Ses yeux gris perçants semblent m'analyser et quelque chose me dit qu'elle est plus attachée à mon comportement qu'à mon physique d'« apollon ».

*Qu'est-ce qu'il se passe, ma belle, tu veux monter aussi ?*

Elle détourne les yeux et reporte son attention sur Bryan. Elle n'a manifesté aucune émotion envers moi, mais je ne peux pas en dire autant. Je m'empresse de retrouver Kayla avant d'exploser au milieu du salon. Hailey dégage une telle puissance, une telle aura que je me suis senti piégé. Un tel air ne s'invente pas. C'est la première fois que je me sens aussi faible face à une nana.

***

Notre petite affaire achevée, un soulagement m'envahit enfin. Putain, ça fait du bien. Kayla sait y faire, pas de doute là-dessus. Je me resape en vitesse, et je laisse une Kayla à moitié nue sur le lit, alanguie et satisfaite. *Ouais, je me vante un peu, et alors ?*

Elle n'est pas surprise par mon comportement, elle y a déjà eu droit. En claquant la porte derrière moi, je tombe nez à nez avec Hailey qui sursaute comme si elle était face à un authentique zombie. Elle rougit immédiatement lorsqu'elle louche sur ma ceinture que je suis en train de refermer. Je devrais être gêné moi aussi, mais je n'en ai rien à foutre. Ce n'est pas parce que je la veux que je vais jouer au moine en attendant. Néanmoins, j'ai terriblement envie de savoir pourquoi elle traîne dans ce couloir dans lequel il n'y a rien d'autre à faire que trouver un coin pour baiser tranquille.

– Salut, Hailey, qu'est-ce que tu fous par ici ? je demande, un peu sèchement malgré moi.

Elle ne se démonte pas mais choisit l'esquive, avec une pointe d'agressivité dans la voix :

– Et toi, qu'est-ce que tu faisais ?

Un petit clin d'œil verbal ne fait jamais de mal alors je réponds :

– J'assouvissais ma *faim*.

– Pareil.

*Aïe.* Je la sonde : joues rouges, lèvres pulpeuses, même tenue, même coiffure. Même sac. Pas d'éclat particulier dans les yeux, rien qui montre qu'elle vient d'avoir un orgasme légendaire. Elle finit par relever la tête avec un air de défi en croisant les bras contre sa poitrine. J'hallucine. Impossible. *Putain, elle n'a pas osé quand même. SaberLegend n'a pas osé quand même !*

La colère monte en moi. Quel con, j'aurais dû les surveiller, merde ! Je tente de masquer mon énervement mais Hailey me capte. Elle baisse les yeux en souriant. Comme je ne veux pas paraître trop con, j'essaie d'avoir le dernier mot.

– Si tu veux un dessert, n'hésite pas. J'en ai gardé pour toi.

Elle rit franchement cette fois en posant une main sur mon bras. Avec condescendance.

– Sans rire, Clive ? Merci, mais… non merci. Jamais deux *desserts* différents dans la même soirée. Bien que je sois une salope, j'ai des principes.

*Bordel. Elle me vole même ma réplique.* Sans plus attendre, elle s'enfuit et dévale les escaliers.

Je reste là planté, comme un con. Et comme le con que je suis, je décide d'en avoir le cœur net. Je fais machine arrière et entre dans la chambre dont Hailey provenait manifestement. Celle de Matt. À première vue, rien d'anormal. Les draps ne sont pas froissés, le bureau est rangé, le PC en veille, j'inspecte même la poubelle à la recherche d'une capote. Tout semble trop en ordre. Soit elle est une obsédée du ménage post-coït, soit elle a menti. Une seule façon de le savoir. Je prends mon téléphone et lance HackMeLove.

*Putain.* La connexion a été interrompue. Juste pendant que je baisais avec Kayla. J'enrage. Une rupture de connexion, ça peut arriver bien sûr, mais que ça tombe maintenant me tue littéralement. Je bous. Je fulmine. Je me sens impuissant et je déteste cette sensation. Je sais que je réagis excessivement, pourtant cette fille m'obnubile tellement que je deviens fou. À chaque fois, elle arrive à me surprendre. Même si cette fois, une déception pointe en moi, que je refuse de voir.

Je retourne à mon tour au salon, l'air de rien. Je me compose une mine détendue, naturelle en m'installant à côté de SaberLegend accoudé au bar.

*Non, je ne renonce pas.*

– Hey Bryan, tu profites bien de ta soirée ?

Bon, on aurait pu faire plus recherché comme entrée en matière, mais j'ai trop les nerfs contre ce connard pour penser clairement.

– Ouais, nickel. Bon son, belles meufs, belle vie, quoi !

*Parfait.* Il m'aide sans le savoir. Je poursuis mon interrogatoire, le ton un peu sec.

– T'as des vues sur une nana, toi, non ?

Très subtil, Clive, vraiment.

– Clive, je te connais. Je n'aime pas quand tu poses ce genre de questions.

– Je vois pas de quoi tu parles, je réponds innocemment.

– C'est ça. Je t'ai vu monter avec Kayla. En fait, je te vois monter avec toutes les meufs. Alors laisse tomber.

*Grillé.* Je reprends sans me défendre. Après tout, c'est la vérité.

– Je t'ai vu arriver avec Hailey. Ça marche bien avec elle ?

– Ouais, tranquille. Elle est canon, même si elle ne se met pas en valeur.

– C'est vrai. Tu te l'es faite, ce soir ?

Je l'ai dit, inutile de faire dans la dentelle. Surtout pas avec SaberLegend qui sait profiter. J'espère avoir l'air naturel et contiens mon irritation, le poing serré dans ma poche de jean. Bryan hausse les épaules.

– Non, non. Elle est partie discuter. Elle ne connaît pas encore grand monde, ici. Mais pourquoi pas, c'est clair !

*OK.* Nous avançons. Soit elle était avec un autre mec, soit elle a menti. Je me surprends à ressentir une vague d'espoir. *Elle a peut-être menti.* Puis je me réprimande immédiatement. Comme si je devais en avoir quelque chose à foutre. En plus, je déteste ce genre de mecs qui déclarent une chasse gardée pour une fille, et voilà que j'agis comme tel. Depuis le début, c'est vrai. *Hailey, quel sort tu m'as jeté, sorcière ?*

Je quitte SaberLegend pour la terrasse où les joints circulent aisément entre mes camarades avachis sur des poufs d'extérieur. Les yeux plissés dans l'obscurité, je tente de repérer Hailey. Je m'apprête à renoncer quand j'entrevois un léger scintillement dans le fond du jardin. Un reflet de lune sur des cheveux blonds ? Possible. Je traverse la pelouse, ma vue se précise un peu. Je m'arrête. C'est bien elle.

Est-ce que je dois utiliser HackMeLove pour ce que je veux savoir ? Le problème d'une appli géniale, c'est que quand on y a pris goût, difficile de s'en passer. C'est addictif. Le réseau est revenu, tout va bien. Je m'approche d'elle.

*Putain. Qu'est-ce que je fous, là ?*

Elle est assise à même la pelouse, jambes repliées et les bras posés négligemment dessus. Elle paraît détendue. J'en comprends la raison quand je remarque le léger rougeoiement du joint. Sans m'annoncer, je prends place à côté d'elle et pose mon téléphone entre mes pieds. Nous restons silencieux quelques minutes, baignés dans une atmosphère fragile et complexe. Les cris, la musique et l'odeur de beuh flottent dans l'air. J'arrache quelques brins d'herbe que je tourne machinalement entre les doigts. J'entends Hailey souffler sa fumée.

– Tu devrais pas fumer cette merde.

Elle tourne son visage vers moi, méfiante.

– C'est ce que tu leur as dit aux autres aussi ?

Je lui jette un regard de biais puis bougonne :

– Tu n'es pas les autres.

*96 %, eh ouais je sais, j'ai craqué.* Elle ne répond rien, semble réfléchir. Mon téléphone s'allume à la réception d'un message de Mary. Hailey se penche un peu pour voir mon fond d'écran.

– C'est qui sur la photo ?

*Pourquoi elle me pose ce genre de questions ? Merde, je n'aime pas ça.* Je choisis néanmoins la vérité.

– Ma mère et ma sœur Mary.

– Elle semble triste.

Je ne sais pas ce qui se passe en moi, mais, d'un geste discret sur mes lunettes, j'interromps l'appli. Plus envie de jouer.

– Qui ?

– Ta mère.

Ma poitrine se compresse soudain. *Ce n'était pas prévu dans le deal, ça, sorcière, tu le sais ?* Je réponds malgré moi dans un souffle :

– Elle a le cœur triste.

– Ton père ?

Je hausse les épaules avec une indifférence feinte.

– Parti.

Hailey se tait. Je sens qu'elle pèse chacun des mots prononcés. Moi, j'angoisse. Rien ne colle. Cette fille, son attitude, et là, cette nuit, cet instant. Non, rien ne colle. Je tente le tout pour le tout et plonge mes yeux dans les siens.

– Pourquoi tu m'as menti tout à l'heure ?

Elle se fige, sa respiration accélère.

– Quand ?

– À l'étage.

Elle admet dans un murmure :

– Je sais pas.

Sans un mot de plus, sans un regard, elle se lève et rentre à l'intérieur.

**1.** Suis-la et invite-la à danser.

**2.** Contemple les étoiles et ne dis rien, ne pense rien.

Je me sens con ce soir. Curieusement heureux aussi.

Je songe aux mots d'Hailey sur maman.

*Et triste.*

**3.** Rentre chez toi, des yeux tristes ont besoin de toi.

# 6

**Clive**
**Mi-septembre**

Les arbres se colorent légèrement, l'automne s'installe, la grisaille aussi.

Deux semaines ont passé depuis la soirée chez Matt et j'ai l'impression qu'Hailey m'évite. Rien de franc, mais quand nos regards se croisent, elle détourne la tête ou se pique de curiosité pour un truc dans l'exacte direction opposée. *OK, c'est franc*. De mon côté, je n'insiste pas. Bien malgré moi, elle m'a fait réfléchir et j'ai essayé de passer plus de temps à la maison, auprès de ma mère et de Mary. Maman s'épuise à bosser sans arrêt, et mon petit rayon de soleil connaît quelques jours gris lui aussi. Je ne veux pas les laisser tomber, surtout pas maintenant, bien que j'aie un peu envie de profiter. Les fêtes, la vie étudiante, on se sent pris dans le mouvement, on fait partie de quelque chose, ça compte. À la maison, tout est plus calme, je m'éclate moins, même si je sais qu'en fin de compte ce sont elles mes seuls vrais liens. Pour autant, je ne suis pas con non plus, et je garde un œil sur HackMeLove. Enfin, sur Hailey.

Les nouvelles sont bonnes. Cal_the_dick a renoncé et j'ai constaté que la majorité des prétendants a changé de cible. À croire que l'attrait de la nouveauté se tarit, et que d'autres opportunités plus faciles ont eu raison du charme d'Hailey. Ce n'est pas mon cas. Bien au contraire.

SaberLegend continue son approche. Et comme d'hab', ce connard gère bien. Hailey et lui passent de plus en plus de temps ensemble et ça me rend dingue. Il s'en vante sur le chat de l'appli, il commente ses avancées comme un général vante ses victoires et la pertinence de sa stratégie. Comme s'il en avait le mérite. D'ailleurs, le cas d'Hailey est loin d'être simple. En plus de ne pas pouvoir définir un profil type pour le moment, j'hésite à rendre publics les éléments troublants que j'ai pu obtenir quant à sa personnalité. C'est pourtant le principe même d'HackMeLove. Putain, je suis dans la merde.

Comme j'ai enfin décidé de m'y rendre, j'ai découvert qu'Hailey et moi partagions le même cours de maths. Aujourd'hui, on est en travaux dirigés, dans une petite salle adaptée à la trentaine d'élèves qui suivent ce programme. Le prof, M. Somerson, est conciliant avec moi. Il sait que je maîtrise le sujet et que je ne vais rien apprendre lors de ses cours. Il me donne parfois des projets à réaliser pour m'avancer sur le deuxième cycle d'études universitaires. J'en fais quelques-uns sans grande conviction. Personne n'est là pour me motiver, et seul, je n'y arrive pas. Bien que mon dilettantisme en étonne certains, la majorité du temps on me fout la paix et c'est tant mieux.

Hailey arrive avec Bryan, et ils s'installent tous les deux côte à côte. Je suis au fond de la salle, comme à mon habitude, et je l'observe consciencieusement. Après tout, ce n'est pas comme si le cours m'intéressait. Hailey bavarde avec le *king* de la drague et rigole à ses blagues. Ça m'emmerde prodigieusement et je tressaute d'énervement sur ma chaise. J'ai bien noté son manège. À chaque fois que Bryan se concentre sur le prof, elle regarde en l'air, joue avec son stylo sans rien noter. Soit elle est un génie en maths, soit elle n'en a vraiment rien à foutre, elle non plus. Ou bien les deux. Je souris. Ce point commun, c'est con, mais ça me fait plaisir. Et réfléchir.

Il faut que j'empêche SaberLegend d'aller trop loin. Une décision s'impose. Quand la sonnerie retentit, je suis déjà prêt à partir et fonce sur Hailey. Je l'attrape par le bras puis la fais se retourner face à moi. Surprise, elle râle avec lassitude.

– Qu'est-ce que tu veux encore, Clive ?

– « Encore » ? je réponds en me marrant. Je n'ai pas l'impression d'avoir été collant, on ne s'est même pas parlé.

Nouveau soupir d'Hailey. Je n'ai clairement pas la cote aujourd'hui.

– Et donc on est obligés, maintenant ?

– Pourquoi ? Tu as quelque chose de prévu ?

Je lui offre le plus beau sourire en coin que j'ai en stock et un clin d'œil. Tout donner est mon credo du jour. Mais elle se moque de nouveau.

– Oui, Clive, un cours. Je sais que c'est quelque chose que tu n'as pas encore intégré, mais c'est pour les suivre qu'on s'inscrit à un cursus.

– Oh, oh. Et c'est toi qui dis ça ?

– Tu voulais discuter de quelque chose ?

– Rien de spécial. J'ai juste envie de passer du temps avec toi, discuter, apprendre à te connaître…

Elle oppose à mon sourire engageant une moue dubitative dont je me passerais bien, là. Allez, Hailey.

– T'es sûr ? C'est vraiment tout ce que tu veux ? réplique-t-elle en riant.

Elle ne me croit tellement pas. Ce serait amusant si SaberGrosCon n'était pas en train de nous écouter sans se gêner. Il me lance des regards noirs et je meurs d'envie de lui en foutre une. *Chacun son tour, mec.*

Son téléphone en main, il trépigne, bref, il envisage ses options. Je me connecte tout en revenant à Hailey.

– Ne mets pas en doute mes intentions ! Elles sont pures ! Alors c'est oui ? Tu viens faire un tour ?

– Écoute, j'ai prévu un truc avec Bryan après les cours…

Déjà ? Putain de connard de mes deux.

– Hein ? Avec Sab… ?

Oups, et merde. *Vite, Clive, reprends-toi.*

– Euh… rien ne t'empêche de le faire. Moi, c'est maintenant que je te propose une virée.

– T'allais dire quoi ?

*Putain, Hailey, tu fais chier.* Hailey ne lâche jamais, j'aurais dû m'en douter.

– Avec sa bite. J'allais dire que tu avais rendez-vous avec sa bite. Mais ce n'était pas très fin, alors j'ai changé d'avis.

À ma grande surprise, elle éclate de rire. Bon, sur ce coup-là, je m'en sors. Elle lève les yeux au ciel pendant que je relâche tout l'air de mes poumons. J'aime l'entendre rire.

– Je ne sors pas avec les inconnus, désolée.

– Je n'en suis pas un.

– Tu m'as l'air dangereux.

– Bien moins que toi !

Sourire.

– Au pire, on peut se poser devant le commissariat, si ça te rassure.

– Non, surtout pas !

Elle rigole.

– Je veux dire, t'es con, on aurait l'air suspect.

– Je plaisantais, ma belle. Bien sûr qu'ils se poseraient des questions, vaut mieux rester discrets.

– Alors allons chez toi. Juste parler, et tu m'offriras un café, à défaut d'un dessert.

Merde. Elle me prend complètement au dépourvu. Encore une fois. Ma réponse fuse, trop rapide :

– Non.

Hailey me scrute attentivement et j'aimerais disparaître. Pour un mec qui affiche clairement son envie de baiser, ma réaction peut paraître étrange. Pourtant, c'est comme ça, jamais chez moi. Personne ne vient jamais. Personne. C'est bien trop loin de toute façon.

– Alors c'est non.

Elle me provoque encore, cette petite sorcière. Je risque de perdre définitivement la partie si je ne cède pas de terrain. Néanmoins, rester intransigeant a du sens aussi. Rien de plus intrigant qu'une opposition résolue. Je ne suis pas naïf, même si mes raisons m'appartiennent et n'ont rien à voir avec Hailey, en jouer pourrait s'avérer utile. Soit je lui donne le pouvoir, soit je le garde.

Qu'est-ce que tu suggères, HackMeLove ?

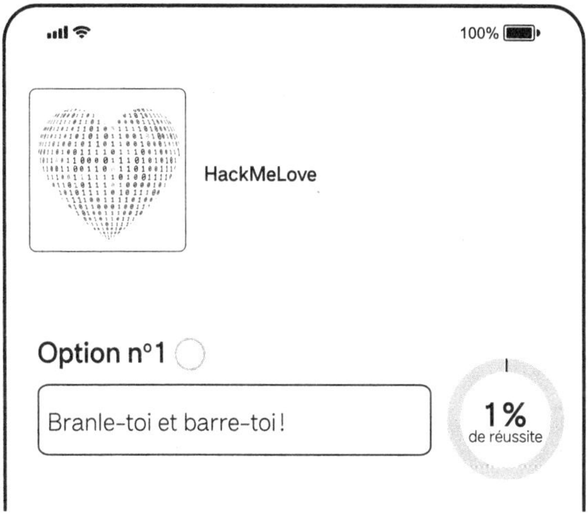


*Tiens, un connard donne des conseils d'amis, on dirait… Tss, SaberLegend, tu manques un peu de discrétion là.*

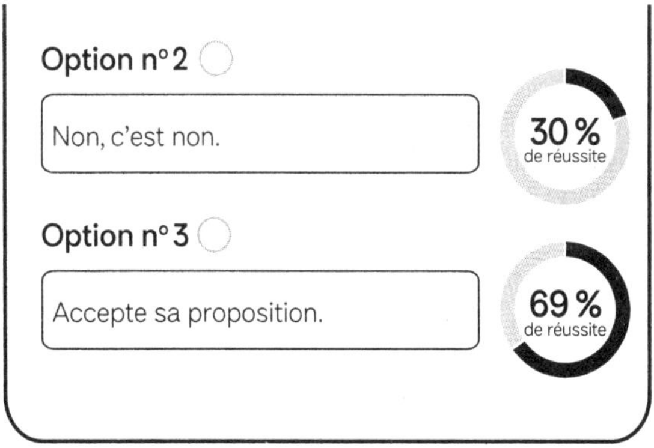


J'ai trop à perdre.
Je refuse.
Mais j'ai une petite idée qui devrait plaire à Hailey.

# 7

## Clive

Je sens un picotement contre ma nuque, là où le regard intensément argenté d'Hailey me transperce. Je l'entraîne malgré elle, la tirant par le poignet pour rejoindre le parking. Mes grandes enjambées l'obligent à trottiner un peu en retrait, mais elle se laisse faire. Elle est curieuse.

De tous les scénarios que j'ai pu imaginer ou simuler, celui-là ne figure nulle part. Je suis en roue libre. Totalement. J'essaie de le cacher, pourtant je tremble au fond de moi. Je ne me reconnais pas. Je flippe à mort.

J'ai besoin de relâcher la pression, alors, en arrivant sur le parking, je ne peux pas m'empêcher de plaisanter, encore :

– Désolé, Hailey, tu risques d'être déçue. Le beau gosse que je suis n'a pas de moto pour t'emmener voir le couchant d'après-midi les cheveux au vent. Va falloir supporter ma caisse pourrie.

D'un geste, je lui présente la bête. Carrosserie abîmée, peinture beige d'un autre temps, même les sièges sont tachés par endroits. Mais elle ne dit rien, se contente de s'installer, un grand sourire aux lèvres.

– Madame est bien assise dans son carrosse ? je demande.

– Les fesses de Madame sont bien calées, et Mister Beau-gosse a intérêt à assurer.

Je me tourne vers elle, sans raison, juste parce qu'elle est magnifique et que je veux en profiter.

– Je t'emmènerais bien à une cascade pour te faire profiter de mon corps parfait, mais je ne voudrais pas te mettre trop mal à l'aise.

Un rire doux s'échappe de ses lèvres et quand ses yeux capturent les miens, je me sens tout petit. Fragile. Je ferme les yeux avant de lancer le moteur. La tension est palpable, je ne sais pas si elle la ressent, en tout cas, moi, je deviens fou.

Sur le trajet, nous ne parlons pas. J'énumère dans ma tête toutes les raisons pour lesquelles je suis là, avec elle, sans mon bouclier HackMeLove de protection, sans parade, sans armure. J'en trouve beaucoup trop : jolie, piquante, curieuse, mystérieuse, intelligente, magnifique, simple, douce, caustique, menteuse, secrète, magnifique. *Ouais, je sais, c'est vraiment, vraiment la merde.* À chaque arrêt, je glisse mon regard vers Hailey qui triture ses mains la tête appuyée sur la vitre, concentrée sur le paysage urbain. Ses cheveux ramassés sur son épaule brillent au soleil, elle a calé son sac entre ses jambes fines et je n'ai qu'une envie : stopper et goûter sa peau douce.

Je ralentis pour me garer, et Hailey commence à s'agiter : elle regarde partout, sans gêne aucune, vive, incandescente. Quand elle comprend, son sourire s'élargit et elle me donne un coup de coude dans les côtes.

– Bonne idée, Mister Beau-gosse.

Mal à l'aise, en territoire jusqu'ici inconnu, je me sens obligé de m'expliquer.

– Je me suis dit qu'il fallait un terrain d'entente entre le quinoa et le burger, alors rien de tel qu'un endroit pour nourrir les âmes et s'enfiler un burger sucré des plus goûteux.

– Un burger sucré ?

– Le donut, ma belle !

Elle rit.

– C'est là qu'on trouve les meilleurs !

Nous entrons dans Carly's Book Club, une petite librairie au look vintage qui offre boissons et délices sucrés en même temps qu'une impressionnante palette de livres en tous genres. En bon geek, je lis peu et surtout sur des écrans, mais Hailey a toujours un bouquin dans son sac qu'elle sort à la première occasion, alors…

– C'est plein de charme, ici, me confie Hailey.

On a choisi une table en bois ronde entourée de livres dans un petit coin de la librairie, on est comme dans un cocon. Bien que je flippe grave, j'essaie de garder le contrôle. Hailey commande un cappuccino XXL pendant que je prends un café classique et surtout une demi-douzaine de donuts dégoulinants de gras.

– Je t'explique le principe. Chacun son tour, on prend un livre qu'on suppose que l'autre aimerait.

– Et on le lit pour voir si l'autre a vu juste ? J'aime bien…

– Non ! Tu veux ma mort ? je m'exclame. Écoute jusqu'au bout ! Donc, tu prends un livre, tu l'ouvres à n'importe quelle page, et tu trouves une phrase qui pour toi me correspond ou qui est une question. Ensuite je fais pareil. Un seul joker. Et je commence. Non négociable.

Hailey ouvre des yeux émerveillés. Elle est ravie. Moi, je souffle de soulagement. Je me lève et vais prendre un premier livre.

– *Jane Eyre*, Brontë : « Je rirai de vous de bon cœur lorsque demain sera passé ; jusque-là, je ne l'ose pas, ma victoire n'est pas certaine. Vous voilà donc, vous qui pendant ce dernier mois avez été aussi fuyante qu'une anguille, aussi épineuse qu'une églantine ! »

– Arrête, se défend-elle, je ne te fuyais pas, tu rêves ! À moi. Tu ne connais peut-être pas mais tu devrais. *La Pitié dangereuse*, Zweig : « Nous tombons toujours dans le travers de croire que les hommes d'élite doivent se distinguer des autres à première vue. » Je ne suis pas d'accord.

– Ah ?

– Oui, à première vue et à deuxième vue, dans ton cas.

Je lui fais un sourire espiègle.

– Alors c'est ce que je suis ? L'élite ?

– T'es con. Si je lis la suite, tu meurs : « Aussi je fus bien étonné lorsque je me trouvai soudain devant un monsieur de petite taille, replet, myope, chauve… »

– Aïe. Ça fait mal.

– Tu es tout le contraire. Différent, énigmatique, et… attirant. Intelligent. Moi aussi, je t'observe. Mais il y a quelque chose de blessé également. Ah, et t'es grand !

Elle rougit de sa propre audace et place ses mains sur sa bouche, comme pour retenir ses mots.

Une lame me déchire le ventre là, et quelque chose s'engouffre à l'intérieur, quelque chose de glacé et de brûlant en même temps. J'ai l'impression de chuter au sol. Vite, une diversion.

– Et tu n'as pas vu le plus grand de mes atouts ! À mon tour. *Divergente*, Roth : « C'est impossible de ne pas avoir de peurs, je te rappelle. Pas tant qu'on continue à accorder de la valeur à certaines choses. À sa propre vie. » Ma question : C'est quoi ta plus grande peur ?

– Facile ! Mourir, bien sûr ! J'aime trop la vie. Et toi ?

*Tomber. Tomber amoureux.*

– Pareil. Mais je pensais à quelque chose de plus léger, tu vois !

– Ne pas être là quand on a besoin de moi… Et de Lady Gaga ! ajoute-t-elle en pouffant. Tiens, justement, celle-là est pour toi. *Le Passeur*, Lowry : « À l'aube, la vie ordonnée et disciplinée qu'il avait toujours connue continuerait sans lui. La vie où il ne se passerait jamais rien d'inattendu. Ni d'opportun. Ni d'inhabituel. » À quoi ressemble ta vie, Clive ? A-t-elle des couleurs ?

Je blêmis. Ce jeu est la pire idée de ma vie. Je planque les mains sous la table pour qu'elle ne les voie pas trembler. Et je dis avec précipitation :

– J'ai une vie fantastique. Je m'éclate, je fais des trucs que j'aime, je mange des burgers, même sucrés, je partage un moment magique avec une fille magique, j'ai une super sœur, c'est le bonheur en couleurs. Et toi, ma belle ?

– Moi, je suis une aventurière dans l'âme. J'aime prendre des risques : jouer, danser, découvrir, aimer…

Elle se lève en disant ça, se met à tournoyer gracieusement, rit, lève les bras en l'air comme pour sentir l'espace et replace le livre dans le rayon.

J'ai chaud. Et froid. Putain de sorcière.

À mon tour.

# 8

## Clive

Je reviens vers elle avec un nouveau livre tandis qu'elle boit une rasade de café sans me quitter des yeux. J'hésite un peu, puis lance :

– *Hunger Games*, Collins : « J'ai l'impression d'avoir connu Rue, par contre, et son souvenir ne me quittera jamais. Je la retrouve dans tout ce qui est beau. » Hailey, as-tu perdu quelqu'un dont tu chéris le souvenir ?

C'est au tour d'Hailey de frissonner. Son sourire a disparu. Ses yeux brillent soudain et je m'en veux. Je n'aurais pas dû poser cette question. C'était trop tôt. Trop intime. Mais c'est plus fort que moi, j'ai envie de la connaître.

Elle m'arrache le livre des mains, le feuillette, et tombe sur une page :

– « Il arrive parfois que nous soyons confrontés à des situations devant lesquelles nous restons désarmés. Comme moi, par exemple. En ce moment même », lit-elle d'une voix cassée.

– Et ça veut dire quoi, ça ?

– Joker.

– Bien sûr, c'est ton droit.

Hailey fronce les sourcils, elle a l'air de lutter contre quelque chose. Je me crispe aussi. L'atmosphère change, s'électrise, mais je veux plus. J'ai besoin de plus. Je me sens écrasé par un poids que j'ai toujours refusé de connaître, une immensité ravageuse. Destructrice. Je me hais d'aimer ça. Ce moment. *Ressaisis-toi, Clive.*

J'ouvre un nouveau livre, je prends mon temps. Le silence nous a engloutis depuis de trop longues minutes.

– *L'Assassin royal*, Hobb : « Nous nous fabriquons souvent nous-mêmes nos propres prisons. Mais on peut aussi créer sa propre liberté. » Tu m'as l'air entre deux mondes, ma belle, curieuse et audacieuse et en même temps… secrète et fragile. Tu me fuis, tu n'as pas de téléphone ni de réseaux sociaux, pourtant tu aimes le contact. Tu es pleine de contradictions, je me demande pourquoi. Je me demande si tu le veux vraiment ou si tu n'as juste pas le choix.

Hailey se tortille sur sa chaise, mal à l'aise. Elle hésite, elle souffle. Je suis sûr qu'elle regrette son joker. Je cesse de la regarder, pour l'aider, et pour m'aider aussi. Quand elle se lance enfin, je la fixe de nouveau :

– C'est… nécessaire. C'est… Et puis merde, Clive ! J'ai été harcelée quand j'habitais en Californie, alors depuis, je refuse de m'exposer. Je me protège. J'ai eu peur et je ne veux plus avoir peur !

Je m'attendais à une réponse de ce genre. Et toute la magie s'évapore, d'un coup. Parce que les yeux d'Hailey ne disent pas la peur, ni la colère, ni la souffrance. À cet instant précis, ils sont froids. L'évidence me fissure, me cisaille, me broie. Après la chute, l'impact. Elle ment. Et étrangement, ça fait mal.

– Je comprends… et je ne comprends pas. En somme, tu fuis le problème, d'une certaine manière.

– Crois-moi, c'est une lutte de tous les jours. Tu ne devrais pas juger. Et puis comment tu sais, pour le téléphone et le reste ?

– Bryan, je réponds, laconique. Ça l'a étonné et il a partagé sa surprise avec tout le monde. Et je ne te juge pas, je m'interroge.

Elle va fureter vers les étagères, prend un livre, le repose, puis un autre. Satisfaite, elle revient vers moi. J'ai du plomb dans l'estomac et putain, je galère.

– Je sais que c'est bizarre, j'aimerais être une fille plus… normale. Allez, c'est à moi, et je suis heureuse d'être tombée sur celui-ci. *Le Seigneur des anneaux*, Tolkien : « Un seul rêve est plus puissant qu'un millier de réalités. » Quel est ton rêve, Clive, ton plus grand rêve ? Celui pour lequel tu es prêt à inventer toutes les réalités qu'il faudra ? À les dépasser toutes ?

Putain. Elle vise juste. Encore. Elle a un sourire contrit aussi. Je le remarque. Comme si elle s'excusait elle-même de son mensonge, comme si elle le justifiait. Et elle me renvoie un drôle de reflet en plein la gueule. Moi aussi, je mens. Nous sommes coincés dans nos mensonges. C'est con, vraiment con, car cette fois, j'aurais aimé qu'elle me fasse suffisamment confiance pour oser la vérité.

– La paix dans le monde ? je tente, pour nous redonner le sourire.

– Bien essayé, tricheur.

Je prends une grande inspiration. Je suis en train de déconner grave, mais je l'ai dit, c'est foutu, j'ai besoin d'elle. Alors je lâche un bout de moi, un vrai, un brut, qu'elle pourra polir si elle le veut vraiment.

– Je voudrais être riche.

Hailey est bouche bée. Elle ne s'attendait pas à ça. *Je sais, ma belle, c'est désolant, balancé comme ça.* Mais Hailey est intelligente. Elle ne dit rien. Elle attrape ma main qui pianote nerveusement sur la table. Une onde délicieuse parcourt mon épiderme. Elle la serre. Je ne bouge pas. J'expire.

Je n'ai qu'une envie : la prendre dans mes bras. Pourtant c'est justement ce qui ne doit pas arriver. Pas comme ça. Pas maintenant. Pas pendant cet échange hors du temps. Pas avec le bordel qu'elle vient de foutre dans ma vie.

– Je voudrais être puissante. Alors tu vois, à nous deux, on va conquérir le monde !

Elle penche la tête légèrement, un sourire effleure ses lèvres pendant que je réfléchis à ses mots. En fait, j'en suis sûr. Elle et moi, ça ne doit pas arriver. Cette fille me captive et me cerne si bien sans s'en douter. Je ne pensais pas que l'on pouvait se connecter si rapidement à quelqu'un. Mais j'ai peur, elle est en train de pulvériser tous mes plans. Il faut que je me barre. Et vite. Briser ce lien qui se tisse et qui n'est qu'une horrible entrave.

*Bordel. Trouve un truc, mec, et fissa.*

Elle se lève et commence à se diriger vers le fond de la boutique, où se situent les toilettes. Je bondis de ma chaise et la talonne volontairement.

– Euh, je vais juste aux toilettes, Clive, dit Hailey, un peu gênée, en levant les yeux vers moi.

– Parfait, je réponds en ricanant cruellement. J'ai justement besoin d'une petite gâterie, là. On a assez discuté, je crois que c'est le moment, non ?

Hailey a pâli. Je peux sentir la vague de colère qui grandit en elle.

– Hein ? Tu déconnes, pas vrai ? On avait dit pas de dessert…

Elle essaie de plaisanter, elle n'y croit pas vraiment.

*Allez, sois convaincant.*

– Pas du tout. J'ai été patient, tu peux me reconnaître ça, mais j'ai bien vu comment tu me regardes depuis tout à l'heure, petite gourmande.

Je lui adresse un clin d'œil et la détaille avec l'expression la plus lubrique que j'aie en magasin. Elle se ferme, comme si elle s'armait mentalement contre mon attaque sournoise.

Puis j'enchaîne :

– J'ai des besoins et j'ai horreur de perdre mon temps.

Quand je suis lancé en mode connard, c'est difficile de me stopper. Hailey n'a toujours pas refermé la bouche et elle hausse les épaules en poursuivant son chemin. Je lui emboîte le pas, et là, sans prévenir, elle me colle une gifle magistrale sur la joue droite.

– Tu es vraiment une sous-merde, Clive, tu le sais ? De la merde chiée par ces bêtes mangeuses de merde, de la merde de seconde main, méprisable. Tu as tout gâché.

– Fais pas l'innocente, tu t'apprêtes bien à aller sucer Bryan, non ? J'avais juste envie que ta jolie bouche me passe dessus en premier.

Je mime la scène pour enfoncer le clou.

Hailey est furieuse maintenant. Elle attrape son sac et sa

veste rageusement, envoie ses cheveux derrière elle d'un geste brusque.

– T'as raison, gros con, je vais aller le sucer de ce pas. Mais c'est un privilège que tu n'auras jamais !

Elle s'est tirée.

*OK.*

# 9

## Clive

Un mal nécessaire. Voilà ma première pensée quand j'arrive chez moi. Mais putain, je me sens minable. Je n'aime pas blesser les gens. HackMeLove repose sur le consentement. Manipulé certes, mais tout de même. Là, je l'ai blessée tout seul comme un grand et ça me tue. *Bon, OK, la situation l'imposait, j'ai dû improviser.* Je suis en mode pilote automatique depuis le fiasco avec Hailey. Je me suis barré dans ma caisse tandis qu'elle fonçait droit devant elle dans ce bloc un peu glauque de Dorchester. Je suis arrivé chez moi sans même m'en rendre compte.

Je ne veux pas de sentiment, les sentiments sont une menace, ils changent le rapport aux choses, je suis bien mieux sans. J'ai une vie simple, agréable, et jusqu'ici cela a toujours suffi. *Jusqu'à Hailey.* Rien ne doit changer, jamais.

Je frissonne et me frotte les bras. J'ai l'impression que toute ma peau me démange, à moins que ce soit juste une chair de poule qui refuse de disparaître.

Putain, j'ai été con. J'ai flippé, j'ai dévié de ma ligne et le résultat est un chaos total. J'ai même perdu toutes mes chances avec elle. Je ne vois pas comment rattraper le coup. Et surtout, je ne dois pas rattraper le coup. Avec elle, c'est trop dangereux. Elle m'intrigue, elle remue quelque chose en moi, elle ouvre des portes qui doivent rester fermées. Jamais je n'aurais dû me passer d'HackMeLove, c'était une erreur. Il faut que je laisse tomber. Elle a gagné, j'ai trop à perdre, j'aurais dû rester dans mon coin et convoiter les Kayla habituelles. Voilà, tant pis, on l'oublie et ce sera mieux pour tout le monde.

– Waouh, Clive… T'en tires une tête. Qu'est-ce qui s'est passé ?

Mary déboule dans le salon où je suis planté debout sans rien faire. Elle me jette un regard soucieux. Tu m'étonnes que j'aie l'air d'un zombie. Le pire, c'est qu'elle s'inquiète vraiment.

– Tu es vraiment blanc, Clive. Tu as fait un malaise ?

*Est-ce que j'ai fait un malaise ?* Je me marre. *Bonne question.* Je gratte encore mes bras, ma peau commence à marquer. Il faut que je me secoue, que je remonte en selle.

– Non, ça va. J'ai déconné avec Hailey, c'est tout.

– Attends, *LA* Hailey dont tu m'as parlé l'autre jour ?

– Ouais.

– Alors tu l'aimes bien ?

J'ai envie de la rembarrer, mais c'est Mary et ses yeux de Chat Potté, alors je ne peux pas.

– C'est compliqué, j'élude. Mais c'est de l'histoire ancienne aussi. Ce soir, je sors !

Mary s'approche, fourre son petit minois contre mon ventre et passe ses bras maigres autour de moi. Son câlin est réconfortant, je lui caresse sa tignasse brune avec tendresse. Je n'ai rien besoin de dire, elle *sait.* Je la serre dans mes bras, moi aussi, parce que nous deux, on se soutient sans mot. C'est même la seule fille que je serre vraiment dans mes bras. *Et elle le restera.*

Je file prendre une douche avant d'aller chez Gordon. L'avantage de la fac, c'est qu'il y a des soirées tout le temps. Idéal pour décompresser et pour passer à autre chose. Mary m'a proposé un tatouage pour l'occasion, sauf que je n'ai pas la tête à ça. Je suis sur HackMeLove et je cherche une nouvelle cible. Il y a bien Morgan, la danseuse, avec un joli petit corps bien souple et un carré châtain sexy, mais j'ai du mal à me projeter. Pourtant, une bonne baise est le meilleur remède à tous les maux. Aux miens en tout cas.

***

Je repère Morgan rapidement, elle discute avec le reste du groupe de danse. Je suis en temps réel, car j'ai envie de m'amuser. Elle porte un minishort rouge et un débardeur noir très échancré, elle envoie des signaux encourageants. Comme je n'ai vraiment pas la motivation de faire la conversation, j'ai choisi l'option danse. Un bon collé-serré devrait suffire, elle n'a pas l'air très exigeante ce soir. Je suis au bar en train de terminer ma bière de chauffe quand mon téléphone vibre dans la poche de mon jean.

**Notification HackMeLove :**
Admin, vous avez un message.
Urgence élevée.

Je clique.

Le message s'ouvre et je me sens gagné par la panique. *Bordel de merde.*

SaberLegend est dans tous ses états. Ce con a laissé son téléphone déverrouillé et Hailey est tombé sur son double virtuel. *Maudite fouineuse...*

**Admin :** Qu'est-ce qui s'est passé ?

**SaberLegend :** Hailey a chopé mon tél pendant que je me désapais. J'avais pas verrouillé parce qu'elle était chaude et qu'on allait conclure. Elle a vu son bot et elle a pété les plombs. Elle pense que je suis un gros pervers.

**Admin :** Tu es un gros pervers ! Et un gros con aussi ! Qu'est-ce qu'elle a vu d'autre, putain ?

**SaberLegend :** Je sais pas trop. Le nom de l'appli sûrement. J'ai fait genre c'était que moi. J'ai dit que j'la kiffais grave, qu'elle hantait mes nuits, etc.

**Admin :** Et qu'est-ce qu'elle a fait, ducon ?

**SaberLegend :** Elle a dit que je la dégoûtais, que c'était grave et qu'elle voulait plus jamais me parler. Elle s'est barrée, super véner. Putain, désolé.

Putain. De toutes les nanas, il fallait tomber sur Hailey. Hailey qui est curieuse, loin d'être conne, et qui aime beaucoup trop les défis. Il n'y a plus qu'à prier pour qu'elle ne fouille pas davantage. Elle n'a pas de téléphone, j'ai l'espoir qu'elle lâche l'affaire. Mais quel naze, ce SaberLegend, sérieux. La seule putain de règle est pourtant simple : secret absolu. Et ce con qui ne verrouille pas son portable, comment a-t-il pu commettre cette erreur ?

Ouais, enfin, si, je vois. Je vois très bien Hailey débouler, en mode torride, et lui faire perdre le peu de bon sens qui lui restait…

Je chasse l'image de ma tête, je ne dois pas penser à elle. J'enrage tellement que je renverse le tabouret de bar d'un bon coup de pied. Ce connard risque de tout faire foirer. Maintenant, je vais devoir surveiller Hailey de près. Hailey qui allait… Je le sens, je vais vriller. J'envoie un message à la communauté pour limiter l'usage de l'appli ce soir et rappeler les règles de base. *Fait chier !*

Morgan se trémousse désormais sur la piste, je n'ai pas envie de jouer les gentlemen, j'ai besoin de tirer mon coup ce soir. Je m'approche en mode prédateur et l'attrape par la nuque pour la plaquer contre moi. Elle me sourit et commence à se déhancher plus lascivement. *Qu'est-ce que je disais ? Elle est open ce soir.* Tant mieux pour moi. J'essaie de faire le vide dans ma tête, de me laisser aller sur la musique. Je me concentre sur le corps de Morgan, très à l'aise contre moi. Elle passe les mains sur mon visage, mon torse. *Oui, vas-y, c'est bien.* Ma queue a intérêt à réagir vite, putain, sinon Morgan va finir par se vexer. Je la retourne pour que ses fesses bougent contre mon sexe, hélas, rien à faire, pas la moindre excitation. Je ferme les yeux pour rentrer dans le délire, mais je ne vois qu'Hailey. *Putain. Sorcière.* Je les rouvre pour revenir à Morgan. Morgan se penche en avant pour appuyer plus fort et… *What ? Hailey ?!*

Hailey débarque comme une furie dans le salon. Elle jette sa veste, son sweat et son sac par terre dans un coin. Elle est en débardeur moulant, c'est juste… incroyable. Les sourcils froncés, le regard mauvais, elle est prête à déclencher toute la magie noire qui est en elle. Elle scanne la pièce en mode laser de découpe et stoppe soudain, les yeux braqués sur moi. *C'est pas bon signe.* Et si elle avait tout découvert ? Je n'ai pas le temps de préparer quoi que ce soit qu'elle me fonce dessus avec un air féroce.

Elle attrape Morgan par le bras et l'écarte sans ménagement.

– Dégage de là, toi !

Elle prend mes mains de force, les cale sur sa taille et commence à onduler. *Euh, il se passe quoi, là ?*

Sa mauvaise humeur irradie, mais à peine m'a-t-elle touché que mon corps s'est remis à fonctionner normalement. Entendons par là que j'ai une gaule monumentale, que je suis incapable de dire deux mots, et – ah oui – que je me suis statufié subitement.

# 10

## Clive

Ma vue se trouble, il doit y avoir de la buée sur mes lunettes, à moins que ce soit ce corps sublime et ces cheveux étincelants qui m'aveuglent.

– Alors, Clive la sous-merde, tu ne dis rien ?

Hailey continue sa danse, elle me frôle, tournoie entre mes mains. Sauf que je ne peux pas bouger. Je ne respire même plus, je crois. Chaud. Froid. Putain, retour en enfer.

– Eh, je te parle ! Tu n'as rien à me dire ?

– …

– Clive, bordel, bouge un peu au moins, tu nous affiches !

Impossible. Elle ne se rend pas compte de l'effet qu'elle me fait, là ? Je ne sais plus où j'en suis, moi. *Au contraire, elle te fait payer, mec.*

Hailey, toujours endiablée, s'amuse à me caresser pour mieux me torturer.

– Je vois que tu as vite trouvé une remplaçante… Cette garce a l'air bien *gourmande* elle aussi. Tu les aimes gourmandes, pas vrai ?

Comme je reste mutique, Hailey s'arrête et me tire vers la terrasse où s'entassent les éternels fumeurs de *weed*. Je tente bien de résister, mais le regard assassin qu'elle me lance me convainc de la suivre. Je ne sais pas ce qu'elle a en tête, elle agit comme une forcenée ce soir. Et je n'ai toujours aucune idée de ce qu'elle a pu comprendre chez cet écervelé de SaberLegend.

Elle me pousse et me fait tomber sur un fauteuil, puis elle se glisse à genoux entre mes jambes et pose les coudes sur mes cuisses. J'ai le cœur qui part en sucette. Même en colère, elle m'excite. Sa fureur lui rougit les joues et fait briller ses yeux. Elle porte une longue chaîne dont le pendentif est caché entre ses seins, sous son débardeur. Je ne résiste pas et suis le chemin des yeux. Elle est juste magnifique.

– Ferme ta bouche, tu baves, Clive, raille Hailey, visiblement très fière de son petit numéro.

Elle enchaîne :

– Tu me dois des explications, Mister Connard. Parce que tu m'as envoyée tout droit dans la gueule d'un gros pervers.

– Je...

– Non, tais-toi, laisse-moi finir. Après t'avoir quitté, j'ai comme par hasard croisé Bryan au volant de sa voiture. Il me cherchait. J'allais rentrer chez moi, tellement j'étais en colère, mais finalement, tu sais quoi ? Je me suis dit, vas-y Hailey, profite de ce gentil garçon qui, lui, ne te met pas la tête à l'envers juste pour avoir une pipe. Et là, ledit Bryan me signale qu'un certain Clive l'enfoiré lui a dit de venir me chercher. Étrange comme comportement, non ? Si je résume, tu agis comme un connard mais quand même, il ne faudrait pas que je marche trop longtemps ou que je prenne le bus, hein ?

Hailey attend une réponse, mais quoi ? Mystère. Je sens qu'elle n'en a pas fini avec moi et je n'arrive pas à penser quand elle est comme ça, presque sur moi, avec son parfum fruité qui glisse sur ma peau à chaque mot.

– Je... je suis un connard délicat, c'est... c'est tout moi.

Elle se met à rire, un rire sardonique, et se penche un peu plus vers moi. Son visage est à quelques centimètres du mien, et ses iris couleur tempête me foudroient.

– Un connard délicat qui m'envoie vers un gros pervers dégueulasse, je ne sais pas comment appeler ça... Clive, dis-moi que tu ne savais pas !

Je déglutis. Elle m'hypnotise totalement. Je me sens vraiment con.

– De quoi tu parles ? Bryan ? Je... je savais pas que c'était un pervers, j'te jure. Qu'est-ce qu'il a fait ?

– Il y a que ce taré a une appli sur son téléphone et que je suis tombée nez à nez avec moi-même. Un double virtuel, tu y crois, toi ? Il se branle sûrement avec ou s'invente des plans cochons, tu vois le délire ? Immonde !

– Je savais pas.

Elle me jauge, elle essaie de voir si je mens. Je suis tellement crispé que pas un de mes muscles ne bouge. Aucun tressaillement. Et je ne respire toujours pas. Je lutte, putain, j'ai envie de lui sauter dessus, mais c'est la dernière chose à faire. Pas de doute, je suis bien en enfer.

– Mmh… admettons. Néanmoins, comme tu as été un super connard et que c'est ton pote, tu vas m'aider sur ce coup-là !

– Hein, quoi ?

– Oui, tu as entendu. Tu vas m'aider. Il est hors de question que l'autre salaud continue son délire. Et si je crois ce que j'ai vu, c'est beaucoup trop élaboré pour avoir été fait sur un téléphone. Il y a forcément toute sa merde sur son ordi, et je veux détruire son truc de psychopathe.

Sa main passe dangereusement sur ma joue, très lentement. Elle est déterminée. *Putain, qu'est-ce qu'elle a en tête, encore ?*

– Je suis pas le genre à rester bras croisés.

Oh, je sais.

– Donc tu vas attirer Bryan ton meilleur pote hors de chez lui pendant que j'irai inspecter son PC et foutre son bazar en l'air. Je veux pas que d'autres filles tombent dans ses filets, tu vois. Quand je pense que j'ai failli céder…

*Bordel.* Pourquoi elle me raconte ça ? Je veux rien savoir. Évidemment qu'il était parfait, HackMeLove fait bien son job. Pourtant l'imaginer sur le point de s'offrir à ce trouduc, c'est trop.

Je me redresse, la repousse.

– Non.

– Oh, si.

– Non, Hailey, tu déconnes, là.

– Je crois que tu n'as pas le choix.

– On a toujours le choix.

– Tu crois ? Alors qu'est-ce que tu penses de ça ?

Elle se lève et se jette littéralement sur Alex, en train de bédave tranquille de l'autre côté de la terrasse. Le pauvre, il n'a rien demandé. Quand Hailey se met à califourchon sur lui, j'ai les poings qui se serrent tout seuls. Non, elle ne va pas oser ?

*Si.* Hailey lui prend une taffe et l'embrasse langoureusement pendant dix bonnes secondes. Alex ne bronche pas, plutôt heureux d'avoir une pelle dans les règles avec cette déesse. Extatique, il lève les bras en l'air et crie « J'aime la vie » à tue-tête lorsqu'elle le quitte enfin. Elle revient vers moi et affiche un air triomphant. À mon tour d'être en colère. Je la saisis par les bras et la maintiens face à moi de force.

– Hailey, tu deviens folle, arrête.

– Dis-moi pourquoi j'arrêterais, Clive. Pourquoi ?

– Tu es déçue et remontée, j'ai pigé, mais si tu continues tu vas faire des choses que tu vas regretter.

– Tu ne regrettais rien avec Morgan, il me semble, donc je ne vois pas de quoi tu te mêles.

Je cède. Elle me tue, elle est véritablement choquée, et après tout, elle ne demande pas grand-chose d'insurmontable. Bryan n'a rien sur son ordinateur, donc je ne risque rien. C'est débile, mais je ne veux pas la voir continuer son petit jeu. Elle est capable de tout, tellement elle est outrée. *Pourquoi tu réagis aussi violemment ? Est-ce que toi aussi, t'as ressenti ce truc entre nous ?* Je me sens mal, coupable, et elle fout en l'air toutes mes bonnes résolutions de l'oublier.

– Je t'aiderai, c'est d'accord. Je ferai diversion si tu veux, mais rentre chez toi. *S'il te plaît.*

Elle se calme, je desserre mon étau. Elle me regarde maintenant avec une fragilité qui me bouleverse.

Elle chuchote à mon oreille :

– *Nothing can cure the soul but the senses…*[1]

---

1. « Rien ne peut guérir l'âme sinon les sens », Oscar Wilde. (Citation complète : « Rien ne peut guérir l'âme sinon les sens, comme rien ne peut guérir les sens sinon l'âme. »)

La phrase de mon tee-shirt. Celle que personne ne voit jamais. Celle que j'ai écrite ce soir pour me convaincre moi-même. Ses yeux brillent encore, mais ce n'est plus de colère, cela ressemble à du désarroi. De la tristesse peut-être aussi.

Une nouvelle fois, elle effleure ma joue du bout des doigts. Je ne peux pas m'empêcher de sursauter à son contact. J'ai la chair de poule, je suis maté. Elle s'approche et, tout doucement, pose les lèvres sur les miennes. Furtivement. Je ferme les yeux. Je n'ai pas le temps de réagir qu'elle est déjà repartie. Puis je la vois attraper Alex par le poignet et l'entraîner à l'intérieur.

Mais… qu'est-ce qu'elle fait ?

Je comprends. Et je m'effondre.

Hailey.

La faille.

Imprévisible et magistrale.

Et qui vient de me coller un uppercut en plein cœur.

Je me sens seul, énervé, pris au piège, trahi. Trop d'émotions contradictoires et un sentiment de pesanteur insupportable m'assaillent. Je suis quelqu'un de léger et dois le rester.

Je n'ai pas le choix, je dois le redevenir et je connais un moyen.

# 11

## Clive

Le vide et l'impuissance.

Le comble du queutard.

Je tente d'en rire mais mes efforts sont vains. Pourtant, c'est ce que je ressens. Là, tout de suite.

Je ne suis pas mieux que les autres. Tant que j'évitais ces sentiments, je pouvais le croire. Je ne tombais pas dans tous ces travers : brûlure de jalousie, trou noir, délitement. J'étais libre. Léger.

Mais je sais aussi que c'est sûrement éphémère, un mauvais moment à passer. J'espère juste qu'il ne durera pas trop longtemps. Alors, comme tous les autres, je vais tâcher de combler le vide, de recouvrir la souffrance et la jalousie par une autre brûlure, plus concrète, tout aussi réelle. Ce soir, contrairement aux autres soirs, je vais me torcher la gueule. *Édifiant, je sais*. Il faut que je m'anesthésie. Hailey résonne encore à l'intérieur de moi. Son parfum, ses caresses, son éclat. Ses décisions. Je ne lui en veux pas. Je fais pareil. J'allais faire pareil. Mais putain, qu'est-ce que ça fait mal ! Les sentiments font mal.

J'arrive dans la cuisine avec une tête à faire peur visiblement, car tout le monde s'écarte spontanément pour me laisser passer. Je ne suis pas le genre violent. Pas du tout. Mais j'ai les nerfs à vif. Le cœur aussi. *Putain de cœur.*

Je m'empare de la bouteille de sky intacte qui traîne sur le plan de travail. Gordon râle pour le principe, mais ne me retient pas. Il doit comprendre que ce n'est pas le moment de jouer au héros. Je l'ouvre et bois directement au goulot.

Quitte à boire pour boire, pas besoin de chercher à faire des manières. *Ce n'est pas comme si je comptais la rendre.*

La première gorgée m'arrache l'œsophage. L'alcool se répand et trace un sillon amer qui incendie mes entrailles. Encore une. C'est dégueulasse. Et salutaire. Encore. Encore.

*Hailey embrasse Alex.* Encore. *Hailey emmène Alex.* Encore.

*Hailey qui m'embrasse.* Je tressaille, porte la bouteille à ma bouche. *Ce n'était pas un vrai baiser, pas de quoi s'enflammer.* Encore. *Merde !* Et ce désir ridicule qui revient à la simple évocation de sa bouche… Encore.

Je crache.

Putain, je suis en feu. J'exsude l'alcool et la colère. À moins que ce ne soit la déception. Ou peut-être que j'ai juste trop mangé. Encore. *Je ne suis pas triste, je suis quelqu'un de léger et j'accepte la défaite.* Encore.

C'est atroce. Je me racle la gorge, ma vue se brouille de plus en plus. Alors pourquoi est-ce que j'ai sans cesse cette vision d'Hailey et de ses beaux yeux tristes ? Pourquoi cette image persiste, elle ? Pourquoi j'ai beau cligner les yeux, je la vois toujours ? Encore.

Je suis hanté, c'est bien ma veine.

Encore.

Ça ne fonctionne pas du tout.

Quelle merde ! Non seulement je n'ai absolument pas oublié ce qui est en train de se passer à l'étage, mais en plus j'ai toujours envie de tout péter. Tiens, si, ça c'est peut-être nouveau. J'oublie le cul pour ce soir, mais si je me lançais dans le *fight* improvisé ? Je fais une tête de plus que la plupart des mecs, alors j'ai peut-être mes chances. *Oh, putain, je tangue, le comptoir tangue, le monde entier tangue.* Je viens de trébucher sur quelqu'un. C'est possible, ça ? Qu'est-ce qu'il fout par terre aussi ? Ah, c'est p'têt lui que je viens de pousser. *Ouais, je cherche les emmerdes.* Sauf qu'en vérité je n'en veux à personne d'autre que moi-même. *Ce qui est bien con.* Gordon me prend le bras. Je m'en fous, mais ça pourrait devenir un prétexte. Genre, me touche pas ou j'explose, non ? Si ?

Je souffle. Je me gratte les bras frénétiquement. *Nouvelle peau, nouvelle donne ! Je me fais muer pour retrouver le moi d'avant Hailey.* Je frotte, j'ai besoin de me sortir son odeur de moi. *Elle t'a à peine touché.* Elle m'a imprégné, bordel !

– Clive, vieux, calme-toi, tu cherches quoi ?

C'est le moment de sortir la réplique qui met le feu aux poudres. Mais je n'ai rien de rien en stock. Putain, HackMeLove m'a rendu paresseux ou quoi ? Tiens, ça pourrait faire un bon concept… La joute verbale pour mettre fin à la violence dans le monde, façon tournoi. Je me marre tout seul. Ah oui, j'oubliais, je dois répondre à Gordon. *Bah, il est où ?*

Je souffle encore. Je n'ai pas assez d'air pour parler de toute façon. Je halète et titube comme une danseuse sous ecsta, c'est désolant. Le cliché du mec désespéré. *C'est ce que t'es, Clive.* Je tousse. La tequila a remplacé le sky, je ne sais même pas quand. Beurk.

*Waouh, tout tourne drôlement par ici.*

J'avance prudemment, marcher sur les gens n'est pas mon sport préféré. D'ailleurs, je n'aime pas le sport. Je zieute partout : *elle est où ma bouteille ?* Je claque ma langue sur mon palais. Vraiment dégoûtant. La tequila ne sent pas du tout comme toi, Hailey. Comme une baiseuse d'Alex, si par contre. Ça pue. *Dans ta main, Clive, la bouteille, dans ta main.* Encore une gorgée. Je flotte curieusement, j'ai enfin retrouvé ma légèreté. Tout va mieux, j'ai l'impression de voler.

*Putain.* J'ai mal partout. Je viens de me vautrer. Je suis tombé en plein dans l'angle du couloir. Enfin, je crois. Je pisse le sang. Je défonce la porte des toilettes pour choper de quoi éponger, et des cris suraigus accueillent mon exploit. *M'en fiche de ce que tu fais, miss, je veux juste arrêter cette putain d'hémorragie.* Je m'appuie sur le mur, mais ce connard se fait la malle. Putain, je suis retombé. Je vois plus clair. Besoin d'air. Faut que je sorte. Je me faufile adroitement. Ouais, enfin, je rampe. Non, je suis debout, l'honneur est sauf. Sauf si le mur est le sol, car là je sais plus.

Je trouve la porte d'entrée. Enfin. Je souffle et me laisse tomber contre le mur. J'ai du sang partout, ça doit être immonde à voir. Tout tourne. *Sérieusement ?* Je vais vomir. Je pose la main sur mon cœur. Il bat trop vite. Merde, je tousse. Encore. Encore. Faut pas que je me vide de mon sang, je suis un putain de cas, si seulement j'avais une bonne raison pour me sentir aussi enragé. Et si je pouvais me soulager aussi, trouver le bon moyen. *Comme mettre un pain dans ta gueule, Alex.*

J'ai mon compte. J'envoie un texto à ma mère. Pourvu que mes doigts n'aient pas fait n'importe quoi, car je vois trop trouble pour être sûr de moi. Impossible de rentrer dans cet état. Il n'est même pas si tard, je crois. Enfin, j'espère.

Je suis tellement avachi que je suis presque allongé à côté de la porte. Je pourrais finir par m'endormir si je n'avais pas cette oppression qui écrase mes poumons. Je suce mon sang comme un vampire mais il continue de couler. Je m'étouffe presque et ce goût métallique aggrave mon amertume.

La porte s'ouvre. La musique et les rires paraissent bien lointains. Pourtant son parfum, je le reconnais. Même comme ça. J'inhale malgré moi.

*Mmh, voilà ce que j'aime, rien à voir avec la tequila. De la pêche, peut-être ? Ou l'odeur comme dans ce bouquin, là, l'odeur de la femme vierge, je crois. Putain, elle n'est pas vierge, elle vient de se taper Machin-Connard.* Je soupire. *Eh ouais, c'est la vie.*

Mes yeux tombent sur mon tee-shirt ensanglanté. *C'est quoi déjà cette comptine que Mary adorait ? Ah oui, « tapis, tapis rouge ». Rouge, rouge, tout est rouge.*

Merde, je saigne encore, il faut que maman arrive vite.

– Oh, Clive, tu es là ?

Je ne réponds pas. Je suis en train de crever. *À cause de toi, sorcière.*

– Qu'est-ce que t'as ? Tu as bu ? Tu es saoul ?

Je bafouille, mais elle ne comprend rien, ses deux yeux angoissés restent rivés sur moi. *Tu t'inquiètes donc un peu ?* J'ai une horrible nausée qui arrive, ce n'est pas le moment de parler. J'articule et grogne.

– Fous-moi la paix, Hailey.

Comme d'habitude, elle ne veut pas me lâcher.

– Euh, t'es sûr ? Tu es plein de sang, tu es horrible à voir. En fait, tu fais vraiment peur, là…

Je tourne la tête du côté opposé. *Va-t'en, s'il te plaît.*

Hailey s'accroupit près de moi et prend ma main. Elle est redevenue elle-même, on dirait. Sauf que je ne veux pas d'elle. Je ne vois que Machin-Connard sur elle, ou je ne sais plus quel enfoiré, mais elle n'avait pas le droit. *Elle a le droit, Clive.* Je retire ma main d'un geste brusque et me recroqueville, pris par des spasmes violents.

– Tu n'as pas l'habitude de boire, c'est ça ? insiste Hailey.

– Laisse tomber, je grommelle entre deux hoquets.

Heureusement, ma mère arrive. J'entends plus que je ne vois le moteur qui s'éteint et la portière qui claque. Puis ses pas précipités dans l'allée. Elle est en panique. La pauvre, c'est bien la première fois que je lui fais un coup pareil. *Désolé, maman, je crève ce soir. Ce ne sera pas une grande perte.*

– Clive, mon chéri, qu'est-ce qui s'est passé ? Tu vas bien ? Tu as le nez qui saigne. Tiens, prends ça.

Elle me fourre de force un bout de tissu dans le nez.

Hailey est toujours là. Elle regarde ma mère s'affairer et s'agiter. Elle ne bouge pas.

Ma mère commence à me soulever mais je suis trop lourd pour elle et je n'ai plus de force. Je me redresse un peu, place laborieusement une jambe sous mon cul pour m'aider. Je suis pitoyable. *Devant Hailey.*

Ma mère ne s'embarrasse pas avec ce genre de détails. Elle apostrophe Hailey.

– Jeune fille, ne restez pas plantée là, voyons ! Aidez-moi, on va chacune prendre un bras sur l'épaule et le traîner jusqu'à la voiture.

Hailey acquiesce de la tête et je la sens se placer tout contre moi avant de prendre mon bras qui pend lamentablement. J'ai honte. Ça ne pouvait pas plus mal finir. Je ne la regarde pas. Je ne vois pas grand-chose de toute façon.

J'aimerais m'excuser. Vraiment. Les mots ne sortent pas. Mais j'ai mal. Et son corps contre le mien, même dans mon état, c'est une putain de torture. *Si elle savait la vérité pour Bryan, elle m'achèverait au lieu de m'aider…* Mes jambes s'emmêlent, est-ce que j'ai les yeux encore ouverts ? J'ai envie de dormir.

Ma mère et Hailey parviennent enfin à me faire entrer dans la voiture. La portière se referme. Je tremble.

J'entends leurs voix pressées sans distinguer aucun mot.

Ma mère s'engouffre dans la voiture et m'emmène. Je sombre.

# 12

## Clive

La sonnette retentit. Je ne bouge pas. Ma mère se précipite comme toujours vers la porte. Bien qu'elle n'en dise rien, je sais qu'elle espère secrètement que ce soit papa. À moins que ce soit moi qui espère, va savoir. Je soupire, conscient d'être ridicule de l'attendre encore après toutes ces années, mais il y a toujours ce laps de temps très court, une microseconde pas plus, où je crois qu'il est de retour. Évidemment, ce n'est jamais lui. Maman revient à la cuisine sans rien montrer.

– Clive, c'est pour toi ! Encore la petite jeune fille !

Je maugrée.

– Rappelle-moi déjà pourquoi tu lui as donné notre adresse ?

– Oh, elle a aidé, elle était gentille et inquiète, et visiblement beaucoup plus raisonnable que mon propre fils, alors…

Ma mère ne s'en veut absolument pas. Elle a donné mon adresse à Hailey l'autre soir, sur un coup de tête, et depuis, ça fait trois jours qu'Hailey sonne à la porte, juste après la fin des cours compte tenu du trajet, et trois fois que je refuse de lui ouvrir. Ma mère ne comprend pas. Elle insiste lourdement pour que je sois au moins poli.

– Clive, bon sang, tu pourrais aller lui parler, c'est un minimum. Elle se déplace pour rien, là.

– Oui, eh bien, je ne lui ai rien demandé donc elle pouvait s'y attendre.

– Cesse donc de faire ton ours, tu n'as plus 6 ans !

– Qui fait son ours ? demande Mary en entrant dans la cuisine.

Elle s'assoit nonchalamment sur une des quatre chaises en bois et s'empare d'une pomme.

– Ton frère. Une amie de la fac vient le voir depuis l'autre soir et il refuse de lui ouvrir.

Ses yeux curieux naviguent de ma mère à moi avec jubilation. Mary se tourne finalement de mon côté et demande à ma mère d'un air innocent :

– Ah oui ? Quelle amie ?

– Une certaine Hailey.

Mary pouffe et me lance un regard désolé avant de croquer dans son fruit.

– Il l'aime bien.

*What ? J'hallucine.* Maintenant, maman ne va plus me lâcher et, putain, j'ai juste besoin qu'on me foute la paix. En plus, je suis dégueulasse à voir, j'ai des hématomes un peu partout, dont un en plein sur la face. J'ai eu une mégabarre au crâne pendant vingt-quatre heures, à tel point que je suis resté cloué au lit sans pouvoir bouger ni manger. Mon teint est blafard et ma peau parsemée de taches rouges à force d'avoir trop gratté. J'ai assez donné dans le pathétique, inutile d'en rajouter.

Mary évite soigneusement mon regard mais arbore le pire sourire canaille dont elle est capable et ma mère s'est soudain redressée.

Je rétorque :

– Je n'en ai rien à foutre de cette fille. Elle me colle, c'est tout.

– Tu l'aimes bien, vraiment ?

Mary rit dans sa barbe, j'ai envie de lui enfoncer sa pomme dans la bouche. Car ma mère a une audition sélective, c'est bien connu. Elle me fixe à présent avec attention, prête à débusquer le moindre changement d'expression sur mon visage. Mais ça fait trois jours que je me blinde, alors je pense pouvoir dire que je reste de marbre.

– Non, n'écoute pas Mary, elle prend simplement ses rêves pour des réalités.

– Tu as le droit d'être heureux, mon chéri, tu sais ?

*Et voilà.* Qu'est-ce que je disais ! Merci, Mary la traîtresse. Justement la discussion à éviter à tout prix. Sérieux, la paix, putain, c'est tout ce que je demande. Seulement ma mère attend une réponse.

– Elle ne me rend pas heureux, c'est tout le contraire, maman. Alors si tu pouvais juste, tu sais…

– Je voulais juste te redire qu'à ton âge, c'est tout à fait normal, et…

– Stop, maman ! Message reçu. Merci.

– Tu as rougi, Clive, ajoute-t-elle en souriant.

– Je n'ai pas rougi.

Elle lève les yeux au ciel tandis que Mary mime des bisous énamourés sur sa putain de pomme. *Elle ne pourrait pas manger plus vite et retourner dans sa chambre ?*

– En fait, tu es plutôt violet, ironise Mary en montrant mon visage. Mais c'est ma couleur préférée, comme tu es mon grand frère préféré.

– Je n'ai pas rougi, je répète en scandant chaque mot.

Je me renferme, maman le remarque. Elle me lance un regard navré et se détourne.

– Très bien, Clive. Alors prends ton courage à deux mains et va le lui dire toi-même.

Le sujet est clos, c'est toujours ça de gagné. Je me lève à mon tour et me dirige vers la porte. Elle a raison, après tout. Le plus simple est encore de régler la question moi-même. J'appréhende la réaction d'Hailey. Je ne sais pas ce qu'elle me veut et surtout, je n'ai aucune envie de la voir. Elle va encore me tanner pour que je l'aide avec cette histoire de Bryan. Je souffle. Pourquoi est-ce qu'elle persiste ? Je pensais qu'au bout de trois jours elle aurait compris. Bien sûr, c'était compter sans Hailey et sa détermination à ruiner ma vie.

J'ouvre la porte. Elle est là, sur le perron. Elle resplendit dans le soleil d'après-midi. Elle porte un jean bleu ciel et un tee-shirt blanc tout simple, ses cheveux rayonnent autour d'elle et la lumière fait ressortir le bleu de ses yeux, comme une trouée dans un ciel d'orage. Sublime. Parfaite.

Je ferme la porte derrière moi, hors de question qu'elle rentre à l'intérieur, surtout avec les deux curieuses qui n'attendent que ça. Comme chaque fois que je la vois, j'ai le cœur qui accélère, ce putain de traître.

– Qu'est-ce que tu viens faire ici ?

Je ne suis pas franchement aimable, mais merde, elle l'a cherché.

Hailey lève les yeux vers moi. Sa bouche forme un petit « o » quand elle constate l'état de mon visage et elle ne peut pas s'empêcher de passer les doigts dessus. Je me recule, hélas le mal est fait : j'ai frissonné.

– Waouh, tu ne t'es pas loupé, on dirait !

– C'est pour me féliciter de ma connerie que t'es venue me voir ?

Son bras retombe. Elle soupire avec lassitude.

– Non… Je voulais être sûre que tu allais bien. Tu étais dans un tel état… Je m'inquiétais pour toi.

– Tu t'inquiétais, mais tu as quand même eu la présence d'esprit de demander mon adresse à ma mère, je persifle.

– Oui, c'est vrai.

– Alors que tu savais que je n'avais aucune envie que tu viennes ici.

– C'est vrai aussi.

– Bien. Alors on s'est tout dit, je crois.

Hailey m'attrape le bras, je la repousse. *Je ne veux pas qu'elle me touche, merde.*

– Je suis désolée.

Quoi ?

– Je suis désolée, répète-t-elle.

– Pas la peine d'être désolée. Tu n'as fait de tort à personne. Tu fais ce que tu veux. Avec qui tu veux. Comme moi.

Elle me jette un regard étrange, mais je ne veux plus déchiffrer ses expressions. J'en ai fini avec elle. Dans ma tête en tout cas, c'est très clair. J'ai joué, j'ai perdu. Fin de l'histoire.

– Écoute. J'ai eu peur quand je t'ai vu, c'était vraiment impressionnant. Tout ce sang.

OK, changeons de sujet.

– J'étais trop saoul pour m'essuyer correctement. Et, pour répondre à ta question, en effet, je n'ai pas l'habitude de l'alcool à hautes doses. Ta curiosité est-elle satisfaite ?

Je perçois un mouvement dans mon dos, mais à peine me suis-je retourné que le battant de la porte se referme derrière moi. J'entends un petit rire excité s'éloigner rapidement. *Mary, cache-toi bien, je vais te faire la peau.* Hailey se tord les mains, mal à l'aise. Je sens que la suite ne va pas davantage me plaire. Elle se secoue comme si elle avait pris une décision.

– J'ai besoin de ton aide, pour l'histoire avec Bryan. Tu as promis et j'ai peut-être une possibilité samedi soir.

– Je n'ai rien promis du tout. Je ne ferai rien.

– Si. Ce type est vraiment un enfoiré et je ne renoncerai pas.

– Alors débrouille-toi toute seule.

– Clive !

– Merde, Hailey. Qu'est-ce que tu attends de moi, à la fin ?

– Juste un coup de main. Après je te laisse tranquille, promis ! Il y a une soirée dans la maison parentale d'Anthony qui se trouve habiter juste à côté de la colocation de Bryan, je me suis renseignée. Si toute la coloc de Bryan est chez Anthony, j'ai le champ libre. Mais il me faut ses clefs, donc que tu les lui piques.

– Rien que ça ! j'ironise. Et je suis censé faire comment ?

– J'en sais rien ! Tu les prends dans sa poche.

– Bien sûr. Pendant un collé-serré, je suppose ?

Elle rigole. *Putain, comme ce son me manquait… alors qu'on se connaît à peine*. Elle m'a forcément jeté un sort. Je suis stupide, mais je refuse de l'entendre pour la dernière fois. Elle ne manque pas d'air en tout cas avec son plan à deux balles où je prends tous les risques. Je pèse le pour et le contre. Je fais mine de l'aider et ensuite elle disparaît de mon radar. De toute façon, elle ne trouvera rien, donc je ne risque pas grand-chose.

– Je vais y réfléchir.

On se regarde sans rien dire, moi le visage fermé, elle avec un petit sourire timide, puis elle tourne les talons et s'en va.

# 13

## Clive

Nous y voilà.

Hailey doit passer me prendre dans cinq minutes. *Ouais, j'ai accepté.*

Comme ma mère m'a puni à cause de la dernière soirée, je suis obligé de la jouer discrète. Elle est tolérante, mais elle n'a pas apprécié le coup de stress. J'étais tellement beau à voir qu'elle a dû poser des congés pour rester auprès de moi. Et ça, elle ne me le pardonne pas. J'ai prétexté le besoin de me reposer pour m'enfermer dans ma chambre. Un motif qui devrait passer, puisque je consacre le plus clair de mon temps dans ma piaule sur mon PC. Mary est dans la confidence, elle a promis de me couvrir auprès de notre mère. Plus qu'à attendre Hailey. Elle va discrètement venir me chercher pour son plan foireux qui a toutes les chances de finir mal.

***

Le léger bruit d'un caillou sur ma fenêtre, c'est le signal. Au moins, elle a compris mes indications. Je souris. *Faudrait vraiment qu'elle se mette au smartphone, j'ai l'impression de jouer dans un vieux et mauvais film.* J'enjambe le rebord et me laisse tomber sur l'herbe depuis le premier étage. Réception souple et surtout sans bruit. Je ne suis pas peu fier.

Je rejoins Hailey dans sa voiture et m'installe à ses côtés, Muse en bruit de fond.

– Manches longues ce soir ? remarque Hailey d'un geste du menton.
– Hématomes, j'explique, placide.
– Toujours pas partis ?
– Je ne fais pas les choses à moitié, faut croire.
Je ricane. *Ouais, ça résume bien ma putain d'existence, ça.* Hailey me regarde bizarrement, elle ne peut pas comprendre.
– C'est pas trop mon truc, les missions commando, je reprends.
– Moi si. Je suis trop excitée.
Je la contemple. Ses yeux brillent, elle est fébrile et affiche un grand sourire. *Toujours aussi belle.*
– Tu en as l'air… je lui dis en souriant légèrement et en détournant les yeux vers la vitre.
Silence.
– Je ne te comprends pas, Clive.
– Peut-être qu'il n'y a rien à comprendre.
– Tout ça, c'est pas cohérent… Je…
– Hailey, je la coupe, on n'a pas besoin d'être amis, alors ne faisons pas semblant. Je t'aide pour ce coup-là et ensuite basta.
– Tu vois, c'est exactement ça. Tu fais le connard et en même temps tu es si… Enfin, bref. Je suppose que tu sais ce que tu fais.
– Bingo, Sherlock. Je sais ce que je fais, et tu sais aussi ce que tu fais. Tu n'as pas voulu me sucer, OK, j'ai pigé. Je m'en suis remis. Il y a d'autres candidates en lice.
Elle grimace, je me renfrogne. Je la rembarre comme je peux, je ne veux plus me faire piéger.
– Et l'autre soir ?
– Quoi, l'autre soir ?
– Pourquoi as-tu autant bu ?
– J'en avais envie. Tu m'as foiré mon coup avec Morgan en m'agressant, alors j'ai décidé de me défoncer. Je suis ce genre de mec.
– Qui couche et qui boit.
– Voilà.

– Bien.

– Très bien !

Silence.

– J'ai perdu mon petit frère.

*Putain, qu'est-ce qu'elle me fait, là ? Un moment confidences après s'être foutue royalement de moi ?* Elle n'est pas sérieuse. Les mots résonnent pourtant en moi, se frayent un chemin. Mais je ne veux pas savoir.

– Hailey…

– Non, écoute, mon joker, tu te rappelles ?

– Non. Aucun souvenir, je nie avec une mauvaise foi criante.

Inutile de se jouer la séquence souvenirs partagés. Elle ne sert qu'à enfoncer le couteau dans la plaie. Moins j'en saurai, mieux je me porterai.

– Clive ! s'agace-t-elle.

– Merde, Hailey, tu fais chier. J'ai pas envie de parler.

– Moi, j'en ai envie.

Je soupire longuement. *Pourquoi ne veut-elle pas tout simplement lâcher l'affaire ?* Je me tourne vers elle, nos regards s'accrochent. Je suis impatient d'arriver alors qu'elle, elle semble perdue. Son expression est hésitante, j'ai l'impression qu'elle oscille entre deux attitudes. Ses yeux s'attardent encore un peu sur moi puis elle lance :

– J'ai perdu mon petit frère. Il était malade. C'est l'anniversaire de sa mort aujourd'hui.

*Et merde. Tais-toi, Hailey, je ne veux rien savoir. Surtout pas ça.*

– Je suis désolé, Hailey. Je… je ne sais pas quoi dire…

– Je m'en veux, poursuit-elle les yeux fixés sur la route devant elle. Je n'étais pas là. Alors tu vois, je veux vivre ma vie intensément. Pleine d'aventures, de rires, de folie, parce qu'ainsi, c'est comme s'il vivait toujours à travers moi.

Sa voix se brise. Elle pleure. J'ai une putain de boule dans la gorge qui ne veut pas descendre. *Je fais quoi avec ça, moi ?* Elle sanglote doucement, se perd dans ses pensées. Au bout d'une minute, sa voix un peu cassée se fait de nouveau entendre :

– Je veux me rendre utile également. Faire des choses bien. C'est pour ça que c'est aussi important pour moi ce soir. Il y a des injustices contre lesquelles on ne peut rien. Mais contre des pervers qui abusent des autres, là je peux agir. Tu saisis ?

Je ne réponds pas et me détourne pour observer les rues qui défilent. Je pleure aussi. En silence. *Je sais, je suis faible. Faible et con.*

Hailey pivote vers moi, alors je fuis son regard.

– Mais Clive, tu pleures ?

– Ne me regarde pas, putain.

Elle me fixe un bref instant, troublée, avant de reporter son attention sur sa conduite. *Ben oui, ça craint pour le mec soi-disant détaché.*

– Je… je suis passée au cimetière cet après-midi. Je suis venue lui parler. Lui raconter ma vie.

– Il est enterré ici ? je demande en me raclant la gorge. Je pensais que tu habitais la Californie.

– J'ai grandi ici en fait, jusqu'à sa mort. Ensuite, on a déménagé. Il avait 6 ans. C'est moi qui ai voulu partir, puis revenir.

Elle hésite une seconde puis lâche :

– Je lui ai parlé de toi, tu sais. De ce grand garçon étrange qui joue au con.

– Hailey, arrête.

– Il n'y a rien de pire que de perdre quelqu'un qu'on aime. Je crois que tu le sais, je me trompe ? Ton père…

*Hailey, ça suffit.*

– Ne parle pas de mon père.

J'ai jeté un froid. Elle se crispe, les jointures de ses mains blanchissent sur le volant. Mon ton sec la dissuade d'insister. Tant mieux. Sans un mot de plus, nous terminons le trajet et arrivons.

– On y est, dit-elle en coupant le moteur.

On descend. Enfin, moi, je me jette hors de sa caisse car je n'en peux plus.

Il est déjà tard. La nuit est tombée depuis longtemps. On peut apercevoir les silhouettes des fêtards à travers les fenêtres. À l'extérieur en revanche, tout est calme. On doit se séparer. Et le plus vite sera le mieux. Elle va rester cachée dans le jardin de Bryan pendant que je récupère les clefs de ce connard chez Anthony et les lui apporte. Sans tarder, je m'éloigne rapidement puis stoppe net, les mains dans mes cheveux que je maltraite d'énervement et de frustration. *Mais quel con je suis, putain.*

Je fais demi-tour, la rattrape, et avant qu'elle ne s'enfonce dans l'obscurité des buissons, je m'empare de sa main et la prends dans mes bras. Elle paraît si frêle, comme ça, avec ses yeux tristes, perdue dans ses vêtements noirs. Je la serre fort.

Longtemps.

Et je murmure :

– Je suis désolé pour ton petit frère, Hailey.

Puis je mets fin à notre étreinte et je m'enfuis vers la maison.

# 14

## Clive

L'opération « Clefs » commence maintenant. J'ai repéré Bryan, il est en train de discuter dans le vaste couloir qui mène au jardin arrière. Il est entouré de deux jolies nanas de première année, donc j'en déduis que la perte d'Hailey n'a pas été un traumatisme insurmontable.

Ça tombe bien qu'il soit dans un plan drague. Je ne connais pas les filles, mais je pense pouvoir en corrompre une à moindres frais. Je vais prendre un Coca dans la cuisine hypermoderne et rutilante d'Anthony, pas question de toucher à de l'alcool ce soir, ma dernière expérience m'a vacciné pour un bout de temps. En sortant, je regarde autour de moi. L'ensemble de la baraque est meublé de façon design, minimaliste et avec quelques touches de couleur données par des tableaux d'art contemporain. Il n'y a pas à dire, ses parents ont du goût – et du blé. Rien à voir avec l'ambiance bordélique et reprisée à laquelle je suis habitué.

Je m'avance et m'incruste nonchalamment dans leur discussion. Je vois d'ici que Bryan agit sous couverture, entendez SaberLegend. Il est en plein numéro de charme et je me repais du spectacle pendant quelques minutes. Après tout, c'est un peu mon taf qui paie ici. *Taf qu'Hailey rêve de détruire en ce moment même. Merveilleux.* Bryan se décale pour me laisser une place dans leur petit groupe, il arbore un rictus sceptique qui me donne le sourire : ma présence ne semble pas le tranquilliser outre mesure.

Parfois, pour savoir quelle fille est la plus prête à donner de sa personne, il suffit de poser une simple question et d'observer sa réaction. Tout est dans le choix de la question. Bien sûr, on peut toujours tricher. Il y a cependant des signes qui ne trompent pas : petites rougeurs, tremblements, battements de cils, etc. J'en ai répertorié quelques-uns sur HackMeLove pour les besoins éclair, avec des filles qui a priori ne demandent que ça.

Je décide donc de faire le gros lourd et je balance, sans me soucier du sujet en cours :

– Dites, les filles, avec Bryan, on aimerait être des gentlemen ce soir, mais pour que tout soit parfait on a besoin que vous nous dessiniez quelque chose…

Bryan me jette un regard interrogateur et méfiant. Il a peur que je lui sape son coup, ce con. Il n'a pas digéré mon rencard improvisé avec Hailey. Pas besoin de lui révéler comment ça s'est terminé pour moi le soir même, ceci dit. Il en serait trop heureux.

Les filles se toisent, j'en vois déjà une qui rougit, toutefois je préfère attendre la confirmation.

– Qu'est-ce qu'il faut dessiner, et qu'est-ce qu'on y gagne ? demande en gloussant sa copine, une brune bouclée du nom d'Emilia, je crois.

– Ta position préférée suffira amplement. Sexuelle, j'entends. Et… tu y gagnes un moment inoubliable avec mon pote Bryan ici présent, ou avec moi.

Emilia détaille Bryan avec appétit, puis moi, je crois qu'on lui plaît vraiment. Ça m'arrange. Par contre, sa copine a failli faire un malaise au mot sexuel donc je sais déjà avec qui traiter.

– Viens, je vais te donner une feuille et un stylo.

Elle me suit vers une chambre où s'entassent les affaires des uns et des autres. Je me tourne vers elle et lui caresse doucement la joue pour l'amadouer un peu.

– Emilia, je lui dis, si tu me rends un petit service, maintenant, je te promets de m'occuper de toi ensuite.

Elle s'approche et place les mains sur mon torse. Bien que ma seule envie soit de l'envoyer balader, je n'oublie pas que je suis en mission. Elle est mignonne, oui, mais les mots d'Hailey flottent autour de moi et m'entravent.

– Dis-moi ce que je peux faire pour toi, Bryan.

– Non, moi c'est Clive. Mais je te l'accorde, ça n'a pas grande importance.

Je lui offre mon plus beau sourire faux, me colle à elle pour la chauffer un peu et lui chuchote à quelques centimètres de ses lèvres :

– Voilà ce que tu vas faire. Tu vas enlacer Bryan, le vrai, par-derrière et, avec tes mains que je devine expertes, tu vas lui offrir un petit plaisir discret. N'hésite pas à déboutonner son pantalon pour être plus à l'aise. Et, ah, oui, quand tu le sentiras, tu mettras une de tes mains dans sa poche et prendras ses clefs. Je serai derrière toi pour les récupérer.

Elle glousse, elle a déjà pas mal d'alcool dans le sang, toutefois la perspective a l'air de lui convenir. Pour elle aussi, c'est sûrement un jeu.

– Pourquoi tu veux ses clefs ? demande-t-elle, plus par curiosité que par méfiance.

– C'est un petit jeu entre nous, je réponds en embrassant son cou. Un défi de potes, tu vois. Mais t'inquiète, je les lui rendrai, il ne pourra pas se passer de toi ce soir.

– Et pour le dessin ?

– Fais-toi plaisir, miss, je lui réponds en lui tendant l'étiquette de mon Coca.

Quand nous revenons dans le couloir, Bryan tient Clara, la copine d'Emilia, dans ses bras. Ils ont l'air de danser un slow sage malgré la musique électro qui rythme la soirée. Emilia me lance un sourire provocateur et va se positionner derrière Bryan. Le mec doit se prendre pour un dieu vivant, ça me fait rire. L'avantage, avec deux nanas sur le dos, c'est qu'il a moins de chances de se rendre compte de la manœuvre d'Emilia.

J'assiste au spectacle en connaisseur. C'est divertissant, bien que ça me rappelle cruellement que j'ai le cœur en miettes à cause d'une certaine fille résolue à foutre ce boulot en l'air. Bryan m'aperçoit et brandit le pouce à la verticale en signe de reconnaissance, il est aux anges. Je lève les yeux au ciel avec amusement.

Emilia est efficace : au bout de seulement trois minutes, elle s'écarte après une caresse langoureuse sur les fesses de Bryan et se décale triomphalement pour me tendre les clefs.

– N'oublie pas mon dessin, Bryan ! me lance-t-elle avec un clin d'œil lorsque je m'apprête à sortir.

Je me marre. Elle se fiche complètement de mon prénom, cette fille est pire que moi. *Comme quoi…* Je déplie le papier qu'elle a glissé dans ma poche et l'ouvre machinalement.

Je crois que j'ai dû perdre ma mâchoire au sol tellement je suis surpris. Sur le dessin, une fille est dessinée avec une flèche qui indique « Hailey » et entre parenthèses à côté, une précision : « (C'est ma copine) ». Un petit mot complète le tout : « Si tu veux savoir, demande-lui. » Le clin d'œil et le salut de la main tracés hâtivement sont explicites : elle se moque de moi. Je n'en reviens pas.

*Hailey, qu'est-ce que t'as foutu encore ?* Cette fille est diabolique, il n'y a pas d'autres explications. Je ne sais pas ce qu'elle a dit à Emilia, mais me voilà pris à mon propre jeu. Je rigole. Mais surtout, je m'interroge. Pourquoi m'avoir demandé de prendre les clefs de Bryan, puisque de toute évidence, elle avait une amie pour s'en charger ?

C'est quoi ça, un test ?

*Putain.* Je ne comprends pas.

Mon échine est parcourue d'un frisson que je reconnais. Un frisson d'excitation et de danger.

Je rejoins Hailey tapie dans un buisson. Elle m'arrache les clefs des mains et se précipite vers la porte arrière de chez Bryan sans un merci, tout en expirant avec soulagement. Je la contemple dans la nuit silencieuse. Avec ses vêtements noirs, sa capuche sur la tête, on dirait vraiment une voleuse. En revenant à la fête, je suis songeur. Mes pensées s'embrouillent, entre Hailey, son petit frère, ses rêves de justice, sa réaction face à son *bot* et le dessin d'Emilia. Je ne sais plus quoi penser. J'ignore si je dois me vexer, me mettre en colère, ou fuir. Ma queue semble avoir sa propre idée.

# 15

## Clive

Avachi dans le canapé XXL d'Anthony, je zone vaguement sur Internet en attendant le retour d'Hailey. Autour de moi, c'est un peu la folie, entre les danseurs qui se déchaînent, les couples qui s'aspirent la bouche à côté, et l'équipe de foot qui commente les résultats de l'après-midi avec un enthousiasme beaucoup trop bruyant. Malgré la difficulté à me concentrer sur mes pensées, hors de question de partir sans tirer les choses au clair. En plus, c'est con, mais je compte sur Hailey pour me ramener.

Quand elle arrive enfin, l'air de rien, elle dépose son sac et s'empresse de saluer sa copine Emilia. Je suppose qu'Emilia doit lui raconter mon intervention et ma superbe tentative de drague à deux balles. Je me surprends toutefois à espérer que son récit énerve un peu Hailey, sans trop savoir quoi en penser. Elle part se chercher à boire dans la cuisine et disparaît quelques minutes de mon champ de vision. Je n'en mène pas large. J'ai un peu réfléchi sur l'approche à avoir, entre une confrontation directe ou une enquête plus discrète, et j'ignore quoi faire. Hailey me plaît beaucoup trop et m'empêche d'aligner des idées cohérentes. Quoi qu'il en soit, l'impression de m'être fait avoir plane dans l'air, et pour tout dire, m'asphyxie les neurones. Hailey m'a prouvé qu'elle ne reculait devant rien – *connard d'Alex* – et l'enclume que je sens au fond de moi pèse de plus en plus lourd.

Elle m'aperçoit enfin et me rejoint sans se presser, non sans me gratifier d'un petit clin d'œil complice. Je lui souris pour me donner une contenance.

– Alors ? je demande quand elle s'écrase à côté de moi en renversant au passage une partie de son gobelet sur mes jambes.

Le peu de place restant l'oblige à se coller contre moi et, merde, ça n'aide pas du tout.

– J'ai eu des réponses, fait-elle avec un air ambigu.

Je regarde ses doigts qui jouent nerveusement sur son verre.

– Et donc ? j'insiste. J'ai bien le droit de savoir, il me semble ?

– Oui, tu as le droit. Je n'ai rien trouvé sur son PC ni sur sa tablette. Rien du tout. Pas de trace de ce HackMeLove…

Je souffle pour masquer mon inquiétude. *Donc elle avait bien vu le nom de l'appli.*

J'essaie d'avoir l'air le plus innocent possible, mais il faut quand même que j'en sache un peu plus.

– Comment t'as fait ? Tu avais son mot de passe ?

Elle se mord les lèvres, hélas rien de sexuel dans son expression ce soir. Tout en me jetant un regard en biais, elle répond avec un naturel désarmant.

– Ouais. Un vrai coup de chance. C'est mon binôme de biologie et on a rendu un devoir ensemble il y a deux semaines. J'avais noté mentalement le code, inconsciemment je suppose.

*Pourquoi j'ai l'impression que tu mens, Hailey ?* Qui chercherait à voir un code ou pire, à le retenir, sérieux ? Qui, à part quelqu'un qui cherche quelque chose ?

Elle poursuit, avec cette fois dans la voix une excitation réelle.

– Mais tu sais quoi ? Ça ne peut vouloir dire qu'une chose ! Ce con de Bryan n'est peut-être pas aussi pervers que je l'imaginais… Enfin si, il l'est, mais en tout cas, ce n'est pas le seul. Il y a forcément quelqu'un d'autre derrière tout ça. J'ai regardé, HackMeLove ne se trouve pas sur le Net, ce n'est pas une appli publique. C'est forcément un truc plus gros…

Sans rire, tu m'étonnes. Elle est seulement en test pour le moment. Et elle n'est pas destinée à être rendue publique, qui plus est. Les utilisateurs l'ignorent, mais le calcul sur lequel se basent les prédictions d'action s'appuie en partie sur des données capturées en temps réel par l'appli, via leur téléphone et à leur insu. Un processus intraçable, mais effectif à condition d'être à moins d'un mètre de la source cible. Les rencards, c'était vraiment le meilleur plan pour tester ça. Le seul endroit où vendre une telle technologie, c'est le dark Web. À moi de bosser et de la perfectionner suffisamment pour y ferrer un gros poisson.

Son enthousiasme provoque un léger tsunami dans ma tête : c'est sûr, elle va vouloir chercher plus loin. Jusqu'où ?

– Et Emilia ?

Ma question sort presque malgré moi. J'ai besoin de comprendre.

Elle se met à rire.

– Oui, elle m'a raconté ! T'as encore fait ton connard, Clive. Sa position sexuelle préférée, vraiment ? C'était franchement une question en toc ! Et tu l'as pelotée, apparemment.

Là, elle ne sourit plus et je me sens mal à l'aise, comme un imbécile pris en flagrant délit.

– « N'est stupide que la stupidité », je rétorque pour faire bonne figure. Je te rappelle que c'est toi qui m'as demandé de t'aider. J'ai agi avec les moyens du bord. Emilia, en l'occurrence.

– Je sais bien, soupire-t-elle. Et Bryan a confirmé son statut de naze au passage. Mais elle le trouve mignon, je suppose que ça suffit.

– Tu la connais bien ?

– Un peu. C'est la sœur d'une amie d'enfance. D'avant, tu sais… mon petit frère.

À ces mots, elle prend ma main et me la serre. Je comprends qu'elle me remercie à sa manière. Mais je mourrais pour savoir de quoi. De l'avoir aidée, écoutée, enlacée ? Ou d'être ce gentil pion bien trop con ? Je la serre moi aussi, parce que tout ce que fait cette fille annihile mes défenses. Néanmoins, je n'oublie pas que je ne dois pas la laisser s'infiltrer trop loin en moi. Je n'oublie pas qu'elle et moi, c'est impossible.

Elle est à la recherche du roi des salauds et je suis ce roi. Je n'ai rien de bon à lui offrir. Rien.

Nous restons quelques minutes main dans la main, silencieux.

– Pourquoi tu me dis tout ça, Hailey?

Elle hausse les sourcils.

– Comment ça?

– Qu'est-ce qui te laisse penser que je ne suis pas un gros pervers, moi aussi?

Elle ne répond pas. Elle retire sa paume, pose son verre par terre, et, les coudes sur les genoux, elle enfouit son visage entre ses mains. Ses cheveux retombent vers l'avant et forment comme un rideau tout autour d'elle. Je les écarte doucement et les replace derrière son oreille. Elle tressaille.

– Pourquoi, Hailey?

– Je sais pas.

– Pourquoi tu n'as pas demandé à Emilia de t'aider?

– Je sais pas.

Elle secoue la tête.

– J'avais peut-être besoin de savoir si tu étais prêt à m'aider…

– Je n'en avais pas envie.

– Je sais, mais tu l'as fait quand même. Malgré tout… malgré ce que j'ai fait.

– Hailey, je crois qu'on devrait mieux…

Elle me coupe.

– J'avais juste pas envie que ça s'arrête, d'accord?

Je me redresse un peu, lui relève la tête du bout des doigts et ses yeux gris plongent dans les miens. J'y lis beaucoup de questions et… une certaine douceur. Je frémis. C'est le moment. Le moment de l'adieu.

Je prends une grande inspiration. *Pourvu que ma voix ne tremble pas.*

– Ça s'arrête maintenant, Hailey. Tu te trompes sur moi. Je suis un connard égoïste et je ne veux rien d'autre que mon propre plaisir. Alors, maintenant que je t'ai aidée, tu vas me ramener chez moi comme c'était prévu, et on en restera là.

Elle ne dit rien, se lève et va chercher son sac. Je me lève à mon tour. *En tout cas, elle n'essaie pas de me retenir. C'est ce que j'espérais, non ?*

Je soupire.

Non.

Dans la voiture, nous n'échangeons pas un mot. Trop de choses sont suspendues entre nous. Trop de mensonges aussi. Le mystère Hailey à élucider.

J'aurais pu prendre le rôle d'un ami, d'un confident pour tenter d'en savoir plus. Mais vous savez quoi ? J'en suis incapable. C'est Hailey après tout. Elle est trop… tout. Et moi, j'ai HackMeLove à protéger. À tout prix.

Je n'ai qu'une chose en tête.

Désormais, nous sommes ennemis.

# 16

## Clive

Lundi matin, je décide d'être plus présent en cours afin d'avoir un œil sur Hailey. Quitte à m'ennuyer un peu, j'aurai au moins tout le loisir de l'observer, voir avec qui elle traîne et si elle avance dans son projet de justicière.

Le premier cours de la matinée est barbant au possible et je me demande déjà si je vais parvenir à tenir le coup toute la journée. Pour le deuxième, en maths, bien qu'Hailey soit présente, je cherche Bryan du regard. Je n'ai pas oublié cette histoire de mot de passe. Aussi, quand on entre dans la salle, je m'assois sans demander la permission à côté de mon pote de drague. Un blond qui plafonne à un mètre soixante-neuf avec une belle gueule d'ange et des lunettes à monture épaisse. Bryan est sympa, mais je dois reconnaître qu'Admin a quand même bien les boules à cause de SaberLegend et qu'une partie de moi, la mauvaise, a juste envie de lui crever les yeux.

– Clive, salut ! Tu viens en maths, maintenant ? C'est pour le cours ou pour me piquer mon *date* ?

Toujours rancunier à ce que je vois.

– C'est uniquement pour toi, mon salaud. Je viens t'aider. Il paraît que t'as du mal.

– Connard.

Je ricane puis baisse un peu le ton pendant que M. Somerson noie résolument l'amphi dans les probabilités et la combinatoire.

– Bryan, dis voir… Tu es bien le binôme d'Hailey en bio ?

– Ouais. Mais autant te dire que ça s'est pas si bien passé avec elle…

– Ah bon ?

Je feins la surprise. Bryan ignore que je suis au courant. Il ne sait pas non plus que je suis Admin, mon pseudo de drague sur HackMeLove est Bowl_of_oranges, j'ai combiné deux comptes. *Ça vient du groupe Bright Eyes, encore, je suis un fan depuis toujours.* Bref, ce n'est pas le moment de me faire remarquer.

– Ouais, elle m'a jeté comme une merde.

– T'as tenté le coup à l'occasion d'un devoir chez toi, c'est ça ?

Ce n'est pas une blague, ça fait partie de certains scénarios sur HackMeLove.

– Non, du tout. On bossait à la bibliothèque de toute façon.

– T'avais ton propre PC, j'imagine ?

– Pourquoi ? Non, celui sur place. Sinon, tout a foiré juste après ton rencard volé, ducon.

Je lève les mains en signe de dénégation.

– Oh, tout doux ! Je n'y suis pour rien, je te l'ai même envoyée, je te rappelle. Et puis, tu t'es consolé samedi soir, je me trompe ?

– Grave ! Clara et Emilia, hmm…

– C'était pour me faire pardonner, vieux.

Bryan me donne un coup de coude et se replonge dans le cours. Moi, j'ai le cerveau qui bout. Hailey n'a pas eu accès au PC de Bryan pour la biologie, donc elle n'a jamais pu retenir son mot de passe comme elle le prétendait.

Putain, Hailey a craqué le mot de passe de Bryan ! Et ça, ça ne peut vouloir dire qu'une chose…

Je la regarde : toujours le stylo en l'air, mais à présent je comprends mieux. *Petite maligne.*

Elle cache bien son jeu. Maintenant que je sais qu'elle a des compétences en informatique, je ne vais plus la lâcher.

Cela veut surtout dire qu'il faut que je blinde les sécurités que j'ai mises sur les renvois de réseau et de connexion et protéger l'accès à mon serveur source, je n'ai plus le choix. Un taf monumental m'attend. Je dois dresser dare-dare des barrières virtuelles solides, les tester et les mettre en service. Personne ne doit tomber dessus.

***

Je bosse comme un dingue sur l'appli depuis une semaine. Je suis crevé. Entre la surveillance d'Hailey et les veilles nocturnes passées à verrouiller mon code, je n'en peux plus. Je pense néanmoins avoir quelques coups d'avance, même sur une nana douée. Je m'inquiète aussi pour Mary. Elle n'est pas en super forme. Ma mère a pris des heures de ménage en plus donc c'est moi qui m'occupe d'elle en son absence.

Hailey connaît de plus en plus de monde, elle a fait son trou rapidement et elle est à toutes les soirées désormais. Je me méfie. Je suis à peu près persuadé que ce soudain engouement a quelque chose à voir avec sa quête. Je dois penser à protéger aussi les utilisateurs d'HackMeLove qu'elle pourrait repérer, voire menacer. Personne ne sait que je suis le concepteur, mais tout de même. L'appli est plus fragile une fois à l'intérieur, il ne faudrait pas qu'elle convainque quelqu'un de lui donner un coup de main. Sur ce point-là aussi j'ai des arguments. Ce n'est pas pour rien que j'ai hacké les dossiers du campus et épluché les réseaux sociaux de mes camarades. J'ai cherché les secrets, les trucs gênants, bref, tout ce qui peut inciter un mec à défendre l'appli plutôt que causer. Ce n'est pas très élégant, mais je ne peux pas me permettre d'être vendu par un connard qui se réveille un beau matin avec des envies de vertu. En tout cas, pas avant que j'aie moi-même vendu l'appli à des « investisseurs ». J'ai prévu de la finaliser pour la fin de l'année académique, néanmoins Hailey perturbe mes plans.

Hailey…

J'essaie de ne pas trop penser à elle. Pas évident, quand tous mes efforts consistent à l'empêcher de mettre *son* nez dans *mes* affaires. On se croise souvent, on se salue brièvement et chacun va de son côté. Elle est sortie avec plusieurs gars depuis que j'ai décidé de m'éloigner d'elle. C'est putain de dur, je dois bien l'admettre. Plus que je ne l'imaginais. D'autant plus que de mon côté, c'est drapeau en berne. Trop de boulot, de préoccupations, de fatigue. Et puis, merde, Hailey, quoi. Je ne vois qu'elle et je ne pense qu'à elle.

***

Aujourd'hui, je me pointe sur le campus en avance, juste à temps pour voir Hailey traverser la pelouse devant le bâtiment d'accueil en direction de la rivière. Ce n'est pas dans ses habitudes, alors je la suis discrètement. Elle ne se retourne pas, sa démarche est déterminée, et elle finit par se poser sur le banc juste à côté d'un massif de bosquets aux feuillages dorés. Intrigué, je me planque derrière, masqué par les branches touffues, puis je m'accroupis. Elle sort de sa sacoche un autre de ses livres qu'elle aime tant et l'ouvre. J'écarquille les yeux.

Ce n'est pas un vrai livre mais une sorte de boîte. Une partie de l'intérieur est creuse, et j'ai une vue directe sur le téléphone qu'elle en retire d'un geste précis et furtif. J'ai l'impression d'être en plein film, l'angoisse monte en plus de l'adrénaline.

J'hallucine. Donc, depuis tout ce temps, elle a un téléphone. Mais pourquoi le cacher ? Je le savais, je savais qu'Hailey dissimulait des choses louches. Elle sort des écouteurs, les branche, compose un numéro. Je m'approche un peu plus, le cœur battant, je ne veux pas en perdre une miette.

– Trent, c'est moi. J'ai pu évaluer à ce jour une vingtaine de PC et comptes des étudiants du département d'informatique. Ils sont tous hors de cause. J'aurai encore besoin de ton aide, demain soir. La fraternité Alpha-Sigma-Phi organise une grosse fête avant les congés d'automne pour tous les non-diplômés. Je pense que ça me donnera l'occasion de fouiller pas mal de téléphones et de PC, à condition que tu sois en support. Tu fais les chambres étudiantes pendant que je m'occupe de la soirée.

Sa voix est claire bien que basse, son ton est différent de celui que je connais. Elle planifie et organise quelque chose en lien avec l'informatique. Je frémis. Bordel, c'est pire que ce que j'imaginais. Il y a un silence, elle écoute patiemment la réponse de ce Trent, puis elle conclut l'appel.

– Oui, j'ai envoyé notre rapport au capitaine… En colère ? Les étudiants sont très nombreux, mais on a une piste sérieuse… Oui, le geek de deuxième année, le grand brun, son profil pourrait correspondre… Cet après-midi ? Très bien. On en reparle, salut.

Je m'aplatis dans la terre, tandis qu'elle range son matériel et s'élance hâtivement vers le bâtiment où j'ai mon prochain cours. Le doute n'est plus possible, je suis atterré. Le geek de deuxième année, le grand brun, c'est forcément moi. Elle a prononcé ces mots avec un ton détaché et neutre. *Voilà ce que t'es pour elle. Un geek. Un suspect.* Mais quel con ! J'essaie d'ignorer le pincement au cœur que je ressens. Elle s'est bien foutue de ma gueule. Je suis déçu et en colère. *Cette fois, c'est définitif.*

Je dois être livide, en plus d'être passablement boueux. Je suis dans le pétrin, une merde noire. Elle a menti. Elle est flic. Qui d'autre qu'une flic ferait un rapport au capitaine ? Elle est là pour inspecter nos téléphones et nos PC, elle recherche le concepteur d'HackMeLove. Elle me recherche *moi*. J'ai la police aux fesses, putain ! Elle a menti. Depuis le début. Je ne comprends plus rien, j'ai la trouille maintenant. J'essaie de ne pas céder à la panique, mais mes mains tremblent. Je dois rester prudent, ne pas faire de conneries et vendre au plus vite. Ma techno furtive de capture de données en temps réel n'est pas encore complètement au point, hélas, et c'est justement elle, couplée aux prédictions d'action, qui intéresse mes clients potentiels. Si ça ne fonctionne pas, ils refuseront. Impossible dans ces conditions de fermer l'appli sans avoir réglé les derniers bugs. Je tente de faire abstraction de la douleur qui compresse mes poumons, pourtant c'est le cœur lourd que je reviens vers l'accueil.

Après un premier cours dont je n'ai rien suivi, encore sous le choc, je suis en train de me diriger, une pile de bouquins dans les bras, vers la salle de séminaire de littérature, quand je reçois un message. La prof m'a alpagué et bien que je joue les porteurs pour le groupe, je stoppe pour sortir mon portable de ma poche. En ce moment, je suis au taquet sur mon téléphone et je croise les doigts pour que ce ne soit pas un autre SMS paniqué à Admin.

Maman. *Ouf.*

Je m'étonne. C'est rare qu'elle appelle ou envoie des textos quand elle est au boulot.

J'ouvre le message avec une pointe d'appréhension. *Peut-être des nouvelles de papa ?* Je me secoue. *Clive, imbécile, ça fait huit ans qu'il ne donne plus de nouvelles.*

Mon chéri, ta sœur
est très mal. Je vais
à l'hôpital. Je t'aime.

Je réponds immédiatement.

J'arrive.

Merde, Mary.

Je ne réfléchis même pas. Je plaque les livres dans les bras de ma professeure stupéfaite et fonce à toute allure en direction du parking où j'ai garé ma voiture. J'ai le cœur qui bat à cent à l'heure, la peur qui se diffuse dans mes veines.

Pas maintenant. Pas Mary. Pas Mary. Pas Mary.

Je bouscule tout le monde dans les couloirs mais je m'en tape. Je trace comme un fou parce que tout ce qui importe, là, maintenant, c'est ma sœur. Même si elle était fatiguée ces derniers jours, je pensais qu'on aurait plus de temps.

Les étudiants me regardent curieusement, c'est rare que je coure. Quand j'atteins l'entrée, un bras me retient et m'oblige à stopper. Je halète.

Hailey.

Elle a des yeux interrogateurs. Elle doit se demander quelle mouche me pique. Toutefois, je ne vois pas en quoi ça pourrait l'intéresser et je ne veux plus rien avoir à faire avec elle.

Je la rembarre et me dégage.

– C'est pas le moment, Hailey, putain.

Je m'enfuis vers ma voiture et démarre en trombe.

## 17

**Hailey**

Je me suis posée dans la bibliothèque avec l'intention de réfléchir au calme, assise sur une des nombreuses chaises qui longent les fenêtres et sur lesquelles les étudiants peuvent s'installer pour leurs recherches ou juste pour un petit moment de détente. Afin de remettre de l'ordre dans mes pensées confuses. Et me remettre, moi, dans le droit chemin.

*Clive*… Je suis sûre que c'est son œuvre.

Il m'a menti en me regardant droit dans les yeux, ce soir-là. J'étais furieuse. Alors j'ai fait semblant de coucher avec Alex. Il était tellement défoncé de toute façon, il s'est endormi sur son lit et j'en ai profité pour inspecter son PC. La collecte d'indices est lente et laborieuse, mais je supprime les noms au fur et à mesure. Au début, Kayla râlait de ne jamais me voir, puis elle a fini par lâcher l'affaire et on ne se parle même plus. Je fuis cette piaule qui ne sert que pour ma couverture, mon QG est dans l'appart de Trent à Cambridge, et lui assure le relais. Je loge le plus souvent chez mes parents, même si c'est un peu loin. HackMeLove requiert un savoir-faire que ne peuvent avoir que des étudiants surdoués de l'informatique. Rien que ce double, le peu que j'en ai vu, m'a interpellée. C'était trop précis, trop bien réalisé, et la réaction de Bryan n'avait rien de crédible. Bryan n'est pas au niveau. L'expressivité des visages suggère une IA capable de détecter et d'analyser des émotions, les mouvements étaient fluides, naturels, pas le fruit d'une extrapolation grossière qui s'appuie sur quelques photos. Les quelques gars que j'ai pu interroger à ce sujet ne m'ont pas appris grand-chose : une application de rencontre d'un nouveau genre. De tous les étudiants susceptibles de produire ce genre d'application, Clive est numéro un de la liste. Ses notes dans les matières de sa majeure sont excellentes. Je suis même surprise qu'il n'ait pas obtenu une bourse pour une université plus prestigieuse. Massachusetts Uni est une université d'État de niveau moyen, il aurait pu espérer plus. J'ai commencé par éplucher les programmes académiques individualisés des étudiants, et j'ai pu éliminer d'emblée plusieurs centaines de profils. Ensuite, leurs mœurs. Des heures d'observation, des fouilles discrètes, de hacking par-ci, par-là… Pendant plus d'un mois, je n'ai cessé de rassembler, analyser et compiler les données obtenues. Clive est un brillant queutard assumé, il est loin d'être le seul, mais il ne rentre pas dans la catégorie usuelle du queutard, il est différent.

Je crois qu'il me plaît. Avec ses remarques lourdingues et son humour. Avec son sourire qu'il n'ose pas si souvent. Le vrai, pas celui du dragueur. Cette façon de me regarder comme s'il me perçait à jour. L'admiration qui s'échappe malgré lui de ses yeux. Et toute cette profondeur qu'il dissimule derrière son côté connard. *Bien réussi d'ailleurs.*

Le sourire qui m'échappe se noie dans un océan de perplexité.

C'est une énigme. Il est loin de celui qu'il veut paraître. Je l'ai observé et je l'observe encore. J'aimerais dire que je le fais seulement dans le cadre de ma mission, mais c'est faux. Je l'observe parce qu'il a retenu toute mon attention. D'abord physiquement. Il est un mélange de force et de fragilité. Grand, carré mais mince et très pâle, avec des mains aux longs doigts fins. Des cheveux bruns hirsutes qui tranchent sur sa peau blanche et un visage masculin dont les lunettes cachent les traits un peu durs. Ses yeux bleus sont teintés de cynisme la plupart du temps, un masque derrière lequel il se barricade, j'en suis convaincue. J'y ai vu de la douceur aussi, et ce matin cette terreur soudaine. Il a ce quelque chose, un charme indéfinissable qui traverse l'épaisseur de sa carapace. Il est intelligent mais se fiche de tout. Je n'arrive pas à comprendre. Il n'est jamais en cours et n'assiste qu'aux séminaires obligatoires du tronc commun ou presque. C'est le genre petit génie, pas de doute là-dessus, mais tout de même, je trouve les enseignants bien tolérants. Et je ne vois pas comment il pourrait valider ses crédits de cette façon. Sauf s'il décide d'abandonner et espère gagner sa vie par d'autres moyens. Dans l'illégalité.

Je m'empare de mon petit carnet en cuir vert dans lequel je prends des notes manuscrites sur mon enquête. Je le feuillette et m'arrête sur une page.

*5 **octobre**: « Nothing can cure the soul but the senses... »*
*8 **octobre**: « If I had one shot, would I take bullet or alcohol? Bullet. »*
*9 **octobre**: « Painting the walls of my new prison. »*
*11 **octobre**: « Rageous, courageous, that's how a man can stand. Am I this man? »*
*12 **octobre**: « A good reason can overstep everything. »*
*13 **octobre**: « Spiderly looming for a loved one. »*
*14 **octobre**: « I feel grayscaled lines hurting my heart, engraving it with the wrong code. »*
*15 **octobre**: « Chasing my breath under my fear. »*[1]

Ses états d'âme... Ses tee-shirts toujours gris. *Y a-t-il vraiment de la couleur dans sa vie?*

Je note toutes les phrases qu'il écrit sur ses tee-shirts. Pour l'enquête.

Quand on lit ça, on n'a plus de doute. C'est un écorché vif. *Doublé d'un connard et d'un probable hackeur dangereux,*

---

1. « 5 octobre: "Rien ne peut guérir l'âme sinon les sens."/8 octobre: "Si je n'avais qu'un seul coup, est-ce que je prendrais une balle ou de l'alcool? Une balle."/9 octobre: "En train de peindre les murs de ma nouvelle prison."/11 octobre: "Enragé, courageux, c'est ça un homme debout. Est-ce que je suis cet homme?"/12 octobre: "Une bonne raison peut tout surpasser."/13 octobre: "En train de tisser une toile pour celle que j'aime."/14 octobre: "Je sens des lignes grises blesser mon cœur, le graver avec le mauvais code."/15 octobre: "En train de chercher mon souffle sous ma peur." »

*Hailey. Oui, mais...* Quelqu'un de perdu. Poète un peu aussi. *Quand il n'est pas abject...* Merde, je sais plus où j'en suis !

Être suffisamment libre pour oser écrire ses pensées sur son bras à la vue de tous et en même temps se croire tellement insignifiant que personne ne le remarquera. Comment interpréter ça ? *Et pourquoi, moi, je l'ai remarqué ?*

Je regarde l'heure. Je dois filer au commissariat du district, j'ai rendez-vous avec le capitaine ce midi. J'ai assez rêvassé pour aujourd'hui, mon bilan hebdomadaire nécessite une bonne condition psychologique, car je risque de me faire tailler les oreilles en pointe. Trent m'a signalé qu'il était en colère depuis la réception de notre dernier rapport. Nous enquêtons sur une possible fuite de données au vu d'une recrudescence de papiers d'identité falsifiés, et la découverte d'HackMeLove n'est pour le moment pas jugée suffisamment consistante par notre chef. Nous avons mentionné l'aspect probablement très technique, et évoqué Clive comme concepteur possible. Le capitaine nous a demandé de creuser sans mettre en péril notre infiltration, la priorité restant le problème de *leak*. Il faut donc que je me reprenne et que j'arrête de penser à Clive.

Arrivée au commissariat, je croise justement le capitaine Blake qui me hèle sur le parking.

– Jones, vous tombez bien ! Je dois annuler, j'ai une urgence.

Ses yeux sont sévères, sa brosse poivre et sel impeccable, comme toujours. Sa haute stature en impose et je suis à chaque fois impressionnée par son charisme de leader.

– Bien, monsieur. Vous souhaitez reporter quand ? je m'enquiers.

– Je ne reporte pas, ce n'est pas nécessaire. Mon avis ? Vous n'avancez pas assez vite ! Toujours pas d'éléments concrets qui attestent de la fuite. De plus, si vous avez une piste sur un hackeur potentiel, allez jusqu'au bout, bon sang ! Et laissez tomber cette histoire de doubles virtuels pour bonshommes en chaleur !

– Mais l'étudiant que je soupçonne d'être le concepteur de cette application a la capacité d'être ce hackeur, j'en suis convaincue. Pour le prouver, il faudrait que je l'approche et il est méfiant, j'objecte prudemment.

Blake n'aime pas les excuses, encore moins les justifications bancales. Son humeur passe de contrariée à exécrable.

– S'il est méfiant, c'est que vous avez merdé ! me coupe-t-il d'une voix forte. La discrétion est le maître mot ! Alors avec votre coéquipier, réparez votre merdier et concentrez-vous plutôt sur votre vraie mission. Coincez-moi le type qui vole les datas ! Je veux des preuves formelles. Ou quelque chose qui nous permette officiellement de fouiller dans sa vie. Bref, débrouillez-vous mais agissez, nom de Dieu !

Penaude, je baisse la tête. C'est la première fois que le capitaine me passe un tel savon.

– C'est bien beau d'avoir des idéaux, Jones, mais dans la police, ce sont les actes qui paient !

Il me plante là avec un geste énervé du bras et rejoint sa voiture. Je m'installe pensivement dans la mienne. Je ne m'attendais pas à une telle soufflante, mais je dois cesser de me faire des illusions. Il a raison, bien sûr. Il a raison sur toute la ligne. HackMeLove n'intéresse pas la cyber, c'est moi qui me disperse, aux prises avec mes sentiments ambivalents. Si seulement je n'avais pas ce truc pour Clive, quoi que ce soit…

Si je suis honnête, j'ai repéré Clive tout de suite. Il me regardait sans jamais m'approcher les premières semaines. Même s'il restait discrètement à l'écart, je devinais ses yeux fixés sur moi. C'est un solitaire qui cache sa solitude. Il observe, analyse les gens avec finesse, ça se sent dans ses questions. Mais il fuit. Tout le temps. Il s'autorise rarement à être lui-même. Il a des potes mais je ne lui connais pas d'amis. Il couche avec des filles dont il ne veut rien savoir. Quelque chose le retient et je ne sais pas quoi. Son passé ? Son père ? Je l'ignore, et il m'a clairement fait comprendre que je ne devais pas creuser. *Et je ne dois pas creuser. Ça ne changerait rien.*

Comment concilier tout ça avec la quasi-certitude que c'est lui, le hackeur que je recherche ?

Impossible.

Alors je reste concentrée sur mon enquête, je fais semblant de ne pas le voir. Je suis déjà allée trop loin. Jamais je n'aurais dû me confier à lui, ou même rechercher sa présence. Car je pressens que nous nous ressemblons plus que je ne veux bien l'admettre, et que plus je serai près de lui plus il sera difficile de le faire tomber. Nous jouons un jeu cruel.

Je ne m'attendais pas à trouver une application telle qu'HackMeLove. Je pensais à un trafic de fausses cartes d'identité. Je n'ai pas pu retenir un frisson de dégoût quand je suis tombée sur mon double virtuel. Ça m'a fait drôle, mais pas peur. Je ne suis pas peureuse, plus depuis Leo. Si je n'ai pas su affronter la mort de mon frère, la culpabilité que je ressens m'a rendue capable de tout. Je n'ai plus peur, je veux me battre et défendre le monde contre toutes les injustices qui peuvent être évitées. HackMeLove me met en colère. L'idée que ce soit l'œuvre de Clive encore plus.

Je n'ai pas encore de preuves, mais je dois en trouver. Il a pris ses distances avec moi, un changement de stratégie s'impose. Je ne peux pas échouer, la réussite de mon stage se joue sur cette enquête. Et mon diplôme. Harvard, ce n'est pas rien, et à presque 21 ans, j'ai une opportunité que peu obtiennent. Je n'ai pas le droit de gâcher cette chance. Surtout pas pour un pauvre béguin.

Je soupire. Ce n'est pas si simple.

Car, quand je l'ai vu courir ce matin avec son regard paniqué, je n'ai pas pu m'empêcher de vouloir comprendre. De vouloir l'entendre me dire sa souffrance. De lui laisser la possibilité de se confier. D'être l'épaule sur laquelle il pourrait pleurer. Le voir ainsi a ouvert quelque chose en moi. *Tu deviens folle, Hailey.*

Je me secoue.

*Pense à Leo qui était impuissant. Qui n'a rien pu faire. Qui n'avait aucune chance.* Comme toujours quand je pense à lui, je sens les larmes monter. Je vis dans son ombre depuis sa mort. Pas étonnant que j'aie choisi cette voie après mon diplôme. L'ombre est mon amie, mon alliée.

Tant de choses sont possibles dans l'ombre. C'est sûrement ce que Clive a dû penser, lui aussi.

J'arrive enfin sur le campus. Après avoir interrogé deux trois connaissances, je me rends à l'évidence. Clive n'est pas revenu et les congés d'automne sont imminents. Je suis inquiète et en colère, mes émotions contradictoires se cognent dans mon cœur et dans ma tête, je suis déjà fatiguée. Mais je dois faire mon devoir, je dois prendre Clive au piège.

# 18

## Hailey

– J'y suis bientôt… Encore un petit effort… Et…

Mes doigts pianotent sur le clavier à toute vitesse. Je sens la présence massive de Trent penché, au-dessus de moi, et dont le souffle chaud dégringole dans mon cou et le nappe d'une sensation désagréable.

– Ça y est ! je crie victorieusement.

Je décale ma chaise d'un coup de reins pour permettre à Trent de s'installer à mes côtés. Les roulettes grincent, je fronce les sourcils sous l'affront fait à mes tympans : la police devrait mieux gâter ses stagiaires. La haute silhouette de Trent se plie, il attrape la chaise voisine avec son mollet et se laisse tomber sur l'assise dure malgré le cuir marron.

– Impec, approuve-t-il en tournant son visage vers moi. Maintenant que tu es dans la place, voyons qui est ce type.

Ses yeux noirs s'arrêtent un peu trop longtemps sur mon sourire qui s'élargit à la vue des dossiers administratifs que je viens de débloquer. Le comité directeur de l'université nous a officiellement autorisés à consulter les programmes pédagogiques individuels de chacun des étudiants, mais il nous a refusé l'accès aux données personnelles d'ordre médical et familial. Un long débat sur la déontologie a suivi, le capitaine a fait bruyamment connaître son opinion sur la préservation des données dans une enquête sur le hacking, et il a dû s'incliner. Je suis d'accord avec lui : des données volées ne sont d'ores et déjà plus protégées. Quoi qu'il en soit, tant qu'aucun délit n'est factuellement constaté, nous devrons faire sans. Officieusement, il nous a encouragés à nous infiltrer malgré tout dans leur système : « Ce sera pour vous l'occasion de leur montrer leurs failles. » Je trépigne d'impatience. J'espère avoir des réponses à certaines de mes questions.

– Non, attends. Procédons par élimination, tu veux ?

Impossible de lui avouer que j'aimerais qu'il dégage pour que je puisse consulter le dossier de Clive tranquillement. C'est bête, mais c'est *mon* enquête, il n'est là qu'en soutien logistique et pour protéger ma couverture.

– Et si jamais une sécurité se remet en route, tu y as pensé ? Hailey, on s'en fout de ce type, c'est qu'un connard, d'accord ? T'es là pour le coincer et pour ça, faut commencer par te renseigner sur ce mec. Sans perdre de temps, insiste-t-il avec un rictus énervé.

Depuis que je lui ai raconté ma découverte d'HackMeLove, la réaction étrange de Clive et le début de mes recherches, il me saoule pour que je fasse le job à distance. À croire qu'il est jaloux ou qu'il n'aime pas rester dans l'ombre.

– Eh, Trent, fous-moi la paix. Je fais comme je veux. C'est moi la chargée d'enquête, OK ? je réplique. Et c'est moi qui aurai le poste, pas toi !

Je repousse son visage qui s'est retrouvé bien trop près de moi encore une fois, comme s'il espérait davantage me charmer que me convaincre. Il se recule et darde sur moi son regard ambigu. Il va falloir que je lui rappelle certaines règles.

Trent et moi avons décroché le même stage dans le département de cybersécurité de la police. Nous sommes tous les deux chargés d'une enquête sur le campus de l'université d'État avec un objectif clair : repérer les menaces et neutraliser les pirates informatiques. Jusqu'ici, cela recouvrait essentiellement un potentiel trafic de fausses cartes d'identité en vue d'accéder aux soirées et surtout, à l'alcool. Plusieurs failles de sécurité ont été détectées sur le campus de l'université, sans que la trace de l'intrusion n'ait été retrouvée. Ces dernières années, de plus en plus d'affaires ont été ouvertes, mettant en cause des étudiants doués mais dépourvus de sens moral. Les problématiques varient : harcèlement, vol d'identité, alimentation de sites pornographiques, et j'en passe. Plusieurs suicides ont fait les gros titres, un taux anormalement élevé comparé au reste de l'État. Mais à chaque fois, les coupables disparaissent dans la nature sans laisser de trace. Le maire a donc décidé de prendre des dispositions, même modestes, et a autorisé ce stage, pour la deuxième année consécutive, en partenariat avec l'université Harvard. Il s'est évidemment bien gardé de dire que cette mission était confiée à de simples stagiaires sans expérience. Une façon de calmer l'opinion publique à moindres frais, le gros du budget restant concentré sur les dossiers brûlants : drogue, prostitution, organisations criminelles en tous genres. Ceci dit, un vrai challenge pour Trent et moi, et si nous réussissons, l'un de nous sera immédiatement intégré à la brigade de cyberdéfense dès que nous atteindrons notre majorité, c'est-à-dire très bientôt. Jusqu'ici, c'était complètement impensable. Il aurait fallu valider minimum un master et je n'ai qu'un bachelor. Mon travail acharné de ces dernières années a néanmoins payé, et j'ai décroché le Graal, donc pas moyen d'échouer maintenant. J'ai obtenu les meilleurs résultats juste devant Trent, ce qui me vaut le rôle officiel de chargée d'enquête et la partie la plus fun, l'infiltration. Trent me seconde, participe à la collecte des données et transmet les informations à la cyber quand c'est nécessaire. Nous formons un bon binôme, Trent est un copain depuis ma première année, mais il n'y a qu'un poste à la clef. Son travail est aussi important que le mien bien que moins risqué, et je n'oublie pas que nous sommes à la fois coéquipiers et concurrents.

– Je vais d'abord vérifier les dossiers de Bryan, Matt, Gordon, Trevor et Luke. Ce sont ceux qui gravitent le plus souvent autour de Clive. Bryan manque de rigueur, il pourrait fournir des infos malgré lui. Les autres sont tous bons élèves en informatique.

– Et ça va t'apporter quoi ? maugrée Trent en grattant sa barbe de trois jours.

– Écoute, Trent, soit je fonce droit sur ma cible, au risque de passer à côté de détails importants et de complices éventuels, soit j'étudie l'environnement, me sécurise et frappe en étant sûre de mon coup. Tu ne serais pas en train de vouloir me voir échouer?

– Tu vas nous faire échouer si tu continues à lambiner. On a un suspect, faut y aller à fond, merde!

– Le type que nous recherchons est un vrai pro, Trent. Si on est trop frontaux, il va nous échapper. Quant à Clive, il a disparu des radars depuis quelques jours déjà, je te rappelle. Il ne vient même plus sur le campus. Il a l'air d'avoir des problèmes.

– Plus on attend, plus on risque de se faire griller, Hailey. L'appli marche bien, on a déjà plus d'une cinquantaine d'utilisateurs confirmés, mais on ignore encore tout de ce qu'elle fait. Tu es tombée sur un *bot* qui te représente, Hailey, ce n'est pas rien! Tu es peut-être surveillée, toi aussi. Ces mecs sont sans foi ni loi, ils n'hésiteront pas à te nuire s'ils devinent ton identité réelle. Alors faut choper le concepteur, c'est lui, le nuisible. Et si c'est bien Clive Howard, il faut se concentrer sur lui.

Il soupire, se passe la main dans ses cheveux bruns et me fait aussitôt regretter mes paroles. Dès que je montre de l'empathie pour Clive, il me ressort ce couplet, et je suis obligée d'admettre qu'il a raison. Je marmonne un bref laïus sur la présomption d'innocence, mais je ne me convaincs pas moi-même. Blake nous presse pour la fuite de données, il exige des résultats rapides, nous ne devrions pas consacrer autant de temps à HackMeLove.

– Ces mecs ont tous l'appli HackMeLove sur leurs téléphones, mais rien sur leurs PC que j'ai checkés. J'aimerais vérifier s'ils ont des liens entre eux, et… ah, tiens.

Je me redresse d'un coup. L'algorithme que j'utilise pour fouiller les dossiers rapidement me signale quelque chose d'intéressant.

– J'y crois pas! Ces dossiers ont déjà été visités!

– Évidemment qu'ils ont été visités, ils appartiennent au personnel administratif de l'université, Hailey!

– Non, non, ce n'est pas ça…

– Bien sûr que si, voyons.

Je plisse les yeux, retourne sur mon exécuteur pour en avoir le cœur net. Les lignes défilent et confirment mon intuition.

– Je crois que je tiens quelque chose, Trent, je sors en me mordant les lèvres. Hasard ou non, tous ces dossiers ont déjà été hackés… Et notre hackeur a emprunté le même chemin que moi.

Je bascule en arrière et plaque mon dos sur le dossier en étirant les bras.

Les failles du système servent aussi bien au chat qu'à la souris, on dirait…

– Hackés, tu es sûre ?

– Sûre et certaine. Donc le capitaine avait vu juste : la personne qui vole les données s'intéresse aux profils des étudiants et non à des aspects scientifiques ou des brevets. Cela confirmerait l'hypothèse d'un trafic de cartes d'identité. Et maintenant, on vient de retrouver sa trace.

Le visage de Clive se profile instinctivement dans mon esprit. J'ai hâte d'ouvrir son dossier. J'ai peur aussi de ce que je vais découvrir. *Hailey, attention, terrain glissant…*

Le téléphone de Trent sonne à ce moment-là et interrompt ma méditation.

– Jess ! salue-t-il en s'éloignant de quelques pas. Ouais, carrément, je viens… Hailey ? Elle est à côté, si tu veux je lui demande ?… OK, à plus alors.

Il raccroche et s'approche de moi en mimant un zombie. Quand il est contre mes jambes, il me chatouille. J'éclate de rire et bats des pieds pour le dégager, sans ménager mes forces. C'est plus fort que moi, les chatouilles me font perdre tout contrôle.

– Arrête, Trent, je glousse en essuyant les larmes qui perlent à mes yeux. Stop ! Qu'est-ce qu'elle voulait ? Crache le morceau, allez !

– Puisqu'on est en vacances vendredi soir… Ça te dit d'aller à la Halloween Night du MIT, le 31 ?

– Carrément ! Une fête sans être sous couverture et sobre, tu penses !

– Déguisée, en plus ! ajoute Trent avec un sourire en se redressant. Bon, je n'en peux plus, je vais me chercher un café et fumer ma clope. Tu viens ?

– Non, je termine ça d'abord, je réponds en montrant mon écran du doigt.

Voilà une bonne nouvelle. La perspective d'une soirée avec mes copains de promo m'arrache un petit couinement de joie. Avec Jess, on suivait le même cursus au MIT, mais Trent et moi avons décidé de suivre notre stage dans la police quand elle et les autres ont continué vers un master informatique plus classique. Je ne les ai pas vus depuis un bail, le capitaine est très strict sur la tenue des couvertures. Une relâche exceptionnelle qu'il a autorisée compte tenu des congés obligatoires pour les mineurs. Je sens que j'en ai besoin. Une bonne soirée à tout oublier, cette fois, et non à enquêter. Je veux pouvoir me lâcher sans penser à rien.

Je profite de l'absence de Trent pour me précipiter sur le dossier de Clive.

*Alors, Mister Beau-gosse, qu'est-ce que tu nous caches ?*

# 19

## Hailey

Je saisis mon clavier, tape, efface, contourne, recommence, explore les boucles et les boucles d'itération et les séquences d'évitement qui bloquent mon passage.

Merde !

Je peste. Impossible de rentrer. Tout est verrouillé, protégé par un code qui danse en rythme autour de mes tentatives infructueuses. J'éteins, recommence et me heurte une nouvelle fois à un mur, sauf que cette fois, c'est franc. Il a donc créé une protection multiforme, intéressant. Ingénieux, même, j'admets à contrecœur. L'excitation que je ressentais est décuplée. C'est du grand art, et je n'ai aucune idée de la façon dont je pourrais forcer le système.

*Tu es vraiment fort, Clive, pas de doute. Et tu as visiblement des choses à cacher.* J'essaie encore une dizaine de fois avant de déclarer forfait. Pour l'instant.

Au début de mon enquête, j'ai choisi de le laisser s'approcher, d'apprendre à le connaître pour trouver ses failles. Le fait qu'il soit l'un des premiers à s'intéresser à moi était en soi un aveu. Ma couverture de fille exclue de l'univers numérique a été conçue pour attirer les geeks dans son genre. J'ai aussi soupçonné Bryan, mais il n'a clairement pas l'envergure. Ensuite, l'absence de curiosité de Clive quand je lui ai parlé de ma découverte chez Bryan m'a plus qu'étonnée. S'il était vraiment un geek inoffensif, il aurait dû me demander des détails sur le double virtuel ou sur ce que j'avais vu. Les geeks s'enthousiasment toujours sur les aspects techniques d'un programme ou d'une application. Au contraire, Clive avait l'air mal à l'aise et n'a pas insisté. Par ailleurs, un mec intéressé par une fille se serait aussi davantage soucié de mon choc psychologique. J'ai surjoué pour le provoquer et il n'en est rien sorti. C'est à ce moment-là que j'ai su qu'il se passait quelque chose de vraiment pas clair.

Par acquit de conscience, je vérifie les autres dossiers. Trois autres sont verrouillés de la même façon. Mais je ne suis pas dupe. Je suis sûre qu'il l'a fait pour détourner l'attention de lui. Ils sont protégés par le même genre de code, la même rythmique. J'en copie des morceaux, cela pourrait m'aider à identifier une sorte de signature de hacking. On n'a pas tous la même façon de coder, et, dans la fréquence de répétition de certains schémas d'instructions, on peut se reconnaître. Cela reste un langage, après tout.

Je souffle. Il est vingt heures trente, Trent est parti depuis longtemps. J'ai enchaîné depuis la fin des cours et je commence à fatiguer. Et puis j'ai faim. J'envoie un texto à ma mère pour la prévenir que je rentre. J'utilise très peu mon téléphone pour éviter de gaffer avec, mais quand je suis au commissariat du district, j'estime que je peux me relâcher.

Sur le trajet du retour, j'autorise mes pensées à naviguer et je laisse sortir ma frustration en tapant du poing sur le volant. Je suis déçue. De moi surtout. J'espérais être meilleure. J'espérais vraiment parvenir à mieux cerner Clive. À trouver quelque chose. Une motivation, pour commencer. Il faut que j'arrive à me connecter à cette appli pour prendre la mesure du phénomène. Un double virtuel, c'est du travail : il y a la reconnaissance faciale, les mouvements, et je ne sais quoi d'autre encore. Quand j'ai pris le téléphone de Bryan pour espionner ce qu'il contenait, je n'ai pas eu le temps de bien voir. Et depuis, tous les téléphones sur lesquels j'ai louché discrètement en m'approchant de certains gars ont montré des éléments similaires : un décor qui correspond à un décor réel, le *bot*, un menu déroulant et la question d'une cible. La caméra doit donc s'activer aussi par moments. Peut-être que je pourrais entrer par là. Toutefois, le plus simple serait de convaincre quelqu'un de me montrer et de m'en parler, bien que l'auteur d'un programme de cette envergure ait nécessairement pris ses précautions. La protection des dossiers personnels en est une preuve indéniable.

En tout cas, je ne pressens qu'un seul lien entre les dossiers administratifs hackés, la fuite de données et HackMeLove : Clive. Et si je ne me trompe pas, il ne s'agit pas d'une simple appli de rencontre. Personne n'élaborerait une sécurité aussi renforcée si l'enjeu n'était pas conséquent. Je ne parviendrai à convaincre le capitaine que si j'établis clairement ce point. *Que crains-tu donc que je découvre, Clive ?* Je pourrais aussi arracher le téléphone de Clive de ses mains pendant qu'il l'utilise et l'acculer à me parler. C'est une idée. Une approche très directe, mais il ne pourrait plus nier.

Le problème, c'est qu'il n'est pas revenu en cours depuis lundi. Depuis qu'il s'est enfui à toutes jambes. Et je ne vois pas comment justifier le fait de me pointer chez lui, ce serait suspect. Il pourrait décider de porter plainte, il faut faire attention.

J'arrive enfin devant chez moi. Une belle maison moderne, assez grande pour trois personnes et avec un jardin bien entretenu. Ma mère adore jardiner, alors elle a planté des massifs fleuris sur le parterre qui longe l'allée devant la porte et sous les fenêtres côté jardin. Des pensées ont été soigneusement alignées pour l'hiver qui se prépare et donnent une touche de gaieté et de lumière. J'entre, avant de déposer mes affaires au pied du grand escalier. Le salon est allumé et comme d'habitude, je tombe en premier sur l'immense cadre qui trône au-dessus de la cheminée. Leo, en noir et blanc, à 5 ans. Il y a des photos de lui dans chacune des pièces de la maison, à tous les âges. Parfois, j'ai l'impression de vivre dans un mausolée tant sa présence s'impose partout. Aucune photo de moi. Mes parents ne m'ont pas pardonné d'avoir fugué la nuit de sa mort. Par ma faute, ils n'étaient pas là pour lui et je sais qu'ils m'en veulent sans oser me le dire. Moi aussi je culpabilise et j'essaie depuis de vivre malgré mon erreur. *Heureusement, Leo n'était pas seul dans sa chambre d'hôpital, cela aurait été trop triste.* Cette pensée me console un peu. Je frissonne. *Pauvre Leo.*

– Maman, je suis rentrée ! je crie à la volée.

J'entends le bruit d'une tasse que l'on pose et je me dirige vers la cuisine. Ma mère vient m'embrasser distraitement.

– Ton père est dans son bureau, m'informe-t-elle. Et je t'ai gardé des lasagnes. Nous avons déjà mangé.

Je la remercie d'un hochement de tête et elle se replonge dans son livre. On ne mange plus que rarement ensemble, les dîners joyeux emplis des rires de Leo ont été remplacés par des repas rapides avalés en solitaire. Mais je ne dis rien. Je suis habituée à ces petites marques quotidiennes de désintérêt. Je n'ai jamais beaucoup parlé à mes parents. J'ai été une adolescente difficile, perturbée par la mort de Leo ; eux n'ont jamais réussi à faire leur deuil. J'ai travaillé dur pour avoir de bons résultats et ne plus être un souci pour eux. En retour, ils me gratifient de leur indifférence, c'est comme ça. Au moins, maintenant, je ne les fais plus souffrir.

J'avale mon plat rapidement avant de filer dans ma chambre. Sans plus tarder, je m'écrase sur mon lit et prends mon livre de chevet. Un petit plongeon dans un roman devrait m'aider à me détendre et me changer les idées. Bientôt, des lignes de code se superposent aux mots, mes pensées glissent naturellement vers Clive. Cela suffit à faire battre mon cœur un peu plus vite. Je lui en veux d'avoir ce pouvoir sur moi. Sans raison. Je repense à son code, son rythme non dénué d'élégance. C'est rare de coder comme ça à seulement 19 ans. Il a appris tout seul ou bien… ? *Grrr, Hailey, stop !*

Je reviens à mon livre. *Hunger Games*. Il m'a donné envie de le relire. *Merde, encore et toujours lui. Il m'obsède ou quoi ?* En même temps, ce livre correspond tellement à la situation. Si notre arène à nous est particulière, le combat est tout aussi réel. Je soupire. *Zut, Clive ! Tu pouvais pas être juste un gros con, plutôt qu'un gros con mystérieux plus sensible qu'il ne veut bien le laisser paraître ?*

Je me retourne et j'éteins. Lire ne me mène à rien de bon aujourd'hui. Je ferme les yeux, revois nos mains enlacées. Une douce chaleur m'envahit, mais maintenant, je n'ai plus envie de lutter. Puis je souris. Dormir sera difficile ce soir.

# 20

## Clive

– Comment tu te sens, ma puce ?

Je repasse une nouvelle fois le gant humide sur le front de Mary. Elle ferme un peu les yeux, souffle doucement. Elle a passé sa journée à vomir, mais les spasmes se sont calmés. Depuis, la fièvre est apparue et je fais ce que je peux pour la soulager un peu.

– Mieux, souffle-t-elle, en meilleure forme.

Sa peau diaphane a pris une teinte verdâtre depuis qu'elle a commencé son traitement. La voir comme ça me tue à petit feu.

– Tu es une battante, Mary, ça va aller mieux de jour en jour, je te le promets.

Je caresse sa joue avec tendresse. Contempler son petit corps amaigri crispé dans les draps blancs me broie de l'intérieur. Je me sens impuissant. C'est dans ces moments-là que j'aimerais être un mec bien, ou carrément un super héros capable de lui faire tout oublier et de l'emmener réaliser ses rêves. Mais je ne suis que moi.

– Et toi ? fait-elle d'une voix faible. Comment tu vas ?

C'est bien Mary, ça. Clouée dans son lit, aux prises avec la maladie, les douleurs et l'épuisement, elle pense encore aux autres. Elle m'offre son petit sourire en coin, celui qui réchauffe mon cœur depuis toujours.

– Moi, on s'en fout. Il n'y a que toi qui comptes, ma jolie sœur.

Elle tente de se redresser un peu, son visage se froisse : elle n'a plus de force. D'un geste, je lui intime de rester tranquille. Seulement, elle est têtue.

– Non, je ne m'en fous pas, moi. Je vois bien que ça ne va pas.

Je soupire. *Comment ça pourrait aller ?*

– Je voudrais que tu ailles mieux. C'est tout.

– Tu as changé.

Quoi ? Pourquoi me sort-elle ça, maintenant ? On s'en fiche de moi.

– Ne dis pas de bêtises. Tout va bien. Ta seule préoccupation doit être de guérir, d'accord ?

Elle attrape ma main pour y glisser la sienne. Je la prends et l'embrasse. *Tu es mon plus grand trésor, Mary, si tu savais.*

– Tu as des cernes et tu as maigri, Clive, et tu ne sors plus. Tu ne souris plus.

Ça y est. Ce putain de nœud revient serrer mon cœur et le tordre douloureusement. Je ne peux pas lui dire mais je suis mort de trouille. *J'ai peur, peur, peur. J'ai mal, mal, mal !* J'ai envie de hurler, de tout fracasser autour de moi. Pourtant à l'extérieur, je reste calme. Pour Mary. Elle a besoin de moi. Elle a besoin que je sois fort pour elle. *Tout ce que je ne suis pas.*

– Je veux passer tout mon temps avec toi, Mary. Tu es la personne la plus importante à mes yeux, je réponds.

– Tu travailles beaucoup, maman m'a dit.

– C'est vrai.

J'ai consacré des heures interminables à protéger l'appli et j'effectue en plus du dépannage informatique à distance pour gagner des sous, mais maman ignore qu'une partie de l'argent que je touche provient des abonnements HackMeLove. Je fais tout mon possible pour épargner pour Mary et maman, nous avons tant à payer. Et il est clair désormais que ces deux revenus, légal et illégal, ne suffiront jamais. La vente à profit d'HackMeLove n'est plus une option, je ne vois pas quoi faire d'autre.

– Tu dois aussi te reposer, tu…

Un spasme la plie en deux. Je me précipite et lui tends la bassine. De la bile, encore. Elle n'a rien dans l'estomac, la pauvre, ça doit la brûler. Je l'essuie avec un linge et lui donne un verre d'eau. Elle trempe à peine ses lèvres, ses yeux sont mouillés des larmes provoquées par sa nausée. Je sens de nouveau la colère m'envahir. Putain, faut que je me calme. *Arrête de te révolter, mec, ça ne sert à rien.*

– Et avec Hailey ?

Bordel. On s'en fout aussi d'Hailey. Mary, pourquoi tu me poses toutes ces questions ? Pourquoi tu perds de ton énergie pour moi ? Garde tout, il faut que tu sois égoïste, là.

Comme je ne réponds pas, elle insiste. Ma petite sœur a toujours lu en moi comme dans un livre ouvert, elle sait qu'Hailey est – a été – spéciale pour moi.

– Tu ne la vois plus ?

– Non, c'est terminé avec elle, Mary.

Rien n'a jamais vraiment commencé, d'ailleurs.

– Ah bon ?

Je vois l'expression désolée de ma sœur.

– De toute façon, il n'y avait rien à attendre de tout ça. Et puis, elle…

– Elle quoi ?

Je suis un connard avec les nanas, mais je ne suis pas le genre à dire du mal dans le dos non plus. Je n'ai pas envie de dire à Mary qu'Hailey me traque et que tout ce qu'on a vécu était un mirage. Que ce que j'ai cru ressentir était un jeu pour elle. Que ça m'a fait mal de le comprendre. Que c'est après moi qu'elle en a, et qu'elle ne compte pas s'arrêter. Que j'ai découvert des trucs sur elle et que j'ai peur. Je ne peux rien dire. Mary s'inquiéterait, elle maudirait Hailey et je n'ai pas envie qu'elle le fasse. J'ai envie qu'Hailey reste pour elle celle dont je lui ai parlé la première fois. Cette fille culottée, futée, amusante, pleine de vie et de charme.

– Elle n'est pas intéressée par moi. Pas comme tu le crois.

Là, Mary laisse échapper un petit rire un peu cassé.

– Elle est venue à la maison, Clive ! Trois fois !

– Je sais, oui.

*Mais elle l'a fait pour me piéger.* Putain, qu'est-ce que j'ai été con ! Pourtant, elle était sincère quand elle m'a parlé de son frère, je pourrais le jurer. Bref, ça craint. Je crains.

– Maman va bientôt arriver, j'élude.

Mary me sourit faiblement et reprend ma main. Elle se décale légèrement sur le lit. C'est une invitation muette pour que je m'allonge à côté d'elle. Je hoche la tête et glisse précautionneusement sur le matelas. Nous restons allongés sur le dos, sa main toujours dans ma main, posée sur mon cœur.

***

– Mes chéris ! s'exclame maman en entrant dans la chambre.

Elle se jette presque sur nous pour nous embrasser. Son parfum familier flotte dans l'air près de nos visages. Je ferme les yeux quelques secondes, pour savourer l'instant avant qu'il ne s'évapore comme tout le reste. Rien ne dure jamais, je le ressens ici plus qu'ailleurs, dans cette chambre aseptisée et froide. Je déteste cet endroit.

Maman pose ses affaires, son manteau et s'installe pendant que je me relève. Elle retire deux enveloppes de son sac qu'elle me tend sans faire de commentaires. Je m'en empare et sors dans le couloir pour échapper à son regard. Je ne veux pas qu'elle voie mon expression quand je les ouvrirai. Maman est fragile, blessée, et la situation de Mary l'angoisse profondément. Je préfère gérer certains trucs seul. J'ouvre le premier pli, le parcours rapidement et quand je tombe sur l'information recherchée, un vertige me saisit. *Putain.* C'est encore plus grave que ce que j'imaginais. La somme est monstrueuse.

Pour le deuxième, je prends une grande inspiration. Une mauvaise nouvelle par jour, c'est amplement suffisant. Mes mains tremblent malgré moi. Je devrais m'en foutre, pourtant. Je déchire l'enveloppe et sors la feuille. Je ferme les yeux, dans un réflexe superstitieux. *Si je prie maintenant, est-ce que je serai exaucé ?* Je les rouvre. Je ne crois pas en Dieu de toute façon.

Les colonnes de chiffres valsent devant mes yeux. *OK, très bien.*

Je retourne dans la chambre auprès de maman et Mary.

– Alors ? demande craintivement maman.

– Ça va aller, maman, je mens. On va s'en sortir.

Je relâche tout l'air de mes poumons. *Depuis combien de temps j'avais arrêté de respirer ?*

Je joue le gars décontracté pendant encore une dizaine de minutes, puis je prétexte du boulot pour m'esquiver, après avoir fait un dernier câlin à ma sœur.

Sur le parking de l'hôpital, je ne tiens plus. Une immense vague d'amertume et de tristesse m'engloutit. Loin des regards, je la laisse faire son œuvre de destruction. Je tombe à genoux par terre et je crie, je crie en silence, à en perdre le souffle. Jusqu'à ce que les larmes viennent.

# 21

## Clive

Assis à mon bureau dans ma chambre, les deux enveloppes posées devant moi, j'ai retrouvé mes esprits. *Enfin, putain!* Il faut que je sois fort. Je n'ai pas le choix. Mary et maman comptent sur moi. Depuis le départ de papa, j'ai pris le rôle du chef de famille, instinctivement, parce que maman pleurait et que j'étais en colère.

Parfois cette colère me paralyse, m'affaiblit, m'écrase et empêche tout mouvement cohérent, toute pensée claire. Elle devient une tristesse insoutenable. D'autres fois, c'est l'inverse. Je me sens alors gratifié d'une sorte d'extralucidité implacable : je raisonne froidement, place des pions dans l'espace. C'est comme si toute la complexité du monde se résumait à cela : un simple jeu dont je suis déjà le vainqueur. Ces derniers temps, avec la dégradation soudaine de l'état de santé de Mary, je me suis laissé dompter par le mauvais côté de la colère. Je suis resté lové contre ma sœur comme si je n'avais plus que ce refuge, ce havre pour respirer.

Je me suis repris. Même si j'ai mal, même si j'ai peur, je ne peux pas laisser faire. Je peux utiliser ma rage pour gagner.

Depuis que j'ai entendu sa conversation téléphonique, j'ai compris un certain nombre de choses sur Hailey. J'ai accusé le coup, putain. Je me suis senti trahi de la plus odieuse des manières. J'avais baissé la garde, j'avais permis aux sentiments de s'infiltrer en moi. Je me suis rendu plus vulnérable. C'était une erreur. C'est bien pour ça qu'HackMeLove a été conçu : pour ne plus être vulnérable. Pour limiter le risque de souffrir et maximiser les chances de plaisir. Je ne suis pas con, je sais que ce plaisir-là n'est pas le bonheur dont j'aurais pu rêver dans une autre vie. Mais il est ce que je peux obtenir. Il est ce que je prends. Éphémère puisque rien ne dure vraiment.

Rien de tel que regarder la réalité en face pour cesser tout apitoiement. Aucune trêve dans la réalité. C'est pour ça que je garde sous les yeux les papiers de l'hôpital. La voilà, la réalité. Cruelle, brute, et impitoyable. Je dois tenter le tout pour le tout. Je ne veux pas être le seul à avoir peur.

Hailey doit comprendre que je ne reculerai devant rien, pas même devant elle. Je lui ai menti : on n'a pas toujours le choix. On ne peut pas changer l'ordre du monde, on peut seulement s'adapter. Je risque tout : ma famille, ma sœur, ma propre vie. C'est le seul rêve que je suis capable de formuler. Mon seul objectif depuis que j'ai compris que papa ne reviendrait pas. Qu'il n'avait pas tenu sa promesse. Que son amour avait une date de péremption, comme tout le reste.

J'inspire et expire calmement. Pour me conditionner. Pour rester ferme.

Ma décision est prise.

J'enfourne mes documents dans mon sweat, j'attrape mes clefs et je quitte la maison.

***

## Hailey

– Hailey ! Enfin ! hurle Jess en ouvrant sa porte. Viens là ma championne, tu m'as trop manqué !

Jess m'enlace et m'honore d'un gros câlin que je lui rends avec joie. On a passé vraiment trop de temps sans se voir.

J'entends un bruit de cavalerie et Emilia, Sarah et Beth nous rejoignent dans un concert de cris stridents. Le canapé du salon est déjà recouvert de tenues plus bizarroïdes les unes que les autres. J'aperçois aussi quelques bières sur la table basse.

– Oh, les filles ! Vous m'avez même pas attendue pour démarrer, j'y crois pas !

– Attends, rétorque Beth. On avait peur que tu aies un empêchement à cause de Mysterious, alors on a préféré prendre les devants !

– Mysterious ? je m'étonne. C'est quoi encore, ce délire ?

Les filles me regardent avec des airs entendus que je ne comprends pas. Beth finit par cracher le morceau.

– Il paraît que t'es sur la trace d'un mystérieux brun aux yeux bleus, indique-t-elle en gloussant.

Je me tourne vers Emilia, la petite sœur de Jess, en fronçant les sourcils.

– Tu leur as raconté ? je gronde. Je t'ai pourtant demandé de ne rien dire. C'est une enquête, pas un jeu !

– Ne t'énerve pas, contre-t-elle. Ça avait l'air de bien t'amuser en attendant. Et je t'ai vue avec lui, main dans la main, cachottière !

– Quoi ?! Main dans la main ? s'écrie Jess. Ouh là là, c'est chaud, dis donc ! T'es devenue mormone ou quoi, Hailey ?

Jess et son franc-parler, toujours un vrai plaisir. Je rougis malgré moi. Elles m'ont connue plus directe. Maintenant, elles sont toutes là à me regarder en espérant plus d'explications, mais je ne sais pas quoi leur dire. *Si je savais moi-même...*

En tout cas, il faut que je mette les points sur les i, autant pour moi que pour elles.

– Les filles, c'est une vraie enquête et ce mec est un vrai suspect. Si je le coince, il finira probablement en prison, alors rien d'amusant là-dedans.

*Pourquoi je sens mon cœur se serrer ?*

– Au contraire ! Tu craques pour ton suspect, c'est trop mimi !

– Je ne craque pas pour lui, tu rêves, j'ai juste dû me rapprocher un peu pour mieux le cerner, tu vois. Je suis consciencieuse, je conclus.

– Pff ! se moque Jess. Ben voyons ! En attendant, Emilia me dit que t'as pas choisi le pire, c'est un bon coup apparemment.

Je mets mes mains sur mes oreilles, je ne veux pas en entendre davantage. La réputation de Clive n'est plus à faire, et je ne peux pas m'empêcher de me crisper quand je repense à ce que m'a raconté Emilia l'autre soir.

– Et Trent, il ne vient plus ? je demande pour clore le sujet.

– Si, si, mais il nous rejoint sur place. Il a dit vouloir nous faire une surprise.

Un ricanement m'échappe.

– Aïe. Les surprises de Trent, c'est tout ou rien. On peut s'attendre au pire.

– Surtout toi, Hailey, intervient Beth. Il en pince pour toi, tu sais !

– Ouais, mais c'est pas mon cas, alors…

– Arrête, il est trop bien foutu ! Personne ne te demande de te marier avec ! Mais ça ne se refuse pas, un si joli morceau de viande…

– Faudrait savoir. Après avoir voulu me caser avec mon suspect, tu veux maintenant que je couche avec mon collègue ? Vous êtes folles à lier !

Beth se marre et Jess lève les yeux au ciel. Sarah arbore quant à elle un petit sourire ironique des plus exaspérants. Je les fusille du regard et montre le canapé :

– Bon alors, ces déguisements ? Vous vous mettez en quoi, vous ?

Une heure, un joint et quelques bières plus tard, mon humeur est au beau fixe. Catwoman, Harley Quinn, Zombie Girl et la Clown sont prêtes à se déchaîner. Emilia ne nous accompagne pas, elle bûche pour ses examens prévus à la rentrée et ses parents sont stricts là-dessus. Pour mon déguisement de Harley Quinn, je me suis coiffée avec deux couettes dont j'ai teinté les extrémités en rouge d'un côté et en bleu de l'autre. Un tee-shirt moulant trash, un bomber et un minishort ceinturé de clous sur des collants résille noirs complètent le look. Bras dessus, bras dessous, on se regarde toutes les quatre dans le grand miroir de la salle de bains de Jess et on éclate de rire. Jess arque les sourcils avec une moue provocatrice :

– Si avec ça, on se trouve pas un mignon Dracula à croquer ! *Girl power* les filles ! Vous êtes toutes canons, et cette soirée est pour nous !

***

Nous arrivons près de l'entrepôt désaffecté transformé en club, à l'extrémité sud du campus du MIT à Cambridge. Le bruit des basses jalonne le trajet depuis le parking de l'université. Avec Jess, nous avançons main dans la main en papotant. On a beaucoup de retard à rattraper toutes les deux. Nous marchons aux côtés d'une étrange procession de zombies, héros de *Squid Game*, sorciers et sorcières sexy, l'ambiance est déjà là. Tout le monde a l'air d'avoir joué le jeu et cette Halloween Night promet d'être excellente. Je me sens détendue, excitée à l'idée de danser, prête à m'éclater, et pourquoi pas, flirter un peu. J'ai besoin de me changer les idées. Je fume un autre petit joint léger pour rester sur la crête de la vague parfaite, où le mix alcool et beuh s'accorde si bien que tout s'imprègne dans mon corps. Un effet de perméabilité que j'adore, qui me donne l'impression de m'immerger complètement dans la musique et d'être invincible. Rien d'excessif, juste de quoi lâcher prise.

Dans la queue, tout le monde bouge déjà en rythme, certains poussent des hurlements, des stroboscopes extérieurs crépitent et nous mettent en condition. À l'intérieur, la salle est immense : quelques écrans diffusent des clips d'horreur, de la fumée nappe le sol et seuls des projecteurs rouges promènent une lumière sanglante à travers le hangar plongé dans la pénombre. De fausses toiles d'araignée accrochées un peu partout au plafond scintillent timidement, et des yeux fous nous traquent au-dessus de nos têtes. Un décor parfait. La musique est forte, rageuse, inamicale. Tout semble possible ce soir. Nous arrivons au bar déjà bondé et prenons chacune une bière et un shot.

– À la mort, à la mort ! nous crions toutes en chœur avant d'éclater de rire.

***

Nous sommes en nage, les musiques s'enchaînent. Mon corps est maintenant totalement habité par le rythme qui coule dans mes veines. J'ondule, je saute, je vibre. Légèrement défoncée, et plus tactile sous l'effet de l'alcool, je me colle à des corps disloqués par la basse puissante, je les laisse envahir mon espace et résonner contre moi.

Jess se dandine devant moi, elle est déjà complètement pétée. Sarah et Beth sont dos contre dos et attirent les regards de plusieurs mecs autour d'elles. Soudain, Jess m'attrape le bras.

– Oh, Hailey ! Regarde là-bas, trop chelou !

Je me retourne dans la direction qu'elle indique et un petit frisson me parcourt. À une vingtaine de mètres, planté au milieu de la foule hystérique, immobile, un mec me fixe. Un sweat gris, capuche sur la tête, bras croisés, et surtout, le visage couvert par un masque Anonymous. Une sensation désagréable s'insinue en moi.

# 22

**Hailey**

Je plisse les yeux un instant puis me détends d'un coup. Seul un imbécile à l'humour douteux pourrait faire ce genre de blague.

– Je suis sûre que c'est Trent ! j'affirme. Ce con veut toujours faire son effet.

– C'est clair, il est flippant, là ! Pourquoi il vient pas ?

Je me détourne après un dernier coup d'œil et recommence à danser. Cet idiot de Trent veut jouer à me faire peur, mais s'il croit que c'est comme ça que je vais lui tomber dans les bras, il se trompe lourdement. Je repasse peu après au bar prendre un nouveau shot, bien décidée à aller le narguer pour le faire chier, quand on me colle une baffe magistrale dans le dos.

– Putain ! je grogne, t'as renversé mon shot !

Un bras m'enserre l'épaule et un souffle chaud se colle à mon oreille. L'haleine alcoolisée et l'odeur de sueur me font plisser le nez.

– Désolé, bébé, je voulais pas être maladroit. Je voulais juste te surprendre.

Mon cœur rate un battement. Je connais cette voix. Cette voix censée appartenir au mec que je viens de quitter des yeux, à l'autre bout de la salle. Je tourne la tête et dévisage celui qui m'a tapé dans le dos. C'est bien Trent, il est donc ici et non sous ce masque d'Anonymous. L'alcool a visiblement déjà bien ravagé mon collègue qui n'a pas l'air de vouloir me lâcher. Il me commande un autre verre et me reluque sans aucune gêne. Moi aussi, je le regarde. Le beau gosse dans toute sa splendeur : yeux noirs, boucles brunes, trapu, musclé, des tatouages sur tout le corps, lequel respire le sexe indécent. C'est vrai qu'il est canon. Même comme ça, déguisé en zombie. Pourtant, rien, je ne ressens rien. Je m'interroge. *Qui est l'autre type, alors ?* Une main sur ma hanche, Trent tente un rapprochement, mais je l'écarte pour voir derrière lui. Disparu. *Bon, tant mieux.* Après tout, il y a sûrement pas mal de mecs défoncés ce soir, pas étonnant que l'un d'eux reste stone dans son coin.

Je reviens auprès des filles, Trent sur mes talons, et nous enchaînons les danses tous ensemble. Il se colle à moi, j'essaie de limiter les contacts, mais on est tous plus ou moins saouls dans un endroit bondé alors ce n'est pas évident. Je m'écarte et fronce les sourcils. S'il continue, il aura droit à un coup de pied dans les testicules, coéquipier ou non. Je tournoie les bras levés, toujours enivrée par le rythme et les volutes de fumée qui nimbent les corps d'une aura mystérieuse. Je m'abandonne un peu, renverse la tête en arrière, ferme les yeux. Au bout de quelques minutes, de légers picotements le long de mon échine me mettent en alerte et je rouvre les yeux. À une dizaine de mètres, pile en face de moi, le même mec me scrute, toujours immobile. Une chair de poule court sur mes bras et ma respiration accélère. Il est grand, carré et… on dirait qu'il me défie. Je frémis. *Qu'est-ce qu'il me veut, ce type ?*

Je me suis arrêtée de danser, je le fixe moi aussi. Rien, il ne bouge pas. De guerre lasse, je hausse les épaules et finis par retourner à ma danse. Des flashs blancs s'invitent dans la soirée, accueillis par des hululements tous plus lugubres les uns que les autres. La fumée redouble, le brouillard s'intensifie. Des mouvements de foule se produisent et m'entraînent malgré moi d'un bout à l'autre de la salle. Je ne vois plus Trent ni les filles. On a été séparés. La panique me gagne petit à petit, comme une lame de fond qui avance sournoisement. Je suis aveuglée par les stroboscopes, les basses cognent contre mes tympans sur un rythme trop rapide. Je transpire, l'air se raréfie. Tout le monde se bouscule, les masques grotesques et les visages hagards semblent soudain menaçants. Je tourne la tête pour essayer de repérer mes amis et mon sang se glace. Tout mon corps s'est figé. Le mec au masque Anonymous se tient à deux mètres, le regard braqué sur moi, posture identique, inexpressif, toujours greffé au sol à la manière d'une statue. Indifférent à tout sauf à moi. Je me secoue, il faut que je trouve Jess. Je commence à avoir vraiment peur. Je n'ai pas envie de finir découpée en morceaux par un psychopathe. Je me faufile péniblement entre les corps en folie, je ne fais même plus attention à la musique. Mais je suis repoussée en arrière, ballottée par une vague humaine plus puissante. Mon dos heurte quelqu'un. Je me retourne. Mon cœur explose, j'arrête de respirer.

Anonymous. Devant moi.

Je ne vois ni n'entends plus rien d'autre. À travers le masque, un regard vert capture le mien. Me happe, m'obsède. Irréel. Un regard que je ne connais pas. Mystérieux, profond, presque hanté. Et si pur dans ses nuances d'or et d'ondée. *Merde, ce serait pas… ?* Je me reprends un peu, détaille la haute silhouette qui se tient toujours immobile. Mes yeux tombent sur ses mains : de longs doigts fins et une peau blanche. Ma respiration se saccade, une nuée de papillons s'envolent dans mon ventre à le regarder planté là, menaçant, hostile. Assaillie par un désir animal, je lui prends les mains, les pose sur mon visage. Je devine plus que je n'entends le hoquet de surprise qui sort de sa bouche. Il ne bouge pas mais ne les retire pas non plus. Ses épaules se relèvent comme s'il prenait une grande inspiration, puis ses doigts s'activent contre ma peau. Ils tremblent un peu, descendent le long de mon cou, et dessinent une traînée délicate de lignes entremêlées. Comme un code. De petites décharges électriques se propagent dans tout mon corps. Je suis grisée. Mon cerveau bloque. Je ne réalise pas. Il est là, devant moi. Ici.

Il *sait.* Il m'a suivie. Il doit me haïr. Pourquoi je sens de la souffrance dans sa façon de me caresser ?

– Clive, c'est toi ? je finis par demander, d'une voix que je ne me connais pas.

Le bruit des basses fait qu'il ne m'entend pas. Ses mains poursuivent l'exploration de mon corps, très doucement, comme s'il avait peur de me briser. C'est tout le contraire : je ne comprends rien à ce qui m'arrive mais chacun de ses gestes allume un feu à l'intérieur de moi. Je suis complètement folle. À cet instant, je suis sous son emprise. Impossible de le quitter des yeux.

Je le prends par les épaules, puis par le cou, le force à se pencher et crie à son oreille, non, supplie :

– Dis-moi que tu le sens, toi aussi ?

Il tressaille. Puis s'enhardit. La pression sur mon corps s'accentue. Il perd le contrôle, lui aussi. *Qu'est-ce qui nous arrive ?* Il se penche un peu, ses bras descendent le long de mes jambes, puis remontent, si lentement malgré la transe qui me bouleverse et celle qui gronde alentour. Je peux sentir son souffle tiède sur mon cou, son grognement qui s'échappe malgré son masque. Il s'attarde près de la couture de mon short, ses pouces glissent contre ma peau et me brûlent. Puis, soudain, il recule, s'arrache à mon étreinte. Nous haletons à un pas l'un de l'autre, dans un face-à-face qui n'a plus rien d'un duel.

Il se redresse, sort son téléphone de sa poche, calmement, le déverrouille et au bout de quelques secondes, il me montre l'écran. Ses iris verts me transpercent de part en part, fissurent en bloc mes bonnes résolutions et tout mon sang-froid.

Un interrupteur. Voilà ce que j'observe sur l'écran.

C'est un défi. Presque un aveu.

J'ignore totalement ce que déclenchera ce truc si je le touche et le bascule sur *off*. J'ai chaud, je transpire. Je suis euphorique, dans un mélange de peur et d'excitation. Nous sommes redevenus des adversaires.

Je le sonde, encore frémissante. Jamais je n'ai laissé les émotions prendre le dessus comme cela. Mon sang pulse violemment dans mes veines. Car je sais ce que je m'apprête à faire. Je ne peux pas reculer. À cet instant, je me fiche des catastrophes que je pourrais causer, je veux juste plus.

Plus de Clive, plus de ce garçon surprenant et imprévisible. Je ne veux pas que ce moment s'arrête.

Autour de moi, le temps s'est suspendu. Plus rien n'existe à part nous. L'alcool et la beuh sont un lointain souvenir, jamais je n'ai ressenti quelque chose d'aussi puissant. Comme si j'avais le monde entre les mains.

Je tends un doigt, tremblant malgré moi, mais le regard provocant. Clive ne bouge pas.

*Off*.

Nous sommes subitement plongés dans le noir. Plus aucun son, plus aucune lumière. Des éléments phosphorescents et des tubes fluo dansent un étrange ballet à travers tout le hangar. Un flottement s'installe, un silence lourd ponctue la sidération collective. Quelques secondes passent. Puis, sur les écrans, en blanc sur fond noir, un Anonymous apparaît. Et un rire perfide s'élève dans la salle, craché par les haut-parleurs. Un rire métallique, froid, vainqueur.

Des cris d'excitation et de panique gagnent maintenant tous les fêtards. Un mouvement de reflux vers la sortie va bientôt nous heurter.

Je ne réfléchis pas une seconde. Dans l'obscurité totale, je fais ce que mon corps exige de moi depuis tout à l'heure, en proie à des flammes dévorantes. D'un geste pressé, j'arrache le masque du visage de Clive et fonds sur sa bouche. Son corps se crispe d'abord sous la surprise et puis soudain, comme s'il cessait de lutter, il prend mon visage en coupe dans ses mains, m'attire à lui brusquement, nos bouches toujours liées l'une à l'autre par le jeu sensuel de nos langues qui se goûtent et se découvrent. Notre baiser s'approfondit, intense, sauvage, impatient. L'urgence nous saisit tous les deux, nos mains ne s'attardent plus et explorent hardiment le moindre centimètre carré de peau. Je les glisse sous son sweat, savoure ses lignes marquées et sèches. Je me délecte de son odeur fraîche dans cette atmosphère d'abus, de sa peau, de son goût. Je veux plus. Le désir m'inonde, se réverbère et se diffuse dans le sien. Plaqués l'un contre l'autre, à bout de souffle, nous jouons sans pudeur à ce jeu interdit. Nous oublions un bref instant notre situation et nos mensonges. Ne reste que l'attirance irrésistible de nos corps, nos souffles mélangés, sa chaleur contre la mienne.

Bousculade.

Je le perds.

J'ai envie de hurler.

Je jaillis à l'extérieur, projetée par la marée semi-humaine de monstres en tous genres. L'air frais me fouette le visage, déchire mon feu intérieur. Déboussolée, je le cherche des yeux. Avidement. Comme si ma vie en dépendait.

Il n'est nulle part. Il s'est enfui.

Mon cœur bat toujours la chamade, tout mon corps frissonne.

Désir.

Désarroi.

Détresse.

Je m'éloigne un peu, me laisse tomber sur un banc. J'enfouis mon visage entre mes mains et emprisonne mes couettes de Harley Quinn contre mes oreilles qui bourdonnent.

Je réalise enfin. La honte m'envahit. Le désir, lui, ne me quitte pas.

Et quand j'enfonce la main dans mon bomber avec l'intention d'appeler Jess, j'ai un haut-le-cœur. Mon téléphone a disparu.

# 23

## Hailey

– Sans déconner ? Ton téléphone ?

Jess hallucine. Je lui ai raconté ce qu'il s'est passé à la soirée d'hier et elle n'en revient pas. La coupure a créé une pagaille monstre à la sortie du hangar, mais j'ai réussi à la retrouver et nous sommes rentrées ensemble pour dormir chez elle. En boule sur un matelas dans sa chambre, les entrailles tordues par les événements qui m'ont complètement échappé, j'ai pleuré.

Je fais une piètre enquêtrice, je me sens nulle. Je vais devoir riposter et cette idée me révulse. Il ne me laisse pas le choix. Une affaire va être ouverte sur ce qui s'est passé à la soirée du MIT. Le capitaine va nous interroger, Trent et moi, et se poser des questions. J'ai l'impression que tout m'échappe. Je dois rester lucide.

– En tout cas, tu sais maintenant qu'il est dangereux et qu'il n'en a rien à faire de toi. Il cherche à te foutre dans la merde, c'est tout ce qui l'intéresse. Te décrédibiliser. Ainsi, quoi que tu trouves sur lui, ce que tu diras n'aura plus aucune valeur.

– C'est moi qui lui ai sauté dessus, Jess…

– Ouais ? Ben en attendant, il a bien profité de l'occasion. Quel connard, sérieux ! Te fais pas avoir, ma championne, il y a trop en jeu, là.

Je la regarde avec agacement. Jess a toujours un avis sur tout, mais je ne crois pas qu'elle réalise ne serait-ce qu'un peu ce que j'ai ressenti, moi. Pour elle, Clive est juste un mec taré, pervers et manipulateur. Typiquement le genre de profil que j'ai toujours voulu mettre hors d'état de nuire.

Mais Clive n'est pas ça. Il s'est passé quelque chose qu'il n'avait pas prévu. Je n'arrive pas à croire qu'il ait fait tout ça juste pour un téléphone. Il voulait faire une démonstration de force, me montrer qu'il pouvait jouer au niveau supérieur et que je devais le craindre moi aussi. Et je refuse d'avoir rêvé ce moment, d'avoir eu affaire à quelqu'un tellement dans le contrôle qu'il est capable de simuler des tremblements et d'accélérer les battements de son cœur. Je suis furieuse contre lui, mais je suis aussi totalement désemparée. J'ai tellement honte. Je ne sais même pas par où commencer. Il y avait tant de monde, je ne suis plus sûre de rien.

– T'as qu'à appeler ton téléphone avec le mien, si tu veux !

– Oui. Faisons ça.

– Je l'appelle.

Personne ne répond, évidemment. Je décide d'envoyer un message.

Clive, rends-moi mon téléphone.

•••

Une réponse arrive.

Je ne l'ai pas.

*Je rêve, il se fout de moi en plus !* Malheureusement, je ne me suis pas trompée. Ma colère redouble.

Tu plaisantes, j'espère !

Non, je mens. C'est ce que nous faisons, n'est-ce pas ?

Merde. Pourquoi ?

Pour que tu me détestes.

Je te déteste.

Alors j'ai gagné.

Non ! Et tu vas me le rendre, je t'en fais la promesse.

Déchaînée, je plante Jess qui se marre au-dessus de mon épaule. Elle ne se cache même pas, la traîtresse. Je me rue vers ma voiture, claque rageusement la portière et démarre comme une furie. Je n'entends pas l'avertissement qu'elle me lance. Je pile devant la maison de Clive. Tant pis pour les risques, j'ai trop les nerfs contre lui. Je ne veux pas qu'il fouille dans ma vie ni qu'il s'immisce dans mes affaires, même si côté police, je suis clean, il n'y a rien dessus. Et je culpabilise en tentant de me donner de bonnes raisons d'être là. Déchirée entre cœur et raison, j'ai foncé sans réfléchir et me voilà au pas de sa porte, incertaine et apeurée. Quel visage montrera-t-il ce matin ? Celui du hackeur, du connard, ou le vrai ? Je ne sais même plus si je vais voir des yeux bleus ou verts. Je suis perdue et je déteste ça. D'un pas déterminé, j'avance vers sa porte et je sonne.

Au bout de quelques secondes, la porte s'ouvre. Sa mère.

– Oui ? Hailey, c'est bien ça ? Tu viens voir Clive ?

Sa voix est aimable, elle sourit légèrement mais son sourire n'atteint pas ses yeux, toujours tristes. Elle n'a pas l'air surprise de me voir débarquer alors que je m'étonne moi-même. Je suis en train de péter un câble.

– Oui, s'il vous plaît.

– Entre une seconde, je vais le prévenir. J'allais partir de toute façon.

Elle me laisse passer et j'atterris dans un petit salon étriqué, propre et vieillot. Il n'y a pas grand-chose à part un canapé d'un autre âge devant une télé, une table basse sur laquelle traînent des flacons de médicaments et quelques livres. Je souris en reconnaissant la couverture de *La Pitié dangereuse* de Zweig. Étrangement, cela met du baume sur mon cœur meurtri : Clive a suivi mon conseil comme j'ai suivi le sien. Par contre, sur les murs, c'est surprenant. Dérangeant, presque. Toute la place est occupée par des cadres photo de Clive, sa petite sœur Mary, seuls ou avec leur mère. Il y en a partout. Trop. Les murs en sont tapissés. C'est bizarre et ça me met mal à l'aise. Comme si toute la peine de sa mère se déversait sur ces murs où pointe l'absence d'un époux et d'un père. Comme si elle compensait par une surcharge affective qui pèserait sur ses enfants. Mais c'est étouffant. C'est peut-être pour ça que Clive ne voulait pas que je vienne chez lui.

J'entends un bruit de pas et Clive apparaît, les sourcils froncés. Il n'a pas l'air dans un bon jour. Je ne peux pas m'empêcher de le détailler : il a remis ses lunettes et ses yeux sont de nouveau bleus. Une bouffée de chaleur m'envahit en repensant à hier soir. Son regard m'a capturée tellement facilement. Je rougis de confusion.

Clive ne dit rien, il m'invite d'un geste à sortir dehors sur le perron. Cela confirme ce que je pensais. Il n'a aucune envie de me faire entrer dans son univers, et en même temps, je ne peux pas l'en blâmer. Je ne devrais pas être ici, ça n'a aucun sens. Il semble épuisé. Lassé. Ça fait plus de deux semaines que je ne l'ai pas vu, à l'exception d'hier soir, mais il faisait trop sombre. Ses cheveux ont poussé et retombent sur son front, adoucissant ses traits. Il dégage un je-ne-sais-quoi de plus vulnérable qu'avant, sans doute. D'autant qu'il ne me regarde pas dans les yeux.

– Il n'y a aucune photo de ton père, je remarque malgré moi en désignant l'intérieur.

Sa mâchoire se contracte, ses yeux lancent des éclairs, le sujet de son paternel est décidément trop sensible. Je suis sûre que je vais regretter d'être venue. Mais je dois récupérer mon téléphone. Et des réponses.

– Tu veux entendre quoi ? Que mon père est un connard et que c'est pour ça que j'en suis devenu un, moi aussi ? Tu crois vraiment que les choses sont aussi simples ?

*Ouch.* C'est bien Clive le connard que j'ai en face de moi. Pourtant, nous devons discuter tous les deux. Rien n'est normal. Je me blinde, il va m'en faire voir de toutes les couleurs. Il va fuir, encore. Je dois parler à celui qu'il est vraiment.

– Je ne sais pas, je ne connais pas l'amour des parents.

J'ai répondu la vérité. J'en ai marre de lui mentir. Il sursaute légèrement. Il y a toujours un monde entre ses paroles et ce que traduit son corps. Je l'ai vu hier.

– C'est quoi le plan ? reprend-il de son ton agressif. Tu veux finir ce qu'on a commencé ? Tu préfères aller dans le motel pourri d'à côté ou tu te sens capable d'attendre lundi dans les chiottes du premier étage ? Mais t'hésites aussi, peut-être… T'es sûre que c'est ce que ton chef attend de toi ?

*Ne pas répondre à ses provocations.* Je lui attrape le poignet et plaque ma main sur son cœur battant à toute allure. Voilà le vrai Clive, mais il est enfoui sous ses mots dégueulasses.

Clive recule et secoue la tête. Il enfonce les mains dans ses poches et saute nerveusement d'une jambe sur l'autre. Il est à bout de patience.

– Tu mens, Clive, je constate. Ton corps ne ment pas, lui.

– Je me branlais en pensant à toi, c'est pour ça.

*Mon Dieu, il y va fort.* Il veut vraiment me repousser.

– Alors, on y va ? insiste-t-il.

Sa mère ouvre la porte et nous interrompt. Elle jette un drôle de regard à son fils et l'informe :

– Je pars voir Mary, mon chéri. Et… sois correct, s'il te plaît.

Il hoche la tête en rougissant un peu et ne répond rien. Il la suit des yeux, son expression se fait plus douce. J'aimerais qu'il me regarde comme ça, moi aussi. Mais c'est impossible. J'enchaîne :

– Je veux juste mon téléphone. Tu as eu ce que tu voulais, tu as réussi ton coup !

Son regard s'assombrit, je n'aime pas la tristesse qui s'y reflète. Il soupire.

– Non, j'ai tout raté au contraire… Et puis, il n'y a rien sur ton tél.

– Rends-le-moi.

– En échange de quoi ? rétorque-t-il, cinglant. Car tout ce que nous faisons, nous le faisons pour quelque chose, n'est-ce pas ?

– Je n'aime pas ce que tu dis.

– Je dis que tu es une menteuse. Que je te hais pour ça.

*Et moi, j'ai envie de te prendre dans mes bras. De sentir ta chaleur. De t'embrasser encore.*

– J'ai besoin de mon téléphone.

– Dis-moi pourquoi.

À mon tour de soupirer. *Pourquoi rend-il tout si compliqué ?*

– Si tu veux tout savoir, pour mes photos.

– Tes photos. Je n'ai rien vu de très exaltant. Même pas les selfies débiles usuels.

– Non, je ne prends jamais de photos. À part…

– À part cet homme et cette femme. Tes parents, je suppose, à la ressemblance. C'est étrange.

*Merde, il va pile sur le terrain que je voulais éviter, comme toujours.* C'est un sujet douloureux, je refuse d'afficher ma faiblesse.

– Ça ne te regarde pas.

– Maintenant, si. C'est toi qui l'as voulu. Tu as voulu que je m'intéresse à toi. Même si c'était juste pour me détruire. Eh bien, c'est fait. Mais je m'étonne : des milliers de photos, et pas une seule où ils te regardent.

*N'insiste pas, s'il te plaît. Oublie ce que tu as vu et ce que tu crois comprendre.*

– Arrête, Clive. Ne fais pas ça.

– Si, tu vois, je ne suis pas con. C'est même ce qui t'intéresse chez moi, pas vrai ? Mon petit côté prodige de l'informatique. Tu ne m'aurais même pas remarqué, sinon.

Voilà le Clive blessé aussi. Il ne se rend pas compte de ce qu'il représente. De sa valeur. *J'aurais tant voulu que ce ne soit pas toi.*

– Tu dis des conneries.

– Je m'interroge, c'est tout. Pourquoi tu as toutes ces photos ? Qui comptent tellement pour toi que tu oses te pointer ici malgré les risques que tu encours si je voulais m'amuser un peu.

– Ça ne te regarde pas.

– Je sais ce que c'est. De compter pour rien. Alors ne me dis pas le contraire. Maintenant, c'est quoi la suite ? Qu'est-ce que tu es prête à payer pour ce téléphone ?

– Tu n'as pas de cœur.

– Si seulement, Hailey… Mais rassure-toi, je ne dirai rien à tes collègues. C'est bien ce qui t'inquiète, non ? En échange, tu mets fin à ton enquête. Un deal honnête, tu ne crois pas ?

Il pourrait me pulvériser et refuse de le faire, mon cœur se serre. Son ton sec est amer mais j'entends la fêlure dans sa voix. Pourtant, je ne suis pas seule dans cette affaire, il a joué son rôle, pris sa part.

Je secoue la tête : hors de question de renoncer.

– Et toi, alors ? Tes yeux qui changent de couleur ? Tes absences répétées en cours ? Ton appli de merde ? Et pourquoi tu ne laisses jamais personne t'approcher ? Et surtout, dis-moi, toi aussi, pourquoi tu as répondu à mon baiser ?

Ma colère est revenue. Elle crépite entre nous. J'ai encaissé, mais je n'en peux plus. J'ai envie de m'enfuir loin, de n'être jamais venue ici, de ne l'avoir jamais rencontré.

Il a pâli. Tout son corps s'est tendu.

– Joker.

– Trop facile.

– Tu as eu le tien, pas moi. Maintenant, si tu n'es pas là pour baiser, je ne vois pas ce que tu fous là. Moi, c'est tout ce que j'attends de toi, depuis le début. Et puis merde ! Prends-le, ton téléphone ! Et tes souvenirs qui n'en sont pas. Et ne reviens jamais ici !

Il me lance mon téléphone que je rattrape par réflexe, bouche bée. *Il a vraiment dit ça ?* Ses yeux brillent et tout son corps frémit. Désormais, son regard exprime de la douleur et ça me brise le cœur. D'en arriver là, encore. De nous voir obligés de nous faire du mal.

Il fait demi-tour et rentre chez lui en claquant la porte.

*Inspire, expire, Hailey.* Ça aurait pu être pire. J'ai mon téléphone. Mais pas lui, hélas.

*Il te hait.*

Je risque mon avenir pour quelqu'un qui me rejette sans cesse. Je suis vraiment trop stupide. Il faut mettre un terme à cette enquête, je n'ai vraiment plus le choix. Et une idée m'est venue. Il faut que j'en parle au capitaine.

# 24

## Clive

Putain, si je m'attendais à ça !

*Bordel.* Ce baiser, son corps chaud et doux… dans cette tenue *badass* qui est un appel à la luxure, putain. Ce short avec ces collants, ce bijou caché contre sa peau… Je n'arrive pas à passer à autre chose. Hailey m'a embrassé, moi ! C'était délicieux et… renversant. Je ne suis pas le genre de mecs qu'on embrasse, et pour cause. Je ne suis pas de ceux qu'on aime en dehors du sexe. Pas vraiment. Hélas, ce baiser change tout. Tous mes efforts pour me détacher d'elle, pour paraître indifférent, pour moins me sentir utilisé et bon à jeter. Je suis un pessimiste, je n'ai pas de rêves, pas d'espoir, à part pour Mary. Et tout s'effondre quand Hailey m'embrasse. Quand elle m'embrasse, je me sens vivant. Je ne veux pas de ce sentiment. C'est un leurre comme un autre, avant qu'on nous abandonne, ou avant qu'on s'abandonne soi-même.

La voilà, sa victoire à elle. Elle ne doit pas le savoir. Au moins, je ne la croiserai pas pendant les vacances, un répit plus que nécessaire.

Elle a complètement renversé la situation à la soirée du MIT. Je voulais lui faire peur, l'obliger à se mettre à ma merci et à renoncer, mais bordel, jamais j'aurais pensé qu'elle se jetterait sur moi, jamais. Quel con ! J'aurais dû la repousser. Tout de suite. Car maintenant que j'ai goûté sa bouche et caressé sa peau… Impossible de me la sortir du crâne. Elle m'a détruit avec son baiser plus sûrement qu'avec n'importe quelle arme. Parce que, moi, comment pourrais-je me défendre désormais ? Je ne veux même pas me battre contre elle, en réalité. Si je suis honnête, ma queue est très claire sur le sujet. Et si je suis parfaitement honnête, mon cœur aussi. L'effet Hailey.

Toutefois, je dois penser à Mary. C'est elle ma priorité. Alors tant pis pour moi et pour mon cœur qui bat trop vite. J'ai pris le téléphone d'Hailey pour la menacer et garder le contrôle, pour qu'elle me prenne au sérieux, et pour me rappeler qui elle est et la situation dans laquelle Mary se trouve. Un réflexe de survie de la part de l'enfoiré que je suis.

Pourquoi elle a fait ça ? C'est complètement idiot de sa part. Elle était à moitié saoule, sûrement un peu défoncée, pas de quoi s'emballer non plus. C'est une informaticienne, elle a probablement dû juste triper sur le masque. Je suis paumé. Je lui en veux. Je ne comprends pas ce qu'elle attend de moi. Non seulement elle me traque, mais elle veut me faire du mal ou quoi ? Elle n'a pas compris à quel point elle me tue ? Elle veut que je rampe à ses pieds en plus ? Qu'est-ce qu'elle cherche, à part que je lui avoue tout et que je lui donne les preuves dont elle a besoin pour m'arrêter ? Je vais avoir 20 ans, si on me chope, c'est la taule. Il faut que j'accélère la vente d'HackMeLove.

Mary a terminé sa première phase de chimio, elle va rentrer à la maison. Je dois me concentrer là-dessus. Maman veut que je retourne en cours pour que j'obtienne mon diplôme. *Rien à foutre.* Ma vie n'est qu'une succession d'emmerdes, et depuis Hailey, je n'arrive plus à rien. J'aimerais disparaître, ce serait plus simple pour tout le monde. *Ouais, comme papa...* Cependant, ça ne résoudrait rien. Et puis merde, j'en ai pas eu assez. Je veux encore la goûter, tout entière cette fois.

Je me refais le film de sa visite éclair. Hailey qui se pointe comme une fleur chez moi... Elle a perdu la tête ou quoi ? Qu'est-ce qu'elle espérait, franchement ? *Et toi, qu'est-ce que t'espérais ?* Je n'arrive plus à la voir, à l'entendre, à la toucher sans que ces putains d'images d'hier soir me reviennent en plein dans la gueule. Elle me rend accro, je dois l'éviter à tout prix. Alors je suis bien obligé de la rembarrer, de l'insulter, de la pourrir. Mais la trahir, je peux pas. Va savoir pourquoi, je veux juste l'empêcher de trouver des preuves, mais pas la détruire. Je n'ai pas envie de détruire ses rêves de justice, aussi cons soient-ils. Ils font partie d'elle. Au fond, qu'est-ce qu'elle en sait, de ce qui est juste et de ce qui ne l'est pas ?

Sans parler de ces photos. Elle a failli se mettre à pleurer. Je désirais la consoler, l'enlacer comme un pauvre imbécile. Par curiosité, j'ai fait défiler les photos hier. Sur aucune d'entre elles ils ne regardent l'objectif, ce sont des photos prises à leur insu, une attention à sens unique. *Elles sont si nombreuses...* Je ne sais pas ce que cela signifie pour elle, mais ça m'a fendu le cœur. Parce que je vois maman attendre encore papa, parce que moi aussi je l'attends encore, comme le demeuré que je suis. Il devait nous sauver la mise et il s'est barré. Le super-héros qui se transforme en lâche, l'imposture qui explose et ravage tout sur son passage. À présent, je vais atteindre mes 20 ans et j'ai l'impression d'être un vieillard. Un vieux con qui ne sert à rien et qui n'attend plus rien de bon de cette existence. *Si, il y a ma Mary...*

***

Je suis à l'hôpital. J'ai fini par rejoindre ma famille après le départ d'Hailey. Mary s'apprête à rentrer pour récupérer. On n'aura le premier bilan que dans quelques semaines. Pour l'instant, à part la fatigue et les vomissements, elle réagit plutôt bien. Elle est heureuse de revenir à la maison. Au moins, elle aura ses affaires, ses copines pourront passer la voir plus souvent et ce sera plus simple aussi pour maman.

– Tiens, Clive, mets ces vêtements dans le sac à dos, s'il te plaît.

Maman me tend un tas de linge et je m'exécute sans réfléchir. Elle n'arrête pas de me lancer de petits regards furtifs depuis ce matin, c'est exaspérant. À la longue, je n'y tiens plus.

– Qu'est-ce que t'as à me regarder comme ça, maman ? je bougonne.

Elle échange un bref coup d'œil avec Mary qui sourit.

Je m'énerve :

– Bon sang, qu'est-ce que vous avez, toutes les deux ?

Mary se racle la gorge.

– Maman m'a dit qu'Hailey est passée ce matin…

– Ouais. Et alors ?

Maman intervient :

– Et alors, j'ai entendu ta façon de parler et je suis choquée, Clive. Désolée, je ne voulais pas être indiscrète, j'étais simplement en train de prendre mes affaires juste derrière la porte.

Mes oreilles chauffent, l'agacement l'emporte sur la gêne. Je me sens suffisamment minable tout seul, inutile qu'elle en rajoute.

– Putain ! Ne t'en mêle surtout pas !

– Si, tu es mon fils et je ne t'ai pas élevé comme ça ! Tu étais vulgaire et dégoûtant. Je suis même étonnée qu'elle soit restée… ou qu'elle ne t'ait pas mis une gifle.

– J'hallucine. Tu es vraiment en train de me faire la morale ? Et j'ai déjà pris une baffe, sois rassurée.

– Ah ! Elle monte dans mon estime, alors. Car la voir encaisser sans rien dire, ça m'a rendue folle. Hors de question que ce genre de propos sorte une nouvelle fois de ta bouche, jeune homme !

Je ne sais pas ce qu'il se passe en moi, mais j'éclate de rire. La situation me paraît ubuesque. C'est moi qu'Hailey met en danger, mais ma mère la défend. Si maman savait ce qu'on risque, c'est elle qui flinguerait Hailey. C'est comique. Franchement.

– C'est vrai que j'ai été dégueulasse, mais je ne sais pas comment faire pour m'en débarrasser en restant poli. Cette fille est folle, maman.

– En tout cas, elle ne te laisse pas indifférent. C'est rare de te voir aussi nerveux. Et de te voir encore rougir.

Et Mary d'enfoncer le clou :

– Il est amoureux, c'est sûr !

C'est officiel. Je les hais toutes les deux maintenant. Ça fait trois avec Hailey.

– Vous êtes à côté de la plaque, mesdames ! C'est assez poli, ça ?

# 25

## Clive

Ça y est, c'est la rentrée. En attendant un retour de mon contact Ulysse pour la vente, je poursuis l'analyse du *process* de hacking à distance de l'appli et collecte des données supplémentaires pour affiner les calculs en temps réel. Je reste sur le campus pour m'assurer que tout fonctionne et que les utilisateurs ne me trahissent pas. Pour ne pas éveiller les soupçons également. Nous démarrons par un cours de philosophie obligatoire. Je ne sais pas qui a pondu ces programmes, mais j'ai du mal à comprendre en quoi la philosophie m'aidera à devenir un informaticien opérationnel. Si encore j'étais orienté vers les arts et les sciences humaines… Il pleut à verse depuis le milieu de la nuit, une météo qui s'accorde parfaitement avec mon humeur. Tout le monde a l'air excité de se revoir. Moi, j'appréhende. Hailey est là. D'un côté, cela signifie qu'elle n'a rien trouvé contre moi et qu'elle n'a pas voulu m'accuser pour le MIT. De l'autre, qu'elle n'a pas été impressionnée par mon avertissement. Elle a du cran, c'est évident, bien que ça n'arrange en rien mes affaires : l'enquête se poursuit. Maintenant que je sais ce qu'il en est, je comprends que mon calvaire ne fait réellement que commencer. La voir, lui parler sans que rien ne soit possible, pire, en sachant qu'elle, de son côté, va tout mettre en œuvre pour me coincer, c'est presque de la torture. Je vais encore devoir avoir les yeux partout. Surveiller à qui elle parle, si elle s'isole, bref, essayer d'identifier la faille qui pourrait être à l'origine de la prochaine attaque. La regarder sans la toucher. Putain.

Hailey m'a fait un petit salut en s'installant dans la salle de cours, à l'opposé de ma place. Je suppose qu'elle a fini par se rendre compte qu'il ne servait à rien de rester auprès de moi. Je pose mes affaires et sors distraitement un stylo et une feuille. Indifférent au brouhaha des élèves qui gesticulent et bavardent, les yeux plongés dans le vague, je m'accorde une minute de pause. Pour réapprendre à respirer, faire le vide. Peine perdue. Une délicate odeur fruitée me ramène à la réalité : Hailey s'approche et s'installe à califourchon sur la chaise juste devant ma table. Un sourire moqueur s'épanouit sur son visage alors que je hausse un sourcil interrogateur et méfiant :

– Clive, tu n'as pas pu t'en empêcher, n'est-ce pas ?

– Quoi donc ?

Son sourire s'élargit encore. Elle est tellement belle comme ça, avec ses yeux qui lancent des flammes joyeuses. Je la sens apaisée, joueuse, et je ne sais pas comment elle fait, mais mon humeur change face à son sourire.

– De bidouiller mon traceur. Sur mon téléphone.

Je souris à mon tour. Elle est irrésistible, si pleine de vie. Elle danse pendant que je rame, rebondit quand moi je m'effondre. Et puis, Hailey se tient trop proche de moi, et son petit air provocateur m'incite à la taquiner, moi aussi. C'est un peu notre problème d'ailleurs, on aime un peu trop se chercher.

– Il fallait bien que je tente quelque chose, je réponds. Ton téléphone ne m'a pas fourni les informations espérées.

– Tu as bien fait. J'aurais été déçue, sinon. Mais c'était pas la peine de me faire tout ce cirque, alors…

Elle passe son index le long de ma joue et s'arrête sous mon menton. Je frissonne. Nous nous regardons bien trop longtemps pour que mon corps reste de marbre. Je louche sur sa bouche rose et pleine, sur la petite fossette qui souligne son sourire. C'est fou l'effet qu'elle me fait. Je m'écarte un peu pour échapper à son souffle qui m'appelle. Sa respiration à elle aussi s'est accélérée, je peux le voir d'ici. Je déglutis difficilement.

– J'aurais pu faire bien pire, je reprends.

– Je sais.

– Qu'est-ce que tu mijotes, Hailey ?

À son tour de zieuter ma bouche. C'est vraiment dur de résister. J'ai juste envie de me jeter sur elle, je suis vraiment mal barré. Le supplice a bel et bien commencé. Avec le bout de mon stylo, je lui remets ses cheveux derrière l'oreille mais une mèche retombe. Je la saisis, aimanté par les reflets dorés qui dansent avec chacune de ses respirations. Les yeux d'Hailey m'observent, attentifs. Elle est comme suspendue, mais à quoi ?

– Ça doit t'ennuyer d'être en cours alors que tu as déjà eu ton diplôme, non ? je demande en jouant avec ses cheveux.

– Je crois que tu t'ennuies aussi.

– C'est vrai. Mais c'est parce que je n'en attends rien. Toi, au moins, tu as un but. Et quel but ! Sauver le monde des vilains méchants ! je tente de plaisanter.

Malgré moi, ma voix déraille. Je baisse les yeux. *J'aimerais en rire.*

Elle se penche un peu plus vers moi, me scrute. Son visage est à quelques centimètres du mien. Je lutte, putain, mais c'est dur. Elle plonge un regard désolé dans le mien, un regard qui semble s'excuser. Mais ça ne veut rien dire pour moi.

– Je voudrais recommencer maintenant… ici… chuchote-t-elle. Avec toi. Encore et encore.

Je me recule brusquement. Elle me chauffe pour mieux me chasser, c'est pas possible autrement.

– Je voulais juste que tu le saches, poursuit-elle. Et surtout, que tu n'en doutes jamais. Quoi qu'il advienne.

La sonnerie de début des cours nous interrompt avant que j'aie eu le temps de dire quoi que ce soit. Elle me plante un baiser léger sur la joue, se relève et rejoint sa place. Le cœur en panique, je la suis des yeux, captivé par son aura magnétique et les ondulations de son corps. Elle se retourne et me grille. Un autre de ses petits sourires fiers me fait fondre. Je suis foutu. Définitivement. La petite sorcière est déjà sûre de gagner. Je suis nul pour la haïr.

Le prof de philosophie fait son entrée, avant de nous baratiner sur le projet que nous devrons réaliser cette année. Je n'écoute rien, comme à mon habitude, toute mon attention reste focalisée sur Hailey qui écrit quelque chose sur un petit carnet. J'aimerais savoir quoi. Au bout des dix minutes parmi les plus longues de ma vie, la porte de la classe s'ouvre.

M^me^ Caballero, la responsable du cursus, entre, accompagnée par un nouvel étudiant. Quand je le détaille, mes poings se serrent instinctivement alors que des gloussements se répandent parmi les filles. Hailey reste impassible, le nez dans son carnet, malgré un signe discret au professeur qui consulte sa liste et lève un regard interrogateur vers sa collègue.

– M. Trent O'Connor va rejoindre votre promotion, précise la responsable avec un air entendu avant de se tourner vers le professeur. Le transfert dont je vous ai parlé en réunion la semaine dernière.

Trent. Le bad boy à la con, avec le package complet du gros naze. Le putain de mec saoul qui pelotait Hailey lors de la soirée. Son putain de pote flic qu'elle a appelé l'autre jour quand j'ai surpris sa conversation, son collègue. *Qu'est-ce qu'il fout là, lui aussi ?*

Trent s'avance et s'installe nonchalamment à côté d'Hailey. Il a les cheveux mouillés à cause de la pluie, et si j'en crois les petits commentaires excités de mes voisines les plus proches, il dégouline de sex-appeal. Hailey range son carnet et échange quelques mots avec lui, comme s'ils faisaient connaissance. Je me crispe avant d'arrêter de les regarder. Inutile de se torturer en plus. Je tente de me concentrer un peu, mes pensées à dix mille kilomètres de là à m'imaginer croupir dans une cellule exiguë et inconfortable. La philo, ce n'est pas comme les maths, je n'y connais rien. Rien à faire, je bloque sur ce Trent, en plein stress. Les choses s'accélèrent, il est sûrement venu en renfort pour me faire la peau plus vite. Je me doutais bien qu'Hailey avait un plan. Quoi qu'il advienne, elle a dit. *Oublie ça, Clive.* Facile à dire… Et c'est qui, pour elle ? Son mec ? Putain. Peu importe, je suis dans la merde.

Juste avant la pause de midi, je reçois un message. Enfin, mon compte Admin reçoit une notification. J'en connais un qui n'a pas perdu de temps. Il a dû discuter avec les mecs un peu plus tôt. En général, les nouvelles vont vite quand il s'agit d'opportunités de baiser.

**Notification HackMeLove :**
Tr_FuckYourFace souhaite ouvrir un compte.

Encore un poète.

Il a voulu s'assurer que je comprenais bien à qui j'avais affaire.

# 26

## Clive

J'hésite.

Trent est clairement là pour aider Hailey à accéder à HackMeLove. J'ai activement verrouillé les sécurités et aucune intrusion sauvage n'a été détectée pour l'instant. C'est dangereux pour moi d'accepter. Refuser serait louche également par rapport aux autres mecs. Ce type à l'air d'être un vrai connard, je suis presque sûr qu'il va se servir de l'appli pour son propre compte. Je n'ai d'ores et déjà aucun doute sur l'identité de la cible. En même temps, foutre la merde dans leur duo, c'est une idée aussi. Hailey va le détester et ils vont perdre du temps à régler leurs comptes. Il faut que je réfléchisse, que je pèse le pour et le contre.

D'un autre côté, je n'ai pas envie que Trent se la tape. *Mais alors, pas du tout.* Ceci dit, Hailey n'a pas de profil type sur HackMeLove, je n'ai jamais eu envie de le renseigner. Alors l'appli aura plus de mal à atteindre la cible de Trent, voire échouera carrément. Tout repose sur des données et un calcul statistique un peu élaboré. Sans données, le calcul est forcément faux. Putain, je ne sais pas quoi faire. Ils s'attendent à ce que j'accepte. Ne serait-ce que pour le défi. Mais moi, je joue gros. Il ne s'agit pas de carrière, il s'agit de fric. Et j'en ai besoin. Plus que jamais. Et plus vite que prévu.

Faisons le point.

Si Hailey rentre dans HackMeLove, qu'est-ce qu'elle peut vraiment trouver ? Le serveur source ? *Niet*, pas à partir de l'appli. Elle peut découvrir que j'ai deux comptes combinés et que Bowl_of_oranges et Admin sont une seule et même personne. Mais ça ne veut rien dire, légalement parlant. L'algorithme qui suggère les actions n'est pas accessible non plus directement, et elle ne pourra pas prouver que les fiches profils sont établies à partir de données hackées. Tout est bien planqué derrière une couche de barrières, et au pire, elle en ferait quoi ? Elle peut trafiquer l'algorithme ou le détruire, j'en ai la copie. Non, en fait, rien ne doit me relier moi, Clive, à Admin, au serveur, ou au code. Voilà.

Je peux faire en sorte que les utilisateurs se méfient d'Hailey. Je peux communiquer avec eux sur l'histoire avec Bryan et comme ça, plus personne n'utilisera Hailey comme cible ou ne prendra le risque de parler avec elle de ce sujet. Le tout est de gagner du temps pour terminer de débugger mon système de hacking à distance entre la cible et l'utilisateur. C'est jouable. Faire plus deviendrait du harcèlement, et là, c'est clairement pas envisageable. Si je fais semblant de rentrer dans leur jeu, je pourrai plus facilement pister leurs mouvements. La confidentialité, c'est pour les chiens, certainement pas pour Admin.

Hailey ne peut pas griller sa couverture en se dévoilant, car mon avis est que cette infiltration est limite. L'université n'est pas censée être un territoire sous contrôle policier non plus, je peux tenter quelque chose de ce côté aussi.

*Bordel, j'ai le tournis.* Je n'arrive pas à penser droit. Il faut que je reste zen, sinon je vais faire une connerie. Après tout, je ne suis pas obligé de répondre tout de suite. Je vais aller bouffer, un estomac plein me remettra les idées en place.

J'arrive au self parmi les premiers. Je suis seul, mais je m'en fous. Mon sempiternel burger dans mon assiette, je m'assois tranquillement près d'une fenêtre. Quitte à être seul, autant avoir un support pour penser, et la nature en est un excellent. J'enlève ma veste et mon écharpe et pose mon sac à mes pieds. Je sens dans la poche de mon sweat les papiers de l'hôpital qui ne me quittent presque jamais et je les déplie devant moi. On est toujours plus lucide quand on regarde la merde droit dans les yeux. *Bien, voilà, c'est mieux.*

Je commence à croquer dans mon burger quand Hailey passe devant moi. Elle s'installe deux tables plus loin, presque en face de moi. D'un signe, elle me montre son plat et me lance un petit sourire que je lui rends. Elle mange toujours ses trucs dégueus et je suppose qu'elle voit les choses de la même façon quant à mon burger. C'est un clin d'œil à notre rencontre, et, sans trop savoir pourquoi, je l'apprécie, bien qu'elle me paraisse loin désormais. Je ressens comme un pincement au cœur. Si j'avais su… je me serais bien abstenu. J'ai foncé dans le piège la tête la première. Enfin, bref.

Mon repas se poursuit distraitement jusqu'à ce que Trent débarque à son tour, accompagné par deux autres filles. Bien entendu, il s'assoit à la table d'Hailey. Les filles aussi. Elles doivent sûrement chercher à attirer son attention, mais lui est concentré sur sa collègue. Bientôt, le rire d'Hailey résonne, et je ne peux que constater toute la gestuelle complice qui accompagne leur discussion. Ça me fait chier, ça me fait mal et ça me fait flipper. Je louche un peu sur eux, Trent se retourne vers moi et rigole. *Merde.* Ils parlent de moi, en plus.

J'ai un coup de chaud, je crois. Et l'impression de manger du carton soudain tellement ma bouche est sèche. Je mâche difficilement, plus rien ne passe. J'avale un grand verre d'eau pour m'aider à évacuer. Puis je contemple mon burger avec dépit. Putain, je n'ai même plus faim. *Mon burger, bordel !* C'est bien fait pour moi, je n'ai qu'à être moins con. Je repense à ces mots : « Geek de deuxième année », et l'amertume emplit mon cœur. Ils se moquent bien de moi et de qui je suis, je ne compte pas vraiment, alors qu'ils continuent leur petit jeu sans moi.

Inutile de rester. Je me lève, reprends mes affaires et pars déposer mon plateau à moitié plein. Je croise le regard d'Hailey. Elle doit voir mon repas à peine entamé, car son sourire disparaît. Je pense qu'elle a compris. Je soupire, je suis fatigué de passer par tout ça. C'est dur. Je voudrais me reposer. Vraiment. Alors tant pis pour la promesse faite à maman. Je décide de rentrer à la maison auprès de Mary.

***

**Hailey**

– Hailey ? Tout va bien ? demande la mère de Clive.

Quand j'ai vu que Clive était absent cet après-midi, j'ai craqué et suis partie prendre de ses nouvelles. J'essayais juste de le rendre un peu jaloux avec Trent afin de l'inciter à se dévoiler, mais son regard triste m'a brisé le cœur. Je l'ai blessé et je m'en veux. Ma position est intenable, néanmoins je n'ai pas eu le choix, pas depuis le fiasco de la Halloween Night. Le capitaine m'a imposé la présence de mon coéquipier pour donner un nouveau souffle à l'enquête et multiplier les approches possibles de notre suspect. Maintenant, je suis devant sa porte, encore une fois, et sa mère semble s'inquiéter. Elle insiste.

– Dis-moi, Hailey, il s'est passé quelque chose ce matin ?

*Oui. Il se passe que je suis stagiaire dans la police et que je dois démasquer votre fils qui ne cesse de me surprendre et qui me plaît, que je ne sais plus où j'en suis mais que je n'ai pas le choix, que vous devriez me claquer la porte au nez mais que je n'ai aucune envie que vous le fassiez.*

– Non, pourquoi ?

– Clive est rentré le visage défait. Il n'a rien dit, mais je vois bien que quelque chose le tracasse.

*Voilà, c'est bien ce que je pensais.* Il a dû prendre peur, sans compter que je l'ai blessé avec Trent. Il doit s'imaginer des trucs faux, j'ai tout fait pour. Je le déteste de m'obliger à agir de la sorte, et je me déteste d'être soumise aux ordres du capitaine.

– Euh, non, je ne sais pas. Je peux le voir ?

Elle se retourne brièvement et secoue la tête avec un air désolé.

– Il dort. Juste là. Euh, je sais que je ne dois pas m'en mêler, mais…

– Oui ?

– J'ignore ce qu'il se passe entre vous deux, mais voilà. Clive doit vraiment réussir son année, c'est très important pour nous. Il a déjà un an de retard et il a besoin de se concentrer.

– Ah bon ? je m'étonne.

– Oui, il ne te l'avait pas dit ?

– Non…

*Non. Il ne me dit rien. Jamais.* C'est bien le problème, d'ailleurs.

# 27

## Hailey

– Alors, il a accepté ou non ?
– Toujours pas.
Trent et moi sommes sur un banc de l'avenue principale qui dessert tous les bâtiments clefs de l'université. Clive n'est pas revenu depuis deux jours. Comme il dormait quand je suis passée, je n'ai pas insisté, ça n'aurait servi à rien. On a cherché dans d'autres directions en parallèle, mais aucune trace d'un trafic d'identités volées. La seule piste sérieuse qui justifierait la fuite de données est cette prétendue application de rencontre surprotégée par Clive. Du coup, j'ai quand même hâte d'en savoir plus sur HackMeLove, et l'administrateur n'a pas encore validé le compte de Trent. J'imagine qu'il hésite. Il doit bien se douter de mes intentions. Moi, de mon côté, si je meurs d'envie de savoir ce qu'il y a vraiment derrière, je suis aussi tentée de tout laisser tomber. Mais le capitaine a été très strict. J'ai dû lui expliquer ce qu'il s'est passé le soir d'Halloween et il m'a fait comprendre qu'il me laissait une dernière chance. Si je rate, c'est fini pour moi. Définitivement. Il était très déçu que Clive ait grillé ma couverture, tout en reconnaissant que sa présence sur les lieux était loin d'être anodine. Une partie de l'équipe de cyberdéfense est d'ailleurs en train d'analyser l'intrusion. Du coup, HackMeLove intéresse désormais le capitaine. Il a reconnu que mon intuition première sur Clive était juste, que ça valait le coup de creuser un peu plus, mais que mes maladresses ont sérieusement compromis l'infiltration. J'aurais dû être plus méfiante, penser non pas comme une adolescente, mais

comme un agent. *Bien, chef. Prends-toi ça dans la gueule, Hailey.* Bien sûr, je ne lui ai pas tout raconté non plus. Ni lui ni Trent ne sont au courant que j'ai embrassé Clive comme une affamée. J'aurais été virée direct. Jess est la seule à le savoir, mais j'ai confiance en elle, elle ne dira rien. Nous restons néanmoins infiltrés pour espérer glaner des informations supplémentaires auprès des utilisateurs.

Il est sept heures quarante-cinq, les cours vont bientôt commencer. J'espère vraiment que Clive sera là. Je n'aime pas quand il s'absente, car certains professeurs jaugent les étudiants sur l'assiduité aux cours et pas seulement sur l'examen final. C'est bizarre. Surtout maintenant que je sais qu'il a un an de retard. Il devrait plus s'impliquer, mais il a vraiment l'air de s'en foutre. Avec le coût des études, même s'il est boursier, ce n'est pas normal. J'aimerais aussi, sans toutefois me bercer d'illusions, qu'on puisse parler. Il a raison de m'éviter et de se méfier de moi.

À une minute de la sonnerie, je le repère enfin. Je sens mon cœur battre plus vite. Il porte sa veste en velours côtelé, son écharpe et son bonnet gris en plus de ses fringues habituelles. La température a un peu baissé en ce début novembre et je m'amuse de le voir aussi frileux. Je ne peux pas m'empêcher de le regarder. Il doit s'en rendre compte, car il tourne la tête vers moi. Mais rien, pas de salut, pas de signe, il reste froid et change de direction. *Ça fait mal.*

– *Yes* ! s'écrie Trent à mes côtés. Ce con a fini par céder ! L'attrait du défi marche bien avec ces hackeurs de mes deux.

Clive range son téléphone dans sa poche de jean et s'éloigne nonchalamment. Je soupire. *Est-ce que c'est vraiment une bonne nouvelle ?*

– Fais voir, je dis en tendant la main.

À ma grande surprise, Trent me repousse.

– Attends un peu, Hailey. C'est grâce à moi, donc j'ai la priorité sur ce coup-là.

– Tu rigoles ?! Tu es là pour m'aider, pas me remplacer, j'ai été claire avec le capitaine à ce sujet.

– Ouais, seulement, à une condition.

Il agite le téléphone pour me narguer, j'ouvre de grands yeux.

– Une condition ? Et puis quoi encore ?

– J'ai plein d'idées, figure-toi, fait-il triomphalement. Alors je vais te laisser le choix du roi, si tu es d'accord. Qu'est-ce que tu préfères entre me laisser l'exclusivité de l'arrestation de ce connard et une nuit avec moi ? Si tu me laisses accéder en premier à l'appli, la nuit tombe à une heure. Qu'est-ce que tu en dis ?

Je lève les yeux au ciel. Il nage en plein délire.

– Trent, c'est pas drôle, file-moi ce téléphone.

Sauf que Trent s'approche et me regarde intensément. Il affiche un petit sourire en coin, sûr de lui, j'ai juste envie de lui en coller une.

– Non, pas moyen. Alors, quel est ton choix ?

– Tu déconnes. C'est hors de question.

– Tu oublies que j'ai des arguments, Hailey. Tu veux que je dise au capitaine ce qu'il s'est vraiment passé avec ton suspect l'autre soir ?

Il me toise de toute sa taille à présent. C'est vraiment un enfoiré. Mais je suis surtout sidérée : comment peut-il être au courant ?

– C'est Jess qui t'a vendue. Elle a peur pour toi, elle pense que tu es en train de faire une grosse connerie avec ce type. Je suis entièrement d'accord avec elle. Tu fais n'importe quoi, Hail' ! Franchement, qu'est-ce qu'il a de si merveilleux ? On dirait un zombie.

J'ai blêmi. *Jess*... Je n'en reviens pas. Je n'ai même pas les mots. Elle a parlé à Trent qui a désormais un excellent moyen de pression sur moi. *Pourquoi elle a fait ça ?* C'est mon amie.

– Pourquoi tu ne m'en as pas parlé avant ?

– J'attendais d'accéder à HackMeLove, puisque c'est le point de départ qui nous manquait. À présent, c'est toi qui vois. Ton enquête contre une heure avec moi. Allez, c'est pas grand-chose au fond. Tu n'es pas très regardante en général.

– Je ne couche pas avec des mecs qui me font du chantage, Trent. Tu deviens fou ou quoi ?

– Juste une fois alors. Si je teste l'appli en premier. Je veux bien être compréhensif. En plus, ce n'est pas du chantage, c'est une négociation. Un échange de bons procédés. Surtout, ce sera toi qui en redemanderas.

– Tu es bien confiant.

– Ça plaît, d'habitude.

– Moi, ça me dégoûte.

J'ai la nausée rien qu'à l'entendre me parler comme ça. J'ai toujours su que Trent était intéressé mais là, il relève du pervers psychopathe. Futur policier de surcroît.

– Alors ?

– Alors je vais aller répéter tous tes gentils propos au capitaine et on va voir à qui il fera confiance.

– Moi, j'ai analysé tous les éléments que tu m'as fournis, je t'ai assistée sans faillir jusqu'ici et j'ai transmis les rapports avec plusieurs stratégies possibles. Toi, tu tâtonnes ! À ton avis, qui aura-t-il envie de croire ? Il a des obligations de résultat. Je ne suis pas infiltré à mon tour sans raison, Hailey.

– Et si je lui dis que tu me fais chanter parce que tu veux coucher avec moi depuis le début, que je porte plainte pour ça, qui crois-tu qu'il défendra ?

– Tu n'as pas de preuves.

– Toi non plus, Trent. Alors n'en parlons plus.

– Figure-toi que tu n'es pas la seule à savoir hacker des systèmes. Quand Jess m'a fait cette confidence, j'ai été sur le cul, tu vois. Je me suis dit, non, pas Hail'. Alors je suis allé fouiller les réseaux sociaux pour trouver une vidéo ou une photo qu'un fêtard aurait prise au moment où Anonymous est apparu sur les écrans. Tu te doutes que Clive avait neutralisé la vidéosurveillance, mais il n'a pas pu empêcher certains connards de filmer la scène. Et tu sais quoi ? J'ai trouvé cette merveilleuse vidéo, regarde.

Avec effroi, je contemple les images qui défilent sur son téléphone. On entend le rire mécanique, les cris, on perçoit certains mouvements désordonnés. Des torches numériques s'allument un peu partout à la suite de la coupure. Au milieu, devant l'écran et éclairés par lui, Clive et moi, immobiles, bouches et corps liés. La qualité est étonnamment bonne.

– Le focus est fait sur l'écran, poursuit-il, mais dessous, si on zoome et qu'on nettoie l'image, on voit clairement Harley Quinn en train d'embrasser un putain de mec pas déguisé qui ressemble comme deux gouttes d'eau à notre suspect. Et le clou du spectacle, c'est que j'ai également trouvé une vidéo où on vous voit tous les deux et toi qui appuies sur son écran. Tu pourrais même passer pour sa complice. Donc si je résume : soit t'es virée, soit tu échoues et tu pourras toujours tenter ta chance ailleurs, soit tu m'accordes une nuit ou au moins une petite heure de ta vie. Alors ?

Avec cette vidéo, Trent peut réduire en miettes tous mes efforts de ces dernières années. Car je perdrais non seulement la confiance du capitaine, mais toute crédibilité pour une future carrière dans la police. Je prends une grande inspiration.

– Alors tu fais chier. OK. Pour une heure.

Trent écarquille les yeux. Il ne s'attendait pas à ce que je cède aussi vite. Toutefois son rire victorieux remplace déjà sa surprise.

– Je savais que tu étais quelqu'un de prêt à tout, Hailey, et je t'en félicite.

– Tu n'es qu'un connard pervers, enfin je vois ton vrai visage. Mais je te préviens, c'est moi qui choisis quand.

– Entendu.

Cet aparté nous a mis en retard. Je m'excuse auprès du professeur de philosophie et m'installe discrètement. Trent vient à côté de moi, comme d'habitude. J'ai des envies de meurtre. Je suis complètement assommée par ce qu'il vient de se passer. La trahison de Jess, l'ambition sans limites de Trent… sans parler de sa machination. Je le méprise et je me méprise aussi. Je ne vaux pas mieux que lui. Un grand sentiment de solitude m'étreint soudain. J'ai l'impression qu'il n'existe plus de gens bien. De gens droits. Je me sens sale d'avoir accepté son marché. Bien que je ne compte pas m'y plier, de toute façon – je me laisse juste du temps pour trouver une manière de le coincer, lui aussi.

# 28

## Hailey

J'observe Clive à la dérobée : il est calme, concentré sur le cours. *C'est bien.* Pourquoi il me semble le seul à qui je pourrais faire confiance, là, maintenant ? Pourtant on s'est menti tous les deux, on n'a pas arrêté de le faire. Mais il se dégage quelque chose de lui que Trent n'aura jamais. Seulement, je ne sais pas le nommer.

Le professeur se racle la gorge puis hausse un peu le ton, et je refocalise mon attention sur le cours.

– Un des aspects essentiels de la philosophie, chers étudiants, c'est la *disputatio* ou dispute. Le débat. La discussion argumentée. Alors pour vous aider à monter votre dossier, j'ai décidé de former des binômes. Le sujet est simple, vous partez d'une situation réelle, vécue ou documentée, et vous la problématisez de façon à en faire ressortir les enjeux philosophiques qui s'y attachent, quel que soit le domaine : politique, technique, éthique… À vous de choisir et de défendre votre point de vue. Le rendu se fera à l'oral, de façon vivante, dynamique. Vous pourrez vous inspirer des dialogues de Platon si cela vous dit, mais il y a plein d'autres façons de philosopher. Sortez vos tripes, faites-moi rêver, inspirez-moi ! C'est clair ?

Un vague murmure d'acquiescement se fait entendre.

– Bien. Maintenant, la composition des binômes : Stacy Anderson et Garrett Powell, Emy Stewart et Trent O'Connor, Jennifer Cunnings et Felicity Hoover, Clive Howard et Hailey Jones, Bryan Collins et Harry Trenton…

Quand j'entends mon nom, je sursaute. Je suis avec Clive. Ce n'est pas possible. Je me tourne vers lui, nos regards se croisent. Il a l'air aussi stupéfait que moi. Puis je le vois se renfrogner. Je n'ai rien manœuvré, mais je parie qu'il va penser le contraire. Étonnamment, je m'en réjouis. Avec lui, je n'éprouve pas cette solitude qui m'étreint parfois en famille ou dans un groupe d'amis. Pas comme en ce moment. Trahie de tous côtés, par mon collègue, par mon amie. Sans plus savoir à qui me fier et si seulement la confiance est encore possible. Je souffle avec amertume : moi aussi, j'ai trahi la cyber en embrassant Clive, je ne peux m'en prendre qu'à moi-même.

Le professeur nous invite à rejoindre notre binôme. Trent est énervé et me fait comprendre qu'il ne bougera pas. Je rejoins donc Clive qui reste mutique. Au bout d'un moment, je n'y tiens plus :

– Clive, je n'y suis pour rien, je te promets !

Son expression sceptique est explicite. Je me rappelle les mots de sa mère.

– Tu dois passer cet examen et le réussir, Clive ! Je t'aiderai, vraiment. Je ne ferai pas semblant. Je te propose une trêve sur ce cours, tu es d'accord ?

Il grogne, remballe ses affaires et s'apprête à quitter la salle. Je lui attrape le bras.

– Non, ne pars pas. Tu n'as pas besoin de le faire. Allez, une trêve, OK ?

– Je m'en fiche de mes études, je te l'ai déjà dit. Par contre, faire ce truc avec toi, c'est pas possible, c'est tout. Pas comme ça. Pas dans cette situation. Ce sera quoi, le clou du spectacle ? Un véritable procès où toute la promo sera conviée ? C'est ça, ton idée d'une trêve ?

– Bien sûr que non. Je suis sincère. Je veux t'aider.

– Ne dis pas ce genre de choses. C'est con, tu peux toi-même t'en rendre compte.

– S'il te plaît.

– Non. Je vais demander à changer de binôme. Rien de bien méchant.

Il se lève et s'approche du Pr Clark. Je saute de ma chaise et lui emboîte le pas.

– Monsieur Clark ?

– Oui, Howard ?

– Je voudrais changer de binôme. Je ne peux pas travailler avec Hailey Jones. On a une incompatibilité de caractères trop marquée.

– Alors au contraire ! Du débat, de la dispute ! C'est comme ça que naît la philosophie, jeunes gens. Et je ne suis pas désolé. Servez-vous de ce qui vous oppose pour travailler votre sujet !

Clive se retourne, penaud, manque de me rentrer dedans. Il me lance un regard glaçant. Je ne sais pas où il est parti, mais il m'a éjectée de son monde. Il revient à sa table, s'assoit sans faire de commentaire. Il reste muet jusqu'à la fin du cours, les yeux baissés sur une feuille vierge.

Trent finit par venir me voir, sauf que je n'ai plus envie de lui parler pour le moment. Il insiste et me passe un bras autour de l'épaule.

– Hail', bébé, pas de chance avec ton binôme, pas vrai ? Mais t'inquiète, comme c'est ton anniv demain, je te promets une soirée mémorable pour te faire oublier cette mauvaise nouvelle.

Je tente de le rejeter mais sa poigne est ferme. Il cherche à énerver Clive, c'est évident. Il le méprise tellement. Et il ne me pardonne pas de l'avoir embrassé non plus. Il me débecte, mais je dois continuer à bosser avec lui, je n'ai pas le choix. Clive me jette un regard surpris. Il s'arrête un instant sur le bras de Trent puis hausse les épaules et s'en va sans dire un mot.

Dès qu'il quitte notre champ de vision, l'étau de Trent se desserre et je me dégage.

– T'es vraiment un pauvre type, Trent. Tu peux toujours rêver, je ne fêterai plus jamais rien avec toi ! Je suis sûre que tu ne réalises même pas à quel point tu es immature ! Si on était sur une enquête de plus grande envergure, tu ferais tout foirer avec ton comportement d'ado jaloux ! À croire que tu t'en fiches de faire carrière dans la police.

– Alors tiens-toi à carreau, bébé, parce que je n'aime pas du tout ce qu'il se passe avec ce mec. Je te vois le mater et ça ne me plaît pas. N'oublie pas qui il est. D'ailleurs, j'ai commencé à explorer son appli.

Malgré moi, ma curiosité grimpe en flèche. Trent détient le pouvoir pour l'instant, mais je lui ferai ravaler son attitude tôt ou tard. Je dois rester subtile. Je m'adoucis.

– Tu m'expliques ?

– Ouais. Ce mec est un connard mais il a des idées géniales. Son appli, c'est de la bombe.

De la part de Trent, ce compliment est un mauvais présage, c'est sûrement pire que ce que je pensais. Pendant la demi-heure suivante, il me montre le principe et jubile. Le choix de la cible, le *bot* qui lui correspond et qui permet de faire des simulations, les stats qui accompagnent les actions ou répliques. On garde le code lui-même pour plus tard.

***

Je tombe des nues. Je vois rouge. Toute la colère accumulée contre Trent se reporte désormais sur Clive. *Quel menteur, putain !* Il a joué avec moi, lui aussi, pendant tout ce temps. Je n'y crois pas. J'ai envie de crier. Je sors en courant et je m'enfuis vers les toilettes. Là, à l'abri des regards, ma colère est décuplée. Et dire que j'ai cru un instant qu'il pouvait être quelqu'un de bien malgré tout. Il m'a manipulée depuis le début, tout était en fait programmé, suggéré. Ses petites phrases sur son tee-shirt, la librairie, tout. Tout était fait pour me séduire. Je me tape la tête contre la porte. *Mais quelle conne, quelle conne, mon Dieu !* Quand je pense que je culpabilisais. Comment j'ai pu être aussi aveugle ! Aussi naïve ! Je le maudis, lui et sa gentille petite mère au cœur triste, merde ! *Mon petit Clive a du retard, gnagnagna, fait chier !* Ton petit Clive est une ordure, voilà la vérité. J'atteins des sommets de stupidité. Tout ça, nos échanges, nos gestes, c'était calculé. Tout ça pour coucher ! Mais comment peut-on être aussi tordu ? Le pire, c'est qu'il me l'a dit, la dernière fois. Je croyais qu'il fuyait, mais c'est peut-être la seule fois où il a été vrai. J'enrage. Je fulmine. *Clive, immonde queutard décérébré, je vais te tuer !*

# 29

## Clive

Je suis à la bibliothèque. Un endroit calme, serein, et surtout un endroit où j'espère pouvoir être tranquille et ne plus croiser le couple de choc. Hailey a encore manigancé pour me faire parler, en philo en plus, je suis sûre qu'elle attend quelque chose de précis. Mais je n'ai rien à donner. Je ne sais que prendre. J'ouvre mon bouquin pour voir à quoi ressemblent des dialogues de Platon. *Ben franchement…* Ils savaient s'éclater à l'époque. Je bâille déjà. Les maths, c'est quand même plus tripant et au-delà, sans états d'âme. Trouver la vérité, la bonne blague ! La vérité, c'est qu'on naît et qu'on nous colle un tas de merdes sur le dos qu'on doit porter jusqu'à la mort. À la mort, on espère déposer le tout dans un bon néant oublieux, et s'évaporer soi-même dans ce qui n'est même pas un repos, juste une absence. Présent, absent. Voilà le cycle de la vie résumé en deux mots. *Ouais, c'est pas gagné, ce projet.*

Je prends mon téléphone et regarde le compte de Trent. Il a payé son abonnement d'entrée de jeu, il était drôlement pressé. Je le surveille, il a déjà sélectionné plusieurs cibles, dont Kayla. Je ne sais pas comment il s'est débrouillé, mais il a déjà intégré plusieurs scénarios et avancé certains. Il est en ce moment même en train de chercher à coincer une fille de première année dans les toilettes du bâtiment B. Il a prétexté être nouveau sur le campus et a parfaitement compris l'utilisation des statistiques, bien que je mette ma main à couper que ce mec n'en a pas besoin. Il appartient au genre baisable immédiatement, et, s'il sait se montrer un peu séducteur, nul doute que les filles céderont à ses avances.

J'ai envie de suggérer des répliques stupides pour lui foirer son coup, mais d'une, ce serait risquer de me faire remarquer, et de deux, la fille a adopté tous les gestes signaux qui témoignent de son intérêt. Elle glousse, elle rougit, elle s'évente, elle s'attarde. Elle est fichue et ce connard de Trent va remporter sa première victoire incessamment.

La retranscription en direct pourrait me faire sourire s'il ne s'agissait pas de lui.

**Beverly :** Hé ! C'est les toilettes des femmes, ici ! Tu n'as rien à faire là !

**Tr_FuckYourFace :** Je suis venu pour toi. (83 %)

Gloussement.

**Beverly :** Arrête tes conneries.

**Tr_FuckYourFace :** Je suis on ne peut plus sérieux, regarde-toi. Trent, enchanté. (65 %)

Sourire de Beverly.

**Beverly :** Pas enchantée du tout. (Rires.) Va-t'en, Trent.

**Tr_FuckYourFace :** Tu me brises le cœur. (78 %)

**Beverly :** Crois-moi, tu préfères ça à tes couilles.

**Tr_FuckYourFace :** Tu as du répondant. J'aime ça. En plus de ton corps parfait. (84 %)

Gloussement. Rougeur.

**Tr_FuckYourFace :** Je peux t'aider à te décoiffer si tu veux, pardon, te recoiffer. (77 %)

**Beverly :** J'ai l'air d'avoir besoin d'aide ?

**Tr_FuckYourFace :** Mauvaise réponse, miss. Tu n'as pas besoin d'aide, tu *désires* mon aide. (72 %)

Gloussement. Hésitation. Sourire.

**Beverly :** Tu es bien sûr de toi.

Rapprochement (89 %). Beverly pose une main sur le torse de Tr_FuckYourFace. Caresse.

**Tr_FuckYourFace :** Tu es bien contre moi. (91 %)

Acquiescement.

Je reste songeur un moment, les yeux toujours sur mon téléphone. Trent termine son scénario sans tergiverser, Beverly n'a pas résisté bien longtemps. Elle est typiquement la fille grunge avec du mordant, un peu à l'ouest, pas contre une brève aventure. Je poursuis mon espionnage et me demande ce qu'il va tenter ensuite. Là, il zone sur le profil d'Hailey, il va être déçu. Je ricane. Je ne comprends pas au juste quelle est leur relation, mais elle a l'air parfaitement bancale. Hailey se comporte bizarrement avec lui : tantôt Trent est son meilleur pote, limite son mec, tantôt on a l'impression qu'elle veut le tuer. Enfin, qui aime bien châtie bien, alors…

Je me décale d'une place pour être près d'une fenêtre. Je l'ai dit, on pense mieux face à la nature. Je pourrais tenter un truc là-dessus pour mon devoir, genre le vivant nous rend plus humain, je ne sais pas. Une fibre écolo qui ressort malgré moi. Je soupire. Je me replonge péniblement dans *Le Sophiste* quand j'entends un grand fracas en provenance de l'entrée. Pas le temps de pivoter que j'aperçois Hailey, rouge de fureur, débouler à pleine balle. Je suis dans son viseur, c'est une évidence. La documentaliste l'attrape et lui intime de rester calme. Alors elle continue jusqu'à moi à petits pas raides qui soulignent sa hargne contenue, et se met à m'insulter comme jamais.

Comme elle chuchote, le contraste est presque amusant.

– Putain de connard de salaud de merde !

Elle me balance son poing sur le torse.

– Je te jure, tu peux oublier tout ce que j'ai dit. Je vais t'avoir !

Elle me fait mal, cette furie. Je lui encercle le poignet pour la maintenir à distance, mais elle se contorsionne, parvient à se libérer et s'échappe avec mon téléphone. Pas moyen qu'elle me le chope. Je bondis et lui cours après jusque dans les allées de livres. Je la rattrape, elle se débat.

– Lâche-moi, je vais hurler !

Non seulement je ne la lâche pas, mais je lui bloque un bras derrière le dos pour atteindre l'autre et je récupère mon bien.

– Je te hais, Clive, pour tes mensonges. Tu n'es qu'un sale manipulateur ! Tu devrais avoir honte ! Honte de toi, de ce que t'es.

Je ne réponds rien. Elle continue à se débattre, me roue de coups de pied, alors je lui bloque l'autre bras. Nous sommes plaqués l'un contre l'autre, elle dos à moi, elle ne peut plus vraiment bouger. D'un coup de jambe, elle réussit néanmoins à me balancer le dos contre l'étagère, pile dans l'angle. Sous la douleur, un gémissement m'échappe et je desserre ma prise. Elle en profite pour se retourner. Elle me repousse encore une fois. Elle est folle, elle veut vraiment me faire mal.

– Mais arrête, Hailey ! je râle.

Sous le choc, mes lunettes tombent par terre sans qu'elle le remarque. Toujours furieuse, elle s'avance vers moi, poussée par sa colère, et marche dessus par inadvertance. Le bruit de son talon sur le verre ne laisse pas de place au doute.

– Non, pas ça ! je m'écrie en tendant les mains.

Je l'écarte sans ménagement et, face au désastre, je tente d'assimiler la réalité. Elles sont en morceaux. Inutilisables.

Je tombe à genoux sur le lino.

Putain, des centaines de dollars partis en fumée. J'en avais besoin pour une éventuelle démo. Je n'ai pas de quoi les remplacer. J'ai les nerfs. Plus que ça, je suis vidé. Anéanti. Ce ne sont pas que des lunettes, c'était une partie de mon laissez-passer pour une autre vie. Une vie meilleure.

Hailey s'est figée d'un coup. Son regard pèse sur moi pendant que je ramasse les bouts de verre et les branches en morceaux. Merde. *Comment je vais faire, maintenant ?* Je contemple les débris le cœur las, l'esprit en pause, je ne réalise pas encore. Je suis atone, sur le cul.

Hailey s'empare d'un morceau qu'elle examine attentivement.

– Il n'y a même pas de correction, dit-elle en fronçant les sourcils. C'est quoi ce délire ?

Elle n'attend pas de réponse et scrute les branches. Ses yeux s'écarquillent quand elle trouve l'interrupteur Bluetooth et une lueur d'intelligence traverse son regard.

Elle peste contre elle-même.

– Merde ! J'ai bousillé une preuve ! Car c'est bien de ça qu'il s'agit, n'est-ce pas ? Tes lunettes étaient connectées ? Pour abuser à ta guise des filles dans ton collimateur ?

Je me laisse choir par terre. Je souffle une minute, me retiens de hurler contre elle, de la maudire. Avant de me raisonner : elle ne savait pas, elle n'a pas fait exprès. Et puis, elle est flic, c'est son job de me traquer. C'est moi le con dans l'histoire. Petit à petit, sa colère retombe tandis que je sens toujours ses yeux sur moi. Je me répète en boucle la même question : comment je vais faire, maintenant ?

Puis, j'entends la voix d'Hailey murmurer. Une voix qui se veut froide, mais qui se charge d'une angoisse soudaine qu'elle ne parvient pas à contenir :

– Pourquoi j'ai l'impression que je viens de te briser le cœur, Clive ?

***

**Hailey**

Clive se tasse sur lui-même. Son silence soudain m'interpelle. Il est effondré, perdu, extrêmement las. En cassant ses lunettes, j'ai peur de l'avoir détruit, lui. J'ai beau être furieuse, toute ma colère s'évanouit d'un coup. Ses épaules s'affaissent et il baisse la tête pour éviter de croiser mon regard. Mon cœur se serre de le voir ainsi, écroulé par terre, éteint. Je m'accroupis à côté de lui, épaule contre épaule. Assaillie d'émotions contradictoires, je peine à déglutir, la poitrine prise dans un étau devant sa souffrance. Je ne sais plus comment agir, sa détresse me coupe le souffle. Il semble déconnecté de tout, ne réagit plus et ses mains lâchent les morceaux de lunettes qu'il tenait encore entre ses doigts. Le silence se prolonge pendant que je l'observe. Ses mains tremblent ; sans sanglot, il se met à pleurer.

*Pourquoi ces lunettes comptent-elles tant pour toi ? Pourquoi tu t'accroches à ton appli comme si ta vie en dépendait ?*

Je tends la main vers lui, troublée par ses larmes qui remontent des profondeurs. De tout ce qu'il ne dit jamais. Je sens qu'à cet instant, le masque est tombé. Il ne se cache plus, et sa vulnérabilité me touche et déclenche un élan de tendresse qui noie momentanément mon amertume. Précautionneusement, j'attrape sa main et entrelace nos doigts. Les siens sont glacés comme si le sang les avait désertés ; j'ai envie de le réchauffer, de le consoler, alors même que je suis la cause de sa détresse. Il tremble de tout son corps, comme s'il paniquait. Je commence vraiment à m'inquiéter. Je ne veux pas le briser, je veux juste le sentir contre moi, alors je pose ma tête sur son épaule et m'abandonne contre lui. Après quelques secondes, il m'imite et je sens son bras m'entourer tendrement, me serrer contre lui et son souffle chaud glisser dans mon cou. Tandis que nous sommes blottis ainsi, sa respiration s'apaise, une douce paix m'envahit. Je soupire, Clive est le seul capable de me faire passer de la tempête à cette sérénité étrange.

*Pourquoi tu es le seul à me faire cet effet-là ?*

– Putain, Hailey, je te déteste.

Sa voix cassée remue douloureusement mon estomac. Il tape du pied contre l'étagère en face avant de prendre une grande inspiration.

– J'ai lu *La Pitié dangereuse*, tu sais…

À ces mots, je me love contre lui et le serre un peu plus fort. Je ne sais plus où j'en suis, mais je me sens si bien avec lui, en sécurité. Je m'abreuve de ce moment en espérant qu'il dure. Nous sommes comme deux assoiffés dans le désert face à un mirage. Tout se confond. La réalité explose tout ce que nous croyions savoir.

– Promets-moi de ne jamais avoir pitié de moi.

Je me redresse un peu, interloquée. Je ne comprends pas. Il y a une urgence dans sa voix qui me bouleverse.

– Promets-moi de te battre comme tu sais le faire : avec fougue, avec force, avec détermination. Et d'atteindre le but que tu t'es fixé.

– Mais…

– Ce que je veux, c'est que tu me promettes que si tu vas jusqu'au bout, tu le feras parce que tu es sûre de toi, sûre que c'est ce qui est bien.

Je le regarde intensément, désemparée. Cette version de Clive m'accroche plus à lui que toutes les autres, car je sens, à cet instant, à quel point il ne veut pas me faire de mal. Il garde les yeux fixés devant lui. Entre ses paroles et son application, je suis perdue. Je ne sais plus ce que je dois penser ou croire, et cette incertitude me ronge de l'intérieur. Je frémis sans pouvoir m'en empêcher, me place maintenant face à lui, je veux qu'il me regarde. Je veux lire en lui, connaître la vérité. Mais il se détourne et m'échappe encore.

– Qui es-tu vraiment, Clive ? j'ose timidement. Je te vois, ici, et je ne suis plus sûre de rien. Pourtant, je sais ce que j'ai vu. Je suis tellement en colère.

– Je sais.

– Jusqu'à quel point tu m'as menti ?

Il ne répond pas tout de suite et m'offre à la place un sourire désolé, presque une grimace. Sa bouche s'ouvre et se referme comme si les mots butaient sans pouvoir sortir. Il expire longuement.

Puis sans prévenir, il m'attire contre lui et m'assoit sur ses jambes. Je me laisse faire, je comprends que c'est sa façon à lui de me parler et d'apaiser mes craintes. Ses doigts glissent dans mes cheveux que la rage a rendus épars et les peignent délicatement avant de les poser sur mon épaule. Il me refuse toujours son regard, mais sa main se pose sur ma nuque, l'autre sur ma taille et il se penche doucement vers moi. Ses lèvres capturent ma bouche, tendrement, si tendrement que je ferme un peu les yeux sous sa caresse et, palpitante mais hésitante, j'entrouvre les miennes. Notre baiser est timide et fragile, habité par quelque chose qui nous dépasse.

Je me détache de lui. Mes yeux trouvent enfin les siens et s'y arriment.

– Réel ? je demande avec suspicion.

– Réel, dit-il simplement.

# 30

## Hailey

J'ai 21 ans aujourd'hui.

Je n'ai jamais été aussi seule de toute ma vie.

Je devrais me réjouir, organiser une fête ou une sortie avec mes amis, mais j'ai une boule coincée dans la gorge qui refuse de descendre.

J'ai pensé à Clive toute la nuit sans réussir à fermer l'œil. J'ai tenté de rassembler les pièces du puzzle. Entre HackMeLove et le reste. Il était sincère hier. Sa demande m'a fait froid dans le dos. Qui demande d'une manière aussi détachée de ne pas avoir pitié de lui ? Qu'est-ce qu'il voulait dire ? Mais comme d'habitude, il m'a laissée sans réponse, juste avec des questions supplémentaires.

J'aimerais faire quelque chose de spécial pour une fois. Découvrir un endroit inconnu, changer de décor, et surtout rire. Prendre une bonne bouffée de joie pure. Toutefois je sais que, finalement, je soufflerai mes bougies ce soir avec mes parents. Et qu'ils m'offriront sûrement un très beau cadeau que je ne désire pas vraiment.

Je descends prendre mon petit déjeuner, et ce matin plus que jamais, la cuisine me paraît démesurée. L'absence de Leo pèse plus lourdement, son rire que je n'entends plus, ses courses excitées qui ne résonnent plus à travers toutes les pièces de la maison. Nous n'habitions pas ici alors, mais c'est tout comme. Même quartier, quasiment même architecture. Où que nous allions, le manque nous accompagne et imprègne tout. J'attrape machinalement un bol et me verse des céréales. Clive ébranle mes certitudes. Trent aussi. Sans parler de Jess… J'aurais dû l'appeler hier, pour la confronter, pour comprendre. Mais après le moment passé avec Clive, j'avais juste besoin de me lover dans ma couette et de fermer les yeux. Alors j'ai terminé mécaniquement ma journée, l'esprit ailleurs, le cœur malade.

Ce matin, rien n'a de goût. Je me sens tendue. J'avale mon café à grande lampée, pour aller plus vite, tout en tripotant nerveusement le médaillon que je porte au cou. Je le fais tourner entre mes doigts, un réflexe lorsque je suis songeuse. Quand Maman entre à son tour et me gratifie d'un « Joyeux anniversaire, Hailey » en mode semi-automatique, je ne lève même pas les yeux. Un « Merci » distrait sort de ma bouche. Défilent alors dans ma tête ces moments de silence où il me semblait que quelque chose se passait entre Clive et moi. Comme hier. Plus qu'un courant, une sorte de reconnaissance. Comme si des fils qui nous reliaient depuis longtemps étaient en train de se tendre, nous obligeaient à nous retrouver. Ça n'a aucun sens, pourtant c'est ce que je ressens. Il parvient toujours à me désarçonner. Même au plus fort de ma colère, il a réussi à inverser la vapeur et à instiller le doute. Mais n'est-ce pas ce que font les manipulateurs ? Ils tiennent leurs proies sous leur emprise, commandent leurs émotions avant de fléchir jusqu'à leur volonté. Suis-je en train de devenir une autre de ces victimes ?

Je monte me brosser les dents et je me regarde attentivement dans le miroir. Est-ce que je suis toujours moi ? Cette fille qui me regarde avec des yeux que l'insomnie abîme, le teint pâle, l'air négligé, est-ce que c'est celle que j'étais il y a quelques mois ? Quelque chose me creuse de l'intérieur. Cette enquête me bouffe littéralement les tripes. Je ne sais pas exactement ce qui se joue, alors pourquoi est-ce que mon cœur s'affole ? Pourquoi est-ce que j'ai le sentiment d'un danger ?

Bien qu'il soit tôt, je décide de rejoindre le campus en avance. Je dois récupérer le compte HackMeLove de Trent en fin de journée. Je lui ai donné trente-six heures d'avance, j'espère qu'il en aura bien profité. Car je ne compte pas rester inactive. J'ai besoin de réponses. Celles que Clive ne veut pas donner.

Quand j'arrive, je me pose tranquillement dans le hall qui mène aux couloirs. Petit à petit, les élèves entrent et l'ambiance se charge de conversations qui s'effilochent dans les airs. Clive débarque à son tour. Ses yeux s'attardent un peu sur moi avant de se perdre ailleurs. Il s'achemine vers sa salle, salue ses potes, ne laisse rien paraître. Je m'y attendais. Je ne sais pas moi-même comment gérer ce lien. Cette attirance qui m'habite et qui ne devrait pas exister.

Nous n'avons pas de cours en commun aujourd'hui, alors je harcèle Trent pour qu'il me laisse l'appli un peu plus tôt que prévu. Mais Trent a l'air très enthousiaste. Je comprends d'ici qu'il n'a même pas commencé à s'attaquer au code, il prend juste son pied avec. C'est ridicule et immature. J'attrape mon carnet, relis mes notes. J'aimerais savoir ce que Clive a écrit sur son tee-shirt aujourd'hui, ou même s'il écrit encore quelque chose. Si c'était lui ou une technique de drague improbable. Seulement, il porte sa veste et son sweat, alors je ne peux pas.

La matinée passe lentement. Personne à part Trent ne sait que c'est mon anniversaire aujourd'hui, c'est l'inconvénient d'être sous couverture. Je dois limiter les informations personnelles. J'ai gardé mon nom, par souci de simplification, mais c'est à peu près tout. Alors la solitude pèse davantage. Clive est comme ça, lui aussi. Je me demande si quelqu'un le connaît vraiment. S'il lâche prise de temps en temps et ce qui le retient.

Au self, je l'aperçois avec Bryan. Ils discutent légèrement, et mon cœur se serre quand je le vois sans ses lunettes. Malgré ma maladresse et mes regrets, un petit bout de moi est content de pouvoir le découvrir davantage comme il est.

Nous nous retrouvons un peu entassés dans le couloir avant de démarrer l'après-midi consacré aux enseignements de tronc commun. Chacun vaque à ses occupations, des groupes rient, d'autres se bousculent dans le va-et-vient incessant. Clive est campé debout au niveau de la cage d'escalier et a l'air absorbé dans ses pensées. Je ne vois pas Trent descendre du niveau supérieur, seulement le moment où il rentre exprès dans Clive et le fait tomber. La tête de ce dernier heurte violemment la rampe métallique mais il se retient aux barreaux in extremis. Mes poings se crispent. Clive se redresse vivement, la main sur le crâne et les sourcils froncés. Quand il comprend que c'est Trent, ses yeux glissent sur moi, cherchent les miens. Hélas, je ne peux rien dire. Pas devant Trent qui est déjà trop soupçonneux. Il risquerait de me dénoncer au capitaine si je montre trop de compassion pour Clive. Sauf que cela, Clive l'ignore. Je perçois la tristesse sur son visage. J'aurais dû le défendre, engueuler Trent ou le remettre à sa place. Je n'ai rien fait. Trent ricane. Clive tâte précautionneusement sa tête, et je me fige lorsqu'il contemple ses doigts tachés de sang. Un éclair de panique le traverse et il s'éloigne rapidement vers l'extérieur, probablement vers l'infirmerie. J'aimerais m'élancer derrière lui, m'excuser, le soigner même, mais je suis bloquée ici : Trent me fixe avec un air méchant.

– Tu vois, c'est exactement ce dont je te parlais hier. Arrête de le mater. C'est ton suspect, bordel !

– Et toi, j'explose, arrête de te comporter comme le connard que tu es ! Tu crois que t'es professionnel en lui rentrant dedans comme ça ? Qu'est-ce que tu cherches ? Jusqu'à preuve du contraire, Clive est innocent, je te rappelle ! Tu blesses les innocents, maintenant ? C'est ça, ta vision de la justice ?

Trent rit à gorge déployée. Ma petite tirade ne l'a visiblement pas impressionné.

– La justice ? se moque-t-il. Tu es mignonne ! Cela n'a rien à voir avec la justice, mais tout à voir avec la force, Hail'. J'ai le pouvoir, j'en profite. Je lui mets la pression, et tu verras, il finira par faire la connerie qui nous permettra de le coincer. Simple comme bonjour. Ça s'appelle de l'intimidation. C'est bien ce qu'il a essayé de faire avec nous au « club », non ? Je lui rends la monnaie de sa pièce, c'est tout.

– J'aime de moins en moins ta vision des choses, Trent.

– C'est une menace ?

J'arque un sourcil et lui jette d'un ton méprisant :

– Pas encore, Trent, pas encore.

# 31

**Hailey**

Trent m'horripile. Il me tient et je déteste ça. Je décide d'aller prendre l'air dehors même si l'atmosphère est très humide. En prenant discrètement mon téléphone, je constate que j'ai reçu un message. Jess. Il ne manquait plus que ça.

Joyeux anniversaire,
championne !

Je n'y crois pas. Elle m'envoie ces mots comme s'il ne s'était rien passé. Comme si elle ne m'avait pas trahie. J'ai envie de jeter mon téléphone et de le briser sur le bitume comme cette amitié que je croyais sincère. Ça me donne envie de pleurer. Elle est la seule personne à m'écrire pour mon anniversaire.

Inutile de faire semblant.
Tu t'es bien foutue de moi
en balançant à Trent
que j'avais embrassé
mon suspect.

Je veux te protéger.
Je t'aime.

Tu n'avais pas à
prendre cette décision
sans m'en parler avant.

Je sais que c'est dur à comprendre. Mais j'espère que tu me remercieras plus tard.

Tu peux rêver. Tu ne te rends pas compte de la situation de merde dans laquelle tu m'as fourrée. Je t'en veux, Jess.

La sonnerie de reprise met fin à cette discussion. Tant mieux. Je suis de nouveau patraque, ces messages ne m'apportent aucune justification convaincante. Pourquoi tout le monde est-il si persuadé que je commets une erreur ? *Hailey, c'est évident. Parce que tu commets une erreur. Et une grave.*

Je rejoins la salle de cours d'un pas maussade. Sur le chemin, je croise Clive qui revient de l'infirmerie. Nous sommes seuls cette fois. Je l'intercepte.

– Ça va ? je demande précipitamment.

Il me sourit légèrement mais son regard me brûle. Il hoche la tête, je me sens coupable. J'ai chaud. Poussée vers lui alors que je ne dois pas, je cherche la chaîne dans mon cou pour me donner une contenance.

– Je suis désolée. Pour Trent.

Il hausse les épaules, balaie l'incident d'un geste de la main. Toutefois ses yeux ne me lâchent pas. Je soutiens son regard, je cherche le vert dans son bleu. Son autre main se crispe un peu sur la lanière de son sac à dos, sur son épaule. On a tous les deux du mal à faire semblant. Cette pensée me procure une petite parcelle de cette joie espérée aujourd'hui. Je la chasse. *N'importe quoi, Hailey.*

– Il veut m'user, c'est tout. Je ne pensais pas que vous pouviez agir comme ça.

– Tu as eu mal ?

Je suis inquiète. Son bonnet cache sa tête, je ne peux rien deviner.

– Rien de grave, Hailey.
– Tu saignais…
– Oui. Ce n'était rien. Tout va bien.

Un petit rire lui échappe, il secoue la tête. Je veux le toucher, le sentir, le garder plus longtemps. Incapable de résister, je m'accroche à son bras. Je n'ai pas envie de le voir partir, mais je n'ai aucune raison de le faire rester. J'aimerais qu'on puisse discuter ensemble, normalement, comme avant. On a tellement de choses à se dire. *J'aime bien parler avec toi. Être avec toi.*

Clive pousse un long soupir, retire ma main et s'excuse : il doit aller en cours. Je le suis des yeux alors qu'il s'éloigne. Puis je bats des paupières moi aussi pour me ressaisir.

En biologie, je crois que je dors pendant les trois quarts du cours. Je n'ai jamais aimé cette matière ; me la coltiner une deuxième fois est un lourd tribut à payer pour faire ce que j'aime. Je pourrais interroger quelques étudiants l'air de rien, mais je n'ai pas la tête à ça. Bryan est toujours avec moi, on s'entend mieux maintenant. Je comprends ce qu'il a essayé de faire, et même si je trouve toujours ça nul, j'évite d'y penser. Derrière Bryan, il y a Clive, et tout est dit. J'ai besoin d'ondes positives, pas de m'enfoncer encore plus. Trent m'a enfin donné accès à l'application, je devrais m'atteler à la tâche sans tarder. J'ai cependant décidé d'attendre demain pour commencer à éplucher le code d'HackMeLove. J'ai 21 ans, c'est ma journée, merde !

Lorsque les cours s'achèvent et que je sors en direction du parking principal, Trent m'attend. Il arbore son éternel sourire en coin qu'il distribue à la ronde. Les filles lui lancent des œillades provocantes, et j'ai envie de leur crier d'ouvrir les yeux. *C'est un naze, les nanas, passez votre tour !* Mais son allure destroy et ses yeux noirs ont toujours captivé, je suppose que ça ne changera pas ici. Il m'emboîte le pas quand j'emprunte l'allée qui mène à ma voiture. Un autre groupe d'élèves marche gaiement devant nous et marque de nombreux arrêts. Je m'impatiente car j'attends d'échapper à la présence toxique de Trent. J'essaie de me faufiler, malheureusement on manque de place. Trent aussi s'écarte un peu. Instantanément, je respire mieux.

Il fait frais cet après-midi, je relève un peu le col de ma veste. J'ai encore les doigts posés dessus quand une main glisse quelque chose dans la mienne. Un murmure chaud s'infiltre dans mon oreille, descend jusqu'à mon cœur et le prend par surprise : « Joyeux anniversaire, Hailey. » Je reconnais immédiatement Clive. Son odeur, sa voix grave un peu cassée, et surtout l'électricité qui parcourt tout mon corps et qu'il est le seul à provoquer. Je frissonne, grisée par son souffle. Il m'embrasse dans le cou, par-derrière, en dégageant mes cheveux pour y loger les lèvres. Je ferme un peu les yeux, penche la tête en arrière pour lui en offrir plus mais rien ne vient. Je me redresse.

Clive me dépasse, les mains dans les poches, et avance à pas rapides vers sa voiture. Je me tourne instinctivement vers Trent mais il n'a rien remarqué. C'était si furtif. Je pourrais penser l'avoir rêvé si je n'avais pas dans les mains ce petit objet que je serre maintenant comme un trésor.

Une clef USB.

# 32

## Hailey

J'arrive chez moi, la maison est vide. Mes parents sont encore au travail, rien d'anormal.

J'erre un peu, tourne en rond. Je n'arrive pas à me concentrer. Je tourne et retourne la clef USB entre mes doigts, la pose sur la table basse du salon, allume la télé, la reprends, la refais tourner, la pose encore. Je ne sais pas pourquoi je me sens aussi fébrile. J'ignore ce que j'attends. Après cette journée ennuyeuse, entachée par la bêtise de Trent, je devrais me féliciter d'avoir un imprévu. Je consulte Leo au-dessus de la cheminée. Tu ferais quoi, toi ? Tu attendrais ? Tu la jetterais ? Tu la brancherais immédiatement ? Est-ce que c'est un piège ? Est-ce que ma journée va être définitivement gâchée ? Envoie-moi un signe, merde ! Tu es parti trop vite et moi, maintenant, je suis toute seule ! *Toute seule…*

Je balance mes cours de droit que j'ai tenté en vain de réviser, je n'ai pas la tête à ça. J'ai le cœur qui bat à cent à l'heure, comme à chaque fois qu'il s'agit de lui. Je m'exaspère. Je suis quelqu'un de fort, je ne suis pas aussi impressionnable.

Jess a raison, je déconne complètement. Qu'est-ce qui va se passer ensuite ? Quand je finirai par trouver le lien entre Clive, ses hackings et son appli ? Car je trouverai, j'en suis sûre, je suis tenace et j'ai de l'ambition. À quoi alors cela aura-t-il servi de me mettre dans tous mes états ? Pourquoi est-ce que je ne parviens pas à voir aussi clair qu'avant ?

*Arrête de tergiverser, Hailey !*

Je monte, enfile mes affaires de sport, mes baskets, et sors faire un jogging. Besoin de décompresser, de me défouler, de faire le vide. Rien de tel qu'un peu d'exercice pour cela. Je mets la musique à fond dans mes écouteurs, pour me donner un rythme, pour m'imposer des paroles qui deviennent des pensées. N'importe quoi. Quelque chose qui ne tourne pas autour de l'enquête dans laquelle je suis en train de m'embourber.

Après plus d'une heure de course, je rentre enfin. Je me sens un peu mieux, plus détendue. J'ai les muscles fatigués, les poumons en feu, mais mon esprit s'est apaisé. La douche froide finit de me sortir de ma torpeur. Je suis en train de sécher mes cheveux quand j'entends la porte d'entrée claquer.

Je descends et salue ma mère. Je lui propose de faire le repas avec elle. Comme chaque année, elle a acheté des fleurs pour décorer la table. Ma mère aime quand tout est bien dressé, soigné, et elle sait créer une atmosphère délicate.

– Comment s'est passée ta journée, ma chérie ?

Elle me tend un vase pour que j'y place les fleurs.

– Étrange, pour être honnête, je réponds.

– Et ton stage ? Tu progresses dans ton enquête ?

Je me sens rougir. C'est rare qu'elle s'intéresse à mon travail et elle le fait pile le jour où j'ai besoin de tout oublier. J'essaie d'organiser les fleurs pour que le bouquet soit harmonieux, mais je n'ai pas son talent. Comme je reste silencieuse, elle relève la tête, remarque ma gêne.

– Ça ne se passe pas comme tu voudrais ? s'étonne-t-elle.

Elle a l'air sincèrement surprise. En même temps, je l'ai habituée à être une jeune fille parfaitement invisible et responsable. Papa et elle me faisaient confiance pour régler ma vie et je ne les ai pas déçus.

– Euh, si, ça va. Aucun souci.

– Très bien, alors. Je suis sûre que tu décrocheras le poste, tu es douée.

– Merci, maman.

Elle me lance un petit sourire confiant et me pousse gentiment pour reprendre la composition des fleurs. Elle chantonne sereinement pendant que j'observe ses gestes sûrs, et admire le rendu final. Je prends une photo discrètement.

– On prépare le gâteau ou tu veux que j'en achète un ?

Le fameux gâteau dont je n'ai aucune envie. Mais je ne peux pas le lui dire, elle s'en attristerait. J'imagine que, pour elle, ce gâteau représente sa façon de se rassurer sur son rôle de mère. Je ne peux pas lui en vouloir. Je ne sais même plus saisir les perches qu'elle me tend. Je ne sais même plus croire en son amour que pourtant j'appelle éperdument. Papa rentre à son tour. Il semble toujours pressé. Même quand il a fini sa journée, il continue à regarder sa montre, à consulter son téléphone, à appeler des contacts. Il ne reste jamais bien longtemps avec maman et moi. Le plus souvent, il dîne puis s'enferme dans son bureau. Il poursuit parfois sa journée de travail jusque tard dans la nuit. Je l'entends se coucher quand j'ai du mal à dormir.

La soirée se passe tranquillement. La table est très belle, les bougies et les fleurs nimbent la pièce d'une touche intimiste faite de reflets dorés et de parfum féminin. Maman a cuisiné un gratin d'épinards, et j'ai préparé une salade composée. Le gâteau, finalement acheté, s'est avéré moins mauvais que prévu. J'ai réussi à avaler ma part sans trop me forcer et j'ai soufflé mes vingt et une bougies devant les sourires figés de mes parents. Chaque anniversaire leur rappelle tous ceux que l'on ne fête pas. Ceux de Leo. Alors je comprends leur peine, qui est aussi la mienne.

J'ouvre mes cadeaux. Maman m'offre une paire d'escarpins et papa un joli bracelet en or fin. Je souris. Le message est clair : il est temps d'arrêter d'avoir l'air d'une adolescente. Ma mère peste toujours après mes éternels jeans et sweats, mais c'est comme ça que je me sens bien. Et puis, la plupart du temps, je suis derrière un écran, alors…

Quand la cuisine est rangée, je salue maman et monte me coucher. Papa a déjà disparu dans son antre, je ne m'en formalise pas. J'essaie de conserver un souffle régulier, mais c'est plus fort que moi. Je suis de nouveau complètement nerveuse. Je me prépare pour la nuit, peigne mes cheveux une dernière fois, puis m'installe sur mon lit. L'oreiller calé contre le mur, la tablette sur les genoux, la clef dans une main, je prends une grande inspiration. J'ai peur. Est-ce qu'il va se venger ce soir ? *Son baiser était pourtant si doux.* Je passe la main dans mon cou, à la recherche des sensations éprouvées, alors que l'inquiétude me gagne.

*Bon. Allons-y.*

Je branche la clef et j'attends.

Immédiatement, un écran noir se forme et je visualise quelque chose au centre.

Un petit cri m'échappe.

Un interrupteur.

Encore.

***

Merde, qu'est-ce que ça veut dire ? Qu'est-ce que je vais déclencher cette fois ? Est-ce que je vais griller les serveurs du Pentagone ? Envoyer une bombe à l'autre bout du monde ? Causer un black-out intergalactique et lancer la guerre des étoiles ? *Clive, zut, pourquoi tu fais ça ?*

Mon souffle se saccade. J'en ai marre de toutes ces émotions. J'aimerais que ce soit simple. J'aimerais avoir confiance, vraiment. J'ai envie de pleurer. Non, cette fois, je pleure, je ne me retiens plus. *C'est pas juste, tout ça, c'est pas juste.*

J'essuie mes larmes qui dévalent le long de mes joues.

*Je te déteste, Clive, pour tout ce que tu me fais ressentir.* J'en ai marre de cette guerre qui n'en finit pas.

Marre des coups fourrés.

Marre de cette enquête.

Marre d'être une idiote.

Mon doigt glisse sur l'écran. Cette fois, il faut le passer sur *on*.

L'interrupteur disparaît de l'écran, une musique que je ne connais pas se met en route. Puis, une à une, je vois défiler les photos que j'ai prises de mes parents. Les milliers de photos apparaissent puis se miniaturisent pour composer pièce par pièce une image. Les paroles commencent, elles évoquent une histoire de solitude, de soutien, d'amitié, de présence. Mes larmes coulent à nouveau. Je sanglote, même, car je comprends ce qui est en train de se passer.

Toutes ces photos où ils ne me regardent pas se mettent à former une autre image, un autre portrait. Je vois désormais les visages de ma mère et de mon père.

*« That's why I'm singing baby don't worry*
*Cause now I got your back*
*And every time you feel like crying*
*I'm gonna try and make you laugh* [1]»

Ils me regardent.
Ils me sourient.
Fixés sur l'objectif.
Enlacés.

*«And we'll keep working on the problem*
*We know we'll never solve*
*Of love's uneven remainders,*
*Our lives are fractions of a whole*
*But if the world could remain within a frame*
*Like a painting on a wall*
*Then I think we'd see the beauty then*
*We'd stand staring in awe*
*At our still lives posed*
*Like a bowl of oranges*
*Like a story told*
*By the fault-lines and the soil* [2]»

1. «C'est pourquoi je chante, bébé, ne t'inquiète pas/Car maintenant je te soutiens/Et chaque fois que tu as envie de pleurer/Je vais essayer de te faire rire». Extrait de la chanson «Bowl of Oranges» de Bright Eyes.
2. «Et nous continuerons à travailler sur le problème que nous savons que nous ne résoudrons jamais/Des restes inégaux de l'amour, nos vies sont des fractions d'un tout/Mais si le monde pouvait rester dans un cadre/Comme une peinture sur un mur/Alors je pense que nous verrions sa beauté/Puis nous resterions à admirer/Nos vies posées/Comme un bol d'oranges/Comme une histoire racontée/Par les failles et le sol». Idem.

Quand la musique s'achève, le portrait est terminé. Magnifique. Bouleversant. Magique.

Inespéré.

Je n'arrive plus à m'arrêter de pleurer, et pourtant j'ai une joie immense dans le cœur. Une joie pure et belle qui s'épanouit. Je ris dans mes larmes. Un message s'inscrit en bas de mon écran.

Un jour, ils te verront.
Et la douleur se transformera en joie.
En attendant, moi, je te vois.
Voilà mon chant d'espoir pour toi.
Joyeux anniversaire, Hailey.

Et la fin de la musique de se répéter, encore et encore.

*« Like a story told*
*By the fault-lines and the soil »*

Comme un clin d'œil à notre histoire.

# 33

## Hailey

Je cherche Clive des yeux, je le guette. Il faut que je lui dise. Il faut qu'il sache ce que représente son cadeau. Les autres étudiants doivent me prendre pour une folle. Postée en plein milieu du hall, je dévisage consciencieusement chaque nouvelle tête qui passe la porte. Mon humeur est au beau fixe aujourd'hui, j'ai envie de chanter et de danser. Je n'ai plus de larmes à donner après la soirée d'hier.

Je suis plantée là depuis une demi-heure, mais toujours pas de Clive. Je dois y aller, Trent m'attend. Je suis un peu déçue, même si je finirai bien par le trouver, nous avons cours ensemble. Je m'éloigne à contrecœur et je pars rejoindre Trent en salle informatique. Il doit me passer son compte et j'ai exceptionnellement rapporté mon PC portable pour dupliquer le programme dessus. À partir d'un PC, j'aurai plus de facilité à manœuvrer, et j'ai emprunté du matériel à la brigade pour compléter le mien. Voir Trent après son comportement d'hier est un effort auquel je ne consens que parce que je n'ai pas le choix. Son attitude me révulse, son chantage m'oblige à supporter ses frasques sans broncher. Ceci dit, il est calme aujourd'hui et semble s'impliquer réellement dans notre travail. Il était temps qu'il arrête d'utiliser l'appli pour son compte personnel… Une fois HackMeLove installé sur mon PC, je bous d'impatience de rentrer dedans. Mais je ne peux pas le faire d'ici, ce n'est pas assez discret. Et puis, avant, je veux vraiment voir Clive.

À la sortie du cours de maths, je l'aperçois enfin qui marche dans le couloir. Même tenue, même nonchalance, les jours glissent sur lui sans que rien ne l'atteigne. Enfin, quand on ne prend pas la peine de le regarder attentivement. La tête baissée, il consulte son téléphone. Je m'engage derrière lui et sans prévenir, je le pousse dans un local d'entretien entrouvert que je viens de remarquer. On va dire qu'on s'en contentera.

– Hé ! grogne Clive avant de s'étonner quand il me reconnaît. Hailey ? Qu'est-ce que tu fais ?

Je le pousse contre le mur, ferme la porte d'un coup de pied et passe mes bras autour de son cou. Pas moyen qu'il m'échappe aujourd'hui. Je lui fais un grand sourire, m'approche un peu plus et me jette sur sa bouche. Il ne se fait pas prier et répond à mon baiser avec empressement et passion. Je me sens fondre petit à petit dans ses bras, avec ses mains qui pressent mon corps contre le sien, mes hanches contre les siennes. Mes doigts remontent dans ses cheveux, les tirent et lui arrachent un petit râle sexy. Puis, il se fige, m'écarte doucement mais fermement, le souffle court et les pupilles dilatées.

– Mais qu'est-ce que tu fais, Hailey ? répète-t-il d'une voix rauque.

– Je te remercie, idiot ! je rétorque avec une moue taquine.

– Dans un local d'entretien ?

Il se moque à son tour, désignant les balais et les produits chimiques avec un petit rictus faussement dégoûté.

– Non, parce que je croyais que les chiottes du premier ne te convenaient pas. Si j'avais su que le local d'entretien te plaisait plus…

– Tais-toi et regarde !

J'enlève ma veste et mon sweat. Les yeux de Clive s'écarquillent quand mon tee-shirt se soulève à moitié, accroché au sweat. Il n'a dû voir qu'un microbout de mon soutien-gorge mais j'ai l'impression qu'il est déjà K.-O. Les mecs, franchement.

– Euh, déglutit-il en arrêtant mon geste, non, Hailey, je…

J'éclate de rire, il est tout gêné. Ce n'est décidément pas le Clive d'HackMeLove que j'ai en face de moi. Rien à voir avec l'attitude immonde qu'il a eue avec moi auparavant. Son soudain manque d'assurance m'amuse, et me touche un peu aussi.

– Je te rassure, je ne te fais pas un strip-tease, regarde juste là, sur ma manche !

Je le vois se pencher vers moi pour déchiffrer les mots que j'ai inscrits ce matin sur mon tee-shirt : « *Like the echoes of our souls are meeting*[1]. »

Il se redresse, se passe la main sur la nuque, soupire. J'aime le voir comme ça. Mal à l'aise. Je sens qu'il est lui-même. Il faut qu'il entende et comprenne à quel point cela compte pour moi.

– Tu m'as offert le plus beau cadeau possible, Clive, tu ne peux pas imaginer. Tu as dû passer des heures dessus, en plus !

Un vrai sourire répond à ma remarque. Éclatant. Précieux. Je ne tiens plus et l'enlace à nouveau. Sans l'embrasser cette fois, juste pour son contact, sa chaleur, et la douceur de ses mains qui caressent mon dos. Contre lui, je perçois les battements rapides de son cœur qui répondent aux miens.

Mais encore une fois, il met fin à notre étreinte, me décale gentiment.

– Hailey, écoute, commence-t-il.

*Enfin. Enfin je vais avoir quelque chose.* Je garde les yeux accrochés aux siens.

– Je… je crois pas que… ça, ce soit une bonne idée…

Il nous désigne du doigt, ma poitrine se compresse. *Ne dis pas ça. Pas maintenant. Non, ne t'enfuis pas.*

– Je n'ai pas… Je n'ai rien à offrir et toi, tu… tu as un job à accomplir.

Je lève les yeux au ciel, plaque les mains sur son torse et le pousse en même temps que je le gronde.

– Arrête, Clive, de faire comme si tu ne valais rien ! Tu m'as prouvé le contraire, largement en plus ! Et HackMeLove, c'est pas vraiment un problème. Si tu le détruis devant moi,

1. « Comme si les échos de nos âmes se rencontraient ».

j'abandonnerai l'enquête, tu seras libre, je suis prête à le faire, j'ai réfléchi ! Je peux négocier, trouver un arrangement. L'important, c'est que tu ne recommences pas. Jamais.

Il se ferme à mesure que je prononce ces mots. *Qu'est-ce que j'ai dit ?*

Son expression a changé, il est de nouveau distant. J'ai merdé et je ne sais même pas où.

– Je voulais juste être gentil. Rien de plus.

– Rien de plus ? je proteste en arquant un sourcil. Tu mens très mal, tu le sais ?

– Je suis heureux que tu aies aimé mon cadeau, vraiment. À plus tard, Hailey.

Il se soulève du mur, ouvre la porte et me plante là. *Est-ce que je suis trop naïve de croire que lui et moi c'est possible sans que je renonce à ma carrière ?* Tant pis pour la discrétion, je ne peux plus attendre. Il faut que j'en aie le cœur net. Je reste dans le local, je sors mon PC de ma sacoche et je me connecte à HackMeLove.

***

La première chose que je brûle de savoir, c'est ce qu'il pense de moi. Logique, non ? Je reste une fille intéressée par un garçon. Celle qu'il vient d'embrasser avant de la lâcher dans la foulée. Alors à l'aide du compte de Trent, je fais défiler les cibles et sélectionne Hailey Jones. Voir mon *bot* est toujours aussi perturbant, mais je m'y attendais, cette fois. C'est réaliste, bien fait. Je repense au portrait d'hier. Il doit avoir un logiciel d'analyse d'images perfectionné, avec bien plus que l'option reconnaissance faciale. Et une certaine attention aux détails.

Je rentre sur ma fiche profil. Je m'étonne. Elle est pratiquement vide.

Je reste devant l'écran de longues minutes sans comprendre. Pourquoi est-ce vide ? Trent a tout supprimé ou quoi ? Mais je me reprends aussitôt. Bien sûr que Trent n'aurait pas touché à ce profil, quand on sait quel chantage stupide il me fait ! Alors qui ? Clive ? C'est une donnée que je pense pouvoir obtenir. Je rentre dans le code source, regarde les derniers éléments enregistrés et la date la plus récente de mise à jour. Le code ne masque pas cette information, alors je ne rencontre aucune difficulté. Il n'a touché à rien depuis le 20 septembre.

Je suis scotchée. Je réalise la portée de cette révélation. Je me sens rougir subitement, seule dans mon local. Une vague de honte me submerge. Je me revois rabrouer Clive et le rabaisser. Le traiter de menteur, de salaud, de tout et n'importe quoi. La culpabilité que je ressens soudain me broie les tripes. Jamais je n'avais imaginé que… Mais pourquoi il n'a rien dit ? Quoi que je fasse, je me heurte à son attitude étrange, incohérente, et je n'en peux plus. Il se laisse insulter comme si cela lui était égal, et ensuite me fait des cadeaux beaucoup trop beaux… À quel jeu joue-t-il ? À quoi ça rime ? Qu'est-ce que ça veut réellement dire ?

Une idée me vient, je pense parvenir à détourner l'appli. Le code de mon *bot* est complexe, mais pour une fois, je suis confiante. Je maîtrise plutôt bien ce type d'intelligence artificielle. Et j'en suis convaincue : la seule façon d'amener Clive à se confier un peu, c'est de le prendre par surprise. Par contre, je vais avoir besoin d'un peu de temps pour réussir cette manipulation. Je ne veux pas lui faire de mal, mais on ne peut pas continuer comme ça.

Le cours de philosophie me permet de le revoir. Je m'installe à côté de lui. Il affiche un air décontracté qu'il est loin de ressentir, je le sais. Il y a toujours cette tension entre nous, latente, qui menace de tout irradier sur son passage. Cependant, avec ce que j'ai découvert, je ne dois pas rester sans rien dire. Il faut que je le pousse un peu dans ses retranchements, en espérant qu'il accepte de se livrer.

Nous prenons des feuilles de brouillon et des stylos, car le professeur nous demande de lui rendre un premier jet de la situation que nous souhaitons exploiter pour notre dossier. Clive dessine distraitement un arbre, j'ignore ce qu'il a en tête, mais ça ne va clairement pas nous aider. Je décide d'y aller franchement.

– Clive, dis-moi pourquoi tu ne renonces pas à HackMeLove ?

– Je ne peux pas renoncer, c'est tout. Je profite de la vie.

Je fronce les sourcils. Il va en falloir plus pour me convaincre.

– Et en vrai ?

Il hausse les épaules et ricane en passant la main dans ses cheveux. Pourtant, je sens bien qu'il se crispe. Il est une nouvelle fois gêné.

*C'est dingue comme je commence à bien lire en lui.*

– Si, tu vois, comme tout le monde, j'ai envie de profiter et le sexe, c'est ma manière de le faire. Ma mère…

Il s'interrompt, j'insiste, ce n'est pas le moment de le laisser s'échapper.

– Oui, ta mère ?

– Elle se tue à la tâche et elle est seule. J'y ai réfléchi. Elle ne vit que pour Mary et moi, à travers nous. Alors être heureux, c'est un devoir, tu saisis ? Et si je m'éclate de cette façon, c'est mon affaire. Du bon temps, que demander de mieux ?

Je ne suis pas sûre de tout comprendre, être heureux ne se commande pas, surtout avec du sexe planifié. Bien que cet aveu me remue un peu, c'est comme tout le reste : un masque.

– D'accord. Mais pourquoi faire ça ? Une appli pour pervers en puissance ? Tu n'en as pas besoin.

Il rougit. C'est rare. Je suis émue de le voir réagir malgré lui à mes remarques. Mes questions l'embarrassent, mais on ne va pas sans cesse éluder le fond de notre problème.

– On n'a pas toujours le choix, maugrée-t-il.

– Mais regarde-toi, Clive ! Tu as tout ce qu'il faut pour plaire à une fille !

Je l'entends marmonner dans sa barbe.

– Qu'est-ce que tu dis ?

– Cette discussion me met mal à l'aise.

*Sans blague ! Et cette esquive ne t'embête pas, on dirait !*

– Il faut bien que nous parlions, Clive. Si tu te confiais à moi, je pourrais peut-être t'aider. Pourquoi tu te caches derrière cette appli pourrie ? Pourquoi tu entraînes les autres dans ton truc malsain ?

Il me jette un regard mauvais. *Désolée, mais oui, c'est nul et je ne concéderai pas le contraire.* Il doit le comprendre, car je vois sa mâchoire se contracter d'énervement.

– J'y ai vu une opportunité, c'est tout. Je partage mes bonnes idées. Voilà, t'es contente ?

Je me tourne vers lui avant de m'arrêter quelques instants sur son visage, ses doigts qui font danser un stylo en l'air, tout son corps ramassé sur cette petite chaise et qui paraît à l'étroit.

– Tu es de nouveau en train de me repousser.

Il souffle et bat des paupières. Je crois que je l'exaspère vraiment, mais je n'ai pas le choix.

– Je ne veux pas être avec toi, lâche-t-il avec colère. C'est clair ?

– Je ne te crois pas.

– Hailey…

– Non, c'est vrai. Tu n'embrasses pas comme quelqu'un qui s'en fiche.

– On est obligés de parler de ça ?

– Tu m'y obliges avec tes secrets. Arrête, Clive, je t'en prie.

Le stylo ne danse plus, je parierais qu'il est plus près de se faire broyer qu'autre chose.

– Tu es belle, Hailey, tellement. Et c'est putain de dur de te résister, crois-moi. D'être à côté de toi, comme ça, comme maintenant. Mais rien n'est possible entre nous.

– C'est tout ? C'est seulement physique ?

– C'est déjà beaucoup, tu ne penses pas ?

Je pousse un profond soupir. On n'avance pas.

– J'en ai marre, Clive. Renonce à ton truc. S'il te plaît. Je suis prête à renoncer à une partie de mon rêve pour que tu puisses rester libre, alors ne me dis pas que c'est seulement physique.

– Putain, Hailey, tu me tues ! Je ne veux pas que tu renonces à quoi que ce soit. Je voudrais juste…

– Oui ? Quoi ?

Je retiens ma respiration. Il m'inquiète. Son ton m'inquiète. Il est en train de partir. *Reste avec moi, Clive, cesse d'avoir peur. Je n'ai pas peur, moi, avec toi.*

– Ne jamais t'avoir rencontrée. Que tu t'en ailles loin d'ici. Que tu retournes en Californie.

*Les voilà. Les mots qui blessent.* Je refuse d'y croire.

– Mais je suis là. Et toi aussi. C'est ce que tu m'as écrit.

– Je voulais te consoler un peu.

Je m'esclaffe. Il se rend compte de ce qu'il dit ou quoi ? Le plus beau cadeau qu'on m'ait jamais offert. Qui demande de regarder et d'écouter pour de vrai. D'âme à âme. De cœur à cœur.

– Un peu ? Ça n'a pas de sens !

– Tu es seule, ça se voit, et je sais que c'est dur parfois. Personne ne devrait être seul pour ses 21 ans.

– J'ai fait la fête avec plein d'amis, alors je ne vois pas de quoi tu parles.

Clive pouffe de rire et secoue la tête. Il ne me croit pas une seconde.

– Hailey, tu mens. Mais c'est pas grave.

– Toi aussi, tu mens, et moi je trouve ça grave. Je suis paumée, merde ! Tu me fais le plus beau cadeau du monde, tu m'embrasses comme si tu allais me dévorer et tu me jettes l'instant d'après comme un mouchoir usagé.

– J'ai craqué, d'accord ? Je n'aurais jamais dû, je m'en veux, pardon si je t'ai embrouillée.

Je pâlis. La tournure de la conversation ne me plaît pas du tout.

– Merde, non, tu es en train de fuir.

Il ne nie même pas, se contente de griffonner des ronds sur sa feuille, à côté de son arbre tortueux.

– Laisse-moi partir. C'est le mieux.

– Tu n'es pas un connard.

– Oh, si. La preuve.

Je me mords la lèvre. Ce n'est pas possible. Il me laisse, encore une fois. J'aboutis à l'inverse de l'objectif que je m'étais fixé. Il se refuse encore. Simplement. Comme si c'était logique. Normal. Alors je me sens rejetée. J'ai mal. Je sais que c'est une façade, mais là, elle me semble indestructible. Je n'ai pas les arguments. Je ne pèse pas dans la balance. Sa décision semble prise et résolue. Je ne compte pas dans tout ça. *Je ne compte jamais.* Comme pour mes parents. Ce n'est pas si grave pour lui de renoncer à moi. Moi, j'ai un trou béant au fond du cœur.

La sonnerie retentit. Nous n'avons même pas démarré le projet. Mais Clive ne s'en préoccupe pas. Très calmement, il se lève, ramasse ses affaires et s'en va en me faisant un petit signe de la main. Le genre qu'on fait à un pote qu'on va revoir.

Non.

Je n'accepte pas.

Je m'élance dans le couloir et je crie à la volée, indifférente à tout et tous.

– Comment se fait-il que je n'aie pas de profil sur HackMeLove ?

Ma voix est désespérée. Je suis ridicule. Tout le monde me regarde maintenant. Clive s'est arrêté. Puis il repart de plus belle en accélérant le pas. *Tu ne vas pas t'en tirer comme ça, mon grand.* Je le rattrape quand il sort du bâtiment des humanités.

– Tu ne m'as pas menti, Clive, comme je l'ai cru.

Nous sommes l'un en face de l'autre. Il retient sa respiration, je le constate à sa posture figée.

J'ai des larmes qui cavalent et glissent dans mon cou. Je suis incapable de les retenir. *Je voudrais tant compter pour toi, suffisamment. Être importante.*

– Pourquoi tu ne dis rien ?

Il déglutit et n'arrête pas de ciller. Mon ventre se tord. Il entrouvre légèrement les lèvres, je me tends un peu vers lui, j'ai tellement besoin de ses paroles. Sauf que cette fois, il s'enfuit littéralement. Il part en courant comme s'il avait le diable aux trousses. Il s'engouffre dans sa voiture et démarre à toute blinde.

Qui fait ce genre de choses ? On n'est plus des enfants. Je suis sidérée. Je n'arrive pas à croire ce qu'il vient de se passer. Pourquoi est-ce qu'il refuse d'admettre qu'il peut avoir des sentiments ? Pourquoi est-ce que ce serait si grave ?

– Ben alors, il entre en surchauffe, notre petit suspect ? raille Trent en se pointant à côté de moi. Bon pour nous, ça. Finalement, tu fais un bon taf avec lui. C'est toi qui vas le faire tomber.

Il se met à rire, il n'a même pas vu que j'étais effondrée. Il ne voit que lui, de toute façon. Je me calme et le contemple alors qu'il fixe la voiture de Clive qui disparaît au bout de l'avenue.

Trent le beau gosse. Il va peut-être avoir son utilité, tout compte fait.

## 34

### Clive

*C'est pas possible, putain !*

Je suis en panique. J'ai le cœur qui bat bien trop vite et je fonce à travers les rues. Je vais me faire choper par les flics si je continue. Ou avoir un accident. Je pile, avant de m'arrêter sur le bas-côté. Pas la peine de se crasher, ça ne résoudra aucun problème. Je me relâche quelques secondes, renverse la tête en arrière, passe les mains sur mon visage. Je suis en sueur. OK. Ça va aller.

Je suis minable. Je ne vois même pas ce qu'elle peut penser d'autre. J'expire. *Tant pis.*

Je redémarre et termine plus calmement le trajet jusque chez moi. Mary est sur le canapé du salon, blottie dans une couverture, la télé allumée sur des clips de chanson. Mary a toujours aimé danser. Elle tente de m'entraîner à chaque fois, mais ce n'est pas mon truc.

– Ça va, Mary ? je lui demande en refermant la porte.

Elle ne répond pas. Je suis encore en colère contre Hailey et contre moi. Contre cette vie de merde, aussi. Je suis dégoûté d'être dans ma peau, d'être cette pauvre merde coincée de toute part.

– Moi aussi, ça va, je m'énerve face à son silence. C'est gentil de demander.

Je jette mon sac par terre brutalement, j'ai besoin d'évacuer, de casser quelque chose. Mary n'a pas bougé, ses cheveux châtains qui lui tombent sur le visage me cachent son expression. Je m'approche d'elle et l'embrasse sur la tempe. Elle est fiévreuse. Je me calme immédiatement, soudain inquiet.

– Mary, merde, qu'est-ce qui s'est passé ? Tu es sortie, tu as pris froid ?

Mary oscille un peu la tête, elle a des yeux brillants. Putain, il fallait que ça tombe maintenant.

– Tu as appelé maman ?

– Non, c'est rien. Juste un coup de fatigue.

– Non, Mary, ce n'est peut-être pas ça. Tu es fragile, il faut être prudente. J'appelle maman, je vais t'emmener à l'hôpital.

Je compose le numéro tout en apportant à Mary de quoi soulager sa fièvre. Son système immunitaire est déficient, elle doit être examinée. Elle tousse un peu, mais ses yeux restent fixés sur moi qui marche de long en large dans le salon.

– Et toi, est-ce que tu es prudent ?

Je suis surpris. Elle a l'air fâchée. Ça ne lui ressemble pas. Mais c'est peut-être la fièvre, aussi.

– Hein ?! De quoi tu parles ?

Pourquoi tout le monde me tombe dessus aujourd'hui ? Je n'ai rien demandé, moi. Rien du tout !

J'entends la voix inquiète de maman qui décroche.

– Maman, Mary a de la fièvre, je la conduis à l'hôpital, est-ce que tu peux nous y retrouver ? OK. À tout de suite.

Je me tourne vers Mary.

– Elle arrive, elle nous rejoint sur place, p'tite sœur. Ça va aller. Tu veux quelque chose pour le trajet et l'attente ? À boire ? Un film, une histoire ? Je peux aller te chercher ce dont tu as besoin.

– Je veux que mon frère arrête de s'occuper de tout et qu'il s'occupe de lui.

Je reste bouche bée. *Euh, qu'est-ce qu'elle veut dire ?* Qu'est-ce qu'elle a en tête ?

Elle pointe le plafond du doigt.

– Je suis allée dans ta chambre. Je m'ennuyais et je cherchais le livre de papa.

Je ne le sens plus du tout. J'ai des sueurs froides rien que d'y penser.

– J'ai vu les papiers sur ton bureau. Je suis désolée, je voulais pas. Je cherchais le livre.

– Il est dans le tiroir du chevet.

– Oui, j'ai fini par le trouver. Je te le rends demain. Je pourrais le prendre pour l'hôpital ?

– Bien sûr. Tu prends ce que tu veux. Tout ce que tu veux.

– Clive, j'ai pas tout compris, c'est trop compliqué. Mais j'ai quand même compris certains trucs. Et je suis sûre que c'est pour ça que tu fais une sale tête.

– Justement, Mary. Je sais pas ce que t'as compris, mais je vais arranger les choses une fois que tu seras prise en charge. Je dois bosser sur un truc et ça ira, d'accord ? Toi, tu ne dois pas t'en faire. Je sais très bien ce que je fais. Je vais réussir, d'accord ?

– D'accord.

Elle me tend les bras, apaisée. Je n'hésite pas et je viens lui faire un câlin.

***

Maman et Mary sont à l'hôpital, entre de bonnes mains. Je suis de retour dans ma chambre. Seul.

Je peux maintenant réfléchir à ce qu'il s'est passé avec Hailey. *Qu'est-ce qu'il s'est passé avec Hailey ?* Je me répète cette question en boucle. Je bloque dessus comme sur un putain de problème sans solution. Une équation avec tellement de degrés qu'elle a fini par brûler. C'est ce que je ressens, là. Ça me brûle. Elle n'a rien gobé en plus, je l'ai vu.

C'est horrible. Elle me donne envie d'y croire, le pire. Et à chaque fois que j'ai cette sensation-là, je panique. Vertige et tout le bazar qui peut aller avec. Surtout pour Hailey. Elle mérite mieux. Tellement mieux. Elle mérite quelque chose, déjà, pour commencer. Ce quelque chose qui m'est étranger. L'espoir.

Je dois rester focus, je vais manquer de temps et je stresse à fond. Malgré mon travail acharné de ces derniers jours, le hacking en temps réel a encore quelques bugs mais je ne peux plus attendre. Tant pis pour les défauts, je braderai mon taf. Ulysse a été clair dans son dernier message. Ce qu'ils veulent, c'est le code. La logique. Je sais même pas si ça servira pour le milieu du sexe. Ça, c'est leur problème, pas le mien. L'important pour eux, c'est que le code induise un processus qui assure un résultat à partir de données fluctuantes et qui fasse preuve d'intelligence émotionnelle. Un code réactif, dynamique et modulable. Agile.

J'active mon RIP qui brouille la provenance IP des messages.

**[De Argos à Ulysse] :**

Prêt dans deux semaines.
Rendez-vous à planifier.
Trouve quelqu'un.

Au fur et à mesure que je le tape, je crypte le message.

Mes yeux tombent sur la facture de l'hôpital qui traîne entre deux feuilles. Je la replie soigneusement et la range avec soulagement. Mary n'a pas dû tout voir. Notamment, les trois rappels qui s'entassent dans mon tiroir, sans parler de la nouvelle facture qui va tomber. Je n'ai toujours pas de solution pour les lunettes. Sans elles, la démo risque d'être moins convaincante. Je peux difficilement demander au client de se pointer avec une paire, je ferais vraiment amateur. Amateur rime avec un zéro en moins. Pas moyen.

Demain, il y a une soirée chez Harry Trenton, dont les parents, deux grosses pointures du droit des affaires, sont blindés de tunes. La villa avec piscine intérieure et extérieure, au moins dix chambres et autant de salles de bains, et même une salle de cinéma. Peut-être que je devrais y faire un tour. On ne sait jamais.

Je me tape le front avec mon poing. *Putain, tu déconnes grave, Clive.*

Je me déçois d'y avoir pensé. À voler un peu de cash pour remplacer mes lunettes cassées. Je suis en train de pourrir, le stress me fait faire n'importe quoi. Comment Hailey réagirait si elle savait les pensées qui m'assaillent, hein ? Elle se barrerait bien loin et elle aurait raison. Déçue avant même d'avoir pu commencer à voir du bon en moi. Je dois trouver un truc légal. Je ne peux pas prendre davantage de risques. Le vol virtuel, c'est autre chose. Moins concret. *Ouais, pourri jusqu'à la moelle, Hailey, voilà la réalité.*

Est-ce qu'elle viendra ? Je meurs d'envie de la voir alors que je lui fais du mal. Je ne devrais pas. Je devrais la laisser tranquille. La laisser souffler. C'est moi qui merde dans l'histoire, jamais je n'aurais dû lui donner le portrait photo. Qu'est-ce qui m'a pris, sérieux ! J'ai foutu le bordel, comme si mon cerveau n'était pas assez en vrac.

# 35

## Hailey

– Je peux te parler, Hailey, s'il te plaît ?

Je jette un regard méfiant à Trent. Je sais qu'il guette chacune de mes expressions quand je suis avec Clive, je me sens espionnée sans bienveillance, et je suis fatiguée de devoir sans cesse me justifier. J'ai conscience qu'il a compris que j'avais des sentiments pour Clive, je suis convaincue qu'il pense bien faire en me protégeant de lui et de son influence. Ceci dit, il m'a fait du chantage avec sa vidéo et je n'ai pas oublié son air triomphant à l'idée de me mettre dans son lit. *Il me dégoûte.*

J'opine néanmoins et accepte de le suivre. Clive vient de s'enfuir en trombe, j'ai les yeux rouges et je n'ai pas envie de parler. Mais je comprends qu'il le faut, pour le bien de cette enquête qui part à vau-l'eau. Il m'entraîne à l'extérieur du campus, et on se pose dans un café sympa où on avait l'habitude d'aller avec Jess quand on était ensemble à la fac. Il me gratifie de petits coups d'œil en biais, jauge mes réactions. Il ne m'a pas emmenée ici par hasard. C'est une piqûre de rappel, il veut produire un déclic et me faire revenir à la raison. Il pense que les moments magiques qu'on a passés tous les trois dans ce café à refaire le monde suffiront à me remettre en selle. C'était il y a si longtemps. Avant le stage, avant la mission, avant *lui*.

– Je t'écoute, Trent, je dis en m'asseyant sur notre banquette fétiche.

Il nous commande deux cafés et se racle la gorge. Il est hésitant, moins sûr de lui que d'ordinaire.

– Hailey, il y a un truc que tu dois savoir.

Je relève la tête, intriguée mais toujours remontée contre lui.

– Tu viens de réaliser que tu étais un enfoiré ? je lui crache au visage.

Il sourit, moi aussi. Il ne l'a pas volé.

– Non, ça, je le savais déjà. Non, ce que je dois te dire, c'est qu'après avoir eu cette entrevue avec toi et le capitaine pour organiser notre coopération, il m'a pris à part.

Mes yeux s'écarquillent. Je ne suis pas idiote, je sais ce que cela signifie.

– Et qu'est-ce qu'il t'a chargé de faire, Trent ? Ne me dis pas que…

– Si. Il m'a demandé de te surveiller, en plus de t'aider. Il a trouvé ça louche cette histoire au MIT et, pardon de te le dire, mais tu ne contrôles pas toujours tes émotions. Tu étais gênée dès qu'on parlait du hackeur, tu as rougi, et tu le défendais malgré toi.

– Mais…

Il lève la main.

– Attends, ce n'est pas tout. Le capitaine est sûr de tes compétences, toutefois il a peur que les sentiments s'en mêlent. Et si tu veux mon avis de collègue et ami, ton *crush* se voit comme le nez au milieu de la figure. J'ai essayé de te mettre en garde, mais tu ne m'écoutes pas.

– Tu agis comme un connard fini, en même temps, j'ai envie de te mettre des claques, pas de t'écouter ! Et on en parle de ton chantage à la con ?

– J'agis sur ordre du capitaine, Hailey. Je suis officiellement chargé de pousser Clive à bout, de le provoquer. Si je l'ai bousculé l'autre jour, c'est pour cette raison. Parce que nous avons discuté et que nous sommes tombés d'accord.

Je trépigne sur ma chaise, je l'ai carrément mauvaise qu'il ait discuté de cette enquête dans mon dos.

– D'accord sur quoi ? Merde, Trent, vous faites chier et vous me prenez pour une conne !

– Clive n'est pas une victime. Tu te laisses aveugler par ce que tu ressens pour lui. C'est le premier point. Ensuite, HackMeLove n'est pas la vraie cible. Ce qu'il faut, c'est faire sortir le loup du bois.

J'avale une gorgée de café brûlant et plonge mes yeux dans le mug qui réchauffe mes doigts gelés.

– Je ne comprends rien. Je n'ai jamais dit que Clive était une victime.

– Non, mais tu le défends, malgré toi, dans tes attitudes. Je ne sais pas ce que tu lui as dit, mais il ne va pas s'en sortir, il faut que tu sois claire là-dessus.

Il marque une pause pour me laisser le temps d'assimiler cette réalité. Puis il reprend :

– J'ai bossé sur le code d'HackMeLove et crois-moi, j'ai compris pourquoi tu galères autant à hacker son dossier perso. Ce mec a du talent. Beaucoup trop. Et ces mecs-là, personne ne les laisse passer. Il va se faire recruter, c'est certain. Sauf si on le coince avant.

– Justement. Il faut lui faire comprendre qu'il peut avoir une belle carrière légale. Pas l'envoyer en taule !

– Tu nages en plein idéal, là ! HackMeLove est payante, il fait ça pour le fric, Hailey. Et je suis persuadé que son but réel est de vendre son code. Car il est là, l'or, Hailey, dans son code, donc dans sa tête à lui. Il ne fera pas d'erreur sur HackMeLove parce qu'il veut le vendre. Par contre, si on le chauffe, il va peut-être s'énerver et passer à l'action, en dehors de son appli. Tu piges ?

Je me suis décomposée. L'inquiétude que je ressens pour Clive est montée en flèche, je ne veux pas qu'il lui arrive du mal, c'est plus fort que moi. De son côté, Trent me scrute, pèse l'impact de ses révélations sur moi.

– Le capitaine est au courant de tout ça ? je demande d'une petite voix.

– Bien entendu. Alors ne gâche pas tout. T'as bossé tellement dur, putain, Hailey !

– Mais pourquoi tu me dis ça et en même temps tu me proposes un deal de pervers ?

– Parce que ça fait deux putains de longues années que je suis à fond sur toi, Hailey. Je suis amoureux de toi et tu t'en fiches. Te voir t'enticher de ce con m'a rendu fou. Voilà la vérité. Je ne suis pas fier, mais je ne veux pas que tu fasses capoter l'enquête, alors si je dois user de moyens douteux pour te convaincre, je le fais. Maintenant, je voudrais que tu acceptes une chose.

Je soupire, je ne suis pas convaincue. Je ne vois pas le rapport entre me piéger pour coucher avec lui et me préserver d'une prétendue connerie. Trent est un homme plus sournois que je ne l'aurais cru. Je dois garder ce point en tête si je ne veux pas me faire embobiner par ses yeux sombres et son baratin pseudo-sincère. Mais je dois quand même écouter sa requête.

– Quoi ?

– Laisse-moi mener mon plan. Entre dans mon jeu. Une fois. Rien qu'une fois. Je sais que t'as pas envie, je sais que tu ne m'aimes pas, putain, mais juste une fois, fais-moi confiance. S'il réagit comme je pense qu'il le fera, tu verras sa vraie nature, et tu remettras les choses en perspective.

Je tourne mon médaillon entre mes doigts, j'hésite, je n'ai plus confiance en personne. Mais avant son chantage, Trent a toujours été un garçon loyal, déterminé à faire carrière dans la police, et on a partagé plus d'une fois nos rêves de justice.

Au bout de quelques minutes de silence, je lui donne ma réponse.

– J'accepte. Une fois.

– Une fois. OK.

Il pousse un long soupir de soulagement.

– Mais, j'ajoute, s'il ne fait rien d'illégal suite à ta provocation, je ferai à ma manière.

– Pas de problème. Et aussi…

– Oui ?

– Si j'ai raison, notre deal tient toujours.

– Enfoiré !

– Je sais. Un autre café ?

# 36

## Clive

Mary reste en observation pour quarante-huit heures. Du coup, me voilà chez Harry, désœuvré et désabusé. Exactement comme je l'imaginais, les deux piscines concentrent toute l'attention des foules. Je ne sais pas combien de verres j'ai vu se renverser dedans, ce doit être immonde.

Les étudiants se bousculent partout et on pourrait presque parier sur un mort noyé en fin de soirée, avec tout l'alcool ingurgité. La musique est trop forte aussi, j'ai une putain de migraine qui se profile. Je joue au caps avec Calvin depuis quinze minutes et j'en ai déjà marre. Ma décision est prise, je m'enquille une deuxième bière pour tuer l'ennui, et après je rentre. Assis sur le bord d'un transat sur la terrasse, il fait plutôt froid et j'ai une vue directe sur la piscine extérieure. Je n'aime pas ce que je vois.

Hailey est dans l'eau, elle y était même avant que j'arrive et ce con de Trent la colle tout le temps. C'est à cause de lui que je reste planté là. On dirait qu'Hailey a encore changé d'avis. Elle aurait pu choisir quelqu'un d'autre, car ce type, je ne peux pas l'encadrer. Et elle… comment dire ? Elle porte un maillot une-pièce et je ne sais pas comment elle fait, mais plus sexy tu meurs. Elle a toujours son espèce de pendentif coincé entre les seins, on a juste envie de croquer dedans. Avec ses longs cheveux qui lui descendent jusqu'en bas du dos, on dirait une sirène. Les voir s'amuser à se couler, à se toucher, c'est… bref. Trent la cherche, ça crève les yeux, et elle a l'air de se laisser faire. Elle me refait le même coup qu'avec Alex. Je ne comprends pas.

Je prends mon téléphone et zone dessus. Pour l'instant, aucune alerte sur HackMeLove. Ils n'ont peut-être toujours rien trouvé. Ils préfèrent barboter comme des connards dans une piscine d'étudiants, c'est très pro. En même temps, après avoir envoyé le message à Ulysse, j'ai effectué mes petites recherches et découvert un élément intéressant : Hailey et Trent ne sont que stagiaires. L'artillerie lourde de la cyber n'en a donc vraisemblablement pas après moi. Ce qui signifie qu'ils ignorent encore tout de ma petite technologie de hacking à distance. Bref, je respire un peu mieux, le danger n'est pas imminent. Je suis agacé par le comportement d'Hailey, qu'est-ce qu'elle lui trouve ? Et pourquoi se pavaner avec lui juste sous mes yeux ? J'essaie de capter son regard mais elle m'ignore royalement. Je suis le dernier des cons à rester assis pour assister au spectacle de mon humiliation. Je n'aurais jamais dû venir. Je m'apprête à me lever quand Hailey sort et se dandine hors de l'eau. Plusieurs mecs la matent sans se gêner, c'est l'enfer. *Qu'est-ce qu'elle vient faire vers moi, maintenant ?*

– Oh, Clive, tu te baignes pas ?

Elle dégouline de partout et l'autre con nous surveille déjà.

– Non. J'ai pas envie. Fait trop froid.

Je devrais probablement sauter sur l'occasion pour essayer de la récupérer, mais j'en suis incapable. Je refuse de la manipuler. Je ne peux plus utiliser mon appli pour avoir l'air mieux que je suis, autant dire que je ne fais pas le poids face à son collègue. Lui aussi se fait mater par toutes les nanas présentes et certains mecs également.

Elle me sourit avec son petit air moqueur habituel. J'avale une gorgée de ma bière devenue tiède.

– Elle est chauffée, la piscine, Clive…

– Ben tant mieux pour vous, je passe mon tour.

– Allez, viens t'amuser.

*Pourquoi tu insistes tant, Hailey ? Je n'ai pas l'impression de te manquer à ce point.* J'essaie de déchiffrer son expression, mais elle reste impénétrable. J'ai les nerfs alors je lui lâche ce que j'ai sur le cœur, tant pis si je passe pour un pauvre type jaloux.

– Tu n'as pas besoin de moi pour ça. Et tu n'as pas non plus besoin de te jouer de moi. C'est pas toi, ça.

Hailey n'a pas le temps de répondre que Trent se ramène avec ses grands airs. Il va s'en mêler, je le vois d'ici. Il affiche un visage hautain et énervé, avec ses tatouages luisants et ses muscles de *bodybuilder*.

– Oh, arrête de mater ma meuf, connard ! T'as compris ?

Il me cherche, ce naze. Tellement peu subtil en plus. Je hausse les épaules, je dois rester stoïque et feindre de n'en avoir rien à faire de son petit jeu. Hailey reste debout devant moi, elle ne réagit pas, j'aimerais savoir à quoi elle pense et pourquoi ses yeux naviguent de Trent à moi avec circonspection. Me laisser insulter par un flic doit faire partie du prix à payer pour HackMeLove, j'imagine.

Trent attire Hailey à lui et l'embrasse. À deux pas de moi. Une putain de claque dans la gueule m'aurait moins bien réveillé. J'ai les yeux rivés sur elle, elle attend un peu trop longtemps avant de s'écarter à mon goût alors je me lève, mû par un réflexe stupide. Il le fait exprès, c'est évident. Mais pourquoi Hailey ne l'envoie pas bouler ? C'est quoi ce nouveau délire ?

Tout mon corps est tendu, j'ai envie de crier mais je m'intime de rester calme. Je souffle. *Laisse tomber.*

Maintenant, je suis face à Trent, Hailey légèrement en retrait, et je me sens de nouveau complètement con. Les poings serrés, je tire certainement une sale gueule vu le ricanement victorieux dont m'honore Trent. Il prend mon mouvement pour une provocation, celle qu'il attendait visiblement.

– Putain de salaud, c'est quoi ton problème avec elle ? Tu peux pas l'avoir, alors regarde ailleurs et va plutôt traîner ta carcasse de zombie dans ton sous-sol de geek, OK ?

Mon regard toujours accroché à Hailey, je guette un sursaut, n'importe quoi qui montre son désaccord. Elle lève la main, essaie de s'interposer, mais Trent la repousse d'un bras derrière lui. *Enfin, elle a essayé, si ?*

Je prends une grande inspiration. J'aimerais riposter mais je ne peux pas non plus me battre contre lui, je suis sûr de perdre.

– Fous-moi la paix, Trent. Ça marche pas, tu vois bien ? Et t'essaies de te convaincre de quoi ? Que tu l'auras ? C'est pas un prix à gagner, tu sais. Elle veut pas de toi, tu le verrais si tu passais moins de temps à te mater toi-même.

– Petit con ! Je l'ai déjà, je veux juste être sûr que tu comprends bien la situation.

*Putain.* Je le fusille du regard avant de repasser à Hailey. Je déteste ce genre de confrontation débile. J'ai un couteau planté dans le dos mais j'étais prévenu. Je ne sais pas ce que j'attendais au fond. Je l'ai repoussée, elle est libre d'aller avec qui elle veut. Quitte à me faire du mal. Je ne dois pas perdre de vue l'essentiel et me friter avec deux flics n'en fait pas partie. Je me détourne pour récupérer mon téléphone sur le transat. Il est temps de partir sinon ils vont réussir à me faire vriller. Mais Trent ne l'entend pas de cette manière.

Il me tire en arrière avec juste suffisamment de force pour que mon téléphone m'échappe des mains et tombe dans l'eau, entraîné dans l'élan. Il commence à m'agacer sérieusement.

– Putain ! je crie. Va me le chercher, merde !

– Quoi ? T'as peur de perdre ta précieuse appli d'obsédé ?

– Je ne sais pas de quoi tu parles.

– Ben voyons, prends-moi pour un con. Va le chercher toi-même !

Il me bouscule violemment en entraînant Hailey à sa suite et me projette dans la piscine.

Je tombe dans l'eau comme une merde, mais plonge immédiatement récupérer mon téléphone. Je le retrouve et remonte à la surface. J'écarquille les yeux. L'eau a bougé mes lentilles qui me brouillent la vue. Lorsque je sors du bassin, ils sont de nouveau en train de s'embrasser. Merde, Hailey, pourquoi ? *Pourquoi tu m'as encore menti ? Pourquoi tu as encore fait semblant de tenir à moi ?* Je nage en plein désarroi. J'ai vraiment envie de crever cette fois. Quelques rires fusent autour de moi, je fais pitié et ils s'en amusent tous. Je veux juste me tirer d'ici le plus vite possible. Mes fringues me collent à la peau, j'ai froid et j'ai envie de péter la gueule de l'autre con. Rien de bon ne pourra en sortir, alors je vais gentiment m'éclipser. Je m'essuie le visage avec une serviette qui traîne et j'en profite pour contrôler l'état de mon téléphone. Intact mais éteint. Tant mieux. Je le ferai mieux sécher chez moi. Je récupère ma veste, seule rescapée, et je m'apprête à me barrer quand Hailey me rattrape.

– Clive, euh, ça va ?

– À ton avis ?

– Tu trembles. Écoute, je…

Elle a son air désolé que je ne supporte plus. Elle a bien voulu ce merdier, alors qu'elle aille se faire foutre. Elle se venge enfin, elle devait attendre son heure.

– La faute à joli cœur, là-bas, je la coupe sèchement. Tu sais, le mec que t'embrasses devant moi. Qu'est-ce que tu fous ? C'est quoi l'idée ? Me faire mal ? C'est réussi, bravo ! Et au fait, t'as raison, l'eau est chauffée. Amusez-vous bien, je me tire.

Ma rancœur explose en même temps que mon humiliation. Elle voulait une réaction, elle va l'avoir. Je lui en veux. Elle jouait avec moi, pour la deuxième fois. Elle m'attire à elle pour mieux me cerner avant de m'envoyer en prison. Je me disais bien qu'elle ne pouvait pas insister pour être avec moi juste pour mes beaux yeux. On ne fait jamais rien pour rien dans ce monde de merde. Je ne vais pas en rester là avec le flic de mes deux. Je voulais seulement me défendre, pas attaquer. Mais là, j'en ai marre.

***

Je suis encore trempé, pourtant je m'agite frénétiquement sur mon clavier. Je n'ai pas pris le temps de me changer et je grelotte de froid. Ça me maintient dans l'état de nerfs dont j'ai besoin. J'ai la haine. Ils me cherchent, ils vont me trouver. Et la jolie blonde va regretter sa petite mascarade. J'appuie sur « Enter ». *Voilà, c'est lancé.*

# 37

## Hailey

6 h 33. Un bip me réveille. Je m'extirpe de sous ma couette et tends le bras vers mon téléphone. C'est Trent.

Hailey, ramène-toi en vitesse au commissariat. Ça y est, il a attaqué. Je te l'avais bien dit. On est sur sa piste. Magne-toi.

Je me lève d'un bond, subitement alerte. *Clive, qu'est-ce que tu as fait ?*

Je me brosse les dents et me passe de l'eau fraîche sur le visage. Je n'ai pas réussi à fermer l'œil avant plusieurs heures, le cœur brassé par les événements de la veille.

Je déteste le rôle que Trent m'a fait jouer. Je me dégoûte. Mais j'avais promis et Trent avait de bons arguments. Je m'égare complètement pour quelqu'un qui a l'air de ne pas vouloir s'impliquer et me laisser l'aider. Alors j'ai réfléchi et j'ai accepté. Je n'avais pas tellement le choix de toute façon. Pas avec ce que Trent m'a dit à propos des ordres du capitaine Blake. Secrètement, j'espérais que Clive ne tomberait pas dans le piège. Il semblait résister, mais, je ne sais pas, il a quand même fini par partir furibond. Je ne pensais pas qu'il douterait aussi facilement. Je croyais qu'il se raccrocherait aux moments que nous avons partagés.

Pour Trent en revanche, c'était tout le contraire. Il était persuadé que la jalousie pousserait Clive à la faute. J'en suis moins sûre. *La jalousie…*

Quand j'arrive, le commissariat est en ébullition. La panique est tangible, tout le monde s'affole. Je prends l'ascenseur pour gagner l'étage de cyberdéfense. Le capitaine Blake est là, furax, sa brosse poivre et sel ondule avec ses froncements de sourcils.

– Jones, O'Connor ! Cette fois, je reprends la supervision directement et je veux tous les détails ! Briefing d'équipe dans cinq minutes ! hurle-t-il.

Trent, un grand sourire aux lèvres, sirote un café. Il saute sur ses pieds et accourt vers moi dès qu'il me voit arriver.

– Viens, Hailey ! Je vais t'expliquer.

J'ai l'estomac noué. J'ai peur des révélations qu'il va me faire et sa mine réjouie ne me dit rien qui vaille.

– Il s'est servi de mon compte pour balancer une fausse attaque au virus I_Love_U, tu sais, celui qui a enflammé la planète, début 2000. Avec la lettre d'amour en pièce jointe qui déclenchait l'apocalypse…

– Oui, je le connais, c'est bon. Et donc ?

– Énorme ! Il a piraté le compte du capitaine depuis mon PC, et a envoyé un e-mail à tout le commissariat. Tu verras, tu l'as sûrement reçu. Dans cet e-mail, le capitaine nous met en garde contre une cyberattaque au virus I_Love_U et fournit en pièce jointe à tous les agents un protocole de suppression du virus.

– OK. Je ne vois pas du coup en quoi c'est une attaque.

Je suis soulagée. Mais Trent s'empresse de briser mes illusions.

– T'as pas compris ! Au lieu de mettre une lettre d'amour vérolée en pièce jointe comme autrefois, ce connard a mis le virus dans le protocole même de lutte antivirus ! Tout le monde s'est fait avoir, puisque l'e-mail provenait du chef de la cyberdéfense. Les PC sont tous infestés et il a même dû récupérer tous les mots de passe de la crim', ce con, et télécharger le contenu des dossiers.

– Oh, mon Dieu ! Mais c'est…

– Gravissime, oui ! Tu vois, quand je te disais que ce mec n'avait aucun scrupule. Imagine, il vend ses données à des gangs ou je sais pas qui d'autre…

– Mais comment il a fait ? Ton compte est sécurisé, pourtant ?

– Ouais, mais il a déjoué ma sécu en créant une boucle de contournement. La sécu se concentre sur une intrusion factice, montre son code et il s'infiltre directement par le système même de sécurité. C'est très fort. Mais ça ne m'étonne pas.

– Alors tous les PC sont HS ?

– Tous ceux qui ont ouvert la pièce jointe. Ici, la brigade est toujours opérationnelle, à part mon PC évidemment, Clive a dû vouloir se venger.

– Mais comment il a pu avoir ton compte ? Ah, mais si, via HackMeLove ! Tes infos de paiement, à coup sûr !

– Je suppose, oui. Et tu sais ce que ça veut dire ?

– Non.

– La piste va relier HackMeLove à moi, moi à Clive. L'e-mail envoyé depuis son PC peut l'emmener en taule ! On va l'avoir, Hailey. Ils sont en train de le tracer.

Le briefing du capitaine confirme ce que Trent m'a déjà raconté. Blake est satisfait de voir que la stratégie mise en place avec Trent et moi fonctionne, mais beaucoup moins de l'attaque qui a effectivement eu lieu. Les dossiers sont tous sensibles, il n'y a pas tellement de petites affaires, et le risque est en plus que Clive fasse la publicité de son vol et que la police soit une nouvelle fois la risée de tout l'État.

Moi, je n'en mène pas large. Je retourne à mon bureau la tête basse, j'ai terriblement honte de ce que j'ai fait. Honte d'avoir berné Clive et honte d'avoir honte. J'allume mon PC et ouvre ma boîte e-mail. Comme prévu, j'ai un e-mail du capitaine. Pourtant, certains détails attirent mon attention : l'heure d'envoi est différente, cinq heures trente au lieu de vingt-trois heures quarante-quatre. Et je ne vois pas de protocole de suppression du virus, mais l'apparence de l'e-mail original du virus I_Love_U dont il s'inspire. Ma pièce jointe s'intitule en effet « Love Letter ». J'hésite. Ces différences sont significatives. Il ne s'agit pas du même message ni du même contenu. Mon instinct me dit d'ouvrir la pièce jointe.

Je clique.

Un texte s'affiche. Pas de signature.

Hailey,

Je ne sais pas pourquoi tu as fait tout ça ce soir. Pourquoi tu m'embrasses, pourquoi tu prétends vouloir de moi. Je pensais que tu étais sincère, que nous étions sincères l'un envers l'autre. Je le croyais vraiment. J'ai conscience que je t'ai dit que rien n'était possible entre nous. J'ai dit ça parce que je suis dans une situation compliquée. J'ai des problèmes graves. Très graves. Je n'arrive pas à te le dire quand je te vois. Tu me rends faible. Tu me fais douter avec ton énergie, ta vitalité, ta ténacité. Ce n'est pas que je ne veux pas t'aimer, c'est que je ne peux pas. Je pensais que tu méritais quelque chose de beau qui dure pour toujours, tout ce que je suis incapable de te donner.

Je n'imaginais pas que tu voulais me rabaisser. Me punir. Je sais que tu penses que ce que je fais n'est pas juste. Moi, je pense que rien n'est juste. Ce n'est pas juste non plus de faire semblant de t'intéresser à moi. Je suis en colère maintenant, Hailey. Mais je suis surtout déçu. Car je n'arrive pas à le croire vraiment, à le comprendre, à l'accepter.

J'ai fait une connerie, Hailey, à cause de ma colère. J'ai fait une erreur. J'ai très peur maintenant. Je tremble pendant que je t'écris. Je réalise. J'ai détruit tout ce que j'ai récupéré. C'était un coup de folie, juste un coup de folie. Je n'ai personne à qui me raccrocher à part toi, c'est ironique. Je ne veux de mal à personne. Je veux juste que tu le saches.

J'ai dû relire le message plusieurs fois, car les larmes m'ont empêchée de tout saisir. Je n'aime pas sa façon d'utiliser le passé. Je n'aime pas sentir la blessure derrière les mots. Ces mots que j'espérais, avant que Trent me convainque de tout arrêter. Ces mots qui dévoilent sans trop en dire.

Cette lettre, c'est presque un aveu. Mais je n'ai pas envie de l'utiliser. Je ne peux pas.

Je la relis encore une fois.

Que les mots s'impriment en moi.

Je supprime le message.

# 38

## Hailey

Je passe chez Clive tous les soirs depuis cinq jours. Cinq jours que personne ne répond. Je repasserai ce soir. J'espère qu'il ne s'est pas enfui. Je suis pleine de questions et de doutes.

Trent m'a demandé de lui transférer les morceaux de code « signature » que j'avais copiés quand j'essayais d'ouvrir le dossier personnel de Clive. Pour faire des recoupements, pour tenter d'étendre les chefs d'inculpation en découvrant d'autres traces de son passage sur des affaires louches. Je n'ai pas eu le choix et c'est la mort dans l'âme que je lui ai donné ces fragments.

Pour l'instant, ils sont remontés jusqu'au quartier où habite Clive. Il a dû utiliser un brouilleur suffisamment puissant pour qu'on ne puisse pas le repérer précisément. Je n'ai pas eu le courage d'en apprendre plus.

Je suis encore à la brigade, le capitaine m'a convoquée. Je dois me rendre dans son bureau dans dix minutes et je ne sais plus où me mettre. J'ai fait semblant de me réjouir avec Trent, j'ai essayé de me mettre au diapason de l'équipe, de fêter chaque avancée. Mais la vérité, c'est que les mots de Clive repassent en boucle dans ma tête : « J'ai des problèmes graves », « Ce n'est pas que je ne veux pas t'aimer. » Je n'arrive pas à penser à autre chose. Je l'ai trahi, et même si c'était presque écrit d'avance, mon cœur ne l'accepte pas. Il bat trop fort, trop vite, à tel point que je me demande comment je tiens encore ce simulacre d'enquête, comment je peux encore tromper mes collègues, alors que je ne dors plus et que je mange à peine.

Il est l'heure. Je frappe sur la porte ouverte de Blake qui m'enjoint d'un signe d'entrer. Il est assis à son bureau jonché de dossiers, plusieurs gobelets de café vides empilés dans un coin. Il me regarde avancer et m'asseoir. Scrutée par ses yeux perçants, je fais bonne figure, simule une aisance que je ne ressens pas. Il entame la discussion de but en blanc.

– Hailey. Je crois savoir que vous avez à tout le moins une relation plutôt… amicale avec notre suspect.

Je me sens rougir, mais j'essaie de faire le vide pour ne pas laisser mes sentiments prendre le dessus. Heureusement, il n'attend pas de confirmation de ma part et enchaîne d'un ton abrupt.

– Utilisez cette relation. Vous allez tenter d'aller chez lui, et une fois sur place, votre mission est d'inspecter son PC. Débrouillez-vous comme vous voulez, mais trouvez une preuve. Prenez soin de ne rien négliger. Si vous manquez de temps, allez à l'essentiel. Restez sur HackMeLove si vous ne trouvez pas de preuve de son attaque sur le commissariat, cela suffira. Nous vous communiquerons les avancées au fur et à mesure sur votre téléphone, donc gardez-le toujours allumé. Et, Hailey ?

– Oui ? je bredouille malgré moi, ma voix devenue timide.

– Vous avez fait le bon choix. Je saurai m'en souvenir.

– Merci, monsieur.

L'entretien était bref. Il me laisse ma chance. Seulement, est-ce que j'ai encore envie de la saisir ? Mon esprit est saturé de toutes ces injonctions contradictoires. La seule chose que je sais, c'est que je dois avoir une vraie discussion avec Clive. Je ne veux pas rester sur sa lettre, sur ses mots désolés, sur ce malentendu que j'ai moi-même provoqué. Quant à dire ce que je souhaite avec lui, j'en suis incapable. Il a montré ses failles mais aussi ses effrayantes capacités à nuire. J'ai envie de le croire quand il me dit avoir détruit les documents téléchargés, mais tout s'embrouille dans ma tête. Je ne sais plus à qui me fier.

Il est dix-neuf heures. Je suis devant chez lui. J'ai sonné, j'attends. La porte s'ouvre et Clive apparaît. Je suis choquée.

Ses traits sont tirés, des cernes noirâtres creusent son visage, et surtout je lis la peur dans ses yeux étincelants. C'est la première fois que je revois ses yeux verts. Cette vision me téléporte d'un seul coup à cette soirée d'Halloween et à toutes les émotions de ce soir-là qui rejaillissent et m'assaillent. Mais aujourd'hui, il n'y a plus de désir dans ses yeux, et presque plus de feu. Seulement le tourment. Il jette des coups d'œil craintifs à droite, à gauche, et me glisse dans un murmure inquiet :

– Et les autres ?

J'essaie de suivre son regard mais je ne comprends pas.

– De quoi tu parles ?

– S'il te plaît, la seule chose que je te demande, c'est de ne pas le faire devant maman et Mary.

Il me supplie. Il croit que je viens pour l'arrêter. Mon cœur se brise.

Je pose la main sur son cœur dont les battements erratiques me remuent les tripes.

– Clive, je chuchote pour le rassurer, il n'y a que moi. Rien que moi. Je viens juste pour parler.

Mes yeux se posent sur son grand corps et il me paraît soudain chétif, fragile. Je ne peux m'empêcher de penser à Trent qui le surnomme toujours le zombie. Ce soir, il semble véritablement éteint, à peine vivant.

Mon examen est interrompu par sa mère qui vient se poster à son tour dans l'encadrement de la porte.

– Hailey ! Bienvenue ! s'exclame-t-elle avec une chaleur non feinte. Entre, je t'en prie, tu tombes bien, on allait justement passer à table. Tu n'as pas dîné, rassure-moi ?

Je lève les yeux vers Clive et je vois la gêne le gagner. Il n'a rien révélé à sa mère, j'en suis toute retournée. Nous sommes tous les deux mal à l'aise dans cette situation.

– Non, je réponds simplement.

Sans attendre davantage, la mère de Clive m'entraîne à l'intérieur et me mène jusqu'à la cuisine où elle se dépêche de rajouter un couvert. Je découvre Mary, déjà assise à table. Une petite brunette de 11 ans qui me sourit gentiment en me disant bonjour. Elle est aussi pâle que son frère mais elle tient de sa mère. La ressemblance est frappante quand on les voit ainsi toutes les deux côte à côte. Elle paraît fatiguée et est très maigre.

Clive nous rejoint quelques minutes après, sûrement le temps pour lui de réaliser ce qui est en train de se passer. Je les contemple un instant, un par un et tous ensemble. Je suis troublée par le tableau qu'ils offrent. Cette famille semble malheureuse. Ils ont tous cet air un peu triste de ceux que la souffrance accable. Je ne connais que trop cet air qui s'attarde si souvent sur les visages de mes parents, au détour d'un rire, d'une phrase, d'un geste. Cet air qui s'invite quand on ne s'y attend pas, comme un rappel toujours vif d'une réalité qu'on aimerait oublier mais qui demeure, inexorable. Je sens une pesanteur terrible me cerner et je ne suis plus sûre d'avoir envie d'être là.

***

Au début, personne ne dit rien. Clive est muet, les yeux dans le vague et le dos courbé, Mary joue avec ses couverts un peu timidement pendant que leur mère termine de cuire le dîner.

Quand c'est prêt, cette dernière se tourne vers moi avec un grand sourire sincère :

– Hailey, ça fait plaisir de te voir ! On va pouvoir faire plus ample connaissance. Et appelle-moi Helen. Alors dis-moi, tu habites ici depuis longtemps ?

Elle enchaîne les questions et j'enchaîne les mensonges entre deux bouchées. Sur mes études, mes projets d'avenir. Je n'ose pas regarder Clive, j'ai tellement honte. Puis arrive la question que je redoute toujours.

– Tu as des frères et sœurs ?

– Non, je suis seule. Enfin… J'avais un petit frère.

Mary et sa mère se tendent soudain. Elles me jettent un regard inquiet que je comprends. J'explique :

– Il est mort quand il avait 6 ans. D'une tumeur au cerveau.

Silence. La mère de Clive fixe son fils avec intensité. Elle a l'air de lui signifier quelque chose mais je ne sais pas quoi. Clive ne réagit pas.

– Ma pauvre, me dit-elle. C'est une perte tragique. J'en suis vraiment profondément peinée, ma pauvre chérie. C'est une terrible épreuve.

Je souris un peu, je ne veux pas d'apitoiement. Mary intervient.

– Et tu vas bien maintenant ? fait-elle d'une voix douce où pointe l'angoisse.

Cette simple petite question me fend le cœur en deux. Elle réveille une douleur enfouie depuis si longtemps. Une douleur que je ne peux pas exprimer, jamais. Sauf une fois, dans la voiture avec Clive. Une boule comprime mes cordes vocales et casse ma voix. Mary est suspendue à mes lèvres. Mais je ne peux pas lui mentir.

– Non, Mary. Pas vraiment.

À peine ai-je prononcé ces mots qu'un brutal raclement de chaise sur le sol déchire l'ambiance lourde de la cuisine, comme une déflagration. Clive se lève et quitte la cuisine sans un mot. Peu après, une porte claque à l'étage. Mary me regarde à présent avec de grands yeux tristes où perlent des larmes. Elle se lève, elle aussi.

– Désolée, Hailey, je suis contente de t'avoir rencontrée. Je dois aller voir mon frère. Désolée.

Je reste seule face à sa mère. Son expression est devenue plus distante, presque réticente. *Mais qu'est-ce qu'il se passe, ici ?*

– Excuse-les, Hailey, me dit-elle après un long silence. Ces derniers jours ont été… compliqués.

Elle pousse un profond soupir et ses épaules s'affaissent. Je réalise que j'ai toujours dans la main ma fourchette de haricots verts que je tiens en l'air depuis un bon moment. Je la repose.

– Madame, euh, Helen, je crois que je vais partir…

– Non, non ! Surtout pas ! Ils vont redescendre, ne t'en fais pas. Alors dis-moi, tu connais Clive depuis longtemps ou c'est tout récent ?

– C'est récent. Depuis cette année.

– Ah, d'accord. Très bien.

– Est-ce que je peux vous poser une question sur Clive ?

– Oui, bien sûr. Qu'est-ce qui te tracasse ?

Un ricanement m'échappe. *Si elle savait*… Pourtant ce qui me brûle ce soir, étrangement, n'a rien à voir avec l'enquête et les dernières heures.

– Pourquoi est-ce qu'il met des lentilles bleues la plupart du temps ?

– Ah, ça ! Oui, j'ai essayé de l'en dissuader car c'est ridicule, mais enfin à votre âge… Il prétend que c'est pour tester quelque chose, mais moi je sais ce qu'il en est vraiment.

– Ah bon ?

– Oui. Et la raison est simple. Clive et son père se ressemblent comme deux gouttes d'eau. Je suppose qu'ainsi il tente de se détacher de cette ressemblance qui lui colle à la peau.

*Son père*. Oui, c'est vrai, je n'y pensais plus.

– Et, sans vouloir être indiscrète, qu'est-ce qu'il s'est passé entre lui et Clive ?

– Il nous a abandonnés.

Sa réponse claque et jette un froid glacial. Toute sa souffrance a instantanément rigidifié l'atmosphère. Je regrette ma question. Mais finalement, elle se radoucit. Elle se plonge dans ses souvenirs et les mots s'échappent de ses lèvres presque malgré elle, comme une litanie maintes fois répétée.

– Il nous avait promis qu'il reviendrait. Au début, il envoyait des cartes postales pour donner des nouvelles. Une par semaine. Clive guettait tous les jours l'arrivée du facteur. Dès qu'il l'apercevait, il se ruait dehors, attendait patiemment que les lettres soient déposées au fond de la boîte aux lettres, et sautait dessus dès le facteur parti. Il les collait au-dessus de son lit. Puis les cartes postales se sont espacées. Jusqu'à ce qu'il n'y en ait plus aucune. Clive comptait les jours à chaque fois. Au bout d'un an sans nouvelles, il a cessé de compter et il a changé. Il s'est fermé. Cela fait huit ans maintenant.

Depuis ce jour-là, Clive ne prend plus jamais le courrier dans la boîte aux lettres, c'est moi qui le fais. Pourtant, c'est lui qui ouvre toutes les enveloppes, il gère les factures et s'occupe de la maison. Il me dit aimer les chiffres. Mais je travaille beaucoup et je crois qu'il tenait un peu à remplacer celui qui nous a laissés tomber. Nous nous entraidons ainsi. Nous protégeons Mary, surtout. Elle a peu connu son père. Nous essayons de ne pas dire du mal de lui. Au cas où, tu sais… au cas où il reviendrait.

Sa voix se brise. Touchée par ce récit, je suis malgré moi plongée dans la perplexité. Elle me dit tout ou presque, mais elle tait l'essentiel : pourquoi est-il parti la première fois ?

Je ne sais pas quoi faire, alors je me lève et la prends dans mes bras. Elle me serre avec force. Moi aussi. Elle me donne vraiment l'impression de partager quelque chose. Une souffrance. Un abandon. Un garçon aux yeux verts. Elle se détache un peu, me considère longtemps, avec douceur et douleur.

– Hailey, ma chérie, je ne sais pas comment te dire ça sans te blesser…

Je prends peur. *Pourquoi je sens que je vais être rejetée, ici aussi ?*

– Je comprends que tu as beaucoup souffert et que tu souffres encore. Je ne crois pas que cette famille, que Clive, enfin… que tu puisses être heureuse et te reconstruire avec nous.

Comme je reste silencieuse, atterrée, elle ajoute précipitamment :

– Non pas que tu ne sois pas une fille assez bien pour mon fils. Surtout ne crois pas ça ! Je pensais même que ce serait la dernière chose que je dirais si Clive ramenait une fille à la maison. J'étais si heureuse de voir qu'il s'ouvrait enfin et s'offrait la possibilité d'être heureux. Cependant, tu as eu ton lot d'épreuves, tu es jeune et jolie, enfin, tu as besoin de souffler, de respirer, d'être heureuse toi aussi.

Ma voix chevrote quand je reprends la parole.

– Clive m'a dit quelque chose comme ça.

– Ah ? Alors c'est bien. Je ne pensais pas qu'il t'avait parlé.

Ma douleur se mélange à de la colère. J'ai l'impression d'être tenue à l'écart, que l'important m'échappe encore.

– Non, en vrai, il ne me parle pas. Mais comme vous, il ne cesse de me rejeter.

Je vois l'expression navrée de Helen. Elle accepte mon reproche, elle est juste désolée. Comme Clive. J'en ai marre qu'ils soient tous désolés. Je veux comprendre. Je veux aider. Je veux une place.

Je décide de me lever et monte à l'étage.

***

J'arrive sur le palier.

Deux portes me font face. L'une est entrouverte, lumière éteinte. L'autre est fermée, et je perçois un trait de lumière filtrer par-dessous ainsi que de légers bruits qui m'interpellent. Je m'approche doucement et pose mon oreille contre la porte.

J'entends sangloter.

J'aimerais dire que c'est Mary, mais la vérité, c'est que je suis sûre qu'il s'agit de Clive. Les accents graves ne trompent pas. Je ne sais plus si j'ai raison d'être ici, à les espionner, ni si je dois réclamer des explications dans un moment de détresse. Mon cœur se serre encore davantage.

J'expire lentement.

*J'aimerais être celle à qui il se confie.* Mais si je rentre maintenant dans sa chambre, j'aurais l'impression de violer son intimité, et je ne suis pas sûre que ce soit la meilleure façon de fonctionner. Il serait juste encore plus mal et pris au piège. Je n'aimerais pas qu'on me fasse ça.

Je fais demi-tour et redescends l'escalier.

Helen est en bas, elle me regarde, les yeux toujours tristes. Moi aussi, à présent, j'ai les larmes aux yeux. Trop-plein d'émotions et d'échecs.

– Ils… ils sont occupés, j'explique. Je repasserai un autre jour.

Quand j'arrive dans ma voiture, je craque et laisse déborder mes sentiments. Petit à petit, une angoisse monte en moi, me ronge et me dévore. J'enfouis la tête dans mes mains, me griffe presque avec mes doigts et finis par céder. Ça ne va pas. J'ai peur. Peur de finir détruite, définitivement.

La digue est rompue, les larmes se déversent sans discontinuer. Je perds la notion du temps, la voix fragile de Billie Eilish exhale dans l'habitacle ses «*I love you, and I don't want to*»[1]. Des paroles qui me rappellent la lettre de Clive, ses mots déchirés imprégnant malgré moi tout mon cœur et toute mon âme. Quand la crise se calme un peu, j'allume le moteur et rentre chez moi. Je monte directement dans ma chambre. Je me sens dépassée. Cette brève visite m'a fait réaliser tout ce que j'éprouve encore pour Clive. Il y a un malheur dans sa vie, c'est évident, et qui touche toute sa famille. Ce n'est pas seulement son père, même si la douleur est bien présente. Il y a autre chose. Une réalité suffisamment pressante et grave pour qu'ils s'effacent tous devant elle.

***

Le lendemain, je vais en cours après une nouvelle nuit agitée. Je ne sais pas trop pourquoi. Un besoin de côtoyer du monde, de me sentir normale, de ne pas sombrer. J'espère voir Clive, mais j'ai des doutes. La soirée s'est mal terminée pour lui, il semble mal en point. Tous ces derniers événements nous ont secoués, lui et moi, et les cours n'ont jamais été sa priorité.

Quand j'entre en classe de philosophie, je constate que j'avais raison. Clive est absent. Je pense à son année de retard: est-ce que c'est cette année-là qu'il désespérait d'avoir une carte de son père? Je suis profondément triste de tout ce que j'ai appris. Je passe mon cours à dessiner des points d'interrogation sur ma feuille, l'esprit ailleurs, jusqu'à ce que le professeur vienne à mes côtés.

1. «Je t'aime et je ne le veux pas.»

– Mademoiselle Jones, votre binôme est encore absent ?

Je lève les yeux vers lui, il a l'air sincèrement préoccupé. Je crois qu'il devine certaines choses à l'attention singulière qu'il porte à mon visage. Je suis sûrement horrible à voir.

– Il semblerait, monsieur.

– Venez me voir à la fin du cours, s'il vous plaît.

Lorsque les élèves sont tous sortis, je me lève et me place devant son bureau, dans l'attente. Encore une fois, il me regarde longtemps, avec acuité. Puis il me tend des feuilles avec une liste de questions. Je hausse un sourcil étonné.

– C'est un thème pour le projet demandé, m'explique-t-il. Il y a aussi quelques questions pour vous aider à dégager des idées.

Je lis le titre et je ne comprends pas : « Le temps et l'éternité ». Pourquoi veut-il que nous travaillions là-dessus ? Ça n'a aucun sens pour moi, sauf que ça me fait penser à Leo et que je n'ai pas envie. Il doit entendre d'ici mes doutes, car il reprend :

– Vous n'avez proposé aucun thème. Vous n'avez pas commencé. Je n'abandonne pas mes étudiants en difficulté, je les pousse à se dépasser. Ce thème est exigeant, mais il vous permettra d'aller à l'essentiel, tous les deux, car vous avez perdu beaucoup de temps. Vous avez deux exemplaires, veillez à en donner un à M. Howard.

– Très bien. Oui, je vais m'en occuper. Merci, monsieur, pour votre compréhension.

Tout en m'éloignant, j'évolue en mode pilote automatique. Je quitte le campus et une heure plus tard, je suis sur le point de déposer la feuille de philosophie dans la boîte aux lettres de Clive. Elle est déjà à moitié insérée quand je me rappelle les mots de sa mère. Il ne regarde jamais la boîte aux lettres. Je ferais mieux de sonner.

J'hésite cependant. Je n'ai pas envie de le déranger encore. Je ne suis pas prête. Je ne sais pas ce qu'il m'arrive, j'ai l'impression que ce n'est pas le bon moment. Je me sens trop fébrile pour affronter son regard et à travers lui, la déception que j'ai causée, la peine que je lui ai faite. Étrangement fragile également. J'ai perdu ma force pendant la nuit. Je décide de griffonner un petit mot en bas de la page, pour qu'il comprenne. Je colle ensuite la feuille sur la porte avec un bout de scotch et je sonne. Je m'enfuis avant qu'il ait le temps d'ouvrir, c'est mieux ainsi.

Je ne me reconnais pas.

Je suis à bout de souffle dans ma voiture, alors que je n'ai rien fait du tout.

Je me sens lâche. La même lâcheté que quand Leo est mort. Celle à laquelle je m'étais promis de ne plus céder. Je serre mon médaillon entre mes doigts pour me donner du courage. Ce médaillon qui m'accompagne partout depuis ce jour-là, et qui symbolise pour moi tout ce qu'il y a de beau et de bon dans le monde. Il faut que je me reprenne et que j'avance. Il y a d'autres façons de parler avec Clive, et il est temps que j'en mette certaines en application.

***

Me voilà connectée à HackMeLove. J'ai bossé dur et je suis enfin parvenue au résultat escompté. J'ai pris le contrôle manuel de mon *bot*. Je peux naviguer dans le système à ma guise et interagir avec les membres. J'ai accès à presque tout. Et là, je cherche Admin.

Je ne le trouve pas immédiatement. À chaque fois que je cherche à entrer dans certains registres confidentiels, je me heurte à un autre compte utilisateur qui masque le reste. Je sursaute sur ma chaise quand je découvre le pseudo associé : Bowl_of_oranges.

C'est lui. C'est Clive. *Qui d'autre ?*

Un frisson me parcourt et me glace le sang. Mon esprit se met à carburer à toute allure, malgré moi. Mon cœur essaie de le retenir, mais les pensées se forment plus vite et défilent. Si je parviens à montrer que Bowl_of_oranges et Admin appartiennent à une seule et même personne, et si je montre le cadeau que Clive m'a offert avec la musique en fond sonore, j'ai de sérieux éléments pour officialiser l'enquête et amener à une perquisition.

Je repense aux mots du capitaine : « Vous avez fait le bon choix. »

Stop.

Je ferme les yeux. Il faut savoir s'extraire quand tout déraille. Pour discerner.

*Leo, aide-moi, s'il te plaît. Guide-moi.*

J'entends mon cœur qui bat.

*Pour toi, Clive.*

# 39

## Clive

**Hailey Jones :** Clive, tu es-là ?

J'hallucine.

Un message du *bot* d'Hailey. *Comment elle a fait ça ?*

Je vois le *bot* lever la main et saluer. Presque comme si elle était devant moi. C'est troublant. Je tends la main, bêtement, pour toucher sa joue. Comme si ça rimait à quelque chose.

J'étais en train de ressasser devant mon PC. Les derniers jours et tout cet enchaînement de merdes qui constitue la vie. Ulysse m'a confirmé un rendez-vous, la vente est prévue dans cinq jours. Tant mieux, car j'étais à bout de patience et de force. J'ai tellement bossé ces derniers temps, je suis épuisé. En dehors de ça, la seule bonne nouvelle depuis une semaine, c'est le burger que j'ai enfin réussi à avaler ce midi. Un vrai bonheur. J'arrive de nouveau à respirer à peu près normalement. La crève que j'ai attrapée après mon bain forcé de l'autre soir m'a mis à terre. Je repose la feuille que je contemple depuis tout à l'heure, j'y reviendrai plus tard. Et avec elle, je délaisse toutes les questions suscitées par ce devoir de philo qu'Hailey a déposé avant de s'enfuir comme une voleuse.

Je bloque devant ce message.

Hailey veut me parler. Mais pourquoi utilise-t-elle l'appli ?

C'est étrange. Si ça se trouve, ce n'est même pas elle, mais Trent ou un autre flic. Je ne peux pas répondre à une question aussi directe. Toutefois, elle sait que Bowl_of_oranges a reçu le message.

**Hailey Jones :** C'est moi, Hailey. Personne d'autre.

Elle a dû lire dans mes pensées. Malheureusement, je ne vois pas pourquoi je lui ferais confiance. Cette pensée me rend triste.

**Bowl_of_oranges :** Prouve-le.
**Hailey Jones :** « Every time you feel like crying, I'm gonna try and make you laugh ». J'aurais voulu être auprès de toi, hier soir.
**Hailey Jones :** Je te demande pardon. Pardon, pardon, pardon !
**Hailey Jones :** J'étais sincère, mille fois sincère. Je ne veux pas te perdre.
**Hailey Jones :** Dis quelque chose, stp ! Ce silence me tue.

Je suis touché. Terrifié, aussi. C'est forcément Hailey. Et pourtant. *Et si c'était bien elle, mais entourée d'une escouade d'agents prêts à m'acculer ?*

J'opte pour une réponse prudente.

**Bowl_of_oranges :** Tu es talentueuse. C'est incroyable d'avoir pris le contrôle d'une IA comme celle-là.
**Hailey Jones :** On s'en fiche de tout ça. Pardonne-moi, je t'en supplie !

Putain. Elle n'a rien compris. Moi non plus, j'y comprends rien, d'ailleurs. Elle me trahit, puis elle revient, c'est quoi l'étape d'après ?

Et moi, je suis trop con.

**Bowl_of_oranges :** Mais Hailey, je t'ai déjà pardonné. Tu n'as pas lu ma lettre ?
**Hailey Jones :** Si...
**Hailey Jones :** Alors tout va bien ?

Je souris malgré moi derrière mon écran. Je sens mon palpitant qui accélère. Je ne peux rien y faire, à chaque fois, j'ai beau l'écarter, mon cœur n'est pas d'accord. Mais je ne sais pas quoi répondre. Rien n'a changé.

**Hailey Jones :** N'aie pas peur de t'attacher. Je sais que tu n'as plus confiance, ta mère m'a expliqué, mais n'aie pas peur de moi. Je ne suis pas comme ton père. Je suis là. Parle-moi. Parle-moi de ce qui t'empêche de m'aimer, d'être heureux.

Je prends une grande inspiration. Elle a le droit de savoir. Ce n'est pas juste de l'éloigner sans lui donner de raisons. Ça me rendrait fou moi aussi. *Mais jusqu'où est-ce que je peux aller ?*

**Bowl_of_oranges :** Hailey... Tout ne va pas bien.

Merde. J'ai encore envie de pleurer. Je deviens mou. Mes barrières s'effritent. *Pourquoi est-ce que c'est si dur à dire ?*

**Hailey Jones :** Je sais. Mais tu n'as pas à rester seul. Je veux être là.

**Bowl_of_oranges :** Je veux que tu sois heureuse.

**Hailey Jones :** Tu m'as rendue plus heureuse que n'importe qui depuis la mort de Leo.

**Bowl_of_oranges :** Tu as perdu Leo, justement. Et tu as encore mal.

**Hailey Jones :** J'aurai mal toute ma vie. Mais je serai heureuse aussi avec toi. Et ce mal s'apaisera en souvenir. Et puis... j'ai surtout mal parce que j'ai fugué.

**Bowl_of_oranges :** Fugué ?

**Hailey_Jones :** Oui. Je ne l'ai jamais avoué à personne... Il était malade, mes parents étaient tout le temps à l'hôpital avec lui, et moi, égoïstement, j'étais jalouse. J'ai cru qu'ils ne m'aimaient pas. Alors j'ai décidé de partir trouver une meilleure famille.

**Hailey Jones :** Je pleure devant mon écran, merde.

**Hailey Jones :** Il est mort le soir où je me suis enfuie. Mes parents me cherchaient dans les rues du quartier. Je m'en voudrai pour toujours.

**Hailey Jones :** Alors parfois, quand j'ai mal, je me dis que c'est mérité.

Sa confidence m'émeut. Elle explique beaucoup de choses. Elle explique aussi qu'elle est capable de tout sacrifier pour se racheter. À ses propres yeux. Je ne peux que comprendre cette culpabilité qui l'enserre. Et sa douleur. Mais elle ne devrait pas penser ça.

**Bowl_of_oranges :** Tu étais très jeune, Hailey. Délaissée. Tu n'étais pas égoïste, tu avais besoin de te sentir aimée.

**Hailey Jones :** Je me demande souvent si je pleure Leo ou l'amour de mes parents. Je suis toujours aussi égoïste, tu vois. Et toi, tu me laisses sur le côté. Tu ne veux pas de moi dans ta vie. Ça fait mal. Je ne suis bonne qu'à ça. Être invisible. Ou pas assez bien.

**Bowl_of_oranges :** Ce n'est pas ça. Au contraire.

**Hailey Jones :** Alors dis-moi.

**Bowl_of_oranges :** J'essaie, putain !

Je souffle lentement et ferme les yeux quelques secondes. *Jette-toi à l'eau, allez.*

*Bordel, j'y arrive pas.* Les minutes passent.

Mes yeux tombent sur mes mains inactives posées sur le clavier.

**Bowl_of_oranges :** C'est ma sœur.

**Hailey Jones :** Mary ?

**Bowl_of_oranges :** Pas de prénom !

**Bowl_of_oranges :** Elle est malade.

**Hailey Jones :** Qu'est-ce que tu veux dire ? Qu'est-ce qu'elle a ?

**Bowl_of_oranges :** Une leucémie.

**Bowl_of_oranges :** Hailey ?

Et voilà. Elle est partie d'elle-même. C'est mieux ainsi.

Je consulte l'heure. Trente minutes qu'elle ne répond plus. Elle se rend compte que ce qu'on a vécu était juste un doux rêve. Des moments éphémères. Comme toujours. Avant que les trucs moches nous rattrapent et nous cueillent. C'est bien.

*C'était bien.* C'est Hailey. J'ai eu de la chance. Ça n'arrive pas à tout le monde. Elle m'a fait ressentir des trucs que je n'imaginais même pas pouvoir ressentir.

Des trucs qui ouvrent tellement de perspectives. Des trucs qui font oublier toute la laideur de l'existence. Toute son inutilité.

J'ai pu goûter un peu à cette beauté. Je suis chanceux.

Je n'en reviens même pas. Qu'une telle fille ait pu s'intéresser à moi.

Même si au début, évidemment… ce n'était pas vraiment pour moi.

Combien de fois j'ai eu envie de détruire mon PC quand j'ai compris ça !

Pour qu'elle voie autre chose que l'appli ou ce talent pour les maths et l'informatique.

Pour qu'elle me voie, moi.

En vrai, c'était stupide de ma part. Je vais retourner à ma vie d'avant et ça ira bien.

*Ouais, ça ira.*

*C'était bien.*

Je reprends la feuille de philo à côté de moi. Les questions dansent devant mes yeux. Une en particulier. Elle me taraude depuis que je l'ai lue. Elle tourne dans ma tête. Elle me brûle de l'intérieur.

Je ne sais pas quoi répondre.

« Peut-on faire l'expérience de l'éternité ? »

Quand je la lis, je vois Hailey. Son rire, ses yeux gris-bleu qui s'enflamment, son cœur qui bat pour son frère, et pendant un temps, un peu pour moi.

Je ne sais pas quoi répondre.

# 40

## Clive

Je sursaute quand la sonnette retentit.

Je descends en trombe, mon cœur bat la chamade. *Est-ce que c'est le moment ?* Celui où tous mes efforts sont rendus vains, où ma mère réalise que son fils est un putain de voleur, où la honte remplace l'amour dans ses yeux ? Celui où Mary peut tirer un trait sur la vie ? Je n'aurais jamais dû discuter avec Hailey. Trop compromettant. Mais j'en avais envie, au fond. C'est con. L'erreur de débutant. Enfin, une de plus. Avant d'ouvrir, je reste dix secondes devant la porte, tétanisé. *Non, je ne peux pas m'enfuir. Je ne serai jamais comme papa.*

– Hailey ?

Elle est devant moi, avec un grand sourire que je ne comprends pas. *Pourquoi est-elle là ?*

– Tu es seul ?

– Oui…

– Libre ?

– À toi de me le dire, je ricane avec amertume.

Elle me pose un doigt sur la bouche et déclenche un frisson incontrôlable.

– Tais-toi, Clive. Je ne suis pas contre toi.

– Je sais pas.

– Tu peux m'accompagner quelques heures ?

– Pour faire quoi ?

Elle s'agace. Elle a froncé les sourcils et m'attrape le poignet avec détermination. Je résiste un peu, mais surtout, je regarde autour. Toujours personne. Il n'y a qu'elle et moi. *Pourquoi est-elle là ?*

– Viens par là. Je me suis garée juste ici.

Je ferme derrière moi et la suis, elle me tient toujours et sa poigne est ferme. Elle ne veut pas me lâcher.

Elle me fait signe d'entrer dans sa caisse et je m'exécute. Je me demande ce qu'elle a en tête, je reste sur mes gardes. Quand elle est assise au volant, elle se tourne vers moi, me scrute, et ce que je lis dans son regard me trouble. Je remarque une lueur inhabituelle chez elle. Elle a l'air très affectée.

– Tu ne me crois pas, assène-t-elle.

– Qu'est-ce que je ne crois pas ? je bougonne.

– Je ne suis pas ici pour t'arrêter et je n'en ai aucune envie.

– Mais c'est ton devoir.

– Merde, Clive ! Voilà ce que je veux. Je veux qu'on oublie ce qu'on fait pendant un après-midi. Je veux être Hailey et que tu sois Clive. Je veux qu'on oublie tous nos malheurs et toutes nos obligations. Je veux juste être avec toi, d'accord ?

Elle est sincère, ça crève les yeux. Elle me propose un *date*. Un vrai. Mais à quoi bon ? Et pourquoi j'en meurs d'envie comme le con que je suis ?

Je ne réponds rien, me contente de hocher la tête. Elle nous offre une parenthèse. Un instant de plus. Je ne risque rien à accepter.

– Je ne veux plus qu'on pense à Leo ou à Mary, enchaîne-t-elle. On a le droit d'être nous, simplement nous. Un garçon et une fille qui se sont rencontrés et qui se plaisent.

– Je te plais ?

– Idiot !

– Toi, Hailey, tu me plais beaucoup trop, j'avoue malgré moi. J'ai du mal à gérer tout ça, vraiment.

Elle me lance un sourire lumineux. Elle semble heureuse tout à coup. J'ai l'impression de lui avoir offert le soleil alors que je n'ai rien dit. Le poids qui pèse sur mes épaules s'allège avec sa lumière. Tout paraît s'évaporer. Comme à chaque fois. Je me concentre sur elle, je l'observe pendant qu'elle conduit. Je ne sais pas où elle nous emmène mais j'aime ça, curieusement. J'aime l'idée qu'on puisse aller quelque part. Je m'enivre déjà de sa présence, de son parfum qui emplit l'habitacle. De mon petit bout de bonheur. Parce qu'elle n'est pas partie, finalement. Elle est là. Elle est venue me chercher.

Je me détends moi aussi. Tout mon corps se relâche. Je ne me rendais pas compte à quel point j'étais tendu et depuis combien de temps.

– Tu veux mettre de la musique ? s'enquiert-elle.

– Ouais, pourquoi pas !

– Je te laisse choisir.

Je prends son téléphone et zone sur Spotify. J'aime découvrir ses goûts. Je retrouve les titres de Muse qu'elle avait mis quand elle m'avait envoyé récupérer les clefs de Bryan. Je fais glisser les sons sous mes doigts. J'aime bien quand les textes sont forts, mais on a besoin de s'amuser. On a besoin de quelque chose qui nous fasse du bien à tous les deux. Quelque chose qui permette de s'échapper un peu. J'en sélectionne un.

La rythmique dynamique démarre et nous entraîne, Hailey et moi.

*« What a life*
*What a night*
*What a beautiful, beautiful ride*
*Don't know where I'm in five*
*But I'm young and alive*
*Fuck what there are saying*
*What a life »*[1]

Elle me fait un clin d'œil, sa jambe prend la cadence de la musique. Elle s'amuse, se trémousse. Elle se met à chanter à tue-tête, et je l'imite. Hailey improvise des chœurs, c'est horrible, et ma voix éraillée n'a rien d'harmonieux non plus. Je joue des épaules, je ne la quitte pas des yeux. Elle rigole.

---

1. « Quelle vie/Quelle nuit/Quelle belle, belle balade/Je ne sais pas où je serai dans cinq ans/Mais je suis jeune et vivant/J'emmerde ce qu'ils disent/Quelle vie ». Scarlet Pleasure, « What a Life »

Moi aussi. Elle me jette des regards en biais. La petite sorcière est de retour. Toujours aussi belle. On remet la même trois fois de suite tellement on se régale à faire les cons. Durant tout le trajet, on continue à se marrer ainsi ensemble et putain, ça fait un bien fou. *Depuis combien de temps je n'avais pas ri ?*

Je vois les panneaux pour Boston passer, mais il n'est pas question d'aller sur le campus cette fois.

Hailey se gare sur un parking. Nous sommes sur le sentier de la liberté : elle veut jouer les touristes. J'aime bien. J'aime le sens qu'elle donne à cette balade.

Elle me tend une barre chocolatée. Je la regarde, étonné. Elle insiste.

– Mange, on va marcher un peu et tu as maigri.

Je souris timidement, un peu gêné par l'aveu que je m'apprête à faire et qui nous ramène en arrière.

– J'ai pris froid. Tu sais, quand…

Elle me coupe.

– C'est pour ça que tu étais absent ?

– Oui.

Elle pousse un soupir navré et se jette dans mes bras. Les mains sur ma nuque, elle m'incline vers elle alors que j'ai instinctivement enroulé les bras autour de sa taille.

– Pardon, me chuchote-t-elle dans l'oreille.

Je la plaque contre moi, avec force et avec peine. Je ne veux pas le lui dire, mais la scène se rejoue devant moi. Trent et elle qui s'embrassent. J'enfouis mon visage dans son cou et la presse encore davantage contre moi.

– Hé, arrête, tu vas m'étouffer ! proteste-t-elle.

Je desserre mon étreinte et me redresse. Elle s'écarte. Nos regards se croisent.

– Désolé, je balbutie.

Ses yeux sont remplis de larmes. Je lui caresse la joue du bout des doigts.

– Je n'avais pas le choix, Clive, mais je n'aurais jamais dû faire ça. C'est moi qui suis désolée.

Je lui souris et secoue la tête pour chasser toutes ces images. Je ne veux plus y penser. Je veux mon instant avec elle. Je croque dans la barre chocolatée et lui enfourne l'autre moitié dans la bouche pour nous faire taire. Elle doit le comprendre, car elle la mastique comme un castor en ouvrant de grands yeux gourmands. Je rigole et j'essuie ses larmes avec mes pouces, puis passe un bras autour de ses épaules.

– Viens, je lui dis, viens me montrer à quoi ça ressemble, la liberté.

# 41

## Clive

Nous cheminons avec Hailey depuis plus d'une heure. Elle s'arrête partout, fait du lèche-vitrine, prend des photos à tout va et moi, je la regarde. Je la regarde rayonner, je me laisse pénétrer de sa joie, de son rire léger, de son enthousiasme intarissable pour toutes les vieilleries que nous découvrons sur le sentier. Arrivée à un carrefour, elle stoppe net.

– Qu'est-ce qu'il se passe ?

Elle se tourne vers moi, les yeux brillants d'excitation, avec un sourire éclatant qui illumine au moins tout le quartier en plus de mon cœur.

– Nous y voilà !

Elle me montre la façade imposante de la bibliothèque publique, un bâtiment qui abrite plusieurs millions d'ouvrages. Elle me prend la main et m'entraîne.

– On va réaliser un de mes rêves, toi et moi.

– Oh, oh ! Un de tes rêves, carrément ?

– Tu vas voir, minaude-t-elle, tu ne vas pas t'en remettre !

– Je suis moins féru de bouquins que toi, je remarque en souriant.

– Qui t'a dit qu'il s'agissait de bouquins ?

Nous traversons et nous approchons de l'entrée. Après quelques marches, nous sommes à l'intérieur. Hailey sait visiblement où elle va, car elle me mène directement au Bate's Hall, la grande salle de lecture au plafond voûté, aux murs latéraux bordés de livres avec au centre une multitude de petites tables agrémentées de chaises et de lampes de banquier. Je suis sous le charme. Tout est silencieux, seuls de brefs murmures se font entendre çà et là. Je me demande si Hailey compte poursuivre notre jeu du Carly's ici. Mais cela ne fait pas partie de ses plans. Elle me tire toujours et me conduit au centre, en plein milieu de l'allée centrale. Elle sort des écouteurs de sa sacoche et les branche à son téléphone. Ensuite, elle pianote rapidement quelque chose et remet le téléphone dans sa poche.

– Tu es prêt ?

– À toi de me le dire, je plaisante. Je n'ai aucune idée de ce que tu mijotes, ma belle.

Elle se mord la lèvre inférieure et ses yeux me transpercent. Elle place un écouteur dans son oreille, un autre dans la mienne. Nous sommes collés l'un contre l'autre, je suis un peu gêné et zieute à droite à gauche.

– Ne regarde que moi, chuchote Hailey. Ne me quitte pas des yeux. Je veux danser avec toi, lentement, au milieu de toutes ces merveilles et en silence.

– Je suis nul pour danser ! On va avoir l'air con, je vais tout gâcher ! je rouspète malgré moi.

– On s'en fiche, des autres. Oublie-les. Il n'y a que nous.

Je la regarde. Nous restons immobiles. Elle me laisse le temps de calmer mes appréhensions, de m'isoler du monde extérieur. Je suis captif de son regard de feu. À mesure que les minutes s'égrènent, les battements de mon cœur accélèrent. Nous sommes troublés tous les deux par cette proximité passive. Je me sens envahi de sensations puissantes, d'un désir profond qui reste latent. Nous nous sourions, laissant le silence transporter les mots que nous ne prononçons pas. À cet instant précis, je ne vois plus qu'elle, je ne vis plus que pour elle, mon âme suspendue à la sienne et nos souffles entremêlés.

Elle appuie sur *play*.

Une musique résonne dans mon oreille. Du piano. Je connais cette mélodie qui remonte du passé. C'est du Chopin, un nocturne. Hailey remue de vieux souvenirs sans le savoir. Je frémis malgré moi. Elle m'enlace, cale sa tête sur mon torse et commence à bouger, tout doucement. J'hésite puis cède et pose mon menton sur ses cheveux. Son parfum délicat s'invite tout autour de moi, tandis que nous nous balançons sans nous soucier de rien. Je ferme les yeux. Je m'abandonne. Son corps contre le mien réveille mon envie d'elle. Mon rythme cardiaque s'emballe alors que les notes se diffusent.

Mais subitement, rien ne va plus. Je peine à respirer. Haletant, je m'arrache brusquement à son étreinte. *Qu'est-ce qu'on fout, putain, à part se faire du mal ?* Le désir grandissant que je ressens me rappelle brutalement la réalité. Je viens de tomber du haut de son rêve, pris par une panique soudaine. Je pose les mains sur ses joues, le souffle court et un voile devant les yeux.

– Stop, Hailey, je suis désolé. Je ne peux pas continuer comme ça.

L'écouteur est retombé le long de son buste, je m'accroche à son mouvement pour reprendre mes esprits. Elle me saisit le visage, elle aussi, et me sonde avec ses beaux yeux limpides, m'oblige à rester avec elle.

– Tout va bien, Clive, il n'y a que nous. Seulement nous. Rien d'autre. Ne panique pas. C'est notre moment, rien qu'à nous. Ne pense à rien d'autre.

Elle continue à me parler, elle prend son temps, elle veut que les mots s'insinuent en moi jusqu'à apaiser mes doutes. Je bats des paupières, tendu vers elle, vers ses paroles. Je me reconnecte à l'instant. Et le désir revient, plus fort. Mes yeux glissent sur sa bouche, bloquent sur le léger mouvement de ses lèvres. Je n'écoute plus rien.

– Je meurs d'envie de t'embrasser, je lâche, la voix devenue rauque.

Un petit rire lui échappe, et sans attendre davantage j'écrase ma bouche sur la sienne. Pendant que nos langues se cherchent et se redécouvrent, que son goût délicieux m'achève, je m'empare de ses cheveux que j'enroule dans une main. De l'autre, je plaque nos bassins l'un contre l'autre. Je voudrais me fondre en elle. C'est si bon que j'oublie tout le reste. Puis, sa nuque dans le creux de mon bras, je renverse Hailey en arrière et entreprends de couvrir maintenant son cou de baisers avides. Ma main descend le long de sa hanche, caresse l'intérieur de sa cuisse puis remonte et trouve son ventre. Elle gémit dans le creux de mon oreille, ça me rend fou. Sa peau douce se couvre de chair de poule. Je suis en train de perdre pied, vaincu par cette vague de désir qui me submerge, quand un bras m'attrape et me tire en arrière.

– Monsieur, vous êtes dans un lieu public. Merci de garder vos ébats pour la sphère privée.

Je fixe le type, abasourdi, encore brûlé par mon feu intérieur. Il grimace mais reste planté devant nous, à attendre que nous partions. À un mètre de moi, Hailey m'observe, la respiration erratique. Elle a les joues rouges, les lèvres gonflées, elle est aussi frémissante que moi. Nous nous contemplons un moment avant d'éclater de rire tous les deux. Je crois que nous venons seulement de réaliser. Comme le gardien affiche toujours un air réprobateur, nous nous prenons la main et nous enfuyons en courant comme deux gamins.

Nous nous retrouvons sur le trottoir, en nage. Malgré le mois de novembre bien avancé, je décide de nous prendre une glace pour nous aider à refroidir nos ardeurs. On s'assoit sur un muret du square voisin et Hailey babille à propos des passants dont elle imagine la vie. Je ne dis rien, et à vrai dire je l'écoute à peine. Ma glace au citron n'a eu aucun effet, je reste prisonnier de la dernière demi-heure, mes yeux toujours sur elle. Au bout d'un moment, elle me donne un coup de coude pour me réveiller.

– Tu n'écoutes rien, me lance-t-elle avec un faux ton de reproche.

– Si, si, je réponds distraitement.

– Clive, je sais quand tu mens.

Elle se lève, regarde sa montre.

– Il est l'heure de rentrer, malheureusement.

***

## Hailey

Il me dévore des yeux. Depuis que nous avons quitté la bibliothèque, je le sens un peu ailleurs, perdu dans ses pensées. Mais son regard ne trompe pas. Il brille d'un désir qu'il ne cache même pas. Je me sens belle sous ses feux. J'aime comme il guette mon rire, suit la courbe de mes lèvres avec attention et envie.

Nous sommes debout dans le bus qui nous ramène au parking et Clive m'a blottie de force dans ses bras. J'ai bien essayé de protester pour le principe, mais il a argué que toutes les places libres devaient être réservées pour les personnes âgées, malades ou les femmes enceintes et je n'ai rien pu faire. Le bus est à moitié vide, Clive profite donc allégrement de l'occasion qu'il a lui-même créée. Il me caresse comme si ses mains avaient besoin de ce contact. Elles sont impatientes, audacieuses mais délicates. Je suis tout contre lui, j'ai l'impression d'être là où j'ai toujours voulu, et sous ses marques d'attention, je me sens aimée. J'ai envie de lui dire ce que je ressens, là, maintenant, mais j'ai peur de sa réaction. Finalement, c'est lui qui prend la parole, avec une voix intriguée, un peu traînante, comme s'il réfléchissait en même temps.

– La musique, tout à l'heure, tu la connais d'où ?

Ma joue toujours posée contre son cœur, je le serre un peu plus fort.

– Vaut mieux pas que je t'explique aujourd'hui si on ne veut pas penser à nos malheurs. Mais c'est un air très important pour moi.

Il m'embrasse les cheveux pour me signifier qu'il comprend.

– Et toi, tu la connaissais ? je demande, curieuse.

Un virage nous envoie heurter la paroi du bus, je sens un des bras de Clive me quitter pour s'accrocher à une barre. Clive m'embrasse dans le cou et me susurre un oui dans l'oreille. Je frissonne, gagnée par une douce chaleur.

– C'est une belle coïncidence, ça ! je m'écrie, ravie. Je te raconterai un autre jour pourquoi cet air compte autant, mais c'est comme si j'étais hors du temps quand je l'entends.

– Moi aussi, Hailey. Je suis hors du temps quand…

Il ne termine pas sa phrase, sa bouche le fait pour lui. Son baiser est tendre et dure longtemps.

Le bus s'arrête à notre parking, Clive me porte pour descendre les trois marches. Quand il me dépose au sol, je suis une nouvelle fois complètement prise sous son regard qui a la transparence des eaux limpides. Dans le crépuscule, le vert ressort étrangement et lui donne un magnétisme et un charme fous. Je succombe sans oser le dire.

Nous reprenons la voiture avec une complicité nouvelle. Cet après-midi était parfait. J'ai pu goûter un peu du bonheur que ce serait de partager cela avec lui tous les jours. Les insécurités de Clive l'ont poussé à se détacher de tout, à fuir les sentiments, mais je vois bien comment il est quand ils entrent en jeu. C'est troublant, parfois. Car il n'est pas seulement le garçon dont je tombe amoureuse un peu plus à chaque minute, il est aussi mon suspect que je suis censée piéger.

Au fur et à mesure que nous franchissons les kilomètres qui nous séparent de sa ville de banlieue, Clive se ferme. L'atmosphère change, se charge d'angoisse. Les non-dits resurgissent, les doutes aussi. Son regard se fait fuyant, son sourire s'éteint et ses doigts se crispent nerveusement. Quand j'arrive à deux pâtés de maisons de chez lui, Clive s'agite.

– Arrête-toi là, s'il te plaît, fait-il d'une voix pressée.

– Mais, pourquoi ? je m'étonne. Tu habites juste à côté.

Il soupire profondément. J'entends à quel point son souffle est saccadé. À quel point c'est difficile.

Je m'arrête sur le côté et je lui prends la main. Elle est glacée.

– Clive, qu'est-ce qu'il se passe ? Tu es gelé !

Il grogne, retire sa main. Il regarde par la fenêtre.

Je me détache, me soulève et viens m'asseoir sur lui, à califourchon. Je veux être près de lui, littéralement. D'une main, je l'invite à tourner son visage vers moi pendant qu'il arrime les siennes à mes hanches.

L'expression de détresse que je lis sur ses traits me fend le cœur. Il est reparti dans tous nos problèmes et maintenant, ce sera difficile de le faire revenir à moi.

– Désolé, Hailey… Je crois que je vais marcher un peu…

– Clive, ne me regarde pas comme ça !

– Je ne veux plus te mentir. Je me sens mal. Tout ça, c'est trop. Putain…

Il fond en larmes, sans retenue. Je suis désemparée. Le nœud qui siège dans mon cœur devient énorme.

– Putain, Hailey… Je suis tellement désolé… Je suis une merde, j'aurais jamais dû accepter de venir. Ça me brûle, là, dit-il en désignant son cœur. Je sais pas gérer. C'est trop dur.

– Tu m'as offert le plus beau moment du monde, Clive, c'était merveilleux.

– C'était juste un instant, bordel ! Un minuscule petit instant qui nous déchire, là. C'est trop con. On se fait du mal. On est nocifs l'un pour l'autre. On devrait pas. On n'aurait pas dû. Maintenant, c'est trop dur.

– Ne dis pas ça. Notre situation est compliquée mais pas désespérée, j'en suis sûre. On trouvera une solution.

– Quelle solution, Hailey ? Quelle solution ? J'en vois aucune, moi !

Je fais ce que je peux mais je n'arrive pas à le rassurer. Et je peux même confesser qu'à cet instant précis, j'ai juste envie de pleurer avec lui. J'essaie d'être forte, j'essaie de rester optimiste et joyeuse, mais je suis affreusement déprimée. J'ai l'impression qu'il va me dire adieu et je ne le supporterai pas. *Nous sommes maudits.*

Clive bouge sous moi. Il me soulève, me repose sur le siège et s'extrait du véhicule. Il a séché ses pleurs, il s'est durci. Même ses poings sont serrés. Pourtant ses yeux m'envoient un tout autre message. Ils disent le regret, la douleur, et le désespoir. Il n'y a pas de colère dans ses yeux.

Je suis toujours assise. Je l'interpelle.

– Clive, c'est pas fini. On se retrouvera. On revivra des moments comme celui-là. Je te le promets.

Il tape du pied contre le bas de caisse avec dépit, puis me regarde encore une fois, comme s'il voulait garder en mémoire mon image. Il remet son bonnet sur la tête.

– Au revoir, Hailey.

Il se détourne et s'en va à pas lents, les mains enfoncées dans les poches de sa veste. Je le contemple s'éloigner. Au moins, il n'a pas dit adieu. *Pourquoi je me sens si vide, tout à coup?*

Je me rassois au volant et attrape mon téléphone pour revoir les photos que j'ai prises.

*Merde.* Quatre appels manqués. Un SMS.

*Misère, c'est Trent. Qu'est-ce qu'il veut encore?*

Hail', tu es censée
rester joignable. Bref.
Message de Blake:
on a un indice en
plus. Son pseudo de
hackeur, c'est Argos et
il deale avec un certain
Ulysse. Dépêche-toi
de trouver une preuve,
il a prévu de vendre
bientôt. J'attends
des news. Bye.

*Non, non, non!* Un vertige me prend.

L'angoisse que j'ai tue m'inonde à nouveau.

Je fonce chez moi, j'ai envie de me cacher. Quand je suis dans ma chambre, je me pose face à mon miroir et me regarde longtemps, le cœur au bord des lèvres. J'enlève mon sweat puis mon tee-shirt et j'attrape mon médaillon.

L'or gravé brille entre mes doigts. Je vais m'évanouir.

Je ne peux détacher mes yeux de l'inscription que je fais miroiter devant moi.

*Argos.*

# 42

## Clive

J'ai beau retourner le problème dans tous les sens, je ne vois aucune issue. Le pire, c'est que j'en suis conscient depuis le début. Mais Hailey est convaincante, comme toujours. Elle y croit et m'entraîne avec elle. J'alterne les hauts et les bas depuis des semaines, j'essaie de me persuader que je peux me passer d'elle, et la journée d'hier a seulement montré le contraire. Je suis mordu d'elle. Complètement. J'ai accepté mon sort et je suis prêt à en payer le prix.

Mais elle ? Je ne peux pas lui faire ça. Ce serait injuste. A-t-on le droit de se laisser aimer par quelqu'un qu'on va détruire avec une quasi-certitude ? Cette question tourne en boucle dans ma tête. Je cogite dessus depuis que je suis rentré et il est déjà cinq heures trente du matin. Un long bâillement m'échappe. Je n'ai pas fermé l'œil, mais rien d'étonnant, après tout, je me suis mis moi-même dans la merde.

De guerre lasse, j'envoie ma couette balader et me lève. Je vais descendre me vider la tête devant la télé. Rien de tel pour s'anesthésier le cerveau. Quand j'arrive dans la cuisine, maman est déjà installée, en train de prendre un petit déjeuner. Elle a décalé un peu ses horaires pour pouvoir être présente, au prix de journées à rallonge. Je ne sais pas comment elle fait pour tenir le coup. Elle est incroyablement courageuse. Pourtant, je sais bien qu'elle encaisse mal, je l'entends parfois pleurer durant mes insomnies.

Je tourne en rond dans le salon. Finalement, c'est trop tard pour la télé, mon esprit est déjà bien branché sur *on*, pas moyen de l'arrêter. Et puis, si je suis honnête, je me sens tellement seul avec toutes ces merdes à gérer que j'aimerais pouvoir me confier à maman. Seulement, je n'ose pas. Elle a déjà trop de soucis, je ne sais même pas si les mots sortiraient. C'est trop con.

Je passe et repasse nerveusement les mains dans mes cheveux, les yeux baissés sur le plancher. Je ne veux pas voir toutes ces photos qui ornent les murs. Je les déteste. J'ai l'impression d'être piégé dans une salle remplie de miroirs du passé qui te remémorent à quel point le temps qui s'écoule n'apporte rien d'autre que davantage de souffrance. Je ne veux pas voir le gamin que j'étais parce qu'il me rappelle papa, et je ne veux pas voir les photos plus récentes qui reflètent juste un ado paumé qui n'a rien appris.

– Tu n'as pas un peu fini de gamberger, mon chéri ?

Je me retourne. Maman est sur le seuil de la cuisine, un léger sourire aux lèvres. Son regard est doux, mais j'y perçois une pointe d'inquiétude. J'interromps mes allées et venues et me plante devant elle. Je me passe la main sur la nuque et soupire. *Faut que je te parle, maman.* Mais non, rien ne vient. Je souffle encore.

Heureusement pour moi, je suis apparemment transparent.

– Clive, tu as l'air tracassé. Viens t'asseoir, on va parler.

Je la suis en traînant des pieds, bien qu'une part de moi soit soulagée. Je me laisse tomber sur une chaise pendant que maman me verse un café.

– Tu devrais dormir à cette heure, mon chéri. Ça ne va pas ?

– Je sais… Impossible.

– Dis-moi, Clive.

– Rien, c'est… En fait, j'aimerais…

*Respire, mec.*

– J'ai une question.

– À quel sujet ?

– Hailey.

– Oh. Tu en es où avec elle ?

– Je suis amoureux d'elle.

Ma voix s'éteint. J'ai dit le plus dur, le reste devrait aller. Maman me sonde attentivement.

– Je le sais depuis un moment, mon chéri. Mais…

– Tu penses que je devrais pas, hein, c'est ça ?

Mon ton est agressif alors qu'elle essaie juste de m'aider. *C'est quoi mon problème, putain ? Elle va m'envoyer bouler maintenant.* Mais maman se contente de hocher la tête.

– Personne ne peut contrôler ce genre de sentiment, Clive. Toi non plus. Par contre, il faut que tu réfléchisses. Pour Hailey.

– Mais putain, je fais que ça, maman ! Elle m'a embarqué hier pour une balade et j'ai craqué.

– Qu'est-ce que tu veux dire ? demande-t-elle d'une voix inquiète.

– Je l'ai laissée s'approcher de moi. Je l'ai laissée… Enfin, tu vois.

C'était pas grand-chose en soi, mais ça représente tout pour moi. Jamais j'avais ressenti un truc pareil.

Elle sourit.

– Je crois que j'ai compris, oui. Pourquoi l'as-tu fait, si tu doutes maintenant ?

– Parce que… parce que j'en avais envie, merde !

J'ai haussé le ton. Je me sens coupable. Coupable d'en avoir eu envie au point d'oublier le bonheur d'Hailey. Les coudes sur la table, j'enfouis ma tête entre mes mains. *J'ai honte, putain, j'ai honte. Je ne suis qu'un égoïste.*

– Oh, Clive ! Tu ne lui as encore rien dit, c'est ça ?

Son bras entoure mes épaules, son parfum rassurant m'enveloppe.

– Clive, c'est à toi de choisir si tu veux ou non vivre quelque chose avec Hailey. Tu as une vie difficile, tu as beaucoup donné et beaucoup souffert. Personne ne t'en voudra de désirer un peu de joie et d'amour. Mais pense à elle, avant tout. Pas à Mary ni à moi, mais à elle. Tu dois lui dire.

– Je sais bien.

*Bordel. Je pense qu'à ça.* Elle n'a pas fui à l'annonce de la maladie de Mary, mais… La réalité est encore pire que ce qu'elle pense. Et là, il s'agit pas que de fric. *C'est pire de chez pire.*

– Fais ce qui te semble juste. Je ne te jugerai jamais, sois-en sûr. Je dois y aller, mon chéri. On en reparle ce soir si tu veux.

Elle se penche et m'embrasse sur le front.

– Ouais, OK. Maman ?

– Oui ?

– Merci.

Elle s'en va et me laisse encore plus dérouté.

***

J'ai laissé Mary et suis sorti prendre l'air dès qu'elle a émergé de son sommeil. J'ai pris mon téléphone au cas où elle se sentirait mal et j'ai prévenu la voisine. Elle passera la voir. Hailey n'arrête pas de tenter de me joindre via HackMeLove, mais je n'ai pas le courage de l'affronter tant que je n'aurai pas décidé quoi faire vraiment. J'ai besoin de prendre du recul. Maman a raison. Je ne peux pas continuer avec elle sans lui avouer toute la vérité. Je suis un putain de menteur. C'est coincé dans ma gorge et rien ne sort. Je n'ai plus le choix maintenant, pas après ce qu'on a vécu.

Je me replonge dans notre journée d'hier. Je savais que ce serait bon d'être avec elle, mais à ce point ? J'ai l'impression de chuter quand elle n'est plus avec moi. De m'écraser par terre, d'être déjà mort. Pourquoi chaque instant avec elle est-il aussi beau ? Est-ce que c'est ça, en fait, la vie ? Des bribes de bonheur tellement denses qu'elles emplissent tous les vides, tous les creux, tous les espaces blancs ? Avec Hailey, j'oublie tout le reste. Je me sens complet. Est-ce que ça suffit, juste quelques instants, à l'échelle d'une vie ?

Je traverse le bois voisin, les mains dans les poches. J'essaie de percer le mystère en m'immergeant dans la nature et son frémissement continu. Est-ce que deux points suffisent vraiment pour tracer une ligne ? Ou est-ce que la ligne n'est réelle que lorsque tous les points intermédiaires ont été soigneusement ajoutés, pesés, vécus ?

Peut-on se contenter de quelques points pour vivre et s'estimer heureux ?

Pour moi, aujourd'hui, la réponse est claire.

Et en fait, ce n'est pas à moi de décider pour Hailey.

C'est à elle de le faire.

# 43

## Hailey

Je me suis levée de bonne heure, je suis en feu. J'ai besoin de savoir. Ce n'est pas normal. Tous mes sens sont en alerte depuis hier soir. Je serre mon médaillon entre les doigts. *Argos, c'est commun, non ?* Après tout, la mythologie, tout le monde connaît. Alors je suppose que c'est un pseudo courant pour un grand nombre de personnes. Mais si j'ajoute à cela que Clive connaissait le nocturne de Chopin, ça commence à faire un peu de trop de coïncidences. J'ai un mauvais pressentiment, il faut que je lui parle.

Je me dépêche de me préparer et file à la fac. Il avait pris froid, mais il va mieux. Il devrait donc venir aujourd'hui. Il faut qu'il vienne. Il faut que je sache. Je suis morte de trouille.

J'attends depuis une heure. Je me suis même laissé embarquer par une copine en cours de biologie. Histoire de combler l'attente avant le cours de philo. Le seul cours du tronc commun aujourd'hui où Clive a intérêt à venir puisqu'il doit quand même le valider s'il veut réussir son année. Mais le veut-il vraiment ?

Lorsque le Pr Clark arrive, toujours aucune trace de Clive. Inutile de tergiverser. Je prétexte une urgence familiale et quitte la salle. Le regard appuyé du professeur m'accompagne jusqu'à la porte. Il est bizarre, ce mec, toutefois je n'ai pas le temps de me prendre la tête avec lui. Je roule en direction de chez Clive. S'il ne se montre pas, j'irai le chercher. Clive fonctionne comme ça. Il se cache quand il ne va pas bien. Et hier quand on s'est quittés, il était malheureux. Il ne peut pas se douter que je connais son pseudo de hackeur. Il ne peut pas savoir mais il prend quand même la fuite. Ce n'est pas bon signe.

Je suis une pile électrique. Rien ne m'arrêtera tant que je ne l'aurai pas trouvé.

Je sonne à la porte, le cœur battant.

– Bonjour, Hailey ! Tu vas bien ?

Mary m'adresse un joli sourire et m'ouvre grand la porte. Sans attendre, je m'engouffre dans la maison. Le calme règne.

– Tu es toute seule, Mary ? je m'enquiers.

– Oui, tu cherches Clive ?

Je suis tellement fébrile que je n'arrive pas à rester statique. Sans gêne, je vais à la cuisine. Vide. Je monte à l'étage. Personne. Quand je redescends, Mary me regarde avec un drôle d'air. Je sais que j'abuse, mais j'ai préféré vérifier qu'elle ne répétait pas ce que Clive lui aurait dit de dire.

– Il n'est pas là, Hailey, c'est vrai.

– Pardon, Mary. Je dois lui parler, c'est urgent. Tu sais où il est allé ?

Elle n'hésite pas et répond immédiatement.

– Il m'a juste dit qu'il allait se balader. Je n'en sais pas plus.

– Sa voiture est garée devant la maison. Il n'est pas loin ?

– Je ne sais pas, Hailey. Je ne peux pas t'aider. Désolée.

– D'accord, c'est pas grave. Je vais tenter de le trouver.

– Tu veux que je lui dise que tu le cherches, si jamais il rentre ?

– Oui. Dis-lui ça, oui. C'est gentil à toi. Ou plutôt, dis-lui de venir chez moi. C'est très important. Il sait où j'habite, mais au cas où, je te laisse mon adresse. Merci, Mary.

– De rien, Hailey.

– Et toi, tu vas bien ?

– Ça va, merci. La voisine est passée s'occuper de moi, ne t'en fais pas.

Elle est toute pâle et ses cernes sont immenses. La réalité est évidemment moins simple que sa réponse apaisante. J'ouvre grand les bras et lui fais un câlin. Elle se laisse faire et me serre, elle aussi.

– Tu es si courageuse, Mary. Tu vas t'en sortir.

– C'est ce que Clive dit toujours, me confie-t-elle.

Ces mots me rappellent à l'ordre et je la quitte après une dernière étreinte.

J'erre dans les rues voisines. Toujours pas de Clive. Je marche depuis des heures, sans parvenir à le joindre. Il n'est nulle part. Je repense au texto de Trent. Si ça se trouve, il est en train de vendre son appli au fameux Ulysse. Il faut que je l'en empêche. Tant qu'il n'a pas touché de sommes importantes, on pourra toujours trouver le moyen de s'arranger avec la justice. Mais s'il traite avec de grosses pointures, les règles du jeu changent. Mon cœur bat tellement fort que je l'entends cogner contre ma poitrine. Je n'arrive pas à me calmer. Je repasse chez Clive en fin d'après-midi au cas où, mais il n'est toujours pas là. Il n'a répondu à aucun de mes messages sur HackMeLove. *Tu as vraiment choisi le pire jour pour disparaître, merde !* Un étourdissement me saisit quand je regagne ma voiture. Je n'ai rien mangé, j'ai complètement oublié. Je vais rentrer chez moi grignoter quelque chose, je reprendrai mes recherches ensuite.

J'arrive et me précipite directement dans la cuisine quand j'entends un rire résonner en écho à une remarque de ma mère. Je me fige. *Non, c'est pas vrai, je dois faire un cauchemar.* Trent est là, sagement installé sur un tabouret de bar, un mug à la main et son sourire charmeur greffé sur le visage, pendant que ma mère lui fait la conversation. Je crois rêver.

– Hailey, chérie, ton ami t'attend depuis un bout de temps déjà. Tu ne répondais pas.

Il m'a appelée trois fois, mais j'avais d'autres chats à fouetter.

Trent se lève et m'enlace. Je le repousse brusquement. Puis me radoucis. Ma mère ne doit pas savoir dans quel pétrin je me suis fourrée.

– Qu'est-ce que tu fais ici, Trent ?

– Hail', tu sais bien ! On doit « bosser » ensemble sur notre dossier. Et puis, on doit faire le point demain à la première heure avec le capitaine.

Il se tourne vers ma mère et explique :

– Le capitaine Blake est un homme pointilleux. Il exige des résultats rapides, alors nous ne pouvons pas nous permettre de perdre du temps. On a besoin d'éléments concrets, même si parfois c'est difficile de faire abstraction de la vie d'une personne pour se concentrer sur le délit commis. Rien d'évident, mais on est là pour apprendre, comme vous le savez.

Sa menace est à peine voilée. J'ai envie de lui exploser la tête contre la table mais je me retiens.

Il ose se pointer chez moi pour me remettre sur les rails et me rappeler de laisser mes sentiments pour Clive de côté. Je n'ai aucune envie de le voir ici, j'ai perdu mon pari l'autre jour quand Clive a attaqué le commissariat et Trent n'a pas renoncé à me séduire. Il possède toujours la vidéo de la soirée. C'est pourtant l'occasion de le piéger, lui aussi. Il faut que je la détruise ou que je le pousse à avouer qu'il me fait un odieux chantage. Jess est peut-être coupable, mais le vrai connard, c'est le type en face de moi. Le type qui m'a incitée à l'embrasser devant Clive et lui briser le cœur. Il est temps que la vérité éclate. Tant pis pour moi.

Ma mère se lève et s'excuse, elle a un gala ce soir avec papa qui ne pouvait pas plus mal tomber. Je lui fais des signes pour qu'elle comprenne qu'il faut qu'elle reste, mais elle ne me regarde pas. Elle a les yeux rivés sur Trent, et je comprends à son air qu'elle semble l'approuver. Trent a fait un effort ce soir, il porte une chemise blanche par-dessus son jean. Son look est bien moins négligé que certains jours. Il a sûrement anticipé le besoin de faire bonne impression. Ce type est faux quoi qu'il fasse.

Le taxi emmène maman quelques minutes plus tard ; papa la rejoindra sur place dès la fin de sa journée de travail. Je consulte mon téléphone. Clive n'a toujours pas répondu. Et maintenant, je suis seule avec Trent. Il se lève et s'approche d'une démarche féline, en arborant un petit rictus satisfait qui me donne la nausée. Avec arrogance, il me prend par les épaules et me regarde intensément. Je recule instinctivement.

# 44

## Hailey

Trent me relâche et laisse échapper un long soupir en me regardant avec un air préoccupé.

– Hail', ça fait plusieurs jours maintenant que tu as eu l'occasion de t'introduire chez l'autre con et d'inspecter son PC. Tu en es où ?

– Je suis chargée de l'approcher en douceur, et je n'ai eu aucune occasion de sonder son PC.

– Je suis certain que tu mens. Je vous ai suivis et je vous ai vus ensemble. Un joli petit couple, persifle-t-il. Allez, déconne pas, donne-moi les éléments que tu as et qu'on en finisse.

Je me redresse et croise les bras sur ma poitrine.

– Je ne parlerai qu'au capitaine.

– Ça veut dire que tu sais des trucs, ça, non ?

– Je ferai mon rapport dès que possible, je rétorque d'un ton las. Mais la situation est plus complexe que ce que tu imagines.

– Complexe ? s'exclame-t-il en ricanant. Tu couches avec le suspect, bordel ! Évidemment que c'est devenu complexe !

– Tu as tort et je ne veux plus en discuter avec toi. Tu peux partir.

Il pointe un doigt accusateur vers moi.

– J'ai eu raison l'autre jour, Clive est capable de tout.

– Il n'a pas conservé les données piratées. Il ne veut faire de mal à personne.

– Bien sûr, ironise-t-il. Et toi, tu le crois ?

Je ne réponds pas, l'agacement de Trent monte d'un cran. Tandis que ses mains passent et repassent dans ses cheveux avec frustration, il marmonne des jurons. Il marche de long en large et finit par se camper devant moi.

– Donne-moi ce que tu as, commande-t-il. Tu es en train de tout faire foirer.

– Non.

Je commence à m'inquiéter. Trent est en colère et il devient de plus en plus insistant et désagréable. Peut-être que c'est le bon moment pour tenter de le prendre au piège. Je sors mon téléphone de ma poche et enclenche discrètement l'enregistreur, en prétendant consulter HackMeLove.

– Putain, Hailey ! Tu fais n'importe quoi !

– Moi, je fais n'importe quoi ? je réplique en haussant le ton. Ce n'est pas moi qui piège mon collègue avec une vidéo et qui la fais chanter. Je n'ai plus confiance en toi, Trent.

D'un geste vif, il attrape mon téléphone. *Merde.* Je me jette sur lui pour le reprendre, mais il se dégage facilement et me repousse. Des frissons de dégoût parcourent mon épiderme, je ne vais pas tarder à perdre patience. Face à lui, les poings sur les hanches tandis qu'il me fusille du regard, j'ordonne :

– Rends-moi mon téléphone tout de suite, Trent.

– Sinon, quoi ? raille-t-il. Tu crois quoi ? Que je vais te laisser me tendre un piège à la con ?

Il voit ma mine dépitée et se réjouit de plus belle.

– C'était ça, ton plan ? M'enregistrer à mon insu ? Je te rappelle que je ne suis pas contre toi, Hail'.

– Et on en parle de ton fameux plan à toi ? Tu as fait de moi une fille que je ne suis pas et je te déteste pour ça. À cause de toi, j'ai blessé Clive. Ce n'est pas de cette façon que l'on doit procéder.

– Tu l'as fait parce que tu en avais envie. Mais tu es trop butée pour l'admettre, voilà tout.

À ces mots, l'atmosphère change, son attitude aussi. Ses yeux se chargent d'une lueur sournoise, je me prépare mentalement à me défendre. Sauf que je n'ai plus mon téléphone. Il s'éloigne et le pose hors d'atteinte puis revient vers moi, un sourire mielleux greffé sur le visage.

– Arrête, Trent, tu ne m'amuses pas du tout. Je vais porter plainte si tu continues. En plus, tu n'as rien à faire chez moi. Va-t'en.

Trent se marre encore puis sans prévenir, il me bascule sur son épaule et me transporte comme un sac à patates vers l'escalier.

– Putain, tu me lâches, connard ! je hurle.

– Pas moyen. Non seulement tu bousilles notre enquête, mais tu te tapes l'autre con. Et tu penses que je vais encaisser sans rien dire. Donc tu vas me montrer ton PC et les preuves que tu as rassemblées, et comme tu n'es pas très coopérative, je t'y emmène.

Je n'en peux plus de ses menaces. Je me débats, le martèle avec mes poings dans son dos, et j'essaie d'atteindre ses parties avec mes pieds mais il pare l'attaque.

– Alors ? reprend-il. T'as couché avec lui ? Tu l'as fait ou t'as pas osé ? Quand le capitaine l'apprendra…

Je suis en sueur et m'apprête à le mordre quand la sonnerie de l'entrée nous interrompt. Trent s'immobilise.

– T'attends de la visite ? Tu sais qui c'est ? grogne-t-il.

– Il faut que j'aille voir. Lâche-moi, merde.

– OK. Va voir. Je ne bouge pas d'ici.

Il me redescend de son épaule. Je reprends mon souffle et me recoiffe rapidement avant de me diriger vers la porte. Un bref coup d'œil par-dessus mon épaule me renseigne : Trent ne me quitte pas des yeux. Il a repris mon téléphone et me nargue avec.

J'ouvre à peine le battant que mon cœur s'emballe.

Clive.

Il est venu. Il semble hésitant et me sourit timidement. Il ne faut pas qu'il voie Trent, il risque encore de s'imaginer des trucs. Je bloque la porte avec mon pied.

– Salut, Clive. Tu viens pour quoi ?

Mon entrée en matière un peu froide le déstabilise.

– Euh, salut, Hailey. Je… je peux entrer ?

– Je ne suis pas dispo, là tout de suite…

Il fronce les sourcils, tente de zieuter à l'intérieur mais je l'en empêche.

– Mary m'a dit que tu voulais me parler. Moi aussi, je veux te parler, mais…

– Ce n'est pas le bon moment. Je ne suis pas dispo. Reviens plus tard.

– Ah ? Euh… Mais c'est très important…

– Plus tard, d'accord ?

Je lui souris et lui fais un signe pour lui signifier de partir, mais il reste droit comme un I devant moi. Je m'apprête à refermer la porte quand il retient mon geste.

– Non, attends, s'il te plaît !

Je le regarde en faisant de gros yeux, j'ai peur qu'il gaffe et se dénonce tout seul. Il semble chercher ses mots dans le paillasson, se gratte le cou pour masquer sa gêne, et je regrette soudain de ne pas être capable de télépathie. Trent est juste derrière moi, caché contre le mur, et il ne perd pas une miette de notre échange.

Clive a l'air de capter qu'il se passe quelque chose d'anormal. Son regard devient inquiet. Moi, je panique. *Pourquoi tu ne veux pas revenir plus tard ?*

– J'ai réfléchi et… j'ai compris.

Il ne faut surtout pas qu'il sorte un truc compromettant alors je décide de dévier.

– Pour le devoir de philo ?

La mâchoire de Clive tressaute, il se penche de nouveau pour voir à l'intérieur.

– Oui… J'ai enfin compris. On peut faire l'expérience de l'éternité. Ce que je voyais à chaque fois que je lisais cette question, c'était toi. Je ne comprenais pas. Mais ça y est. Tu m'as ouvert les yeux, hier. Tu… tu es mon expérience de l'éternité. Avec toi, le temps ne fait pas que passer, il dure. Un instant dure et s'ancre pour toujours. C'est parce qu'avec toi, je suis vivant, Hailey. Tu accomplis ce miracle. Le temps et l'éternité ne se battent plus l'un contre l'autre, ils convergent et fusionnent. C'est toi qui rends ça possible pour moi. Et du coup, un simple instant est infini, tu vois ?

Il ne m'a pas quittée du regard en parlant. Il se balance d'un pied sur l'autre, ses mains ne tiennent pas en place. Il s'est laissé emporter et en a trop dit. Je suis troublée et touchée, sauf que la situation ne me permet pas de le dire.

– C'est super, mais on ne peut pas écrire ça, Clive.

Il secoue la tête, agacé. Puis lâche :

– Je t'aime, Hailey.

*Oh, mon Dieu.* Il a dit *ça*. Je me sens rougir jusqu'à la racine des cheveux. Mes jambes flageolent, mon cœur rate un battement. Je voudrais me jeter à son cou. Nous nous regardons, immobiles et silencieux, quand un bruit d'applaudissements brise le moment.

Trent ouvre d'un coup la porte et a l'air de se délecter du spectacle. Les yeux de Clive passent de lui à moi, il semble chercher à comprendre.

– Voilà qui est bien mignon, Clivounet ! Hail', tu l'as bien attrapé, je te félicite. Sans rire, c'est la déclaration la plus ridicule qu'il m'ait été donné d'entendre.

La moutarde me monte au nez. Quel crétin puéril ! Il n'a aucune jugeote à se dévoiler ainsi. Un type pareil ne mérite pas d'être flic.

– Tais-toi, Trent, je le fustige. Tu n'as aucune idée de ce dont tu parles. Tu es clairement le mec à qui personne ne dira jamais ça.

– Et lui, alors ? rétorque-t-il. Tu ne lui as rien dit non plus, je te signale.

Il éclate de son rire malsain, il a complètement perdu l'esprit. Clive se crispe, énervé, bouillonnant de rage contenue.

Je fais un pas vers lui mais il m'écarte. Il fixe Trent méchamment maintenant. Son visage s'est fermé et il pince ses lèvres.

– T'en as pas marre de foutre la merde dans la vie des autres, Trent ? gronde-t-il.

Trent hausse les sourcils.

– Quoi ? Parce que tu vas risquer de cogner un flic ? Coucher avec, ça te suffit pas ?

– Tu n'es pas vraiment flic. Et tu ne le seras jamais.

– Et elle ? poursuit-il, plus provocant que jamais. Tu crois qu'elle est honnête avec toi ? Tu crois qu'elle veut de toi ?

Il recule de quelques pas. Clive le suit, les poings toujours serrés. Ils sont face à face.

– Tu crois qu'on était en train de faire quoi, mon p'tit ?

Clive ne dit rien. Il le laisse parler. Mon sang s'est glacé dans mes veines, je sais déjà ce que Trent va révéler. Je ferme les yeux. Je ne veux pas voir la réaction de Clive.

Trent fouille dans sa poche arrière de jean et sort son téléphone, à gestes lents et mesurés.

– Tu vois ça ? ricane-t-il en montrant son écran à Clive. Une vidéo qui vous montre Hailey et toi en train de vous embrasser. Je vous ai aussi filmés devant la bibliothèque, pas de chance. J'hésite encore : j'accuse Hailey de trahir la police ou je couche avec elle et fais mine d'oublier tout ça en souvenir de notre amitié ?

Je rouvre les yeux. Il se tourne vers moi, me détaille avec des yeux luisants de lubricité puis revient à Clive avant de reprendre :

– Si tu veux sauver ta belle, soit tu te dénonces mais tu n'en auras jamais le cran, soit tu arrêtes de poser tes sales pattes sur elle ! Et devine quoi, elle a toujours été d'accord pour se donner à moi !

Clive me sonde longuement.

Son visage ne laisse passer aucune expression.

Il me regarde toujours quand subitement, il allonge le bras et met une droite magistrale à Trent.

# 45

## Clive

*Oh, putain, qu'est-ce que ça fait mal ! Mais qu'est-ce que ça fait du bien aussi !* Je viens d'envoyer mon poing dans l'arcade de Trent qui n'a rien vu venir, c'est complètement jouissif. Je profite de sa surprise pour ramasser le téléphone qu'il a laissé tomber par terre et je le tends à Hailey.

– Détruis cette merde.

Je croise son regard et lis la honte dans ses yeux. Je ne sais pas ce que l'autre ordure lui a fait pour qu'elle passe un accord aussi fumeux. Il faudra retrouver toutes ces vidéos et les supprimer, il n'y a pas d'autres moyens. Surtout celle de la bibliothèque, plus récente. Je secoue mes phalanges pour essayer d'endiguer la douleur, mais elle persiste. Trent est furieux. Voilà qu'il se met à rire comme un damné, ce con. Il a dans les yeux une lueur démente qui ne me rassure pas du tout. Et dire qu'Hailey était seule avec ce taré.

Je lui fais signe de s'écarter un peu de lui, car elle s'est positionnée entre nous deux et j'ai peur que ça dégénère.

– J'y crois pas, il a osé ! T'as vu, Hailey, t'es témoin, ce connard a frappé un flic !

Il part une nouvelle fois dans cette espèce de ricanement rauque, il a tout d'un profond déséquilibré. Il marmonne des mots qu'on ne comprend pas avant de relever la tête.

– Si t'as osé, je vais oser aussi, conclut-il. Y a pas de raison, hein ?!

Hailey intervient et s'interpose entre nous en levant les mains en l'air.

– Trent, stop ! crie-t-elle. Tu l'avais largement mérité. Mais c'est inutile d'en rajouter, ça se retournera contre toi. Sors d'ici. Tout de suite !

Elle a les joues rouges, les cheveux en bataille et je peux presque voir de la fumée sortir de ses narines tant elle paraît en colère. Sauf que je ne veux pas qu'elle se batte. Je la considère un moment, pensif. *Tu n'as pas répondu, tu n'as rien dit.* C'est con, j'ai l'impression d'être nu devant elle.

Trent fait mine de se calmer et de réajuster sa mise pour s'en aller. Il passe devant Hailey avec un air digne, mais à peine l'a-t-il dépassée que brille dans ses yeux fixés sur moi un éclair sournois. Je n'ai pas le temps de réagir qu'il m'empoigne par les pans de ma veste et me projette violemment contre le mur qui jouxte l'entrée. Mon dos le heurte ainsi que ma tête. J'ai le souffle coupé. D'un coup de pied, Trent ferme la porte restée ouverte.

J'ai l'esprit encore embrouillé qu'il est de nouveau sur moi. Il me plaque au mur et m'étrangle avec son avant-bras. Il est beaucoup plus fort que moi, tout en muscles, mais je suis rapide. Alors qu'il est déconcentré par Hailey qui le tire en arrière, je lui place un coup de genou énergique dans les couilles. La douleur le repousse en arrière.

– Enfoiré, crache-t-il, plié en deux.

Je reprends mon souffle et me masse la gorge. Ce connard a bien failli m'étouffer. Je m'apprête à l'attraper pour le foutre dehors quand il fauche Hailey d'un coup de jambe et la fait tomber par terre. Il la bloque au sol et me regarde avec un air triomphant alors que sa main libre palpe tout son corps qui se débat.

Je vois rouge.

Je me jette sur lui et le renverse sur le dos, puis je lui remets un pain dans sa gueule de con. Le sang gicle. L'adrénaline pulse dans mes veines, la vue du sang décuple mes forces. J'entends vaguement Hailey crier, mais je n'imprime pas. Je suis en train de le rouer de coups et j'y prends un putain de plaisir.

*Mange-toi ça, dégénéré!* Trent ne se laisse pas faire. Il possède des techniques de combat dont j'ignore tout, je ne me suis jamais battu avant aujourd'hui. Entre deux coups, il se contorsionne et me fait basculer à mon tour. Il pare les deux suivants et parvient à saisir mon poignet. La clef de bras qu'il m'impose m'oblige à me retourner. Il en profite pour se dégager et crible mon dos de coups de genou entre mes omoplates. Je pousse un gémissement sous l'assaut et envoie la tête en arrière. Parfaitement libre maintenant, Trent m'attrape par les cheveux et m'écrase le visage au sol. C'est mon front qui prend l'essentiel de l'impact, mais je sens un liquide chaud couler de mon nez. Je passe sur le dos, toujours par terre, et tente de faire tomber Trent avec mes jambes. Malgré le sang qui s'écoule de son arcade et les traces de coups, il tient encore debout. *Putain, les enflures s'en sortent toujours.*

Il se relève et me surplombe. Son expression change, devient empreinte d'une joie perverse.

– T'aurais jamais dû, Clive, dit-il en souriant.

Son pied se lève, je mets immédiatement mes bras en croix au-dessus de moi pour me protéger. En vain.

Il me frappe. En plein plexus. Plusieurs fois.

J'entends Hailey hurler. Des bruits de lutte.

Je perds le fil, je n'arrive plus à respirer et ma vue n'est plus très claire. J'ai du sang partout. Il coule dans mon cou. C'est chaud et étrangement apaisant. Tout mon corps m'élance, j'ai l'impression d'être enfermé dans un carcan rempli d'aiguilles qui percent ma peau et me crèvent.

Je cligne des yeux, le voile s'épaissit. Tout est calme autour de moi désormais.

Le parfum d'Hailey penchée sur moi me réveille un peu.

– Clive, reste avec moi. Je t'emmène à l'hôpital.

Sa voix continue à se répandre autour de moi, seulement je ne distingue plus les mots. Je suis retourné en plein brouillard. Je flotte dans cet univers gris.

Un bras me soulève et ravive la douleur. J'émerge péniblement. Deux autres me maintiennent à peu près debout, mais ma tête retombe. Un frisson m'échappe quand je comprends que c'est Trent qui aide Hailey à me porter. *Ne me touche pas, putain.* J'esquisse un mouvement pour me dégager, hélas une sensation de brûlure me foudroie les entrailles et m'arrache un râle. Chaque respiration provoque une souffrance épouvantable.

On m'installe dans ce qui doit être une voiture, je ne vois vraiment plus rien.

Seule la voix d'Hailey réussit à pénétrer les brumes qui m'enveloppent.

– Ça va aller, répète-t-elle d'une voix douce. On arrive bientôt. Reste avec moi.

J'essaie de tendre la main pour la toucher, mais elle n'a jamais été aussi loin.

*Reste avec moi.*

*Reste avec moi.*

Puis, plus rien.

# 46

## Hailey

Clive gît au sol, quasiment inconscient. Il a le visage en sang et les yeux dans le vague. Cette vision m'horrifie. Ma rage retombe, remplacée par une angoisse profonde. Je stoppe net mes cris et me jette auprès de lui. Il peine à trouver de l'air, il est hagard, et je n'ose même pas imaginer ce qu'il ressent après cette avalanche de coups.

*Clive, respire, reprends ton souffle, garde les yeux ouverts. Reste avec moi.* Trent s'est figé lui aussi. Je crois qu'il vient de recevoir un électrochoc. Il ne rit plus, a cessé toute velléité d'attaque, et je lis la panique dans son regard sombre.

– Tu es satisfait ? je lui jette à travers mes larmes. Tu viens de t'en prendre à Clive et d'en faire une victime, Trent. Et je ne parle même pas de ce que tu viens de me faire. Tu ne t'en tireras pas comme ça. C'est fini pour toi.

Trent est sonné. Il bat des paupières comme pour émerger de sa propre folie. Je ne l'avais jamais vu comme ça. Sans limites. Cruel et perfide.

– Aide-moi donc ! Il faut l'emmener à l'hôpital.

Il me regarde, choqué, tout son corps exprime désormais de la gêne et de la souffrance.

– Désolé, murmure-t-il.

– C'est trop tard pour ça. Regarde-le, merde ! C'est trop tard pour être désolé, Trent !

– Ne dis rien, supplie-t-il. Ma carrière serait foutue. Je n'ai pas voulu ça. C'est lui qui m'a frappé le premier.

– Ta carrière ? j'explose. Là, il s'agit de la vie de Clive ! Ta carrière, on s'en tape ! Et ce sera à lui d'en juger. Aide-moi, bon sang !

Enfin, il décide de s'y mettre et ses bras puissants soulèvent Clive.

Je reprends mon téléphone de la poche de Trent d'un geste vif, il n'oppose plus de résistance. Il me sonde avec un air piteux et réalise sûrement ce qu'il vient de se passer. Mais je me fiche de ses états d'âme, je dois filer aux urgences. Je m'enfuis de ma propre maison sans regarder en arrière. Bien que j'essaie de garder mon sang-froid et de ne pas faire d'excès de vitesse, c'est difficile. Clive a sombré depuis plusieurs minutes déjà et le sang s'écoule toujours abondamment. Si sa respiration est sifflante et douloureuse, au moins il respire. Je n'ai même pas eu le temps de lui dire quoi que ce soit. Il m'a dit qu'il m'aimait et je suis restée muette. Et maintenant, il vient de se faire tabasser par le collègue dont j'avais accepté l'arrangement dégueulasse. Je ne vois pas comment je pourrais continuer à me regarder en face.

Quand j'arrive, je tombe immédiatement sur des ambulanciers. Ils sortent Clive de la voiture avec des gestes experts, le posent sur un chariot brancard et l'emmènent rapidement à travers les couloirs. J'atteins le bureau des admissions pendant qu'il subit un premier examen quelques mètres plus loin.

La secrétaire me regarde d'un œil torve, elle respire la lassitude et la contrainte.

– Comment s'appelle le jeune homme ? demande-t-elle machinalement.

– Clive Howard, je réponds.

– Qu'est-ce qu'il s'est passé ?

Je lui fais un résumé de la situation, mentionnant toutefois les détails des coups reçus.

– Vous êtes de la famille ?

– Oui, je suis sa sœur.

Un mensonge pour une bonne cause. *Hors de question que je le laisse seul.*

– Attendez une minute. Je vérifie s'il est déjà enregistré chez nous.

Elle pianote sur son clavier.
– Date de naissance ?
– Je… je sais pas, je bafouille.
Son expression devient suspicieuse.
– Mademoiselle. Il se trouve que nous avons son dossier. Vous n'avez pas l'air d'avoir 10 ans. Vous n'êtes donc pas sa sœur.
Je rougis malgré moi, prise la main dans le sac. Un des infirmiers en train d'ausculter Clive la rejoint.
– Tu as son dossier ? Fais voir.
La secrétaire tourne légèrement son écran vers lui. Il le consulte et je scrute son visage pour tenter d'en savoir plus. L'air préoccupé, il fait un signe à son collègue qui s'empresse de le rejoindre. Je les observe sans comprendre, perdue, tandis qu'ils s'écartent pour discuter entre eux.
Puis le premier infirmier revient vers la secrétaire.
– Appelle Cooper.
Je n'ai aucune idée de qui est ce Cooper, ni pourquoi il faut l'appeler. Avant qu'il ne reparte, je lui attrape le bras.
– Alors, comment va-t-il ? Qu'est-ce qu'il a ?
Il s'arrête, fixe ma main sur son bras avec une moue agacée et plante ses yeux dans les miens. Je soutiens son regard.
– Vous êtes qui, vous ? De la famille ?
– En quelque sorte. Sa petite amie, je dis avec assurance.
Autant jouer cartes sur table.
– Désolé. Nous n'avons pas le droit de communiquer des informations médicales à un membre extérieur à la famille.
Je connais la règle, bien sûr, mais elle me révolte. Alors je m'élance dans le couloir à la poursuite du brancard que l'équipe conduit ailleurs. Une poigne ferme me coupe dans mon élan et m'entraîne dans le sens opposé.
– Mademoiselle, laissez tomber. Je vous raccompagne.
Il me tire jusqu'à l'entrée des urgences, là où j'ai laissé ma voiture en plan. J'essaie de négocier, mais il ne lâche rien. Il attend que je m'installe et s'assure que j'ai démarré avant de repartir au pas de course. De dépit, je tape des poings sur le volant.
Ce n'est pas possible, je ne peux pas le laisser seul.

Je n'ai qu'une solution. Sa mère.

Je démarre en trombe et fonce chez lui, sans plus me soucier du Code de la route.

Mon doigt appuie frénétiquement sur le bouton, je suis complètement paniquée à cause de toutes ces minutes perdues. De tout ce temps sans savoir comment il va, sans personne pour le soutenir. Enfin, la porte s'ouvre et à mon air, Helen écarquille les yeux, gagnée par l'inquiétude.

– Hailey ? Que se passe-t-il ? Tu es seule ? Je croyais que Clive était avec toi.

– Helen, je suis désolée, je parviens à balbutier avant de m'écrouler dans ses bras. Clive est à l'hôpital. Ils n'ont pas voulu que je reste auprès de lui.

Elle m'écarte brusquement.

– Quoi ? Comment il va ?

– Il s'est fait frapper par un de mes amis. Il a perdu connaissance. Ils n'ont rien voulu me dire, à moi.

Je suis désespérée et je crois qu'elle le comprend. Je m'empresse de me justifier, même si ça ne sert à rien.

– Il voulait me défendre, c'est tout.

Elle s'agite, attrape ses clefs de voiture, fait un pas en avant puis un autre en arrière, hésitante.

– J'y vais. Hailey chérie, les détails viendront plus tard. Par contre, j'ai un souci. Je ne veux pas laisser Mary toute seule. Tu voudrais bien la garder, s'il te plaît ? Elle n'est pas encore couchée, mais elle est dans sa chambre.

– Oui, bien sûr. Évidemment. Je m'occupe d'elle. Soyez sans crainte.

Sans plus attendre, Helen s'engouffre dans sa voiture et file vers l'hôpital. Je reste quelques instants sur le perron, hébétée. Un long frisson me parcourt et je commence à vaciller.

*Ce n'est pas le moment de flancher, Hailey.*

Je fais un détour par la cuisine avant de monter voir Mary. Si je veux tenir, il faut que je mange quelque chose. J'aperçois quelques tranches de pain de mie et me précipite dessus. Je le mâche sans réfléchir, il faudra bien qu'il passe. L'estomac complètement noué, je mets plusieurs minutes à réussir à l'avaler. Des tremblements secouent tout mon corps et je sens les larmes revenir quand j'entends une petite voix, depuis le premier étage.

– Maman ?

Je monte lentement les marches. D'un geste nerveux, j'essuie mes yeux qui refusent de rester secs et je tente de refréner de mon mieux la nausée provoquée par ce pain englouti de force. Sur le palier, je revois les portes des deux chambres, mais le schéma est inversé : cette fois, c'est celle de Mary qui est allumée et celle de Clive qui est éteinte. Mon cœur se serre à ce souvenir.

Je m'approche doucement et reste au seuil pour frapper, mais Mary me guettait.

– À tes pas, j'ai deviné que ce n'était pas maman, me dit-elle. Bonsoir, Hailey !

Sa chambre est éclairée par une petite lampe de chevet et révèle une personnalité joyeuse car c'est une explosion de couleurs. Les murs blancs sont placardés de dessins bien exécutés, de guirlandes d'origamis et de posters. Tout célèbre la vie croquée à pleines dents. Mary est à moitié assise dans son lit, une couette rose fuchsia recouvre ses jambes et plusieurs BD sont disposées autour d'elle. Son grand sourire accueillant s'éteint progressivement quand mon visage quitte la pénombre du couloir. Ses yeux s'agrandissent et se mettent à briller. Pourtant, je n'ai pas encore dit un mot.

– C'est Clive ?

– Oui. Ta maman est auprès de lui. Ça va aller, ne t'inquiète pas.

J'aimerais que ces mots aient un pouvoir magique, car je les sers avec une facilité qui ne reflète pas du tout mon état intérieur. Rassurer quelqu'un quand on est soi-même au bord du gouffre sonne toujours un peu faux. Mary n'est pas dupe.

– Il va rentrer bientôt, tu crois ?

Je m'assois au bord de son lit, elle se décale légèrement pour me faire une place. Son regard désolé accentue la pâleur de ses joues et sa maigreur.

– Je ne sais pas trop.

– Il a fait un malaise ?

Elle triture ses doigts anxieusement. Piquée, je me redresse subitement. *Hein ? C'est quoi cette question ?* Il y a quelque chose dans ce qu'elle suggère qui me fait l'effet d'un poignard en plein cœur. Je dois avoir blêmi, car Mary m'attrape la main, sa petite poigne est faible mais douce quand elle me demande :

– Ça va pas ?

Je lutte pour me reprendre tandis qu'elle me tend de sa main libre une peluche licorne abîmée. Je l'accepte avec un pauvre sourire.

– C'est Ginger, ma licorne fétiche. Elle console de tout, je l'emmène partout avec moi. Si tu veux, je te la prête pour ce soir.

Une larme perle sur mes cils devant sa gentillesse, je la chasse discrètement. Je suis là pour Mary. Elle a besoin de force, pas d'une loque éplorée. Ses yeux sombres se sont baissés, un pli d'inquiétude traverse son front. Mollement, elle remonte sa couette sur elle, chaque mouvement semblant lui coûter. Je m'empresse de l'aider.

– Clive s'est fait taper par quelqu'un, j'explique, un peu raide. C'est tout.

*C'est tout. J'ai besoin que ce soit tout.* Il a mal comme n'importe qui aurait mal après avoir reçu tous ces coups de pied. Comme n'importe qui.

Je revisualise tout le sang et mes mains se remettent à trembler. Je les joins et les cache entre mes jambes.

– Pour toi ?

– Oui. Il voulait me protéger.

À ces mots, le sourire de Mary revient. Elle est si fière de son grand frère que j'en suis touchée.

– Vous vous aimez drôlement, tous les deux, c'est beau.

– Oui. Clive est un super grand frère ! C'est mon chevalier. Et le tien, maintenant, on dirait !

– Toi, il dit que tu es une super petite sœur ! je renchéris.

– Et c'est vrai, confirme-t-elle sans orgueil. Je suis son rayon de soleil, comme il dit.

Mes yeux glissent une nouvelle fois sur les murs et toute l'ambiance chaleureuse de cette petite chambre. *Bien sûr que tu es son rayon de soleil.*

Mary bâille et s'étire. Je réalise qu'il est seulement vingt et une heures quand j'ai l'impression qu'il est déjà quatre heures du matin. La nuit va être longue, comme toujours lorsqu'on est dans l'attente.

– Tu veux que je te lise une histoire ? je demande. Je sais que tu es grande, mais…

– Oh oui, j'adore qu'on me lise des histoires. Je suis souvent trop fatiguée pour lire toute seule, alors j'ai l'habitude.

– Tu voudrais une histoire en particulier ou je choisis ?

Mary prend quelques secondes pour réfléchir, puis son regard s'éclaire.

– Je voudrais que tu me lises le livre de papa.

Je me lève et commence à me diriger vers sa petite bibliothèque.

– Il est où ?

– Non, il n'est pas là. Il est dans la chambre de Clive, à côté. Dans le tiroir de son chevet.

– D'accord. Je reviens.

Je sors et passe dans la deuxième chambre. J'allume la lumière pour y voir clair. Le contraste avec la chambre de Mary est saisissant. Ici, aucune couleur, les murs sont blancs et vierges. Il y a juste un PC sur un bureau jonché de papiers, une chaise qui disparaît sous les vêtements, un lit avec une couette grise et un placard fermé. Pendue sur la tringle, la seule touche de gaieté : une guirlande de grues multicolores en origami. Sûrement un cadeau de Mary. Une pile de livres est posée à même le sol, je reconnais quelques titres dont Clive m'a parlé. J'avance et m'accroupis devant sa table de chevet, puis j'ouvre le tiroir et je trouve le livre. C'est *L'Odyssée* d'Homère. *Cela explique certaines choses.* Dessous, je déniche une photo. J'ai un petit choc en la regardant, car la confusion est inévitable. Un jeune homme tient un petit bout d'environ 3 ans sur ses genoux. J'ai l'impression de voir Clive, même si je comprends que c'est son père. Ils se ressemblent vraiment beaucoup ; à ce point, c'est surprenant.

Je soupire. Clive tient encore à son père, malgré tout ce qui s'est passé. Ce n'est pas un hasard si cette photo est justement rangée ici. Je la replace soigneusement et poursuis mon exploration indiscrète. J'esquisse un sourire en découvrant quelques préservatifs dans un coin, mais le perds quand je tombe sur des flacons de médicaments. Je referme brutalement le tiroir et sors en courant de la chambre, le cœur soudain à cent à l'heure.

*Je n'ai rien vu. Je n'ai rien vu.*

*Ça ne veut rien dire.*

Je rejoins Mary.

Je m'apprête à commencer ma lecture lorsqu'un papier tombe par terre, échappé du livre. Je le ramasse. C'est une carte postale. Elle représente le *mall* d'une petite ville de l'Utah que je ne connais pas.

– C'est de papa, me dit Mary.

Je la retourne et déchiffre quelques mots griffonnés à la hâte.

*Clive, mon grand.*
*Tout va pour le mieux.*
*Les choses avancent bien ici.*
*J'espère revenir bientôt.*
*Je t'envoie toute ma force.*
*Je t'embrasse.*
*Papa.*

Je regarde le tampon postal. Elle date d'il y a huit ans. La dernière carte reçue, probablement. Avec des mots qui attisent l'espoir. La chute a dû être rude.

– C'est ton père qui a offert ce livre à Clive ?

– Oui, quand je n'étais pas encore née.

Je reste songeuse quelques minutes puis je démarre ma lecture.

***

Mary est endormie depuis une heure maintenant. Toujours aucune nouvelle de Clive. Je fais les cent pas dans le salon, la poitrine oppressée. N'y tenant plus, je remonte dans sa chambre, attirée malgré moi vers son domaine. J'ai besoin d'en savoir plus. Je m'arrête à son bureau, farfouille dans ses papiers. Un vertige me prend soudain. Je réalise que j'ai devant moi toutes les preuves de la culpabilité de Clive. Il y a des bouts de code rédigés à la main, un classeur qui rassemble plein de données sur HackMeLove : tout un dossier monté avec soin, riche en détails accablants. Son PC est en veille. Tout est là, à portée de main. Mais en moi, tout a changé. Je trouve dans le tiroir plusieurs factures récentes de l'hôpital au nom de Mary. Les montants sont astronomiques. *Honteux.* Un autre papier plié attire mon attention. Un bilan sanguin. Je n'y comprends rien, mais je me doute que c'est ce qui a dû déclencher le séjour à l'hôpital de Mary. Je le prends en photo pour regarder plus tard.

« Je voudrais être riche. »

Ses mots qui rejaillissent me coupent les jambes, je tombe sur sa chaise.

Son rêve. Sa confidence du Carly's.

Je fonds en larmes.

# 47

## Clive

Nous venons de rentrer de l'hôpital, je suis vanné. Si on me disait que je suis passé sous un train, je n'aurais aucun mal à le croire. J'ai ingurgité tellement d'antidouleurs que je ne suis même pas sûr d'être connecté au présent. Maman pose son sac dans l'entrée et se plante devant moi avec un air embêté.

– Clive, j'ai oublié de te le dire dans la voiture, Hailey est ici. Je lui ai demandé de s'occuper de Mary.

Un stress m'envahit à cette nouvelle. *Elle a eu accès à toutes mes affaires pendant des heures.* Je me sens honteux de penser à ça, mais cela fait partie de la réalité de merde que je dois regarder en face. Maman me scrute intensément.

– Tu lui as parlé, avant cette… bagarre ?

Elle a ses yeux navrés que je déteste. Je secoue la tête.

– Non. Je voulais le faire. Pas eu le temps.

Je frissonne. Je suis fatigué. Il est cinq heures du matin, je veux juste tout oublier. Je veux juste la paix. Maman me voit bâiller douloureusement.

– Allons nous coucher. Ça va aller ou tu as besoin d'aide ?

Je suis vêtu d'une chemise d'hôpital par-dessus mon jean ; mon sweat et mon tee-shirt ensanglantés ont fini à la poubelle et en morceaux.

– C'est bon, merci. Bonne nuit, maman.

Je l'embrasse, attrape le sachet avec tous les médicaments dans une main, et je rejoins ma chambre.

Quand j'entre, mon cœur rate un battement. Hailey est allongée sur mon lit, recroquevillée. Elle me tourne le dos, ses longs cheveux blonds sont étalés sur l'oreiller. Ses jolies courbes bien dessinées et ses jambes nues attirent mon regard. Ce spectacle réveille mon corps endolori. Hailey est ici, dans ma chambre, je suis en train de rêver, c'est sûr. Elle a enfilé un de mes tee-shirts pour dormir. J'aperçois ses affaires posées soigneusement au pied de mon lit tandis que je retire mes baskets sans faire de bruit. J'inspecte mon bureau avec un reste de méfiance et je constate que les papiers ont été bougés, que mon classeur est ouvert. *Petite curieuse.* Je ne sais plus quoi penser. Las, je n'ai pas envie de réfléchir à tout ça. Je pose les médocs près de mon chevet et m'assois sur mon lit le plus discrètement possible. Je suis gêné. Tout le haut de mon corps est douloureux. Ce connard de Trent m'a cassé plusieurs côtes, mais je ne m'en tire pas si mal d'après le médecin. Mes mouvements sont laborieux et il faut bien que je parvienne à mettre un tee-shirt, car je ne veux pas qu'Hailey me voie dans cet état. Le jean aussi est une putain de galère. J'essaie de me contorsionner, rien à faire. Tant pis, je vais dormir comme ça, ce sera plus simple. Je pousse un long soupir qui se bloque net quand j'entends la voix ensommeillée d'Hailey.

– Clive ?

*Eh merde.* Je l'ai réveillée.

Je l'entends se retourner vers moi mais je ne peux pas la voir dans ma position et je n'arrive pas à regarder derrière moi. Ses mains glissent autour de ma taille, à même ma peau, son buste s'appuie contre mon dos prudemment, puis son menton se pose sur mon épaule. Elle déclenche tellement de choses en moi que je me crispe à m'en faire mal. Tout mon corps proteste.

– Je suis soulagée, souffle-t-elle. J'ai eu si peur pour toi.

J'expire et laisse ma tête tomber sur la sienne. Je ferme les yeux un moment. *Est-ce qu'on peut rester comme ça, encore, et ne jamais se dire ce qu'on doit se dire ? Est-ce que je peux te voler encore un instant ?*

Mais Hailey se redresse, et le vide que laisse son corps ajoute comme un poids supplémentaire sur mes épaules. Je suis toujours coincé avec mon jean et ma chemise d'hôpital, comme un con devant elle. Elle contourne le lit et vient se placer face à moi. Nos regards se croisent. Ses yeux sont gonflés comme si elle avait pleuré, je me sens coupable. Je lui attrape la main pour l'avancer plus près. Bien que je puisse à peine bouger, j'ai besoin de sentir son contact.

– Comment tu vas, Clive ? me demande-t-elle avec un regard suppliant.

Elle prend mon visage en coupe entre ses mains.

– Tu as sombré, tu nageais dans ton sang, j'avais l'impression que je ne te reverrais jamais.

Je détourne le regard pour lui répondre.

– J'ai perdu beaucoup de sang, c'est vrai. Mais ils m'ont transfusé. Je n'ai pas fait d'hémorragie interne, c'était surtout ça le plus gros risque.

Étonnée, elle amorce un mouvement de recul. Ses paumes libèrent mes joues et ses doigts viennent s'entrelacer aux miens avec force.

– Et ils t'ont laissé sortir ? Déjà ?

Je me sens rougir. J'ai honte de lui dire la vérité.

– Je… J'allais suffisamment bien. Et en fait, on ne pouvait pas rester, de toute façon. Mais regarde, j'ai pu dévaliser la pharmacie en revenant ! je déclare en lui désignant le sac par terre.

Elle me regarde longuement sans rien dire, s'attarde sur ma tenue, mes mains, ma bouche. Je subis son examen sans broncher alors que j'ai juste envie de lui sauter dessus. Ma queue est à l'étroit dans mon jean, étrange comme le besoin de dormir a instantanément disparu en sa présence. Hailey se mord les lèvres, sa main quitte la mienne pour remonter le long de mon bras, très lentement. J'en ai la chair de poule. Je me sens complètement con à ressentir tout ça dans un corps à moitié bloqué.

– Attends, je vais t'aider, se résout-elle finalement à dire.

Elle passe les bras autour de mon cou et dénoue le cordon qui retient la chemise. Son tee-shirt se soulève un peu et me laisse entrevoir un tanga noir. Son corps qui ondule devant moi est une douce torture. Elle s'apprête à retirer la chemise, mais je retiens son geste.

– Non ! je dis avec brusquerie.

Elle arque un sourcil, suspend son mouvement.

– C'est moche à voir, j'explique pour me justifier. Vraiment.

*Et si tu continues à me toucher, je ne vais pas pouvoir me contrôler.* Elle fronce les sourcils et se penche vers moi avec un air espiègle alors que je la regarde avec inquiétude. Je ne veux pas qu'elle me voie. Elle se penche encore et m'embrasse doucement, tout mon corps frémit et se tend vers elle. Une douleur vive me déchire l'abdomen et un gémissement m'échappe. Elle se recule à peine. Les lèvres d'Hailey sont toujours à quelques centimètres des miennes.

– Tout doux, Clive. Ne bouge pas.

Elle m'embrasse à nouveau, de façon plus appuyée tout en faisant glisser le tissu le long de mes bras. J'ai mal, mais rien au monde ne me fera renoncer à ce contact. Elle interrompt notre baiser pour me chuchoter, son souffle dans le mien :

– Je t'aime, Clive.

*Ces mots que j'espérais...* Nous nous goûtons encore, plus passionnément, tandis que ses mains parcourent ma peau, provoquant un feu à l'intérieur de moi. Elles explorent mon corps sans gêne, mais délicatement, pour ne pas attiser la douleur. J'ai fermé les yeux. Je m'abandonne à cette caresse et à ses mots. Mes doigts s'agrippent à ses hanches. Je me contiens, mais c'est dur. Une sensation de déchirure interne persiste et m'enveloppe dans une chape de douleur.

Quand Hailey s'écarte un peu, je rouvre les paupières. Elle me regarde avec tendresse. Ses yeux ne cillent pas quand elle découvre les hématomes monstrueux qui ornent mon torse et les traces de désinfectant badigeonné hâtivement qui colorent le peu de peau restée intacte.

– Je vais te nettoyer, me dit-elle avec un sourire.

Elle quitte la chambre pour aller chercher une serviette et j'essaie de me raisonner.

*Faut que tu lui dises.*

*Faut que tu lui dises avant que ce soit trop tard.*

***

Elle revient avec un gant, une serviette et un verre d'eau, et m'aide à basculer sur le dos dans le lit. J'essaie d'éviter de me contracter, mais je suis lourd pour Hailey et elle ne peut pas me porter complètement. J'étouffe un juron. *Ça fait mal, putain.*

À califourchon sur moi, elle doit sentir mon désir, car un gloussement lui échappe. Elle se soulève un peu et commence à frotter ma peau avec le gant humide. Je l'observe toujours attentivement tandis qu'elle s'applique à faire disparaître quelques vestiges de la soirée. Chacun de ses passages sur mon corps provoque des décharges électriques qui se répercutent directement au niveau de mon entrejambe. Je me racle la gorge pendant qu'Hailey profite de la situation pour me chatouiller légèrement. Je me contracte, et cet effort réveille la brûlure de mes côtes cassées. Je ris malgré moi, tout en hoquetant péniblement entre deux flashs douloureux.

Hailey reprend son lavage, elle s'amuse à descendre de plus en plus bas. J'essaie bien de me calmer en la déplaçant, mais son poids sur mon bassin ajouté au reste me contraint à dévoiler sans pudeur mon envie d'elle. Je perds toute maîtrise de moi et Hailey semble apprécier le spectacle.

*Merde, faut pas que tout dégénère avant que je lui aie parlé.*

– Clive, je vais t'enlever ton jean aussi. J'ai l'impression que ça te gêne.

Elle affiche un air mutin qui m'achève. Je lui attrape la main qui tient le gant.

– Ça te fait marrer, hein, de me torturer, petite sorcière ?

– Je suis très préoccupée par ton bien-être, c'est tout, réplique-t-elle.

Elle incline son buste vers moi et commence à déposer de petits baisers sur mes hématomes. Je me tortille un peu sous ce délicieux supplice. Il faut qu'elle s'arrête, je ne vais pas pouvoir tenir longtemps.

– Stop, Hailey ! je halète. Stop ! Je peux pas faire ça.

– Tu es trop amoché, Clive, alors laisse-moi faire, d'accord ?

– Non ! je proteste. Ce n'est pas ce que je voulais dire. On doit parler.

Mon ton sérieux l'interpelle et elle cesse son adorable manège. Elle se décale pour s'asseoir à côté de moi et m'aide à me relever un peu avec mes deux oreillers. Je déteste comme chaque mouvement m'arrache des râles de souffrance. Je m'en veux d'être empêtré dans ce corps blessé.

*Bon, nous y sommes.* J'ai une boule coincée dans la gorge, comme à chaque fois que je pense à tout ça. J'entrouvre les lèvres tout en la regardant. Elle ne sourit plus du tout, elle s'est tendue, et je vois que ses mains tremblent un peu.

Je déglutis.

– Hailey, je commence. J'ai menti.

Je marque une pause pour voir sa réaction. Elle tressaille mais ne dit rien. Elle attend patiemment la suite.

– Tu sais, quand je t'ai dit pour Mary… que c'était pour ça que toi et moi on pourrait jamais, enfin, tu vois… qu'on pourrait jamais être ensemble…

*Putain ! Pourquoi c'est aussi difficile ?* Ma voix s'altère. Je n'y arrive pas. Je regarde mes mains pour ne plus sentir ses yeux à elle fixés sur moi. Mais ils me transpercent de toute leur puissance. Hailey écoute, suspendue à ces mots qui refusent de sortir.

– En fait, je n'ai jamais voulu tomber amoureux de toi. J'ai même essayé de lutter contre ce sentiment. Mais c'est arrivé… et maintenant… Enfin, je… Putain !

Je m'énerve. Je serre les poings et j'ai subitement envie de fracasser quelque chose. La gueule de Trent, par exemple. Ou la mienne. Je ferme les yeux pour retrouver mon souffle. Je suis complètement à la ramasse, je n'arrive à rien de rien. J'ai la mâchoire contractée tellement j'ai envie de crier. Mon immobilité forcée dans un tel moment me tue.

J'ai le cœur qui bat si fort que je pourrais mourir là, écrasé par son propre mouvement.

Je sens la main d'Hailey se poser sur mon poing. Elle essaie de m'apaiser. Je rouvre les yeux et je tombe sur les siens noyés de larmes. *Merde, avec mes conneries, elle se met à pleurer.*

– Dis-le, Clive, chuchote-t-elle.

Je me lance enfin.

– Je n'ai rien à t'offrir. Rien du tout. Pile quand je voudrais pouvoir tout te donner.

C'est vrai. Mes épaules s'affaissent. *Je voudrais tout te donner.*

– Qu'est-ce que ça veut dire ?

Sa main quitte la mienne. Elle se redresse un peu, se blinde avant l'assaut. Je retiens ma respiration. Je me déteste pour ce que je vais dire.

– Je n'ai pas d'avenir… Je ne vais pas m'en sortir.

– Clive, supplie Hailey. Pourquoi tu dis ça ? Pourquoi tu ne vas pas t'en sortir ?

– Je… je suis malade. Comme Mary. Mais en pire.

Je relâche tout l'air de mes poumons, si brusquement que je suis foudroyé par l'éclair de souffrance qui me traverse. J'ai baissé les yeux. J'attends.

Le silence se prolonge, seulement entrecoupé des sanglots d'Hailey. Je me force à garder les yeux secs, il faut que je gère le bordel que je viens de foutre dans sa vie. Sauf que je tremble de tout mon corps, maintenant. Jamais je ne me suis senti aussi faible et inutile. Aussi impuissant.

– Hailey… je finis par dire en lui tendant la main. Viens là, ma belle.

Elle relève la tête et je lis tant d'amour dans son regard que j'aimerais disparaître.

*Être un étranger, être de passage, ne pas s'attacher, faire en sorte que personne ne s'attache. Puis disparaître.* C'était ça, mon plan. J'ai tout foiré.

Elle vient se blottir contre moi et je passe mon bras autour de ses épaules. Je la laisse pleurer un moment.

– Je m'en suis doutée, me confie-t-elle. J'ai vu des médicaments. Et puis d'autres choses. Mais je ne voulais pas y croire.

– Le bilan sanguin ? je demande, en me rappelant les papiers sur le bureau.

– Je pensais que c'était celui de Mary, dit-elle en reniflant.

– Le médecin de Mary m'a forcé à en faire un quand elle a été hospitalisée. Il trouvait que j'avais une sale tête. Il m'aime bien, il a même payé. Hélas, le résultat était pire que prévu. Moi, je m'en doutais déjà. On sent ces choses-là.

Je me laisse un peu glisser pour la serrer plus fort, et je plonge la tête dans son cou.

– Pardonne-moi, je murmure à son oreille. J'aurais dû t'éloigner de moi. Dès le début.

Ses mains caressent de nouveau mon corps. Elles m'électrisent. Me rappellent à l'ordre. Je voudrais écarter Hailey de moi, mettre un terme à notre châtiment commun, mais elle résiste et s'impose. *C'est si bon que tu me tiennes tête, Hailey.*

– Et si tu étais riche, dit-elle soudain avec une drôle de voix, est-ce que tu pourrais être guéri ?

Je l'embrasse à mon tour pour la faire taire.

– Ça ne sert à rien de penser à ça.

Elle s'arrête. Je la sens paniquer tout à coup.

– C'est à cause de moi, alors…

– Hein ? Mais qu'est-ce que tu racontes ?

– HackMeLove, c'est pour Mary et toi, pas vrai ?

*Oh, putain.* Pitié, n'abordons pas ce sujet. Surtout pas celui-là.

– Si je n'avais pas mis mon nez dans tes affaires, reprend-elle, tu serais sauvé, ainsi que Mary…

Hailey est en train de sombrer. Il faut que je la rattrape avant qu'elle ne se laisse ronger par une culpabilité morbide.

– Je préfère t'avoir rencontrée toi plutôt que Trent, répliqué-je en souriant.

Et voyant qu'elle s'effondre encore un peu plus, j'ajoute :

– Si ça n'avait pas été toi, ça aurait été quelqu'un d'autre, Hailey. Je sais que c'est illégal. Je suis juste… désespéré. Pour Mary. Moi, je m'en fiche. J'ai perdu foi en la vie quand papa est parti.

*Et je l'ai retrouvée avec toi. Tu as réussi ce miracle. Même pour quelques instants, ça en valait le coup.*

– Tu ne peux pas dire que tu te fiches de vivre, Clive.

Je lui caresse la joue tendrement.

– C'était avant toi. J'en voulais au monde entier. Et à mon père.

– Pourquoi est-il parti ?

– Pour trouver de l'argent. J'étais en chimio d'induction à l'époque. Mary venait d'être diagnostiquée à risque élevé. Il était prêt à tout, soi-disant. Faute de moyens, j'ai dû interrompre le traitement avant la phase de consolidation et maintenant, il n'y a plus grand-chose à espérer.

Par contre, je ne veux pas de ça pour Mary.

Hailey quitte mes bras et se relève. Elle se met à marcher de long en large dans l'espace exigü de ma chambre. Elle semble réfléchir. Sa silhouette gracieuse capture mon regard. Elle ne s'en rend même plus compte tant elle est plongée dans ses pensées. Entre ses cheveux blonds qui serpentent jusqu'au bas de son dos et ses longues jambes nues qui ressortent dans la clarté oblique de la lampe de chevet, elle a tout d'une sirène envoûtante. Elle se tourne vers moi, les yeux tourmentés :

– Ils sont sur tes traces. Ils savent des choses.

Son ton grave me soustrait à ma contemplation. Je voudrais me lever et la rejoindre pour la rassurer, mais ma position un peu bancale aggrave la sensation d'oppression qui entrave mes mouvements.

– Clive, ils savent que tu t'appelles Argos.

Elle darde à présent sur moi un regard étrange, comme si elle formulait une question muette. Elle s'est de nouveau approchée du lit, elle paraît attendre quelque chose, une réaction, une remarque, je ne sais pas quoi. Elle grimpe et se pose à genoux, à côté de moi, trop loin pour que mes mains la touchent. *Et je voudrais tant te toucher, Hailey.* Je ne sais pas comment lui dire qu'elle a le droit de partir. Qu'elle a le droit de renoncer, de choisir quelqu'un d'autre, moins brisé, et qui saura la rendre heureuse. Qu'elle ne me doit rien. Dès qu'elle est devant moi, comme ça, je me sens possessif, alors même que je n'ai aucun droit de l'être, moi moins que personne. Mais il faut bien qu'elle l'entende. Qu'elle sache qu'elle devrait me laisser.

– Hailey, je murmure.

Elle me surprend par sa vivacité. À peine ai-je prononcé son nom qu'elle se jette sur ma bouche pour m'embrasser fiévreusement, m'arrachant un nouveau cri de douleur au passage. J'ai l'impression de chuter à grande vitesse, je suis tiraillé entre mes sentiments et la certitude inéluctable de faire souffrir celle que j'aime.

Elle doit deviner mon combat intérieur, car elle me relève le menton avec son index.

– Je te défends de me dire quoi que ce soit, Clive, me dit-elle entre deux baisers. Je ne vais nulle part. Et je vais te le prouver.

Elle s'écarte légèrement et d'un geste lent, soulève son tee-shirt. Elle dévoile son corps devant mes yeux agrandis par le désir. Elle est magnifique. Toute trace de larmes a disparu de son visage, elle redevient féline, charmeuse, incroyablement belle. Comment pourrais-je encore lui dire de s'éloigner, maintenant ? Mes yeux balaient ses courbes et s'arrêtent sur sa poitrine parfaite. Elle a toujours ce pendentif caché entre ses seins, sous son soutien-gorge que je brûle d'arracher afin de ne la voir, elle, qu'avec ce simple bijou et sa peau nue.

– Hailey, je soupire. Tu es merveilleuse.

Elle me sourit, se cache un peu en ramenant ses cheveux en avant. La lumière diffuse fait scintiller ses mèches et elle semble toute parée d'or. *Bordel, cette fille est irréelle.*

– Rapproche-toi, bon sang ! je râle. Tu es trop loin !

Elle rit et s'avance enfin vers moi en ondulant. À quatre pattes, joueuse, elle s'approche et minaude, alors que je suis complètement fasciné par sa beauté et envahi par un désir de plus en plus difficile à contenir. *Je suis en vie avec toi, Hailey, aucun doute là-dessus.* Quand elle est enfin à ma portée, je l'attrape par la nuque et fonds sur sa bouche.

Ma langue caresse la sienne avant de partir explorer son cou que je goûte avidement. Son parfum m'enivre et me donne envie de plus. Un cri m'échappe quand je la soulève pour l'asseoir sur moi. J'ai le souffle coupé par la douleur et j'ahane comme une bête à l'agonie, mais rien au monde ne m'empêchera de la sentir sur moi. Face à face, nous nous regardons. Nous écoutons nos respirations saccadées par ce feu qui nous embrase, et nous cessons de bouger pour savourer cet instant de doux flottement où nos corps se touchent, s'appellent, mais s'attendent encore. Mes doigts glissent de son oreille à son cou, s'enroulent dans la chaîne qu'elle porte et descendent lentement entre ses seins. Sans la quitter des yeux, je fais rouler le pendentif sur sa peau. Elle frissonne et ferme les paupières. J'en profite pour regarder le bijou dont elle ne se sépare jamais.

Et je lâche tout. Je blêmis. Mon cœur s'emballe encore davantage, je ne sais plus quoi penser. Le passé s'invite dans la chambre si brusquement qu'un vertige me prend. Si je n'étais pas coincé dans ce corps abîmé, je me serais enfui. Hailey perçoit mon trouble et rouvre les yeux. Elle pose la main sur mon cœur, fronce les sourcils en sentant les palpitations désordonnées qui l'agitent.

Je désigne son médaillon fébrilement, les mains tremblantes.

– Tu connais ce bijou, n'est-ce pas ? me demande-t-elle.

# 48

## Clive

Qu'est-ce que ça veut dire ? J'ai peur. Une angoisse folle s'empare de tout mon être. Je ne comprends plus rien. Comment elle a eu ça ? *Ce n'est pas un piège, hein, Hailey ?*

Je me sens perdu, empêtré, j'ai le tournis. Ma respiration devient sifflante.

– Eh, Clive, tout va bien. Reste avec moi.

Elle m'oblige à garder mes yeux dans les siens et m'offre un merveilleux sourire qui apaise mes craintes. *Je suis con, putain, elle n'est pas comme ça.* Il y a eu tellement de peur et de doutes en moi ces derniers temps que je deviens parano.

– Est-ce que tu crois au destin ?

Sa question résonne dans ma tête, détruit mes défenses et mes certitudes.

– Ce médaillon, commence-t-elle, est mon porte-bonheur. Quand je me sens découragée, triste, seule, ou quand j'ai peur, je le serre entre mes mains et je me sens protégée.

Elle me regarde avec une douceur infinie qui m'ébranle profondément.

– Ce médaillon, je le garde toujours sur moi, car il symbolise ce en quoi je veux croire, ce qui existe et ce qui est l'essentiel de notre passage sur cette terre. Il est ce pour quoi nous vivons, et un rappel toujours vif de ne pas baisser les bras. Et que chacun en vaut la peine.

J'ai les larmes qui me montent aux yeux. Celles que j'ai retenues tout à l'heure et que le souvenir qu'elle évoque avec tant de tendresse suffit à épancher.

– Quand Leo est mort, je n'étais pas là, reprend-elle. Ni moi ni mes parents qui me cherchaient dans les rues. Mais il n'était pas seul dans sa chambre d'hôpital. Il y avait un autre garçon avec lui, plus âgé de quelques années, et qui venait d'arriver.

Elle passe maintenant les mains dans mes cheveux, continue à me regarder mais d'un peu plus loin, comme si elle se perdait un peu dans son récit.

– L'infirmière nous a raconté. La nuit de la mort de Leo, quelques heures avant, il était au plus mal et souffrait beaucoup. Comme souvent, à sa demande, le nocturne de Chopin s'égrenait dans la chambre, celui que nous avons écouté ensemble à la bibliothèque et que tu as reconnu. Cet air était son préféré et l'accompagnait toujours dans les moments de grandes douleurs. Mais cette fois, cela ne suffisait pas. Alors l'autre garçon a commencé à lui raconter des histoires pour le distraire. Pendant plusieurs heures, elle nous a dit. Elle passait la tête tous les quarts d'heure par la porte de la chambre. Leo s'apaisait. Quand la fin est devenue imminente, le garçon a sorti son doudou chien de sous son drap et l'a donné à mon frère. L'infirmière était là. Elle a dit qu'elle a vu le garçon s'installer dans le lit de Leo avec son doudou, le lui donner et lui expliquer qu'avec lui, il n'y a pas de voyage sans retour. Il lui a dit de le serrer très fort au bon moment, et qu'ainsi il reviendrait à la maison, un jour, et qu'il retrouverait ceux qu'il aime.

Elle s'interrompt un instant, continue à jouer distraitement avec mes mèches.

– Le lendemain matin, quand nous sommes arrivés, alertés par l'équipe médicale, nous sommes entrés dans une autre chambre où son corps avait été déplacé et préparé. Un doudou chien avait été soigneusement placé à côté de lui sur le lit. Et c'est là que l'infirmière nous a expliqué. Je me sentais terriblement mal. J'avais envie de hurler ma colère et mon désespoir. Et au milieu de ma culpabilité et de ma tristesse, ce doudou a soudain représenté tout ce que je n'avais pas su donner. Ce doudou était une touche de lumière et d'amour dans un monde blanc et froid, un élixir de vie bien plus puissant que n'importe lequel de ces médicaments qui n'avaient pu guérir mon frère. J'ai emporté le doudou. J'ai vu qu'il portait un médaillon sur lequel était gravé ce nom, Argos, comme le chien d'Ulysse qui attendait patiemment son maître à Ithaque, même après vingt ans de voyage. J'ai retiré le médaillon de son ruban et depuis, je l'ai passé à cette chaîne que je garde toujours autour du cou.

Ses mains quittent mes cheveux et s'emparent des miennes. Elles me pressent fort, et le gris des iris d'Hailey s'illumine d'un éclat qui me bouleverse.

– Clive, je me le suis rappelé seulement hier. Ce garçon que je n'ai vu qu'une fois en coup de vent, la veille, lors d'une visite express pendant laquelle je ne pensais déjà qu'à partir, eh bien… ce garçon avait de magnifiques yeux verts.

***

Je reste silencieux. J'avale péniblement ma salive. Des émotions trop fortes à gérer. J'aime cette fille à en crever. Et sa confidence remue tant de choses enfouies, éveille tant d'amour en moi. Je ne savais pas que ce petit s'appelait Leo. On ne s'est jamais dit nos prénoms. J'avais 9 ans, ce n'était que le début pour moi. J'ignorais encore tout de la peine, de la douleur, et de l'espoir qui s'éteint petit à petit.

– C'est papa qui l'avait gravé, je souffle en essuyant mes yeux.

Avec un regard éperdu, Hailey oublie mes blessures et s'écrase contre moi en me serrant si fort qu'elle me broie les os, mais je ne sens même plus la douleur. Je ne sens que l'amour qui rayonne de son étreinte et la reconnaissance qu'elle m'adresse à sa manière par-delà les années. Je me perds dans la sensation de son corps collé au mien. Je ne sais pas si c'est un quelconque destin qui nous a réunis, mais je choisis de l'aimer, elle, maintenant, avec toutes ses failles et sous toutes ses formes. Je ne veux pas attendre une seconde de plus. Nous n'avons pas une seconde de plus. Et que ce soit Leo qui nous le dise depuis l'éternité, c'est un peu comme une bénédiction.

Je plonge une nouvelle fois dans son cou, l'embrasse, et trace des sillons humides avec ma langue alors qu'elle se renverse pour s'offrir à ma faim. Une main sur sa nuque, l'autre descend dans son dos et dégrafe son soutien-gorge. Je le fais glisser doucement le long de ses bras. Je la dévore du regard alors qu'elle a les yeux fermés. J'aime toucher sa peau sans aucune entrave. Seulement, je suis incapable d'autre chose que ces caresses enflammées, mon corps prisonnier dans son carcan de douleur.

Hailey prend les choses en main et roule sur le côté, à moitié nue, sa poitrine offerte et durcie par le désir. Avec des mouvements précipités qui m'arrachent un rire, elle se jette à mes pieds et entreprend de me retirer mon jean. Quand je suis en boxer devant elle, elle me regarde avec une expression gourmande.

– Je ne peux pas te laisser comme ça, Mister Beau-gosse, lance-t-elle en riant et en papillonnant exagérément des cils.

Une fois que nous sommes déshabillés, elle place ses jambes de part et d'autre de moi, effleure mon torse avec ses seins en descendant lentement puis échappe à mes mains, encore une fois. J'émets un grognement de frustration de ne pas pouvoir exprimer avec mon corps tout ce que mon cœur contient d'amour pour elle.

Mais Hailey le sait, elle le sent. Elle déplace les oreillers de façon à m'incliner sur le côté le moins blessé. Elle se faufile et se love dans mes bras, son dos contre moi. Sa peau douce se couvre de chair de poule et la mienne se languit d'un contact plus total, plus intime. J'écarte ses cheveux pour dégager son cou, je laisse mon souffle rapide se déverser sur la courbe de son épaule. Mes longs bras me permettent de l'envelopper tout entière. Je dessine sur sa peau tous les mots que je ne prononce pas, explore la vallée de ses seins érigés, mais contiens encore mon ardeur pour laisser grandir entre nous cette puissante vague de désir. Tout son corps est suspendu à mes gestes. J'abandonne ses seins et poursuis la découverte de son ventre, de sa taille si fine contre ma paume. J'embrasse sa nuque alors que je m'aventure toujours plus bas, glisse sous son sous-vêtement et effleure son intimité.

Elle tressaille, se cambre sous mes caresses que j'appuie un peu plus. L'euphorie nous gagne, elle ondule contre moi, gémit quand mes doigts s'insinuent en elle jusqu'à la jouissance. Haletante, elle se retourne vers moi. Je lis dans ses yeux tant de passion que j'en deviens fou. D'un geste sec, je lui arrache son tanga et elle se tortille pour le faire tomber plus vite. Je la prends par les hanches pour la ramener contre moi. Je refuse qu'un seul centimètre carré de sa peau n'épouse pas la mienne. Je lui crie avec mes yeux que je ne peux plus attendre. Que son sexe sur le mien est une torture qui devient presque douloureuse.

Toujours allongée sur moi, elle retire les oreillers et m'aide à me remettre sur le dos. Elle se redresse ensuite pour attraper un préservatif dans mon tiroir. Alors qu'elle fouille dedans, un peu gênée et à moitié en travers de moi, je lui agrippe les cuisses, la soutiens et l'approche de ma bouche. Je veux tout connaître, tout goûter, la savourer tout entière. Le petit cri qu'elle pousse m'encourage et ma langue franchit toutes ses barrières. J'ai l'impression de voler quand elle jouit une seconde fois contre mes lèvres.

Les joues rosies, impatiente, elle se défait de mon étreinte et revient au-dessus de mon bassin. Je ne la quitte pas des yeux quand elle déroule le préservatif sur moi. Ses paumes délicates racontent à leur tour son désir sur ma peau avant qu'elle ne me prenne en elle.

– Je t'aime, je lâche d'une voix rauque.

Ces mots sortent tout seuls à la sentir ainsi. Je les répète à chaque mouvement qu'elle fait autour de moi et que j'accompagne faiblement. Je me laisse submerger par le plaisir alors qu'elle se contracte et m'enserre. Moment sublime, parfait.

– Aïe ! je gémis malgré moi, avant de rire avec elle.

Elle s'est écroulée sur moi, sans ménagement. Malgré son poids sur mes côtes, je veux qu'elle reste là, son corps contre le mien pendant que nous reprenons pied dans la réalité. Elle se niche dans mon cou et je couvre son corps de caresses comme d'un voile de fraîcheur frissonnante.

*C'est si bon de t'aimer. Si évident.* J'attrape la couette et nous enroule dedans, toujours enlacés. Nos pouls se sont calmés. Nous nous laissons gagner par la sérénité béate qui suit l'amour. Je me sens heureux.

Je ferme les yeux un moment, Hailey tout contre moi.

*Éternité.* Et je m'endors.

# 49

## Hailey

Il fait jour quand je me réveille enfin. Je n'ai aucune idée de l'heure qu'il est, et la grisaille que j'aperçois au-dehors n'est d'aucun secours pour situer ne serait-ce qu'un peu le moment de la journée. Je sens le corps de Clive contre moi, sa respiration régulière. Il dort paisiblement. Je détaille son visage détendu, abandonné. C'est si rare de le voir comme ça. Je souris en repensant à cette nuit. Mes yeux tombent sur ses hématomes qui contrastent violemment sur sa peau blanche. *Trop blanche.* J'ai un haut-le-cœur. Je me lève précipitamment, renfile mon tee-shirt et cours jusqu'à la salle de bains.

Mon estomac est tellement vide que je ne vomis rien. Ce sont juste des spasmes qui me brûlent la gorge. Et me brisent le cœur. Je n'arrive pas à voir autre chose que le mot « Fin ». Je bloque sur les révélations de Clive qui s'imposent de plus en plus, prennent le pas sur tous les merveilleux souvenirs de nos corps enlacés. Je ne contrôle plus rien, la panique me gagne ainsi qu'une envie de crier. Je fais couler l'eau de la douche, me glisse dessous et m'effondre.

Lorsque je repasse dans la chambre une demi-heure plus tard, Clive n'a pas bougé. Il doit être épuisé. Quand je pense à tout le stress qu'il a subi ces dernières semaines, je m'étonne même qu'il tienne encore debout. Et c'est à cause de moi.

Quoi qu'il en dise, il m'est impossible de ne pas me sentir coupable. Je suis coupable et révoltée.

*Comme pour Leo.*

Je me rhabille rapidement, sans faire de bruit, et je descends à la cuisine. Mary est devant la télé, elle me fait un petit signe avant de se replonger dans son dessin animé. Helen est assise à table et boit un café en feuilletant un magazine.

– Bonjour, Helen.

– Bonjour, Hailey.

Elle m'observe et son regard s'arrête un long moment sur mes yeux rougis par les larmes.

– Tu as pleuré, constate-t-elle simplement.

Je m'assois et prends le mug qu'elle me tend.

– Il m'a dit.

Je n'ai pas la force de préciser quoi, mais Helen a compris. Elle se lève et m'offre un câlin affectueux et réconfortant.

– Mange, Hailey. Il est midi passé. J'ai quelques restes dans le frigo si tu préfères un plat à un petit déjeuner tardif.

– Les céréales me conviennent très bien, merci. Je ne sais pas si je pourrai en avaler beaucoup, de toute façon.

– Il le faut pourtant, ma chérie. Pour garder la tête froide et rester forte.

Je fronce les sourcils. *Qu'est-ce qu'elle veut me dire ?*

– Je ne l'abandonnerai pas, je dis, avec une pointe d'agressivité dans la voix.

– Ce n'est pas à moi de te dire quoi faire, Hailey, mais je pense à ton bonheur et je crois que tu devrais laisser Clive. Et ne crois pas que je ne me déteste pas de te dire ça. Clive t'aime, et je veux qu'il soit heureux. Mais tu as déjà eu tellement de drames dans ta vie… Ça ne finira pas bien pour lui. Ce ne sera pas joli ni romantique. Ce sera juste horrible et douloureux.

Je frissonne malgré moi. *Pourquoi est-ce qu'elle me dit ça ?* Elle veut me préparer au pire mais je ne suis pas prête à l'entendre. Je n'ai pas encore fait le tour de la question et je refuse de rester les bras croisés à le regarder mourir sans rien faire.

– Le médecin était surpris qu'il soit encore à peu près en forme quand il a reçu les résultats de son bilan sanguin, ajoute-t-elle. Clive m'a tout caché, évidemment. Je l'ai découvert quand j'ai dû l'emmener à l'hôpital après un coup de froid. Un simple rhume et il est à terre, Hailey.

Je me remémore Clive avec son écharpe et son bonnet dès début novembre. Je le croyais un peu frileux. *Quelle naïveté !* Je ne veux pas en entendre davantage.

– Arrêtez, s'il vous plaît, je l'implore.

Je comprends ce qu'elle veut faire, mais je trouve cela cruel. Je pense à Clive, endormi là-haut, et à la tête qu'il ferait s'il savait les tentatives de sa mère pour nous éloigner. Elle croit peut-être que c'est un simple *crush* pour moi. Elle ne sait pas ce qui nous lie, maintenant plus que jamais.

Je termine mes céréales sans plus rien dire, pensive. *Trouve une solution, trouve un truc, merde !* J'ai le cerveau en ébullition. Comment aider Clive tout en évitant de se faire pincer ? S'il n'a plus d'argent pour traiter Mary, il ne s'en remettra pas. Je l'ai senti hier à ses mots. Il faut vendre HackMeLove le plus vite et le plus discrètement possible. Et que je démissionne. Je me marre intérieurement à cette pensée. Première enquête et je tombe amoureuse de ma cible, autant dire que je ne convaincrai plus jamais personne. Je perds un rêve mais je gagne un amour. Le choix est vite fait.

Je remonte voir Clive. Il faut qu'on trouve un plan. Il faut qu'on se batte ensemble.

– Hey, salut toi ! me dit-il avec un grand sourire.

Ses traits sont tirés, il a l'air de souffrir, mais ses yeux verts sont incroyablement doux. Je me rallonge à ses côtés. Après toutes mes larmes, j'ai besoin de sentir sa chaleur, d'entendre sa voix, de croire que tout est possible. Je trace distraitement des signes sur son ventre du bout des doigts, l'esprit toujours préoccupé.

– Tout va bien ? demande-t-il au bout de quelques minutes silencieuses.

– Oui, je réfléchis, c'est tout.

Clive essaie de se redresser un peu, et tout son visage se chiffonne sous la douleur. Je vois bien qu'il se retient de crier. Ses cachets ne doivent plus faire effet.

– Quand as-tu prévu de vendre ton appli ?

Sa main se crispe sur mon épaule.

– Hailey, tu es flic… et même si je t'aime, je préfère gérer ça tout seul.

– Je ne suis rien du tout. Je vais démissionner.

Clive m'oblige à m'écarter pour pouvoir me regarder dans les yeux. Il me sonde sans rien dire puis finit par lâcher, avec un accent de tristesse dans la voix :

– Mais Hailey, c'est ton rêve depuis toujours. Je ne veux pas que tu abandonnes tes rêves. À la fin, ce sont tes rêves qui resteront, pas moi.

Je lui prends la main et la serre.

– Clive, crois-moi, cela a cessé d'être un rêve depuis bien longtemps. Il n'y a qu'à voir le comportement de Trent…

Je me penche pour l'embrasser et ajoute avec détermination :

– Je veux t'aider. Laisse-moi t'aider.

– Hors de question que tu risques la prison pour moi, Hailey. C'est non.

– Alors, dis-moi au moins quand tu comptes vendre et j'essaierai de mettre l'équipe sur une autre piste.

Clive pince les lèvres, je sens son hésitation d'ici. J'espère qu'il me fait pleinement confiance. Parce que moi, je suis prête à tout. Et je vais commencer par le cas de Trent.

– Dans trois jours, lâche-t-il avec mauvaise grâce.

Je lui souris de toutes mes dents. Il me fait confiance. Il faut tenir encore trois jours, ce n'est pas impossible. Après on pourra détruire toutes les preuves et effacer toutes les traces.

Je l'attrape précautionneusement et l'aide à se mettre debout. La vue de son corps nu remet le mien dans un état avancé d'excitation. Toutefois, la peine avec laquelle il bouge m'incite surtout à lui préparer ses médicaments. Il ne plaisantait pas, il doit avaler toute une pharmacie plusieurs fois par jour. Quand il a terminé, je lui prends la main et l'entraîne vers la salle d'eau.

– Viens, je vais t'aider à te préparer.

Pendant que je le douche, mon esprit carbure, j'échafaude mentalement un plan pour détourner l'attention de mes collègues de la cyberdéfense. Après tout, j'ai des talents de hackeuse, moi aussi, et j'ai une petite idée qui permettrait à Clive de faire sa transaction sans risquer de se faire prendre. Une multiplication d'alertes truquées avec un profil de code identique au sien. Et si Argos apparaissait soudain un peu partout dans l'État ?

Le compte à rebours est lancé.

# 50

## Hailey

Clive est enfin douché et habillé. Cela n'a pas été sans mal. Il a pesté tout ce qu'il pouvait, car j'ai dû demander à sa mère une chemise de son père pour simplifier les choses. Avec ses côtes cassées, il va devoir renoncer à ses tee-shirts pendant quelques jours au moins.

– Clive, dis-moi, cet Ulysse, tu le connais ?

Clive s'interrompt dans son brossage de dents, me jette un regard courroucé, et finalement termine avant de demander d'un ton neutre :

– Lequel ?

– Tu sais bien, arrête de faire le malin.

À travers la glace, il pointe son doigt vers moi.

– Je ne veux pas que tu t'en mêles, OK ?

– Non, mais j'ai peut-être une idée, si ça tourne mal.

– Ça ne doit pas tourner mal, Hailey. Sauf si tes copains flics me chopent avant. Et comme tu dois aller les voir, moins tu en sauras, mieux ce sera.

Le pire, c'est qu'il a raison. Je dois repasser chez moi avant de filer au commissariat du district. J'ai manqué le rendez-vous avec le capitaine Blake ce matin et je dois lui parler. De Trent. De ma démission. Plus l'heure avance, plus j'ai peur. Le capitaine n'est pas idiot. Il va se douter qu'il se passe quelque chose avec Clive, que j'ai choisi le mauvais camp, comme il disait. Il va me faire suivre ou un truc dans le genre, et je ne suis pas sûre de supporter ça. Toute ma vie, j'ai mis les sentiments de côté pour avancer vers mon objectif, quitte à être parfois impitoyable. Clive a bouleversé tout cela. Ce qui nous arrive est tellement fort, tellement évident.

Je le regarde, emportée par une puissante vague de tendresse. Mais je suis gauche, je n'ai jamais été amoureuse avant, et j'ai l'impression d'être plus fragile que jamais. Prête à être brisée. Je ne sais pas faire et je me sens soudain timide face à lui.

– Je vais y aller, j'annonce. Mais… si tu veux bien, j'aimerais revenir après.

Clive se retourne vers moi, m'attrape par les épaules et plante son regard vert dans le mien :

– Bien sûr que je veux que tu reviennes, Hailey. Je suis maladroit parce que tout ça, c'est nouveau pour moi. Mais je t'aime, Hailey, plus que ce que tu peux imaginer. Alors n'aie pas peur, on va s'en sortir, ensemble. Tu peux compter sur moi. Je veux être avec toi. Tous les jours. Tout ce que tu pourras me donner. N'en doute pas.

Il m'embrasse avec fougue, à tel point que mon dos cogne violemment la porte. Enivrée par la force de ce que je ressens, je n'arrive pas à me détacher de lui. C'est lui qui met fin à notre étreinte. Il ouvre la porte, me pousse légèrement, et, après un dernier baiser derrière l'oreille qui me fait chavirer, il me susurre :

– Allez, file, je t'attends déjà.

***

Je suis enfin chez moi. J'ai discrètement emporté le tee-shirt gris de Clive pour lui faire une surprise tout à l'heure. Je suis toute chamboulée. Tout s'est passé si vite, entre l'agression, nos confidences et notre instant d'amour. Je peine à retrouver mes esprits. Il faut pourtant que je sois lucide avant d'aller affronter mon chef.

Je passe des vêtements propres, me recoiffe, essaie de me donner un air moins adolescent. Surtout, je tente d'effacer cette drôle d'expression qui a fleuri sur mon visage pendant la nuit. Je contemple mon reflet dans le miroir et malgré tout, malgré la maladie de Clive et les menaces sur notre tête, je semble heureuse. Le changement est subtil mais réel. Mes yeux ont un éclat nouveau, mes joues se colorent dès que je pense à lui, et mes lèvres semblent guetter les siennes dans un demi-sourire serein qui ne s'efface plus.

Je prends aussi le temps de manger encore un peu. Les céréales de ce midi avaient un goût amer. Maintenant, ragaillardie, je suis moins morose et j'ai retrouvé mon courage. Mes parents ne m'ont pas laissé de mot, mais ça ne m'étonne pas. Ils ont l'habitude de me voir aller et venir, et ils me savent raisonnable. Je soupire. Ils ont une bonne situation financière l'un et l'autre mais, en dehors d'une aide pour l'université, je me suis toujours débrouillée seule. Je compte leur parler de Clive, et j'espère pouvoir les convaincre de nous aider. Je passe une heure sur Internet à essayer de trouver des informations sur la maladie de Clive et Mary. De voir s'il existe des traitements possibles, des aides, n'importe quoi. Mais tout ce que je vois, c'est que Clive a raison : sans couverture sociale, impossible d'assumer soi-même les frais médicaux qui s'élèvent à plusieurs centaines de milliers de dollars. Les foyers pauvres et précaires ne peuvent pas s'en sortir. *C'est tellement injuste.*

Sur mon téléphone, une liste d'appels manqués longue comme le bras. Trent évidemment, qui doit encore chercher un moyen de s'en sortir, et surtout le capitaine. Je n'hésite pas et rappelle ce dernier. Trent ne perd rien pour attendre.

– Hailey, répond-il d'un ton bourru. Vous en mettez du temps à répondre, bon Dieu !

– Désolée, monsieur, j'ai eu un contretemps.

– Évidemment que vous avez eu un contretemps ! Je vous félicite !

*Euh, pourquoi il me dit ça ?* J'ai subitement un mauvais pressentiment.

– Par… pardon ? je fais d'une voix un peu confuse.

– Bon sang, Hailey, pas de modestie, vous avez fait du bon travail ! Avec les éléments que vous nous avez fournis, l'équipe est déjà en route pour la perquisition. Ils devraient arriver d'ici quelques minutes.

Mon sang se glace dans mes veines et mes cheveux se dressent sur ma tête. De quoi parle-t-il? Quels éléments? Quelle perquisition?

– Je vous attends au poste d'ici trente minutes, faites vite! conclut-il avant de raccrocher.

Paniquée, j'appelle immédiatement Clive. Il faut que je le prévienne de toute urgence. *Si c'est bien ce que j'imagine…* Jamais la sonnerie d'appel ne m'a semblé aussi lente. Les bips qui s'éternisent me déchirent l'oreille.

Une fois, deux fois, trois fois…

Clive ne répond pas.

Je réessaie encore plusieurs fois. Toujours rien.

Je remonte en trombe dans ma chambre pour consulter mon PC. Frénétiquement, je me connecte à HackMeLove. J'ai un doute qui s'insinue en moi comme un poison et qui me brûle les entrailles. Il faut que je sache. Je regarde la date et l'heure de la dernière connexion depuis mon *bot* transformé en compte.

Ce n'est pas possible.

Je vais m'évanouir. Mes yeux bloquent sur les chiffres qui s'affichent sur l'écran.

Hier soir, vingt-deux heures trente.

Je n'étais même pas là. J'étais avec Mary pendant que Clive se faisait soigner à l'hôpital. Mes parents étaient sûrement encore à leur gala. Ils rentrent tard de ce genre d'événements, rarement avant minuit.

Ce n'est pas possible.

Mon cœur va exploser. Tout mon corps tremble, je ne suis pas capable de contrôler quoi que ce soit. Dans le miroir, j'aperçois désormais un visage livide, des yeux noirs de rage et une grimace de dégoût. Je cogne le front dessus, puissamment, pour tenter de chasser la terrible réalité qui me percute.

Une seule personne a pu profiter de mon absence pour se connecter sur ce PC.

Une personne capable de hacker un mot de passe et de se repérer dans le code d'une application complexe.

Une personne présente hier soir.

Une personne que j'ai plantée là avant de foncer vers l'hôpital, sans même fermer la porte de chez moi.

Surtout, une personne acculée et avide de se venger.

J'ouvre mon tiroir d'un geste sec : la clef USB de mon anniversaire a disparu.

Ce n'est pas possible.

# 51

## Clive

J'attends avec impatience le retour d'Hailey, j'espère qu'elle aura des nouvelles pas trop mauvaises à m'apprendre. Les médicaments m'abrutissent, une migraine commence à s'installer depuis peu. J'ai rassemblé mes documents pour la vente, puis j'ai sombré sans rien pouvoir faire de plus. Je me suis assoupi de nouveau, vaincu par l'épuisement physique et émotionnel des dernières heures.

Je me réveille en sursaut quand la sonnette retentit. Sûrement Hailey.

Je roule sur le côté pour me relever. *Bordel, c'est toujours aussi douloureux.* Je souris néanmoins, j'ai hâte de la retrouver. Des coups violents portés sur la porte m'alertent soudain et quelqu'un crie : « Police ! » Je me fige.

*Putain.* Pas ça. Pas maintenant.

Les pas précipités de ma mère claquent sur le sol du rez-de-chaussée. Je l'entends ouvrir et le bruit d'un attroupement résonne dans la cage d'escalier. Des voix pressées échangent quelques mots que la distance m'empêche de distinguer clairement. Je suis enfin debout quand deux agents en uniforme ouvrent brusquement ma porte et débarquent dans ma chambre.

Je suis pris au piège.

Pétrifié, je suis incapable d'esquisser le moindre mouvement. Je les regarde s'avancer vers moi, m'aperçois que l'un d'eux tient des menottes.

– Clive Howard ? demande le plus âgé en sortant un papier de sa poche.

– Oui, je bredouille.

– Levez les bras en l'air pendant que mon collègue vous fouille et vous passe les bracelets.

J'obtempère, l'esprit ailleurs. Je réfléchis à toute vitesse sans trouver cependant la faille qu'ils ont pu exploiter depuis hier.

– Nous avons un mandat de perquisition du juge concernant la détention d'un programme informatique malveillant qui utilise le vol de données personnelles.

L'agent me passe les bras derrière le dos et m'arrache un gémissement. *Aïe.*

– Je suis blessé, je proteste. Je ne suis pas dangereux, laissez tomber.

– Nous appliquons la procédure, répond-il laconiquement.

Comme je me laisse faire, il me pousse sans trop de brutalité et me fait descendre auprès de maman et Mary qui me jettent des regards terrifiés, encadrées toutes deux par quatre autres agents de police. *Comme si j'étais un dangereux criminel.*

Maman m'interroge discrètement, mais nous sommes tenus de nous taire durant la durée de la perquisition. Je n'ai aucun espoir de m'en sortir, tout est là-haut dans ma chambre. Je leur offre tout sur un plateau d'argent.

Un des agents restés dans ma chambre descend et vient vers moi :

– Le mot de passe de votre PC ?

Je le lui donne à contrecœur, je n'ai pas le choix de toute façon. Peu après, un des policiers pousse un cri de victoire depuis l'étage et un long frisson parcourt mon échine. *Cette fois, c'est foutu.* Tout est foutu. Je vacille, pris par un vertige, mais deux bras solides me maintiennent debout.

J'ai les yeux fixés au sol. Je ne veux pas voir l'expression affolée de Mary et encore moins le doute et la déception s'imprimer sur le visage de maman. Je bats des paupières pour rester à la surface, mais je suis en train de m'effondrer. J'ai l'impression que l'on a aspiré le peu de vie qu'il me restait. J'ai froid, très froid. Je ne ressens rien d'autre que cette onde glacée qui se répand en moi, qui affole puis anesthésie chaque terminaison nerveuse de mon corps. *Hailey, reviens, j'ai besoin de toi.*

Quand ils ont terminé, leur chef passe un coup de fil et je comprends qu'il s'agit du capitaine d'Hailey à l'autre bout du fil. Il doit sûrement donner ses instructions pour la suite. Hailey n'a pas eu le temps de détourner leur attention, je suis pris au piège. Je guette un signe dans le comportement des policiers qui nous entourent et constate que mon dossier et mon PC ont été saisis. Je voudrais me jeter dessus et les détruire. Je voudrais frapper tous ces policiers jusqu'au dernier. Ils sont en train de saccager tous mes efforts. Ils sont en train de nous tuer, Mary et moi. Mais je suis incapable de bouger. Le vide absolu que je ressens scelle mes pieds au sol, empêche mes mouvements et ma respiration. Je vois trouble depuis quelques minutes maintenant. S'ils ne m'éloignent pas rapidement de maman et Mary, je vais finir par tomber dans les pommes devant elles. *Devant elles, putain !* Ils n'ont pas de cœur.

Mary s'est mise à pleurer. J'entends ses sanglots ; chacun d'eux est comme un uppercut en pleine face. *J'ai tout foiré, Mary, je suis désolé. Je n'ai pas tenu ma promesse, moi non plus.* Je pense aussi à Hailey et à tout ce qu'on a traversé pour échouer si vite. Est-ce que je la reverrai ?

Puis le chef sort de la maison en braillant ses ordres :

– Emmenez-le pour interrogatoire !

Maman s'agite soudain :

– Hors de question que vous embarquiez mon fils ! hurle-t-elle. Il n'a rien fait !

Son cri déchirant me vrille les tympans et morcelle mon cœur. Je sais d'ores et déjà que je serai hanté par ce son pendant longtemps.

L'officier de police revient et la prend à part, pas suffisamment loin pour qu'un seul de ceux présents dans la pièce puisse échapper à l'échange :

– Madame, votre fils s'est rendu coupable de hacking de données personnelles pour créer une application payante non déclarée. Ces deux activités sont illégales. Nous le soupçonnons de deux autres infractions graves, l'une dans un hangar loué par l'université de Boston, l'autre au commissariat du district. Croyez-le ou non, votre fils n'est pas un ange. Merci de ne pas entraver la procédure, ça n'arrangera en rien son cas.

Maman se retourne vers moi. Ses yeux éplorés disent tout son désarroi. Ils me supplient de démentir les accusations portées contre moi. *Maman, j'espère que tu pourras me pardonner.*

– Clive, mon chéri ?

Je croise son regard mais je suis dans le vague. Mon cauchemar se réalise devant moi et j'en suis comme spectateur. Je n'ai pas la force de dire quoi que ce soit. *Je suis coupable, maman.* Et maman comprend. Elle se met à pleurer, elle aussi, de ces larmes silencieuses qui renferment les chagrins les plus profonds. De ceux qui n'ont pas de mots ni de cris.

Les agents de police m'agrippent chacun par un bras et m'entraînent au-dehors vers leur voiture banalisée. Leur poigne ferme sur ma peau, ils me jettent plus qu'ils ne m'installent sur la banquette arrière, peu soucieux de mes blessures et de la souffrance qu'elles engendrent. Les râles plaintifs qui franchissent malgré moi mes lèvres ne les émeuvent pas. Ils en ont vu d'autres. Ils « appliquent la procédure ».

Nous arrivons au poste. Je suis conduit sans ménagement à travers un dédale de couloirs et je finis par entrer dans une petite salle typique d'interrogatoire. À l'intérieur, le mobilier classique : une table, deux chaises, une caméra et un miroir. Ma cheville est entravée à l'aide d'un anneau accroché au sol, mais, à mon grand soulagement, mes poignets sont libérés. Une fois que je suis assis, les deux agents chargés du transfert quittent la salle et m'abandonnent, seul face à mes pensées.

Sauf qu'il n'y a plus rien en moi. Rien d'autre qu'un gouffre qui se creuse d'heure en heure et dans lequel je ne peux plus que chuter.

# 52

## Clive

Je ne sais pas depuis combien de temps j'attends. J'ai décroché de la réalité. La fièvre arrive, j'ai un mal de crâne lancinant et je suis trempé de sueur. Rester assis les bras croisés avec des côtes cassées est une position intenable. J'ai mal partout.

Enfin, la porte s'ouvre. Un homme grand, la cinquantaine fière et les cheveux en brosse, fait son entrée. Il reste quelques minutes sur le seuil et m'observe tandis que je le regarde avec des yeux vides. Il s'assoit sur la chaise en face de moi, pose le dossier qu'il tenait sur la table avant de se racler la gorge.

– Vous êtes bien Clive Howard ?

Je ne réponds pas. *Question conne.* Et je n'ai pas envie de répondre à des questions connes. J'ai envie de rentrer chez moi, de m'allonger et d'oublier cette merde.

– Dis, gamin, il va falloir que tu y mettes un peu du tien si tu veux que les choses se passent le mieux possible pour toi.

Je dégouline. Littéralement. Je sens les gouttes de transpiration sillonner mes tempes et se perdre dans mon cou.

– Crawley ! gueule l'homme.

Une silhouette s'encadre dans la porte, en attente de consigne.

– Capitaine ? s'enquiert-il.

– Il m'a l'air en état de choc, là. Apportez-nous de l'eau. Et appelez Jeff.

Il se tourne vers moi et précise :

– C'est l'infirmier. Tu n'as pas l'air dans ton assiette.

Je grogne faiblement. Il tend l'oreille mais je n'ai réussi qu'à marmonner quelques mots. Comme si j'avais perdu ma voix en même temps que le reste.

Je m'éclaircis la gorge, moi aussi, et je finis par articuler :

– J'ai besoin de mes médicaments. Je suis blessé.

– Blessé ? s'étonne le capitaine.

Je tousse. Cette simple phrase m'a coûté plus que ce que je pensais. Je suis véritablement desséché de l'intérieur. J'ai soif.

Ledit Crawley revient avec de l'eau dans un gobelet. Je la bois d'une traite et relève la tête vers lui.

– Encore, s'il vous plaît.

Il part puis réapparaît cette fois avec une bouteille en plastique pleine. Je m'en empare et la vide. Le capitaine Blake ne m'a pas quitté des yeux.

– Je m'attendais à trouver un jeune homme un peu pâle, mal rasé, avec des yeux rouges à force de rester rivés sur un écran, mais je dois dire que c'est bien pire que ça, commente-t-il d'une voix où je ne perçois aucun sarcasme, juste une vague inquiétude. Tu es bien amoché. Tu m'expliques ?

– Je veux un avocat.

– Écoute, petit, ce n'est pas un interrogatoire, on discute simplement. La caméra n'est pas activée. Tu peux bien sûr garder le silence, mais je ne suis pas sûr que ce soit dans ton intérêt.

Je secoue la tête, sceptique, et me renferme dans mon silence.

Au bout de quelques minutes, l'infirmier arrive et interrompt notre face-à-face silencieux.

– Jeff, ausculte le gamin pendant que je retourne voir l'équipe. Et récupère son dossier au passage.

Jeff opine, pose sa mallette et sort son matériel. Je suis chacun de ses gestes tout en étant indifférent à tout. Il me fait me lever, mais je manque de m'écrouler par terre.

– OK, dit-il. Bon, reste assis. Tu as de la fièvre, c'est normal d'être étourdi. Tu as mal quelque part ?

Je désigne mes côtes et il ouvre ma chemise. Il retient un juron quand il voit l'état de mon corps.

Il se redresse, gêné, et me demande de confirmer :

– Côtes cassées ?

– Oui, je réponds, placide.

– Strangulation ?

– Aussi.

J'avais oublié les marques dans mon cou laissées par le bras de Trent. Ma peau garde toutes les traces, elle en ajoute même parfois sans raison apparente.

Il me remet ma chemise sans ajouter un mot et range son matériel. Il me salue rapidement.

– Je reviens.

J'entends le capitaine râler quelques mètres plus loin au rapport que lui fait l'infirmier. Sa voix grave tonne et résonne dans le couloir. Impossible d'en perdre une miette.

– Comment ça, victime d'une agression ? Je n'ai pas été informé de ces faits, merde ! Appelez-moi Jones, elle a dû arriver.

En entendant son nom, j'ai du plomb qui s'écrase soudain dans le creux dans mon estomac. J'étais tellement sonné que je ne pensais même plus à elle et à son entretien avec Blake. Est-ce qu'elle a pu le voir ? Pourquoi ne m'a-t-elle pas prévenu ? Les événements prennent dans ma tête une tournure inattendue. Blake n'est pas au courant de mes blessures, il n'est pas au courant de l'altercation avec Trent. Jamais Hailey ne m'aurait trahi, je ne peux pas douter d'elle. Mais alors… *Qu'est-ce que ça veut dire, putain ?*

Le capitaine n'attend pas le retour de Jeff et se campe en face de moi, avec un air irrité qui froisse ses traits et le durcit davantage. Il m'examine attentivement, comme s'il cherchait sur moi une réponse à ses questions. De mon côté, j'ai besoin de comprendre, alors je sors de mon mutisme.

– Monsieur, qu'est-ce qui vous a permis de venir inspecter chez moi et d'avoir le mandat ?

– De nouveaux éléments.

J'hésite. *Est-ce que je veux vraiment savoir ? Est-ce que ça en vaut la peine ?*

– Qui… qui vous les a fournis ? demandé-je d'une voix devenue blanche.

– Tu connais la réponse, je crois. Hailey Jones, ton… hum… amie.

Un spasme soudain me plie en deux et me déchire les côtes. Le capitaine se précipite vers moi pour me soutenir. Je me suis mis à trembler comme une feuille, très fort, tout mon corps brutalement réveillé de sa torpeur.

– Je ne vous crois pas, je balbutie faiblement.

– Si. Tu sais, je comprends. Tu es tombé amoureux de la mauvaise personne, dans cette histoire.

Il me jette un regard empli d'une pitié sincère alors que le peu qu'il me restait de monde s'effrite devant moi. Je me mets à pleurer et le capitaine, désarçonné, me tient toujours par le bras. Les larmes font redoubler la migraine, j'ai vraiment besoin de médicaments. Je me laisse tomber sur ma chaise, complètement abattu. Hailey n'a pas pu faire ça, c'est impossible. Je suis paumé, encore, plein de doutes qui gangrènent tous mes sentiments.

Le capitaine sort une nouvelle fois de la pièce, sans doute pour me laisser le temps de digérer la nouvelle. Mais mon cœur refuse d'y croire. Je n'ai pas rêvé, hier, et même ce matin. Tout ça, c'était réel, alors quoi ? Je suis si fatigué, putain ! Je n'arrive plus à penser droit. Le capitaine n'a aucun intérêt à me mentir là-dessus, donc si Hailey est innocente, la seule personne à avoir eu potentiellement accès au compte d'Hailey est… Trent, son coéquipier.

Quand il revient pour la troisième fois, je me suis calmé. Je dois avoir une tête à faire peur, car son expression a changé. Je ne parviens pas à la déchiffrer, je suis trop lassé et épuisé pour analyser la situation. Il prend l'initiative, cette fois :

– Clive, qui t'as tabassé ?

*Bonne question, capitaine, j'allais y venir.* J'ai un rictus dégoûté quand je lâche :

– Trent O'Connor, votre stagiaire. Il allait s'en prendre à Hailey Jones. Il allait… je sais pas, la violer ou abuser d'elle. Il est taré, ce mec.

Un petit sifflement m'échappe.

– Il n'a pas cessé de me harceler. J'ai fini à l'hôpital hier à cause de lui. À cause d'un flic, putain ! Alors ne venez pas me faire la morale ! Et il a obligé Hailey à faire des trucs, il l'a fait chanter avec une vidéo, un arrangement immonde…

Je ne sais pas si j'en dis trop ou pas assez. J'ai besoin que ça sorte, j'ai besoin de lui dire ses quatre vérités, à ce soi-disant chef.

Il hoche la tête, circonspect, et se contente de m'écouter sans prendre de notes. *Qu'est-ce que t'imagines, qu'il va te croire ? Alors que t'as un dossier plus épais que la croûte terrestre ?*

Je m'arrête, blasé. Tant pis, de toute façon, je n'ai pas d'autres cartes à jouer.

– Je veux porter plainte contre lui.

# 53

## Hailey

Je déboule complètement remontée au poste. Je n'ai qu'une envie : défoncer la gueule de Trent. Mais mon petit doigt me dit qu'il ne s'est pas pointé aujourd'hui. Avec les marques de coups qu'il a sur le visage, il doit se planquer bien sagement chez lui après avoir semé la tourmente.

Au commissariat, c'est l'effervescence, comme à chaque fois qu'on arrête un suspect ou qu'une avancée majeure se fait dans une enquête. J'interroge un de mes collègues que je croise dans un couloir et il me confirme mes pires craintes. Clive est ici, ils l'ont embarqué il y a plus d'une heure déjà. Kurt Crawley m'intercepte pour me signaler que le capitaine me cherche ; j'aimerais me cacher dans un trou de souris pour échapper à son courroux. Toutefois, ce n'est plus le moment d'avoir peur, la vie de Clive est en jeu. La seule chose que je souhaite, c'est le voir en premier. Je dois le rassurer.

Quand j'arrive à l'étage, je marque un temps d'arrêt. Helen Howard est là, assise, un sachet posé sur les genoux. Elle attend fébrilement que quelqu'un la mène à son fils. Je reconnais les médicaments de Clive. Elle s'étonne de me voir ici comme chez moi et j'ai l'oreille basse quand je m'approche d'elle.

– Hailey ? Mais que fais-tu ici ?

Comment tourner les choses sans paraître la dernière des garces qui lui arrache son fils ? *Bonne question.* J'opte pour l'honnêteté, les mensonges m'épuisent.

– Je travaille ici, Helen. Je suis stagiaire en cyberdéfense.

Helen écarquille les yeux, puis son visage s'assombrit douloureusement.

– C'est toi qui as dénoncé Clive ? demande-t-elle sèchement.

Je hoche la tête.

– Non. C'était ma mission, Helen, c'est vrai. Seulement je n'ai pas pu. J'aime Clive et je voulais l'aider.

Elle fronce les sourcils, mais il y a plus de tristesse que de colère dans son regard.

– Mais… comment ? Je ne comprends rien… Il ne peut pas aller en prison ! Il n'a déjà plus grand-chose, on ne peut pas lui faire ça ?

– Je ne sais pas, Helen, mais je vais me battre pour lui. Je vous assure.

Helen me regarde pensivement, le visage déjà marqué par la souffrance. Elle semble livrer un combat intérieur et je me doute qu'elle doit juger si elle peut ou non me faire confiance. Après une longue minute, elle avise le sac de médicaments qu'elle tient serré contre elle et me le tend.

– Tiens, apporte-lui ça si tu peux. Moi, ils m'interdisent de le voir.

– Je suis désolée, Helen. Je ne voulais pas ce qui est arrivé.

Un sanglot lui échappe. Elle se lève, pose la main sur mon épaule et s'en va sans un mot de plus.

***

Salle 3.

C'est là que Clive est interrogé. Je me précipite, je dois avoir l'air d'une folle mais je m'en fiche. Je bouscule même le capitaine dans le couloir avant de filer pour ne pas risquer un refus. Il faut que je voie Clive.

– Jones, par ici ! commande Blake.

Je l'ignore et me glisse jusqu'à la salle 3. La porte est fermée mais pas verrouillée. J'entre.

Mon Dieu !

Clive est assis, la cheville attachée au sol, il semble au plus mal. Je me jette sur lui et le couvre de baisers auxquels il répond avec une certaine réticence qui ne m'échappe pas.

– Clive, je t'en prie, écoute-moi !

Je lui prends les mains, il est fiévreux, tremblant et glacé. Je déteste le voir dans cet état. Il ne mérite pas ça. Il me regarde et je lis dans ses yeux beaucoup d'émotions contradictoires. La douceur, le doute, l'amour, la peur. Il est désespéré. Dans un mouvement soudain, il enfouit sa tête contre mon ventre et enroule ses bras autour de ma taille.

– Je suis désolé, murmure-t-il d'une voix brisée. Pendant un instant, j'ai douté de toi, je me sens minable.

– Je comprends, Clive, ne t'en veux pas. Mais sache que jamais je n'aurais fait ça. Jamais. C'est Trent, encore et toujours lui !

Ma colère revient, plus forte que jamais.

Je n'ai pas le temps d'en dire plus, le capitaine surgit dans la salle et entre à son tour. Il contemple notre étreinte, déconcerté, avant de pincer les lèvres dans un mélange de frustration et d'exaspération.

– Hailey, sortez d'ici ! Et attendez-moi en salle 2, à côté. J'ai deux mots à vous dire.

Je sors la tête haute alors que je ne devrais pas et lui jette un « Moi aussi » avec insolence.

Blake referme la porte quand je réalise que je tiens encore les médicaments de Clive. Un bon prétexte pour revenir.

Je frappe tout en ouvrant le battant dans la foulée.

– Quoi encore ? gronde le capitaine.

– Ce sont les médicaments de Clive. Sa mère les a apportés. Il en a besoin, il est blessé et mal…

– Posez-les sur la table et filez, Jones ! me coupe-t-il.

Je sors prestement tout en faisant attention à ne pas refermer la porte complètement. Je feins de consulter mon téléphone juste devant pour essayer de comprendre de quoi ils parlent.

J'entends le capitaine demander :

– Raconte-moi l'histoire avec Trent. Tout. Et cette fois, je note.

Un soulagement m'envahit : Clive ne se laisse pas faire. Je ne vois à ce stade qu'une seule façon d'alléger les charges contre lui, et la duplicité de Trent va nous y aider.

Quelques instants après, Blake me rejoint en salle 2.

Il s'assoit en face de moi, posément, et sort un enregistreur. Je le regarde droit dans les yeux.

– Hailey, commence-t-il. Il va falloir m'expliquer un certain nombre de choses. Je suis passablement énervé d'apprendre que notre suspect s'est fait tabasser par un de mes agents pour protéger une de mes équipières. Vous allez faire capoter l'enquête à ce rythme. J'exige des clarifications immédiates.

Je prends une grande inspiration. Je ne veux pas commencer par le début mais par la fin.

La nécessité d'avouer ma défection est devenue prioritaire depuis la minute où j'ai compris à quel point je tenais à Clive. Jouer sur les deux tableaux n'a aucun sens.

– Tout d'abord, capitaine, je veux démissionner. Vous vous êtes trompé sur moi. Je… je suis tombée amoureuse de lui.

Blake ricane durement. Toutefois, ses yeux brillent d'une lueur amusée quand il passe sa main dans ses cheveux.

– Je m'en suis rendu compte. Et lui aussi, visiblement. Mais dans ce cas, pourquoi le vendre ?

– Ce n'est pas moi qui ai envoyé ces documents. C'est Trent. Il a piraté mon PC chez moi, pendant que j'étais avec la sœur de Clive. Sa mère m'avait demandé de la garder pour pouvoir assister son fils.

Il pousse un long soupir et plante son regard dans le mien. Je décide d'aller droit au but.

– Je veux porter plainte contre lui, monsieur. Pour chantage, intimidation, hacking, vol et abus sexuel.

Blake crache tout l'air de ses poumons. Il ne s'attendait pas à tout ça. Il en tousse encore nerveusement quand je reprends :

– C'est lui qui a agressé Clive. Après des insultes et moqueries de Trent, Clive a donné le premier coup, puis ils se sont battus, mais Trent a vraiment cherché à le détruire. Clive était inconscient quand je suis arrivée à l'hôpital hier soir. Il a voulu me détruire, moi aussi.

Je frémis. Je me rappelle le contact de ses mains sur mon corps quand il narguait Clive. Je raconte le détail des événements. Tout y passe : le chantage, le mépris envers Clive, ses provocations et humiliations incessantes. J'explique au capitaine ce que je comptais faire pour coincer Trent en l'enregistrant en train de parler du deal conclu contre l'assurance qu'il ne diffuserait pas la vidéo, et je sens qu'il a envie de me croire.

En tout cas, quand j'ai fini, il se redresse sur sa chaise et prend son téléphone.

– Oui, ici Blake. Dépêchez-moi immédiatement deux agents chez Trent O'Connor. Qu'ils l'embarquent et l'amènent ici, et fissa. Menottez-le s'il résiste.

***

Il raccroche.

– Merde ! peste Blake. Hailey, bon sang, vous auriez dû immédiatement m'informer des agissements de Trent !

Je me rebiffe. Moi aussi, j'ai quelques reproches à formuler.

– De votre côté, vous auriez pu me dire que vous chargiez Trent de me surveiller en plus de m'aider.

– Je sais, j'avais un doute sur votre capacité à garder la juste distance avec votre suspect. Et j'avais raison. Mais soyons clairs : c'est la dernière fois que j'accepte des stagiaires dans cette unité.

Il soupire et lève les yeux au ciel.

– À vous deux, vous mettez un tel bordel dans l'enquête que nous risquons gros.

– Un abandon des charges ? je tente malgré moi, pleine d'espoir.

Il me lance un coup d'œil dubitatif.

– Ne rêvez pas trop haut, Hailey. Je vous rappelle la gravité des faits. Vol de données personnelles à des fins, disons, douteuses. Sans parler de son coup d'éclat ici même.

– Vous ne savez rien des vraies fins ! je ne peux m'empêcher de répliquer. Clive n'est pas ce qu'il paraît.

– Personne n'est ce qu'il paraît être, Hailey. Mais les faits sont là, eux.

À cet instant, nous sommes interrompus par Jeff qui entre en coup de vent pour donner un dossier à Blake :

– Capitaine, vous devriez lire, je pense.

– Qu'est-ce que c'est ?

– Son dossier médical. Je viens de le recevoir. Et je lui ai donné ses médicaments. Je garde le sac, bien évidemment.

– Cela va de soi. Il n'a pas l'air très solide, évitons le moindre accrochage, il y en a suffisamment eu comme ça.

Ses yeux roulent vers moi pour bien s'assurer que je comprenne le sous-entendu. Mais je suis fixée sur l'épais carton marron qu'il tient dans les mains. Je sais ce qu'il renferme et la peur revient s'insinuer en moi.

Je regarde le capitaine ouvrir le dossier puis le consulter. Son expression se trouble, sa respiration s'accélère presque imperceptiblement. Et c'est comme si je vivais encore une fois cette révélation. L'horrible réalité. J'ai envie de pleurer, alors je baisse la tête et cache un peu mes yeux avec mes mains.

D'un coup sec, le capitaine referme le dossier. Il déglutit et se racle la gorge, mal à l'aise.

– Hailey, dites-moi, euh… Vous vous connaissez bien avec Howard ?

Je lève les yeux vers lui, surprise. Je ne comprends pas où il veut en venir.

– Je veux dire, vous parlez ensemble ? De la vie, tout ça, ou c'est juste un émoi passager, vous voyez, juste physique ?

Il se balance sur sa chaise, visiblement mal à l'aise. C'est la première fois que je le vois comme ça. Je suis un peu choquée, je ne comprends pas pourquoi il aurait besoin de détails sur ma relation avec Clive. Cela me paraît étrangement déplacé.

– Je dois vraiment vous répondre ? je demande, interloquée.

– Ce n'est pas pour l'enquête, c'est pour vous, bon sang ! Vous… vous… Merde ! Mais c'est pas possible, des histoires pareilles ! Comment je suis censé faire, moi ?!

Il brandit le dossier et me le désigne avec son index.

– Dites-moi juste une chose, Hailey. Est-ce que vous savez ce qu'il y a là-dedans ?

Je réalise enfin. Et je suis touchée par cette délicatesse inattendue. Mais j'ai la gorge nouée, alors je hoche juste la tête pour qu'il comprenne.

Il me regarde longuement, se passe les mains dans sa brosse comme quand il est nerveux. Et il répète :

– Qu'est-ce que c'est que cette histoire !

Il se lève et se met à tourner en rond dans la petite salle.

– Pourquoi un gamin prendrait-il tous ces risques alors qu'il va mourir ?

Sa question me glace le sang. Elle est tellement directe, tellement douloureuse. Je décide de lui exposer la situation. Si quelqu'un peut aider Clive à s'en sortir, c'est sûrement lui. Il a le pouvoir de décider de poursuivre l'enquête ou non, et je sens qu'il est embarrassé par la tournure des événements. Après tout, il a des enfants de notre âge, cela doit forcément le faire réfléchir un peu.

– Pour sa sœur Mary. Et… j'espère un peu pour lui aussi.

Merde, j'espère aussi pour lui. Est-ce qu'il a encore une chance ? Même infime ?

J'ai mal au cœur.

Blake me considère avec attention tout en marchant.

– Que voulez-vous dire ?

– Sa sœur est malade également.

Il stoppe net.

– Bon Dieu, vraiment ?

– Oui.

– Pour l'argent, alors. Pour les soins. Putain de pays.

Et il reprend ses tours, faussement impassible. La culpabilité qui m'étreint déborde malgré moi.

– Si je n'avais pas été là, il aurait pu s'en sortir avec sa sœur.

Nouvel arrêt.

– Non, Hailey. Si tous les désespérés se mettent à enfreindre la loi, c'est ni plus ni moins le chaos qui s'installe.

– Néanmoins, je ne trouve pas ça juste. C'est le système qui fait d'eux des désespérés.

Il vient se planter juste devant moi, s'accroupit pour être à ma hauteur. Nos regards se croisent, le sien est doux, empathique.

– Je comprends que vous soyez tourmentée, dit-il d'une voix douce. Mais en tant que policiers, notre rôle est de faire respecter la loi, pas de la changer.

– Oui, je sais, monsieur, je réponds, résignée.

Il se redresse, recommence à faire les cent pas, les sourcils froncés par une intense réflexion. Je ne dis plus rien, je cherche, moi aussi. Comment éviter un procès à rallonge et tout ce qui l'accompagne, et surtout comment épargner Mary et Helen.

– Écoutez, Hailey, avec votre relation avec le suspect et la plainte contre Trent, vous êtes officiellement déchargée de cette enquête. Cependant, nous avons retrouvé la piste d'Argos grâce à la pertinence de votre analyse de code, et je crois que nous pourrions en avoir une nouvelle fois besoin. J'ai une petite idée qui pourrait nous amener à convenir d'un arrangement avec Howard. Par contre, l'application serait immanquablement détruite, cela va sans dire.

Il doit percevoir la lueur qui brille soudain dans mes yeux, car il me sourit avec complicité. Après avoir ouvert la porte, il passe la tête à l'extérieur.

– Crawley ! braille-t-il à la cantonade.

J'entends un bruit de pas pressés et Crawley le rejoint.

– Capitaine ?

– Voyez si on peut libérer le gamin avec bracelet électronique. Demandez s'il le faut une clause spéciale au juge. Compte tenu de ses blessures et de son état de santé, on ne peut pas le garder ici. Autant qu'il rentre chez lui pour la nuit. Et vous enverrez deux agents le chercher demain pour que je poursuive l'interrogatoire. Compris ?

– Compris, capitaine !

*Clive va pouvoir retrouver sa famille.* Je pourrais sauter au cou de Blake si j'osais. Je suis heureuse. Je découvre mon chef sous un nouveau jour. Il n'est plus cet homme dur, parfois impitoyable. Au contraire, aujourd'hui, je le trouve plein d'humanité. Par-dessus tout, je me rends compte de quelque chose de précieux et rare finalement au milieu de tous ces mensonges : il me fait encore confiance.

# 54

## Clive

Nous sommes silencieux sur la route du retour. Hailey me reconduit chez moi, avec l'accord de Blake, pour que je puisse passer la soirée avec ma famille. L'ambiance est étrange. Je suis perdu dans mes pensées et Hailey semble agitée, les doigts crispés sur le volant. Une vraie boule de nerfs.

– Clive, tu penses que je peux rester avec toi, ce soir ?

Je cligne des yeux pour me reconnecter à la réalité puis pose la main sur sa cuisse.

– Hailey, évidemment que tu peux rester, je soupire. Évidemment que je *veux* que tu restes.

Elle me jette un coup d'œil, son expression navrée me serre le cœur. Cette journée a été éprouvante et je ne sais pas ce qui nous attend chez moi. Je suis épuisé, vidé, et je culpabilise. Hailey trépigne, elle ouvre et ferme la bouche plusieurs fois, hésitant à formuler ce qui la perturbe.

– Tu… tu crois que ta mère et Mary voudront encore de moi ?

– Qu'est-ce que tu racontes ?

– Je suis la méchante à cause de qui tu es dans cette situation, murmure-t-elle.

– Ne dis pas de bêtises. C'est Trent le connard, pas toi. C'est lui qui a tout brisé.

Elle me lance un bref regard et je suis saisi par sa fragilité. Elle se pince les lèvres en secouant légèrement la tête, incrédule.

– Mais ta mère ? Est-ce qu'elle va accepter ?

– Arrête-toi là, s'il te plaît. Juste une seconde.

Hailey s'exécute et se gare le long du trottoir. La nuit est déjà tombée, nous sommes dans la pénombre de l'habitacle, éclairés seulement par les lampadaires qui bordent la rue. Je me contorsionne un peu pour me tourner complètement vers elle. Mes yeux verts fouillent dans les siens, patiemment, tendrement, et cette attention lui fait monter les larmes aux yeux. Je les sens prêtes à se déverser.

Je lui attrape les mains, me penche pour l'embrasser et recule pour l'obliger à m'écouter.

– Tu es la plus belle chose qui me soit arrivée, Hailey. Maman le sait bien. Elle l'a compris avant moi, c'est dire. Elle ne te jugera pas sur une omission.

– Mais…

– Fais-moi confiance. Au point où nous en sommes, Maman ne voudra vraiment plus que mon bonheur, et même si elle te détestait, ce qui n'est pas le cas, elle t'accueillerait les bras ouverts pour me faire plaisir.

– Mais je ne veux pas qu'elle se sente obligée de m'accueillir…

– Ne t'en fais pas. En vrai, s'il y a quelqu'un qui doit s'inquiéter, c'est moi.

Une vague de tristesse m'envahit et pique mes yeux, elle me prend dans ses bras.

– J'ai merdé.

Ma voix s'éteint, un poids écrase ma poitrine. Mon cœur bat si fort. Je me détache d'elle avant d'arborer un petit sourire lassé.

– Allons-y, ma belle, je suis fatigué.

Elle redémarre et nous terminons notre trajet en tentant de discuter de choses légères, mais aucun de nous n'a vraiment le cœur à ça et nos paroles se tarissent d'elles-mêmes.

Hailey m'aide à descendre de voiture et nous entrons dans la maison en nous tenant la main. Je presse fort la sienne quand nous tombons directement sur maman et Mary. Leur soulagement à toutes deux est immense. Elles se précipitent sur nous pour nous enlacer et nous poser mille questions.

Nous nous asseyons sur le vieux canapé ; Hailey essaie tant bien que mal de répondre et de les rassurer. Maman a mis tant de chaleur dans son étreinte que l'apaisement se peint sur son visage. De mon côté, je n'en mène pas large, maman louche sur moi dans l'attente d'une réaction, mais je n'ose pas la regarder dans les yeux, pas après ce qu'elle a vu.

Je ne dis rien, la main d'Hailey toujours dans la mienne, et je garde les yeux fixés sur mes pieds. Mary finit par nous planter un bisou sur la joue avant de monter dans sa chambre sur un mot de ma mère. Elle est tout excitée et joyeuse d'avoir pu me revoir, et cela semble lui suffire pour aujourd'hui. J'envie sa simplicité. Quand elle est partie, maman s'assoit sur la table basse en face de moi.

– Clive, mon chéri, regarde-moi.

Hailey pose la tête sur mon épaule en signe de soutien. Ma jambe tressaute nerveusement et je feins de retirer des fils du tissu abîmé du canapé. N'importe quoi pour éviter sa colère et sa déception. *Je ne vaux pas mieux que papa.*

– Clive, je ne suis pas en colère, dit-elle.

Je lève enfin les yeux vers ma mère. Ses mots me rassurent un peu, bien que je sois toujours entravé dans ma honte. Son regard est doux, compréhensif, sans jugement.

– J'aurais préféré que tu restes dans la légalité, bien sûr, mais je ne doute pas une seconde de ton intention profonde. Tu es mon fils, je sais de quel bois tu es fait. Je n'approuve pas les choix que tu as posés, mais c'était pour aider ta famille et c'est plus précieux pour moi que tout.

– Je suis désolé, maman, je souffle. Je pensais vraiment y arriver.

– Je sais, mon chéri, je sais, dit-elle d'un ton résigné. Désormais, nous accepterons les choses au lieu de nous révolter. La révolte a mené ton père à la fuite, et toi au délit…

À ces mots, tout mon corps se crispe contre celui d'Hailey. Je refuse ce que je viens d'entendre. Maman vient de me planter un couteau en plein cœur, elle n'a pas le droit de renoncer.

– Accepter ? je rugis soudain. Et Mary ? Et Mary, bordel !

La douleur me transperce le ventre. Elle jaillit hors de moi comme une flamme dévorante, prête à tout réduire en cendres. J'ai mis ma vie en jeu pour essayer de sauver ma sœur. La défection de ma mère est la pire des trahisons. Maman se met à pleurer sous l'assaut. En colère, je me lève péniblement et monte vers ma chambre, en entraînant Hailey avec moi.

À peine arrivé dans ma chambre, je me jette sur elle avec désespoir. Je la caresse sans me contrôler, tout son corps est pétri entre mes mains. Je l'embrasse avec un mélange de frénésie et de frustration. J'anticipe déjà la séparation, j'ai peur, je voudrais qu'elle reste avec moi pour toujours. Elle répond à mes baisers comme elle peut, mais surtout elle se laisse faire. Enfin, à bout de souffle, je m'arrête et pose mon front contre le sien.

– Comment va-t-on faire ? je lâche avec dépit.

– Faire quoi ? demande-t-elle doucement.

– Pour sauver Mary.

– Et te sauver toi, affirme-t-elle.

– Pour sauver Mary, je répète, ignorant l'espoir que j'entends dans sa voix.

Je ne veux pas qu'elle s'illusionne, mais je ne veux pas la blesser davantage. J'enfouis mon visage dans son cou. J'ai besoin de sa chaleur, de la sentir en vie contre moi. Elle m'enlace et me serre fort contre elle, elle en a besoin, elle aussi, de ce nous fragile et merveilleux.

– Je vais parler à mes parents, d'accord ? Ils ont des économies.

– Non, Hailey, je refuse, catégoriquement. Je ne pourrai jamais rendre cet argent. Et la somme est monstrueuse. Ce ne sont pas des économies qu'il faut, c'est un matelas plutôt épais. Pourquoi crois-tu que je me sois autant appliqué à faire d'HackMeLove un produit de qualité ?

Elle s'écarte et s'assoit sur le lit. Je la suis des yeux, les sourcils froncés. Les siens s'attardent sur moi, sur les cernes qui creusent mon visage, puis descendent sur mes avant-bras dégagés parsemés de plaques rouges. Elle tend la main vers moi alors que je remets en place les manches de ma chemise.

– Ne t'énerve pas contre moi, Clive. Ce n'est pas à toi de décider, en l'occurrence. Et puis, ma mère est très engagée dans les œuvres caritatives, elle organise de nombreux galas de charité. On peut peut-être la sensibiliser à ton cas et à celui de Mary, je ne sais pas. Mais surtout…

– Surtout ?

– Viens t'allonger et te reposer avec moi. Tu n'en peux plus, Clive, et on n'arrivera pas à réfléchir posément sans un minimum de sommeil.

La fatigue rend ses yeux brillants, je réalise tout ce qu'elle a traversé ces derniers jours, alors j'attrape sa main tendue. Je m'adoucis et lui souris, heureux que nous soyons présents l'un pour l'autre. Elle m'aide et accompagne mes mouvements, je n'oppose pas de résistance. J'ouvre grand les bras pour qu'elle puisse se blottir contre moi et je m'endors en moins de cinq minutes, la main d'Hailey posée sur mon cœur.

# 55

**Clive**

Le réveil ce matin est difficile malgré une nuit plutôt récupératrice. Hailey est toujours dans mes bras, endormie. Je n'ai aucune envie de bouger et me lever pour retrouver le commissariat et démarrer une journée qui promet d'être épuisante. Les agents chargés de mon transport arrivent dans vingt minutes, mon bracelet me démange, et la peur m'étreint de nouveau. Délicatement, je m'extrais de mon lit pour ne pas réveiller Hailey. J'avale rapidement mes médicaments, la douleur persiste même si elle est moins foudroyante qu'au début. Je m'approche de la fenêtre, songeur. Je regarde les feuilles des arbres tomber et les nuages passer dans le ciel. Le temps s'écoule si vite, comme un long ruban qui défile et sur lequel nous peinons à rester debout. J'ai 20 ans aujourd'hui, mais je ne l'ai dit à personne, pas même à Hailey. Pour moi, ce n'est pas une année de plus, c'est une année de moins qu'il me reste, des chances qui s'amenuisent, un pas concret vers le néant. Des jours et des souvenirs qui s'enchaînent et qui n'auront pas le temps de s'adoucir, de se revêtir d'un manteau tendre et légèrement flou. Ils ne seront pas teintés par la mémoire, colorés selon mon humeur joyeuse ou maussade. Ils resteront bruts et violents, intenses et passionnés. Et surtout, terriblement brefs. Je ne pourrai les vivre qu'une fois.

Hailey se retourne et nos regards se croisent. Je lis dans ses yeux gris de la détermination et de l'appréhension. Nous avons été convoqués hier soir pour être confrontés à Trent au sujet de nos plaintes. Une audience préliminaire en présence d'un médiateur, d'un greffier, de Blake, et de nos avocats respectifs. La perspective de revoir la tête de Trent provoque des fourmillements dans mon poing, impossible d'oublier qu'Hailey et moi en sommes là par sa faute.

En bas, maman m'embrasse et me prend dans ses bras, sans un mot. Je lui ai pardonné ses paroles de la veille et l'heure n'est pas au conflit, alors je lui rends son câlin avec toute la tendresse dont je suis capable. J'ébouriffe les cheveux de Mary en passant devant elle, elle peste puis rigole, je pense que nous avons besoin de croire que c'est une matinée normale, que rien n'a changé. Elles ne me souhaitent pas mon anniversaire, elles savent combien celui-ci est douloureux pour nous tous.

Les agents m'amènent sans brutalité inutile cette fois, et je suis rapidement installé dans la salle d'audience, surveillé par deux armoires à glace. Peu à peu, tout le monde arrive et rejoint sa place. En dernier, Trent fait son entrée, menotté et encadré par deux agents. Il s'assoit sur une chaise un peu à l'écart tandis que son avocat lui chuchote à l'oreille.

Il me toise avec un air supérieur, mon sang bout dans mes veines. Je n'ai encore rien dit mais je suis tendu au point que mes côtes rouspètent. Rien ne peut m'inciter au calme. Je redoute cette confrontation, je redoute la mauvaise foi de Trent et son rictus sournois n'annonce rien de bon.

Hailey est assise à quelques mètres de moi, je tente de capter son regard mais elle a les yeux rivés sur son ancien coéquipier. Tout son corps s'est raidi à son arrivée et elle triture ses doigts sous la table. Je ne peux imaginer ce qu'elle ressent face au connard qui l'a menacée.

Le médiateur, M. Jansen, prend la parole :

– Nous sommes rassemblés dans cette salle pour entendre les trois parties. Monsieur O'Connor, vous faites l'objet de deux plaintes et la gravité des faits ainsi que l'instruction en cours concernant le prévenu M. Howard nous obligent à hâter la procédure vous concernant. Un procès aura lieu dans quelques mois en cas de désaccord indépassable à l'issue de cette séance.

Trent s'agite sur sa chaise et marmonne des mots que nous ne pouvons comprendre. Le terme « procès » lui a fait perdre un peu de sa superbe et je m'en réjouis. Je ne cache pas le sourire carnassier sur mon visage quand nos regards se croisent à nouveau.

– Pour commencer, un rappel des plaintes. M. Clive Howard accuse M. O'Connor de harcèlement et de violence injustifiée et démesurée à son égard. M^lle^ Hailey Jones accuse M. O'Connor de menaces physiques, de vol, d'emprise et de chantage psychologique et d'agression sexuelle.

– Mensonge ! hurle Trent en se levant.

Son avocat l'incite à se rasseoir et lui enjoint de se taire. Trent baisse la tête en soufflant très fort puis se remet droit, visiblement calmé.

– La présence des avocats est requise, ils sont ici à titre de témoins, reprend Jansen. L'objectif est de clarifier vos dépositions et de préciser les accusations. Voici le contexte : M^lle^ Jones et M. O'Connor sont deux stagiaires en cyberdéfense, chargés d'une enquête policière par le capitaine Blake sur l'université de Massachusetts, Boston, depuis le 30 août dernier. Un suspect, M. Clive Howard, a été identifié puis confirmé au cours de cette enquête. Monsieur O'Connor, vous pouvez désormais répondre et exposer votre défense.

Trent se lève, ses yeux balaient chacune des personnes de la salle avant de s'arrêter sur Hailey. Un bref soupir s'échappe de sa bouche comme s'il regrettait, mais il ne se démonte pas pour autant.

– Clive Howard n'a cessé de provoquer l'équipe de cyberdéfense et a même attaqué ce commissariat.

– Ne parlez que si vous êtes capable de prouver vos dires, intervient le médiateur. Cette attaque n'a pas été close, le coupable n'est pas identifié de façon définitive.

Trent acquiesce et poursuit d'une voix ferme :

– Clive Howard prétend avoir été harcelé. J'ai quant à moi reçu des ordres clairs pour le déstabiliser, ordres reçus du capitaine Blake ici présent. Ces ordres stipulaient que je devais pousser Clive Howard à agir pour qu'il se dévoile, car nous le suspections d'être le concepteur d'une application destinée à manipuler des femmes dans le but d'avoir des relations sexuelles avec elles, et pour laquelle il volait des données personnelles et se faisait rémunérer.

Jansen se tourne vers le capitaine Blake.

– Vous confirmez, capitaine ?

– Je confirme avoir demandé à M. O'Connor de provoquer M. Howard. La provocation dans notre jargon n'implique pas de violences physiques, puisque nous appliquons la présomption d'innocence.

– Monsieur Howard, reprend Jansen en dirigeant son regard vers moi, veuillez préciser la nature du harcèlement dont vous accusez M. O'Connor.

J'ai discuté des éléments avec mon avocat, mais j'ignorais que les agissements de Trent provenaient du capitaine lui-même. Je ne suis pas à l'aise, je me racle la gorge en répondant à Jansen.

– Hum, M. O'Connor a tenté de me faire tomber dans les escaliers avant un cours de littérature. Il a également jeté mon téléphone dans une piscine avant de m'envoyer dedans lors d'une soirée juste après m'avoir insulté. Plusieurs étudiants sont témoins de la scène, ils pourront être interrogés.

– Une manœuvre mise en place pour le rendre jaloux ! se défend Trent. Et qui s'est soldée par l'attaque du commissariat.

– Pour laquelle vous n'avez pas de preuves irréfutables, intervient Jansen. Poursuivez, monsieur Howard.

– Je me suis rendu chez Hailey Jones il y a deux jours, nous devions parler ensemble. Trent était présent, il m'a une nouvelle fois insulté, a révélé l'existence d'une vidéo d'elle et moi lors de la soirée Halloween du 31 octobre avec laquelle il faisait pression sur Hailey. Il voulait qu'elle couche avec lui en échange de son silence. Je me suis énervé et je l'ai frappé. J'ai récupéré et supprimé la vidéo en question et c'est ensuite que M. O'Connor s'est vengé et m'a passé à tabac.

– Merci de préciser le contenu de cette vidéo, interrompt le médiateur.

– Dans cette vidéo, Hailey et moi nous… embrassons, je bafouille piteusement.

– Je m'adresse maintenant au capitaine Blake. Capitaine, aviez-vous instamment demandé à Mlle Jones de se rapprocher de son suspect quitte à simuler une relation amoureuse ?

Blake hausse les sourcils et se penche en avant.

– Le rapprochement fait partie des stratégies d'infiltration, en effet, plaide-t-il. Mais sans aller trop loin. Embrasser est accepté, évidemment. Sauf que si nous devons être honnêtes, Mlle Jones s'est éprise de M. Howard et ce faisant, s'est écartée de sa mission. Néanmoins, elle a eu le courage de me prévenir et de demander sa démission pour conflit de loyauté. Mais ce sujet ne concernait que Mlle Jones et non son coéquipier.

– C'est faux ! J'étais concerné ! rétorque Trent avec une rage contenue. Si Hailey Jones batifole avec son suspect, c'est notre enquête à tous les deux qui est mise en péril. Je suis intervenu uniquement pour préserver l'enquête. Jamais je n'ai eu l'intention de dévoiler sa relation, mais je devais la mettre en garde. Elle s'est fait avoir par Howard. Ce type est un menteur, un hackeur qui a séduit ma collègue pour l'empêcher de nuire à son business, voilà la vérité ! Il voulait s'en sortir et n'a pas lésiné sur les moyens.

Trent s'est redressé posément et me désigne du doigt. Il joue les faux calmes depuis plus d'une heure alors que je trépigne sur ma chaise. C'est plus fort que moi, revoir sa gueule de connard excite mes nerfs. Ses mensonges encore plus.

– Nous ne sommes pas ici pour juger ou discuter de M. Howard mais de vos actes, rappelle Jansen. Veuillez modérer vos propos et répondez à la question. Avez-vous oui ou non utilisé cette vidéo pour faire pression sur votre collègue Hailey Jones ?

– Non.

Hailey intervient. Je ne sais pas comment elle fait pour rester calme alors que je suis au bord de l'explosion.

Sa voix est claire, son ton volontairement neutre. Elle m'impressionne.

– Trent m'a proposé un accord. Il gardait cette vidéo pour lui en échange de sexe. Si je refusais, il diffusait la vidéo et je perdais toutes mes chances d'obtenir le poste ou une quelconque carrière dans la cyberdéfense.

– Avez-vous accepté ? s'enquiert Jansen.

– Avais-je le choix ? J'ai accepté afin de gagner du temps. J'ai essayé de le faire avouer lors de cette fameuse soirée chez moi, et il s'en est pris physiquement à moi pour récupérer mon téléphone. Clive Howard a voulu me défendre, c'est pour cette raison qu'il a frappé Trent en premier. Pour détruire cette vidéo et me soulager de ce chantage. Avant de s'en prendre à Clive, Trent a tenté d'abuser de moi, il… il m'a touchée… Il…

– Avez-vous des preuves ?

– Un témoin, moi ! je coupe sèchement.

Je me tourne vers elle, navré et énervé, et elle me fait un petit signe de la main.

– Sans preuve et avec le témoignage d'un prévenu qui entretient une relation avec la plaignante, nous ne pouvons retenir cette charge, conclut froidement Jansen. Parlons de l'agression de M. Howard. Nous avons le rapport médical de l'hôpital, et les blessures infligées à M. Howard correspondent avec l'état des poings de M. O'Connor, ce point a déjà été établi en amont. Comment justifiez-vous, monsieur O'Connor, la violence aggravée dont vous avez fait preuve à son égard ?

– Je… je n'ai pas de justification. C'est une erreur que je regrette, j'ai perdu pied. Je n'avais pas le droit de recourir à la violence.

– Donc vous admettez avoir manqué de discernement et perdu le contrôle de vos nerfs ?

– Oui. Mais j'ai toujours voulu défendre les intérêts de la cyberdéfense.

– Vous ne jalousiez pas la relation entre M. Howard et Mlle Jones ?

– Peut-être un peu, en effet, admet-il. Mais pas au point d'abuser d'elle, c'est n'importe quoi !

Trent n'est pas idiot, il sait que plusieurs personnes parmi leurs amis communs pourront témoigner de son intérêt pour Hailey. Il ne prend pas le risque de mentir sur ce point.

– Monsieur O'Connor, résumons : vous rejetez l'accusation de chantage et d'agression sexuelle mais reconnaissez l'agression physique de M. Howard, due selon vos dires à une perte de contrôle. En conséquence, je crois que vous conviendrez tous ici de la nécessité immédiate d'un suivi psychologique de M. O'Connor. Je laisse le capitaine Blake se prononcer sur le maintien de votre stage.

– La violence physique est proscrite et elle était de plus injustifiée dans ce cas précis. M. O'Connor ne peut donc poursuivre son stage et devra renoncer à exercer dans la police.

Jansen opine et se tourne vers Hailey, Trent et moi.

– Êtes-vous satisfaits de la décision prise ?

– Non, dit Trent. Un moment d'égarement ne justifie pas une telle sanction.

– Non, je réponds d'une seule voix avec Hailey.

Nos regards s'accrochent. Je lis la détresse dans ses yeux, j'aimerais la rejoindre pour la consoler. Elle n'a pas été entendue, sa voix n'a pas compté aujourd'hui. Trent ne peut pas s'en tirer, je refuse que ses manipulations restent impunies.

– Il y aura donc un procès pour approfondir les points de désaccord. Pour l'heure, les informations transmises par M. Trent O'Connor dans le cadre de l'enquête sont maintenues comme éléments à charge.

Jansen fait un dernier point et explique le déroulé des futures confrontations, puis la séance est levée. Les avocats se retirent, Trent est embarqué par ses deux gardes et Blake quitte la salle d'un pas pressé. Je regarde encore Hailey et constate qu'elle dodeline de la tête, comme si elle avait un vertige. Je la prends dans mes bras avant de soutenir son visage.

– Hey, Hailey, tout va bien, ma belle ?

Elle me fait un sourire lumineux et rassurant, mais je ne suis pas dupe. Rester calme face au mec qui t'a menacée, touchée et qui a abusé de toutes tes faiblesses, c'est beaucoup trop. Une épreuve de plus pour elle qui donne déjà tout ce qu'elle peut. Elle est restée avec moi, avec tout ce que ça comporte, et elle a renoncé à sa carrière dans la foulée. Comment respirer encore dans une telle tempête de sentiments et d'événements ?

Je l'embrasse et son contact apaise aussitôt ma colère. Son parfum a le pouvoir de me redonner confiance et espoir. Pourtant, à chaque fois que je pense aux sacrifices qu'elle fait, je me sens coupable. Un doute pernicieux revient s'infiltrer dans la partie blessée de mon cœur. La situation fait de moi un égoïste, et rien ne pourra changer ça.

Je la tiens toujours contre moi, elle s'est réfugiée dans mon étreinte et moi dans la sienne. Nous sommes une île, à nous deux, et j'ai parfois l'impression que personne ne pourra véritablement comprendre notre amour et nos choix.

J'ai mal au crâne après toute cette tension et ne peux m'empêcher de penser à mon propre procès. À la suite de cet échange, la perquisition n'est pas invalidée. Ce qui signifie que mon dossier et mon PC, comme preuves, légitiment toujours les accusations portées contre moi. Je ne vais pas m'en sortir, Mary non plus, et je ne sais même pas si je serai toujours là pour soutenir Hailey contre Trent. Cette pensée me déprime complètement, même si j'essaie de ne rien en laisser paraître.

De nouveau conduit dans une salle d'interrogatoire, je perds de vue Hailey. Blake et son collègue passent la journée à me poser des questions et à me demander des détails. Je ne leur cache rien, ils ont déjà toutes les preuves dont ils pourraient avoir besoin, et j'espère pouvoir continuer à dormir chez moi le soir.

# 56

## Clive

Hailey est tout excitée, je ne comprends pas pourquoi. Nous sortons du commissariat pour rentrer chez moi ; elle m'entraîne gaiement vers sa voiture alors que je ne vois pas vraiment de motif de joie dans la journée qui s'achève. Elle me jette de petits regards en coin, me sourit, glousse, bref, elle a l'air sur son petit nuage alors que pour ma part, je suis plutôt abattu par le résultat de notre confrontation.

Dans la voiture, elle charge une playlist entraînante et joyeuse, bat la mesure avec la jambe, raconte des blagues complètement nulles auxquelles elle rigole presque toute seule. Sa bonne humeur est contagieuse, je ris un peu aussi, mais surtout, je tombe encore plus amoureux d'elle.

Lorsque nous arrivons devant chez moi, elle se gare, sort en trombe alors que je galère encore. Elle fait un câlin à maman comme si c'était sa meilleure pote depuis toujours et soulève Mary dans ses bras. *Quelle mouche te pique, ma jolie sorcière ?*

Quand j'entre enfin, maman m'embrasse, Mary aussi, et Hailey m'attrape par la main, me menant de force dans ma chambre. Là, elle retire ma chemise et je commence à vraiment aimer son programme, mais je déchante : elle sort un tee-shirt de mon placard. Raté pour le câlin apparemment. Elle a autre chose en tête, de toute évidence. Je fais semblant de bouder tandis qu'elle m'aide à l'enfiler. J'en rajoute exprès pour qu'elle reste plus longtemps collée contre moi, mais elle finit par me griller et termine l'habillage en tirant d'un coup sec sur le tissu. *Encore raté.*

– Rejoins-moi en bas dans trente secondes !

Étonné, je la suis des yeux alors qu'elle disparaît dans le couloir avec un petit rire espiègle. Je ne comprends toujours pas pourquoi elle s'évertue à me faire mettre un de mes tee-shirts ni ce qu'il peut y avoir de réjouissant dans la journée écoulée. Un bâillement m'échappe, je me secoue pour chasser mes pensées moroses et me concentrer sur Hailey et ma famille. Je n'ai plus qu'elles, et pour peu de temps.

Lorsque j'atteins la dernière marche, je suis accueilli par un « Surprise ! » de mes trois préférées. L'une derrière l'autre, en brochette, les femmes de ma vie ont revêtu chacune un tee-shirt gris sur la manche duquel sont respectivement inscrits ces mots : « I », « Love », et « U ». Une pyramide de donuts alléchants trône sur la table basse, des bougies allumées disséminées dessus.

– Joyeux anniversaire ! s'écrie Mary en galopant vers moi.

Je réalise que je n'ai toujours pas bougé, comme frappé par la foudre devant l'escalier. Ému et retourné. Mary me saute au cou, je la soulève et lui rends son câlin et ses bisous. À son tour, maman vient m'enlacer et me chuchote un « Je t'aime » dans le creux de l'oreille avant de s'écarter. Mon cœur est sur le point d'exploser de bonheur et de terreur entremêlés. Un sourire peine à fleurir sur mes lèvres quand Hailey me prend par la main et me guide jusqu'au drôle de gâteau qu'elle a imaginé. Dans son regard appuyé sur moi, dans la pression de sa main sur ma peau, je comprends qu'elle m'encourage. Qu'elle me soutient. Et qu'elle *sait*. Que ce n'est pas aussi facile que ça d'être joyeux quand tout s'effondre, quand le regard brillant de maman qui a ressorti son appareil photo plane sur moi avec cette douleur lancinante qu'elle ne parvient pas à masquer. Mon anniversaire, peut-être le dernier, nous le savons tous. Alors c'est dur, putain, de sourire comme si tout allait bien.

– Clive, je te l'avais promis. C'est un autre moment rien qu'à nous. Alors on va le vivre à fond, d'accord ?

Je déglutis difficilement, avec cette boule coincée dans la gorge qui refuse de descendre. Je les regarde, excitées et impatientes, ravies de nous offrir ce soir un instant hors du temps, un doigt d'honneur triomphal à la réalité. J'expire longuement, mes doigts s'entrelacent à ceux de ma copine qui se blottit contre moi. Je remarque enfin les décorations colorées préparées par Mary, avec son amour magique et sa gentillesse infinie, mes narines captent l'odeur alléchante des burgers cuisinés par maman malgré ses heures de travail qui n'en finissent plus et je sens, peau contre peau, le cœur d'Hailey qui bat et se débat pour moi. Je ferme les yeux une seconde. Quand je les rouvre, un vrai sourire s'épanouit malgré moi sur mon visage. J'ai tellement de *chance* d'être aimé à ce point.

– D'accord.

Et je souffle mes vingt bougies avec la fierté d'avoir la meilleure famille du monde.

La soirée est rythmée par des jeux de société et des fous rires qui s'enchaînent. On oublie, pendant quelques heures, l'épée de Damoclès au-dessus de nos têtes ; les innombrables soucis et les inquiétudes sont remisés au placard. Vers dix heures, Mary monte se coucher, bientôt suivie par maman qui se lève tôt demain pour son boulot. Sur le canapé, je profite de notre nouvelle solitude pour embrasser Hailey, au milieu du foutoir sympathique laissé par notre fête. Ma bouche glisse dans son cou, je savoure son odeur ensoleillée et la douceur de sa peau. Heureux, simplement heureux, avec son corps chaud mélangé au mien.

– Merci pour cette merveilleuse surprise, je souffle près de son oreille. Je t'aime et j'aime déjà avoir 20 ans.

Elle se détache un peu et ses lèvres, légères comme un battement de cils, sourient contre les miennes.

Nos yeux s'arriment, j'ai l'impression de chuter dans son bleu moucheté d'éclats de lune. Si l'éternité avait une couleur, je voudrais celle de ses iris enflammés, qui ont le don de me propulser dans un autre univers, de me procurer cette sensation d'apesanteur que mon corps lourd de fatigue ne ressent jamais. Dans son regard, c'est simple, je deviens un être libre et léger, autorisé à aimer et à célébrer la vie.

Je ne sais pas combien de temps on reste ainsi, à alterner les baisers et les regards. Peu importe. La télé est éteinte, aucun bruit ne trouble le silence en dehors de quelques voitures qui passent dans la rue et font vibrer les vitres. Ma respiration s'emballe, notre étreinte devient empreinte de quelque chose de plus sauvage, de plus viscéral. Entre nous, un magma d'émotions, un désir qui monte irrésistiblement. D'un même mouvement, on se lève, soudain pressés, nos deux corps toujours plaqués l'un contre l'autre. Des larmes s'invitent dans mes yeux sans que j'aie rien vu venir. Ma voix chevrote, mon timbre se brise. L'angoisse me submerge à nouveau. Mais l'amour jaillit, plus fort.

– Je t'aime à la folie ! Tu es restée… Tu es là…

Elle pose un index sur ma bouche.

– Chut, Clive ! Rappelle-toi, c'est notre moment. Le nôtre. Il n'est pas fini. L'éternité n'a pas de fin.

Je ris dans mes larmes. Parce qu'elle a raison. On est ensemble, c'est tout ce qui compte. Quoi qu'il advienne, je veux rire encore avec elle comme j'ai ri ce soir. On a le temps, on a toujours le temps si on choisit de vivre. Je viens de passer le meilleur anniversaire de mon existence grâce à elle. Et j'espère bien passer la meilleure nuit d'anniversaire de mon existence, toujours grâce à elle. Alors je prends sa main et l'entraîne en courant vers l'étage.

***

En passant le seuil de ma chambre, je ne résiste plus. Je crois qu'on fait un boucan monstre à se cogner dans les meubles et les murs, nos mains et nos corps pris de fièvre. Je lui retire presto son tee-shirt et son soutien-gorge pendant qu'elle s'insinue dans mon jean et me caresse langoureusement. Je suis déjà tendu comme un arc, prêt à fondre en elle. Ravie de son effet sur moi, elle glousse et resserre sa prise. Ses cheveux blonds répandus autour d'elle accrochent la pâle lueur de la lune invitée dans la chambre. J'ai encore le cœur dans les étoiles alors je la soulève et l'assieds sur le rebord, son dos nu plaqué contre la vitre froide. Elle frissonne, ses tétons durcissent, un appel indécent pour ma bouche qui n'en peut plus d'attendre. Je l'englobe, la mordille, glisse ma langue dessus et souffle pour dévorer des yeux le spectacle de sa peau piquetée de chair de poule.

Je recule d'un pas pour admirer le tableau qu'elle offre, ses yeux voilés de douceur et de désir, sa façon de se tenir instinctivement féline et gracieuse. Je reviens à ses lèvres, j'enferme ses joues entre mes paumes, yeux clos, et je goûte dans ce baiser un merveilleux instant de paix mêlée d'euphorie. Les mots prononcés plus tôt semblent virevolter autour de nous. Lentement, je glisse mes mains sous ses fesses et libère ses jambes fines. Les yeux dans les yeux, nous explorons nos peaux avec nos doigts, à l'urgence succède la conscience de la valeur des secondes qui s'égrènent. J'écarte doucement ses cuisses et me place à l'intérieur, les mains toujours en promenade sur sa peau. Sa bouche s'entrouvre, sa respiration accélère, elle est magnifique.

– C'est le moment de me confier un truc inavouable, je lui susurre au creux de l'oreille. Avant que je te retire ce bout de tissu et que tu te sentes trop vulnérable.

– Inavouable ? demande-t-elle en souriant. Attends voir…

Elle embrasse mon cou, m'arrache un frisson avant de renverser sa tête en arrière vers le ciel noir.

Je la contemple dans sa beauté parfaite, joue avec ses nerfs du bout de mes doigts. Comme elle ne répond pas, j'accentue la pression pour la torturer un peu. Elle sursaute sous mon assaut, bat des paupières.

– J'avoue ! J'ai chipé des figurines Disney en maternelle.

Je pouffe de rire.

– Comment ? Toi, Jones la justicière, tu as volé des jouets ?

– Pas des jouets, d'authentiques héros ! réplique-t-elle dignement.

– Laisse-moi deviner… Picsou le pingre ?

– *Nope*.

– Non, je sais ! Raiponce ? je propose en faisant danser ses mèches dans la faible clarté.

Elle se marre mais secoue la tête.

– Ne me dis pas que c'est… Pluto !

– Idiot.

– N'empêche, je suis choqué, Hailey. Tu descends de deux marches de ton piédestal.

Son visage mi-hilare, mi-excité me fascine tandis que je reprends mes mouvements circulaires qui la rendent folle. Elle gémit.

– Quoi d'autre ?

– J'ai… j'ai flashé sur toi dès le début !

Je lève les yeux au ciel.

– Menteuse !

– Mais si. Cette façon de manger ton burger… comme si c'était le meilleur truc qui pouvait t'arriver dans la vie…

Je stoppe net. Elle proteste.

– Mais c'est le meilleur truc !

– J'ai trouvé ça sexy à mort…

*Faux. Toi, tu es sexy à mort.* J'écarte le tissu et appuie du pouce sur son intimité ouverte. Elle se cambre de plus en plus, la respiration courte. Ma langue court sur sa peau, sa clavicule, exige sa poitrine. Une ardeur puissante s'empare de moi. Je brûle de la sentir, de la posséder, vaillamment cette fois. Je m'insère plus profondément. Elle se penche encore avant de jouir, pantelante, en travers de la fenêtre.

Je la dévore des yeux tout en retirant son sous-vêtement que je balance derrière moi. Elle se redresse, saute sur ses pieds et me repousse gentiment jusqu'au lit où elle m'aide à m'allonger.

– À mon tour, Clive.

Elle vire mes fringues, s'installe à califourchon sur moi, avec cet empressement contagieux qui gagne ses mouvements et mes battements de cœur. L'effleurement de ses cheveux sur mes pectoraux et mon côté toujours douloureux irradie directement jusqu'à ma queue gonflée à bloc. Sa bouche se pose sur la mienne, puis dans mon cou, sur mon ventre, mon aine, et enfin elle me découvre et m'absorbe. Ses mains se joignent au ballet de sa langue, elle m'aspire, me mord, l'afflux de sang augmente encore. Elle poursuit son manège infernal, je suis sur le point de céder, au bord de la limite du point de non-retour.

En transe, je l'alerte d'un geste et l'attrape contre moi, appuyé contre mon côté indemne. Je retrouve sa chaleur, je fusionne à nouveau, puis me retire. Encore. Encore. Encore. Nos soupirs rythment la cadence, la pression monte, nos peaux claquent et luisent. Je crois mourir lorsqu'elle prend dans sa bouche mes doigts encore humides de son désir. Encore. Encore. Encore. Je perds pied, elle aussi, je contiens son cri, une main sur sa bouche, en sueur, haletant. Bienheureux.

J'ai encore un voile d'ivresse devant les yeux lorsqu'elle pivote légèrement vers moi et chuchote :

– Joyeux anniversaire, Clive.

# 57

## Clive

Après la soirée d'anniversaire, Hailey et moi avons dû redescendre de notre bulle. Blake me convoque aujourd'hui pour discuter ensemble d'un arrangement. Une sorte de deal donnant-donnant qui me permettrait d'échapper au procès grâce à l'abandon des charges.

J'entre dans son bureau qui sent le café et le cerveau en ébullition. Le téléphone sonne sans arrêt, Blake est un homme très occupé. Je m'assois pendant qu'il prend l'appel et je regarde autour de moi. J'aperçois sur une étagère derrière lui mon PC et mon dossier HackMeLove. Je zieute aussi le dossier qui traîne, ouvert, sur son bureau. Le mien. Ça fait drôle. Toute ma vie ou presque est étalée là, racontée à moitié. Des faits qui s'accumulent sans la consistance du vécu et qui définissent un profil. Exactement ce que j'ai fait avec HackMeLove. Je me sens amer, l'ironie de la situation ne m'échappe pas.

Blake raccroche et se penche en arrière, les bras repliés sur la nuque. Il a l'air bien détendu, j'aimerais pouvoir en dire autant.

– Clive, te voilà. Bon. J'ai une proposition à te faire.

– Je vous écoute.

– Comme tu le sais, nous avons suffisamment de preuves pour t'incriminer, et nul doute que le juge prononcera une peine sévère.

En voilà un qui ne s'embarrasse pas de mots superflus.

– Dis, gamin, tu es prêt à nous aider ?

– Qu'est-ce que vous attendez de moi ?

– Que tu vendes HackMeLove, comme prévu.

Je suis estomaqué. Il plaisante, n'est-ce pas ? Il m'empêche de vendre, fout mes plans en l'air, et ensuite il m'encourage ?

– C'est prévu demain, monsieur. Je n'ai rien dit à mon contact. Peut-être qu'il a tenté de me joindre et que mon silence l'a averti d'un problème.

– Il a tenté de te joindre ce matin, confirme Blake d'un ton bourru. Et Hailey s'est occupée de répondre en ton nom. Avec la même façon de faire.

– Mais… Je ne comprends pas. Pourquoi avez-vous besoin de mon aide, dans ce cas ?

– Parce que nul autre que le concepteur ne saura vendre aussi bien son produit. Il ne connaît pas ton visage, je suppose ?

– Bien sûr que non. Ni moi le sien. Nous n'avons eu que des contacts écrits, cryptés et virtuels.

– Alors c'est parfait.

Il se frotte les mains avec satisfaction et se lève. Il prend mon dossier et me jette des coups d'œil tout en lisant.

– Tu es un petit génie, Clive, ça ne fait aucun doute. Où as-tu appris à coder ?

– Un peu tout seul, mais j'observais mon père quand il était encore là. Il faisait du dépannage informatique, mais il connaissait plein d'autres trucs. Il me montrait les codes. J'aimais ça. J'aimais tout ce que faisait mon père.

Je grimace en mentionnant mon père. J'ai marché dans ses pas malgré toute la haine que je lui porte. J'ai voulu faire comme lui. Il est resté mon modèle après toutes ces années. S'en rendre compte en parlant à un flic est douloureux.

– Ah ! Ceci explique un peu cela, alors. Mais tout de même, n'importe quel investisseur avisé miserait moins sur ton produit que sur toi. Personne n'a jamais tenté de te recruter ?

J'ouvre de grands yeux.

– Non, jamais ! Je n'ai quasiment rien fait d'autre qu'HackMeLove.

– On a relevé ta signature de hackeur dans plusieurs affaires.

– Ça m'étonnerait. Je fais du dépannage informatique, légalement, et j'ai rarement eu besoin de surfer avec la limite.

– Admettons, fait-il, sceptique. Tu as peut-être inspiré d'autres hackeurs, après tout.

Il repose mon dossier sur son bureau et se penche au-dessus de ma chaise. Son regard dur force le mien. Il est impressionnant, mais je sais que ce n'est qu'une façade.

– Il y a plus intéressant à faire que choper un jeune hackeur mourant, dit-il d'une voix froide. La cyberdéfense demande souvent beaucoup d'énergie pour des prises de faible ampleur. Dans ton cas, depuis que je me suis penché sur ton application, j'avais des vues sur toi, je dois le reconnaître.

– Qu'est-ce que vous voulez dire ?

– Que je t'aurais offert un deal, quoi qu'il en soit. Mais je dois auparavant saisir l'opportunité de pêcher un plus gros poisson.

– Ulysse ? je m'étonne. C'est un intermédiaire.

– Non seulement je pense qu'Ulysse est un intermédiaire pour la vente, mais je suis intimement persuadé qu'il est aussi le bras droit d'un personnage plus inquiétant. Mr A.

– Là, je n'en sais rien du tout, moi.

– Je sais. Mais tu vas nous permettre de faire sortir ce monsieur de l'ombre. C'est lui qui voudra te recruter.

Je n'en reviens pas. Ils veulent se servir de moi. La morale ne les étouffe décidément pas. Je ne suis pas con, il va falloir que je prenne tous les risques dans cette affaire. Il ne semble pas se rendre compte qu'ils sont réels. Je suis inquiet et je ne m'en cache pas.

– Mais ils vont voir mon visage, monsieur. Après ça, quand ils réaliseront que je les ai roulés, ils me tueront.

– Non, assène Blake. Ils ne te tueront pas, car tu seras sous protection rapprochée puis sous protection des témoins.

Un drôle de sentiment m'envahit. Vivre sous protection policière vaut toujours mieux que de moisir en prison, c'est évident. Et en même temps, je ne peux pas m'empêcher de me dire que ce flic profite de mon état de santé. Entre les risques pour moi et le coût d'une protection rapprochée, il est gagnant. Une protection d'au plus une année, sûrement moins, jusqu'à ce que je crève. Les yeux de Blake me scrutent attentivement.

– Quelque chose te chiffonne ? Je sais pertinemment que c'est une mission dangereuse.

– Dangereuse pour moi, je maugrée. Pour vous, c'est tout bénef, je dirais.

– Tu penses que je me fiche de te garder en vie ? devine-t-il.

– Et je ne peux pas vous en vouloir. C'est juste… je sais pas…

Je me sens fini. Ce grand sentiment de vide revient me submerger. Je n'ai pas d'avenir, et nous en discutons tranquillement, comme si c'était la chose la plus banale du monde, à 20 ans. Il ne manque plus que le café pour que le tableau soit parfait. Ça fait mal. Ça brûle. J'aurais aimé vivre autre chose. Les regrets m'envahissent. Est-ce que je suis passé complètement à côté de la vie ? Tout ça pour ne sauver ni moi ni Mary. Cette pensée me donne une idée.

– Si la vente est réelle, je veux récupérer l'argent, j'ose, le front soucieux.

Blake se met à rire malgré lui, puis il voit mon expression sérieuse et son rire meurt sur ses lèvres.

– Clive, tu ne peux pas demander ça.

Il se retourne vers la machine à expresso, fait couler deux cafés et m'en tend un. Je bloque sur le gobelet, mais Blake ne capte pas.

– Qu'allez-vous en faire ? je demande avec lassitude, les yeux fixés sur le liquide noir.

– Il sera bloqué tant que l'affaire ne sera pas finalisée. Ensuite, il ira aux œuvres.

*Et ma Mary ? Ce ne serait pas une belle œuvre, elle aussi ? Putain, j'en ai marre.*

– J'accepte. À une condition.

– Laquelle ?

– Je veux qu'Hailey participe comme soutien civil. Je veux qu'elle soit avec moi.

– Accordé. Briefing dans cinq minutes, conclut le capitaine.
Il appuie sur son interphone :
– Crawley ?
– Capitaine ?
– Amenez le suspect en salle de crise.

# 58

## Clive

– Clive, j'ai trop une bonne nouvelle ! s'écrie Hailey en arrivant en courant dans la salle des opérations.

Elle surgit du couloir, ses cheveux blonds dansent tout autour de son visage et ses iris gris flamboient. Deux rayons de soleil. Je ne me lasserai jamais de cette petite boule d'énergie qu'est ma copine. Sans aucune gêne, elle écrase sa bouche sur la mienne, au milieu de tous ses collègues. Le grognement de Blake ne m'échappe pas.

Je suis toujours sous le choc de la proposition du capitaine, alors je mets un peu de temps à émerger de mes pensées.

– Il y a un moyen de te sauver ! se réjouit-elle.

Ma première réaction est de lui mettre un doigt sur la bouche pour la faire taire. Je ne sais pas pourquoi elle me dit une telle chose, mais je ne veux plus entendre parler de tous les nouveaux protocoles miracles. J'ai dépassé ce stade, bien qu'Hailey ne le réalise sûrement pas. Et pour tout dire, ça ne m'intéresse même plus. Toutefois, Hailey ne l'entend pas ainsi. Elle me repousse gentiment et annonce avec fierté :

– J'ai tanné mes parents pour qu'ils contactent le spécialiste qui avait suivi Leo. Tu le connais probablement, c'est le Pr Windcraft.

– Oui, je le connais, je soupire malgré moi.

– Alors, je lui ai filé ton dossier pour avis. Et il a parlé d'une greffe ! Une greffe de moelle osseuse. Tu pourrais la faire, c'est ta chance ! Je suis trop excitée !

Et c'est vrai. Elle saute de joie tout autour de moi. Je l'attrape par les poignets et la stoppe, un peu fermement.

– Hailey, ma belle, écoute bien, je réponds d'une voix douce. Je suis déjà au courant pour la greffe. Je suis ravi moi aussi qu'une solution existe, en théorie. Mais… je n'ai toujours aucun argent, tu comprends ?

Hailey fait la moue. Elle m'entraîne légèrement à l'écart pendant que Crawley allume le rétroprojecteur et que Blake rassemble ses troupes.

– Je sais bien. Mais j'avais si peur qu'il n'y ait aucun espoir. On le trouvera, cet argent.

– J'ai confiance en toi pour te démener. Mais il y a Mary, avant.

– Oui. J'en ai conscience, Clive. Je n'oublie pas Mary.

Blake nous interrompt pour lancer le briefing. La salle est bondée, plongée dans la pénombre. Les équipes de terrain ont rejoint les équipes de cyberdéfense et on est tassés les uns contre les autres. Blake expose son plan, j'apprends quel est le lieu de rendez-vous négocié avec Ulysse et je frémis. On est en plein no man's land d'une zone industrielle désaffectée du sud de Boston. Typiquement le genre de spot squatté par les camés en mal d'héroïne et par tous les gangs notoires. C'est loin d'ici et surtout désert. Jamais je n'aurais accepté pareil endroit. Il vaut mieux être entouré de monde, au cœur de la ville, là où des passants pourraient intervenir en cas d'imprévu.

– Les équipes terrain, vous pourrez vous déployer sans trop de contraintes dans cette zone, commente le capitaine. En revanche, attention aux veilleurs éventuels du camp adverse. Faites-vous les plus discrets possible lors de vos prises de position. Nous avons récupéré les images de vidéosurveillance des rues avoisinantes, et la cyber s'est assurée que le système n'avait pas été hacké par nos cibles.

Je me concentre quand il aborde la partie support technique. Je serai seul, mais des yeux seront fixés sur moi en permanence, lunettes de tir réglées sur mes acheteurs, prêtes à faire feu. Je ne trouve pas ça rassurant du tout. Les autres agents me lancent des regards suspicieux, je doute qu'ils me fassent confiance pour mener à bien la mission.

Quelques moqueries fusent sur mon âge et mon apparence. C'est sûr que je ne ferai pas tache au milieu des junkies. Mais leur comportement m'irrite.

Mes yeux tombent sur Hailey juste à côté de moi. Elle pianote un truc sur son PC portable posé sur une table haute. Elle me rappelle la question qui me trotte dans la tête depuis mon entrevue avec le capitaine.

– Hailey, c'est toi qui as identifié pour moi une signature de hacking ?

– Oui, c'est moi. Quand je cherchais à ouvrir ton dossier personnel. Je suis restée bloquée à l'entrée, mais j'ai pu extraire des bouts de codes particuliers, je ne sais pas comment dire…

Je suis quand même un peu surpris. D'ordinaire, je fais attention à brouiller les pistes. Hailey est une excellente analyste, je n'ai qu'à m'incliner.

– Pourquoi tu as dit que j'étais impliqué dans d'autres affaires ?

– Ce n'est pas moi, se récrie-t-elle. Ce sont les collègues qui ont analysé ta signature. Mais les pourcentages indiquaient un match beaucoup plus faible, inférieur à 85 %, donc Blake n'a pas dû insister.

– Non, il ne l'a pas fait, je réponds, songeur.

– L'opération démarre à dix-huit heures, conclut Blake d'une voix forte.

***

Je suis affublé d'un sweat à capuche, d'une veste et d'un jean, une casquette et une écharpe complètent mon costume de hackeur espion. J'ai l'impression qu'on ne voit que les mouchards posés sur ma tenue et mes nouvelles lunettes connectées fournies pour l'occasion. Mal à l'aise d'être écouté, gêné dans mes mouvements, je tente de faire bonne figure, mais avec les kilomètres, le stress monte dangereusement. Dans mon sac à dos, mon PC, mon dossier de présentation HackMeLove et une clef USB avec le code complet. Je suis en nage sous ma veste et cela n'a rien à voir avec la température modérée de ma voiture. Je suis mort d'angoisse. Je n'aime pas la partie action de ce scénario, je n'ai même jamais aimé ça. Moi, mon truc, c'est de rester devant un écran, sagement, et d'agir depuis ma chambre. Aller affronter des professionnels de la cybercriminalité est une tout autre affaire.

Je roule depuis déjà une heure et je suis coincé dans un bouchon. Il est dix-neuf heures quarante-cinq et le rendez-vous est à vingt heures trente. J'ai encore un peu de marge et je suis bientôt arrivé, pourtant dans ma tête, le chaos s'est installé. *Pourvu que la route soit coupée, qu'un tremblement de terre soudain fasse écrouler le bâtiment juste avant que j'arrive.* Bref, je suis en train de prier pour éviter la vente. Les paumes moites sur le volant, je flanche complètement, et la voix posée d'Hailey dans mon oreillette ne parvient même plus à me réconforter. La police est déjà sur place, en planque depuis plusieurs heures. Hailey est présente sur ma requête, elle attend avec Blake dans une sorte d'épicerie vieillotte du quartier transformée en QG de campagne.

*Putain. Dans quoi je suis encore allé me foutre, bordel !*

Mon cœur bat à cent dix mille, je suis en *bad trip* total alors que je n'ai encore rien fait ni rien dit. J'en suis à un point où j'ai peur que ma trahison soit écrite sur mon front. D'être tellement transparent que les mecs se barrent à peine ils m'aperçoivent. Non sans me tirer une balle dans la tête au passage.

Je mets de la musique pour me donner du courage. Rien à foutre si ça agace les oreilles indiscrètes qui m'accompagnent dans cette merde. Je zappe sur ma playlist et je tombe sur un titre qu'Hailey adore. Un petit clin d'œil lui fera autant de bien à elle qu'à moi. Je prends une grande inspiration et tente de me raisonner tandis que les premières notes se diffusent dans l'habitacle.

Je bats résolument la mesure du pied quand je manque de me cartonner en reconnaissant sa voix dans l'oreillette.

Une voix suave, légèrement traînante, juste avant que le micro ne soit coupé brutalement.

– Je rêve de faire l'amour avec toi sur cette musique, Clive.

Je redresse le volant.

*Putain.* Hailey ! T'as pas le droit de dire des trucs pareils.

# 59

## Clive

J'y suis. J'ai garé ma voiture sur le trottoir qui longe un bâtiment rectangulaire, probablement un ancien atelier industriel. Les grandes fenêtres ont quasiment toutes perdu leurs vitres, et des bris de verre ornent encore çà et là les encadrements. Je jette un œil à travers l'une d'elles : l'intérieur révèle un capharnaüm pas possible, entre des chaises renversées, des meubles éventrés, des matelas crasseux et un sol jonché d'ordures et de canettes vides. L'ambiance est glauque et la misère imprègne tout. Ce n'est pas difficile d'imaginer l'usage fait de ce lieu. Un squat comme il y en a trop.

J'ai les coordonnées GPS précises du lieu de rencontre, alors je contourne le bâtiment et m'enfonce un peu plus dans la zone. Dans l'oreillette, j'entends les consignes de Blake et les encouragements d'Hailey. J'essaie d'avoir l'air naturel, mais autant dire que c'est peine perdue. Je garde les yeux baissés pour éviter de provoquer malgré moi d'éventuels occupants des lieux.

La luminosité est faible, les lampadaires n'éclairent plus au cœur du complexe. Difficile de passer inaperçu avec la lampe torche de mon téléphone braquée à quelques mètres devant moi.

Je poursuis mon chemin, à l'aveugle, quand je sens une présence dans mon dos. Une voix grave chuchote derrière moi, trouant l'épais silence environnant.

– Argos ?

Puis la voix me met en garde :

– Ne te retourne pas. Réponds.

– Oui, c'est moi.

– Seul ?

– Seul.

J'espère qu'il n'entend pas mon cœur tambouriner dans ma poitrine car je ne sens que ça. Il va exploser. J'ai les mains qui tremblent, alors je les garde enfoncées dans les poches de ma veste.

– Avance. Tout droit. Deux cents mètres.

Il m'écarte du point de rendez-vous. Évidemment. Il m'a intercepté avant pour éviter de tomber dans un traquenard. J'espère que les équipes de Blake sont suffisamment flexibles.

J'ai les oreilles qui bourdonnent quand sa voix résonne justement dans l'oreillette.

« Équipes mobiles 3 et 5 : redéploiement. Cible en mouvement sur zone 3-3-2. »

Putain. Jamais je n'ai ressenti un tel stress. J'obéis au mec dans mon dos, il n'a pas ajouté un mot. Au bout des deux cents mètres indiqués, il m'attrape le bras et m'entraîne soudainement dans un renfoncement qui cache une petite allée entre deux hangars. Il court, je n'ai d'autre choix que de le suivre. Pendant cinq bonnes minutes, nous traversons des ruelles, puis entrons dans un bâtiment que nous traversons de long en large. Nous montons à l'étage, avalons des couloirs dont je serais incapable de me souvenir. Je suis hors d'haleine quand il s'arrête enfin, dans une salle vide dont nous venons de franchir l'unique issue. J'ai l'impression d'être piégé dans un labyrinthe et proche de l'évanouissement. Mes côtes cassées sont toujours très douloureuses, cette course a réveillé mon corps malade. Ma respiration est sifflante.

Il me fait face. Il porte comme moi un bonnet recouvert de la capuche d'un anorak kaki. Pour le reste, un jean et des baskets, et une écharpe cache le bas de son visage. Il allume une petite lampe posée à même le sol. La lumière un peu crue jetée par l'ampoule montre un visage jeune, dans la vingtaine, et des yeux bleus méfiants.

– Je suis Ulysse, se présente-t-il. Désolé pour le petit tour, je préfère prendre mes précautions.

J'opine du chef, feignant de n'avoir rien à redire à ses manœuvres qui m'ont éloigné de mes protecteurs. Au fond de moi, je suis au bord de la panique. J'espère vraiment que les policiers ont pu nous suivre.

Ulysse reprend son souffle, lui aussi, les mains posées sur les cuisses. J'en profite pour sortir de mon sac le PC et le dossier. Mes mains tremblent toujours, il le remarque. *Ouais, j'ai la trouille, mais c'est normal, non ?*

Ulysse ne fait aucun commentaire et s'empare du dossier qu'il parcourt rapidement, mais je comprends qu'il attend la démo.

J'explique en quelques mots le fonctionnement de l'appli et lui montre les simulations préenregistrées. Il pose quelques questions ; il semble s'y connaître, et comme prévu je constate que c'est le code qui l'intéresse particulièrement. Surtout la gestion du temps réel avec mon option de hacking incognito. J'avais prévu le coup et lui propose de jouer la cible pour qu'il comprenne l'enjeu des calculs statistiques et la discrétion de la réalisation. À la fin, il me sourit, satisfait.

– C'est du bon taf, Argos. Je n'ai pas de raison d'invalider la vente. Attends un instant.

Il s'éloigne de quelques pas et je le vois sortir un téléphone de sa poche. *Nous y voilà.*

Je réalise du même coup que cela fait un moment que je n'ai pas reçu de signe de vie de mes anges gardiens. *Dites-moi que vous êtes dans le coin, les mecs.*

Je tends l'oreille pour capter la conversation d'Ulysse, mais je n'en perçois que quelques bribes.

– Très bon… Oui… Jeune… Effrayé… Croyez ? Entendu.

Ulysse raccroche et revient vers moi.

– Le patron voudrait te voir, m'annonce-t-il, laconique.

– Le patron ? je répète, faussement surpris.

J'essaie de rester zen mais franchement je suis au fond du trou. Je sais que c'est le but de la mission, mais ça veut aussi dire que la partie véritablement dangereuse ne fait que commencer.

Ulysse ne se fatigue pas à me répondre. Il m'invite une nouvelle fois à le suivre.

Nous redescendons et parcourons de nouveau des centaines de mètres de couloirs. Nous pénétrons ensuite dans le bâtiment d'en face par une passerelle métallique et atterrissons encore une fois dans un entrepôt désert. Je marche au même rythme qu'Ulysse qui se retourne fréquemment pour s'assurer que je le suis en silence. Jusqu'ici, nous n'avons croisé personne. Pas âme qui vive. Je ne peux m'empêcher de trouver cela louche.

« Équipe mobile 3, en position ! », j'entends dans mon oreille.

Un intense soulagement m'envahit. Ouf ! Ils sont toujours là.

Ulysse me mène jusqu'à une porte blindée. Il l'ouvre et nous tombons dans une ruelle, pile en face d'une voiture. Un modèle de luxe noir aux vitres teintées. Ulysse garde la porte ouverte et surveille l'entrée. Il me désigne le véhicule : la portière arrière vient de s'ouvrir à mon intention.

– Monte.

Je zieute à droite à gauche, pas du tout rassuré par la tournure des événements. Et s'il m'emmène, je fais quoi, moi ?

« Vas-y, Clive, ne t'inquiète pas. Tu es entouré. »

Hailey. Putain, ça me fait un bien fou de l'entendre. Elle me redonne du courage pile au moment où mon hésitation risquait de me griller.

Je suis une boule de nerfs quand je rentre dans la voiture. Je m'assois sur le siège et pose mon sac entre les jambes. Le patron d'Ulysse, un homme en costume, est assis en face de moi, du côté opposé. Son visage est caché dans l'ombre pour l'instant et je cligne des yeux pour m'habituer à l'obscurité. Sa présence silencieuse me met au supplice. Une légère musique joue en sourdine, accentuant l'aura de puissance qu'il dégage.

J'entends son souffle tranquille puis sa voix s'élève enfin, affable.

– Bienvenue, Argos. Je suis Mr A. Ravi de te rencontrer enfin.

Je manque de m'évanouir.

*Cette voix.* Impossible. C'est plus fort que moi. J'ose :

– Papa ?

# 60

## Hailey

Tout tourne autour de moi. Les écrans devant moi se troublent, la voix de Blake à mes côtés se fait lointaine.

*Mr A, le père de Clive ?* Je n'imagine même pas ce qui doit se passer dans la tête de Clive en ce moment. Le mec qui l'a abandonné resurgit avec des millions en poche, prêt à les donner à son fils en toute ignorance.

C'est une tragédie. Je n'ai pas les mots. Clive doit être effondré. J'aimerais courir jusqu'à lui et le prendre dans mes bras. C'est horrible. Son père ne peut pas lui faire ça.

Blake trépigne sur ma droite, il transmet les nouvelles consignes à toutes les unités. Je sens qu'il est inquiet. Ce n'était pas prévu. C'était même la seule chose de réellement imprévue jusqu'ici. Blake avait pensé au changement de lieu et avait posté des équipes un peu partout dans la zone. En cas d'extraction forcée de Clive, il a même encore deux équipes pour le prendre en filature ou intervenir. Non, tout était bien ficelé, sauf ça.

Je croise le regard du capitaine et je lis le doute qui l'habite. Toute l'opération consiste à exposer Clive pour capturer Mr A. Mais maintenant, une question se pose et nous obsède tous : Que va faire Clive ?

***

## Clive

– Papa ?

Je suis atomisé. Toutes mes certitudes, tous mes espoirs et toute ma vie explosent d'un coup et j'en vois les morceaux s'étaler par terre, devant moi. Papa est l'homme en costume. Papa se tient devant moi, assis nonchalamment, à son aise dans ce face-à-face avec un jeune hackeur talentueux présumé. Sauf que je suis son fils.

Frank Howard s'est figé. Il allume le plafonnier et son visage sort enfin de l'ombre. *Mon* visage, avec vingt ans de plus. Il me détaille, son regard vert analyse chaque centimètre carré de mon corps pendant que le mien fait de même. Mais c'est bien lui. Aucun doute. La ressemblance est trop frappante, sans parler de la voix que mon cœur a tout de suite reconnue. *Lui*. Mon père. Celui qui m'envoyait ces cartes postales pleines d'espoir, de perspectives de retour et qui a disparu de notre vie du jour au lendemain. Celui à cause de qui j'ai perdu tout intérêt pour l'existence, toute foi en l'amour. Il n'y a guère qu'Hailey qui ait réussi à redonner un sens à ma vie, du goût à mes rêves, de la grandeur à mes désirs. J'ai les larmes aux yeux et une nausée terrible m'emplit la bouche. Mon estomac se révulse et l'air me manque à le contempler là, en chair et en os, vivant et… riche.

Je ne comprends plus rien. Pourquoi n'est-il pas revenu s'il a réussi à faire fortune ? Pourquoi nous avoir jetés comme des déchets embarrassants qui ne devaient pas figurer dans sa nouvelle vie ? J'ai tant de rancœur et tant de colère, j'ai envie de le frapper. Et c'est ce que je fais.

D'un bond, je me jette sur lui. Je le roue de coups maladroits, je déverse mon amertume et mon désarroi, même si je ne veux pas vraiment lui faire mal. Et je crie, putain, je crie :

– Pourquoi ? Pourquoi, papa ?

Il esquive mes poings, encercle mes poignets et me plaque contre le dossier pour me calmer. Mais la tempête fait rage en moi. Je me débats, je suis anéanti. Furieux et désespéré. Voilà ce que vaut l'amour de mon père. Non seulement il a fui, mais il n'a même pas daigné nous aider. Sa poigne ferme me broie les côtes et je hurle de douleur.

– Pourquoi ? je gémis entre deux râles.

– Calme-toi, bon sang, Clive ! Tu n'es plus un enfant.

Je lui lance un regard noir.

– Si, je rétorque, haineux. Je suis *ton* enfant. Même si tu l'as oublié. Putain, papa ! Huit ans ! Huit ans que j'espère de tes nouvelles… Et maman ? Et Mary ?

Je pleure vraiment maintenant. Je n'ai pas la force de débattre.

Papa m'examine attentivement tout en ouvrant mon sac pour consulter mon dossier et le code. Il a changé. Il me paraît froid, pragmatique et calculateur. Ce n'est plus celui qui me faisait découvrir le monde avec des yeux émerveillés. Qui me racontait tous les soirs des passages de *L'Odyssée* et inventait de nouvelles histoires avec des dieux imaginaires. Ce n'est plus celui qui repérait les constellations avec moi les soirs d'été. C'est un autre homme, un homme d'affaires, un étranger.

Les yeux brillants, je le regarde faire, j'ai déconnecté de la scène, trop de choses se passent en moi et j'ai besoin de reprendre mon souffle.

– Je croyais que tu étais mort, dit-il soudain. Ça te fait quoi, 19 ou 20 ans, non ?

*Que répondre à cela ? Mon cœur se brise un peu plus, papa, ne le vois-tu pas, éclaté là, sur la moquette hors de prix de ta caisse de luxe ?*

– 20 ans hier, papa.

– Joyeux anniversaire, alors ! Je suppose que si tu es devant moi, c'est parce que tu es guéri ? Mary a-t-elle développé une leucémie aussi, finalement ?

Ce type me débecte. Je pourrais lui cracher au visage, si j'osais. Ses mots me lacèrent le ventre et sa présence indifférente m'ôte toute velléité de me défendre. Je sens naître en moi un sentiment ambigu, que je ne formule pas encore. Je suis partagé entre le désir de l'embrasser et de le retrouver pour de bon, et celui de foutre sa jolie petite existence en vrac. Si seulement lui manifestait envers moi ne serait-ce que l'ombre d'un sentiment. Mais si mon cerveau l'intéresse, mon cœur est secondaire. Ses yeux s'allument face à mon code et s'éteignent face à mes reproches muets.

– Incroyable ! fait-il. Tu as une façon de faire qui s'apparente par certains aspects à la mienne. Je ne pensais pas que tu étais aussi doué, Clive.

Il referme le dossier d'un coup sec.

– Écoute, Clive, je voudrais te proposer de me rejoindre. Tu es très talentueux, j'ai besoin de tes compétences et de ta créativité. Et ce sera l'occasion de renouer, n'est-ce pas ?

Je reste silencieux, hébété par ce discours formaté.

– Tu sais, j'ai vraiment cherché. Longtemps. Les mois ont filé, je n'avais toujours rien. Les quelques pistes obtenues ne me permettaient pas de payer les frais exorbitants de l'hôpital. Et puis, j'ai fait la connaissance de membres d'un réseau important de Seattle qui faisait dans le high-tech et ils ont tout de suite vu mon potentiel. Je devais faire mes preuves, j'ai réussi. L'argent de mon premier coup a payé la chimio déjà effectuée. Puis, petit à petit, c'est monté crescendo. Les situations dangereuses m'interdisaient tout contact avec vous, car je refusais qu'ils se servent de vous pour faire pression sur moi. J'étais coincé, ma vie était devenue un nœud inextricable. Les mois sont devenus des années, à force je me suis convaincu que vous étiez morts. Revenir et affronter l'accusation dans les yeux de ta mère ne servait à rien. Alors je suis resté. Et finalement, j'ai le sens des affaires. Je perfectionne des idées prometteuses avec mon équipe et les revends au plus offrant. C'est extrêmement lucratif, bien que dangereux.

Il sourit, me montre son costume avec fierté.

– Évidemment, rien de légal, c'est pourquoi je n'ai pas jugé bon de vous mêler à ce monde. Je voulais vous protéger, ta mère, ta sœur et toi.

– Nous protéger ?

J'hallucine. Qu'il s'étouffe avec sa mauvaise foi ! Comment peut-il décemment transformer son abandon en volonté de protection ? Il n'a même pas le courage de la vérité.

– Dis plutôt que tu as eu peur. Deux enfants malades, c'était trop pour toi !

– C'est trop pour n'importe qui, Clive ! Mais j'ai essayé. Vraiment.

Je secoue la tête. Je n'en peux plus de ses explications lâches.

– Je refuse d'en entendre davantage, papa. C'est… c'est dégueulasse.

Je me redresse, prêt à quitter la voiture, mais mon père me retient.

– Attends ! C'est vrai, j'aurais dû vérifier, j'aurais dû… Viens avec moi, rejoins-moi !

Ses yeux plongent dans les miens et cette fois, je crois y voir une faible lueur, la trace infime d'un regret passer furtivement dans son regard. Et avec le regret, la possibilité d'un pardon. Les moments heureux défilent à toute vitesse dans mon esprit, tout ce qu'il a un jour représenté pour moi et que je n'ai jamais vraiment réussi à oublier. J'ai tellement besoin de lui, de nous.

Pour moi, cela change tout.

Sans plus réfléchir, j'arrache l'oreillette et la lui montre. Ma voix est déformée par l'urgence :

– Papa, sauve-toi vite ! Ils sont là pour toi ! Ils vont t'arrêter !

Et mon avertissement déclenche l'apocalypse.

# 61

## Clive

Je ne sais pas ce qu'il me prend.

Mon père a un temps d'arrêt. Il prend mon oreillette, la balance et me regarde. Cette fois, je lis du soulagement, de la reconnaissance, et même de la tendresse.

Il me serre dans ses bras. Brièvement.

– Merci, fils, dit-il simplement.

***

## Hailey

Blake rugit dans le micro. Sa colère envoie des ondes négatives dans toute l'épicerie que nous avons annexée pour l'occasion. L'air vibre autour de moi et Crawley, nous nous faisons aussi petits que possible. Le capitaine tape du poing sur la lourde planche posée sur tréteaux qui nous sert de bureau. Sous l'impact, un gobelet de café tombe par terre et macule le sol de petites taches sombres.

– Merde, le gosse nous trahit ! tempête-t-il. Interception immédiate. Bloquez la ruelle et toutes les issues. Équipe mobile 5, autorisation d'intervenir. Pas de tir sans sommation et sans provocation. Épargnez Howard. Mr A ne doit pas nous échapper. Terminé.

Au loin, les sirènes retentissent. La radio nous informe du positionnement de chaque unité. Clive, Ulysse et Mr A sont traqués. Aucun doute qu'ils seront piégés dans le complexe.

[Équipe mobile 5 :] « Ils démarrent et nous foncent dessus ! Chef ? »

– À équipe mobile 5. Restez en position mais ne prenez pas le risque de vous faire écraser. Terminé.

Un bruit de tôle fracassée retentit soudain. Les messages sont momentanément interrompus et mon cœur s'est arrêté de battre. *Clive ?* Des parasites et des bruits de frottement perturbent la réception. Puis la voix de l'agent se fait de nouveau entendre.

[Équipe mobile 5 :] « Crrhh… Cible a percuté notre voiture… Crrh… mais a redémarré direction sud-est, secteur deux, capitaine ! »

[Équipe mobile 5 :] « Ulysse ouvre le feu ! À couvert ! »

– Équipe 3, à vous de jouer, contournez le bloc sud et fermez l'accès. Équipe 5 : autorisation de riposter. Terminé.

[Équipe mobile 3 :] « En position, cible en approche. Terminé. »

[Unité 1 :] « En renfort équipe mobile 5. Deux blessés. Ulysse touché. Deux autres suspects nous tirent dessus. Ils étaient cachés dans le hangar 12. Terminé. »

Blake frotte nerveusement ses cheveux en brosse d'avant en arrière et délivre ses consignes, les yeux rivés sur les écrans de contrôle. Sans me regarder, il commande d'une voix martiale :

– Hailey, contactez les secours immédiatement, pendant que je couvre l'opération.

– Compris, capitaine.

Je les appelle sans attendre, l'estomac au bord des lèvres. La peur s'instille en moi, se répand et électrise toutes mes terminaisons nerveuses. J'essaie de faire face et de rester stoïque, mais imaginer Clive au milieu de ce champ de tir me rend malade. Les doigts agrippés aux accoudoirs de mon fauteuil, j'ai des fourmis dans les jambes et me retiens de m'enfuir pour aller le chercher moi-même.

Mais le réseau de Mr A a trop de moyens et trop à perdre, ils n'ont pas hésité à percuter une voiture de police et à ouvrir le feu sur des agents, autant dire que je n'ai aucune chance de parvenir à mes fins sans entraînement.

[Équipe mobile 3 :] « La cible pile, attention !… Merde !…

Capitaine! La voiture s'est écrasée contre le mur. Manœuvre d'encerclement en cours… Le chauffeur semble inconscient. Terminé.»

Des points lumineux se déplacent sur l'écran autour du point rouge qui marque la position de Clive. Ils approchent méthodiquement, lentement, je ressens presque avec eux l'angoisse d'une réaction imprévue, d'un tir soudain.

Un bruit sourd résonne à travers les haut-parleurs, bientôt suivi d'un grincement métallique. Le halètement de l'agent nous tient en haleine. Une course semble s'être engagée. Blake s'impatiente:

– Équipe mobile 3, au rapport!

[Équipe mobile 3:] «Mr A s'est échappé du véhicule et a filé dans un bâtiment. Je le suis avec Jake et Bernie… Crrhh… Putain, il nous tire dessus! À couvert!»

Des tirs s'échangent, chaque impact fait bondir un peu plus mon cœur dans ma poitrine. C'est un cauchemar.

Je garde les yeux vissés sur le point rouge. Il est immobile depuis le choc contre le mur. La sueur perle à mon front, que j'essuie machinalement. *Bouge, s'il te plaît, bouge, Clive!*

[Unité 4:] «Nous allons prendre Mr A en tenaille, nous sommes en position à l'autre issue du bâtiment.»

[Équipe mobile 3:] «Nous perdons sa trace. Unité 4, à vous pour le relais! Terminé.»

[Unité 4:] «Aucune trace de la cible. Équipe mobile 3, il est encore avec vous. Terminé.»

[Équipe mobile 3:] «Négatif. Personne en vue. Y a des sous-sols dans ce bordel? Terminé.»

– Les plans, Crawley, fissa!

Crawley fait apparaître sur un des écrans les plans du complexe tels que la ville les a déclarés et enregistrés. Il apparaît nettement qu'un réseau de conduites industrielles relie les bâtiments et s'étend sous toute la surface du complexe. Les diamètres importants de ces canalisations laissent envisager la possibilité d'une fuite par ce passage.

– À équipe mobile 3: plans téléchargés sur votre tablette. Présence de conduites praticables, accès sous-sol à cent mètres de votre position, sur la gauche, derrière la cage d'escalier. Terminé.

[Équipe mobile 3 :] « Compris. On y va. Terminé. »

L'attente est interminable. Les secours arrivent enfin sur les lieux et s'activent dans la ruelle où Ulysse a lancé les hostilités. Les tirs ont cessé, les agents plus nombreux ont eu raison des hommes de main de Mr A. Puis, enfin :

[Équipe mobile 3 :] « Cible perdue. Je répète, cible perdue. Terminé. »

– Bon sang de bordel de merde ! peste Blake à mes côtés. Bande d'incapables ! Restez en position le temps de boucler la zone. Aux unités 2 et 3 : fouillez chaque putain de recoin de ce merdier.

Le capitaine est dans un état de fureur indescriptible. Son opération vient d'échouer magistralement, avec des blessés à la clef.

– Votre copain est un petit con ! rage-t-il en me jetant un regard mauvais.

– Vous lui avez fait prendre d'énormes risques, je réplique. On ne sait même pas comment il va !

Ma voix se brise et je n'y tiens plus. Sans demander la permission, je m'élance dans la nuit glaciale et me dirige tout droit vers la voiture accidentée de Mr A. Le point rouge persiste sur ma rétine, comme un appel d'urgence.

J'arrive essoufflée en même temps que la deuxième équipe de secours. Ils me bloquent l'accès au véhicule, et je fulmine, obligée de rester à quelques pas de Clive, impuissante.

Ils sortent un premier corps, revêtu d'un costume sombre. Le chauffeur, probablement. La tentative de réanimation échoue, l'homme meurt entre les mains des ambulanciers.

Un deuxième corps est extrait de l'arrière de la voiture et cette fois, aucun doute sur l'identité de la victime. Je reconnais sans peine les vêtements de Clive, salis par des débris, de la poussière et du sang. Ils sont trois pour l'extirper et l'allonger sur un brancard. Je me précipite vers lui.

Je bouscule les secouristes et me penche au-dessus de lui. Ses paupières frémissent légèrement, son cœur bat encore.

– Mon Dieu, Clive, tu m'entends ?

# 62

## Hailey

Il réagit à ma voix et entrouvre les paupières. Un sourire s'esquisse sur ses lèvres. Je lui caresse la joue, j'ai besoin de le toucher et je suis sûre que mon contact l'aide aussi à se maintenir à la surface. Il est très affaibli, le haut de son corps semble le faire atrocement souffrir.

– Tes côtes ?

– Ça va, souffle-t-il. Je crois que le choc m'a assommé.

Le choc. Ou bien toutes les révélations qu'il a dû avaler de gré ou de force. Cet homme, son père, qui s'enfuit en l'abandonnant une deuxième fois. Je l'observe encore. Il paraît véritablement sonné, hébété. Il trouve cependant encore le courage de plaisanter.

– Définitivement pas mon truc, les opérations commando, rappelle-t-il avec ce pauvre rictus moitié rieur, moitié douleur.

*Désabusé.* Le vert si pâle de ses yeux semble étrangement vide.

– Les médecins vont t'examiner, peut-être as-tu une blessure supplémentaire. Tu te sens comment ? Tu respires bien ? Tu ne saignes pas ?

Sa main se soulève péniblement, il attrape mon poignet et s'efforce de me porter un regard soutenu.

– Je vais bien, Hailey. Mais on fera pas l'amour ce soir.

Une tornade motorisée surgit, toutes sirènes dehors, d'où jaillit le capitaine Blake qui se plante devant nous, furibond.

– Non seulement il va bien, mais il va également être interrogé ! rugit-il.

D'un geste, il fait signe à deux agents qui s'empressent de redresser Clive et de lui passer les menottes. Poussé sans ménagement dans l'habitacle, celui-ci laisse échapper un gémissement d'animal blessé. Une plainte rauque, presque un râle. Je blêmis.

– Monsieur, je rouspète, choquée. Clive vient d'avoir un accident de voiture, il a besoin de repos !

– Il nous a mis dans un sacré pétrin, hors de question d'attendre après un tel fiasco !

– Mais…

– Pas de « mais », Jones. Dois-je vous rappeler les manquements terribles dont vous avez fait preuve durant cette enquête ? Vous n'avez pas votre mot à dire ! On l'embarque !

Impuissante face à cette colère noire, j'assiste au départ de la voiture banalisée pour le commissariat. L'avertissement de Clive le met dans une situation plus que délicate : peu de chances que Blake risque un nouveau deal avec lui après l'échec cuisant d'aujourd'hui. Néanmoins, je refuse que Clive souffre sous le feu de questions sans fin qui achèveront de l'épuiser. Je dois être là pour lui. Je l'ai bien vue, moi, cette lueur dans ses yeux clairs, il est au bord du gouffre, au bout de ses capacités physiques et psychologiques. Il a tant donné…

Sans plus tergiverser, je cours jusqu'à la planque et récupère mon véhicule parqué sagement le long du trottoir. Puis je démarre en trombe et fonce vers le QG de la cyber.

***

Coincée derrière la porte comme une lionne en cage, j'entends Blake aboyer contre Clive. Des questions qui ricochent contre les murs, comme des salves de mitraillette. Je n'ai pas le droit d'intervenir, mais mes poings se crispent d'énervement. S'il continue, tout gradé qu'il est, il risque de me voir débouler et arracher Clive à son interrogatoire. Mais soudain la porte s'ouvre :

– Crawley !

J'ose un coup d'œil discret vers l'intérieur. Clive est avachi, les mains toujours liées dans le dos, immobile. Atone.

Crawley se pointe prestement, toujours aux aguets aux abords de la salle.

– Capitaine ?

– Appelez Jeff. Impossible d'en tirer quelque chose, Howard ne réagit plus.

*Quoi ?* Incapable de me retenir, je pique droit sur mon amoureux et m'accroupis devant lui.

– Clive ? je m'inquiète. Clive ?

Mauvaise, je me retourne vers Blake qui me considère avec un courroux palpable.

– Qu'est-ce que vous lui avez fait ?

– Jones, je vous avais prévenue... commence-t-il, menaçant.

Heureusement, nous sommes interrompus par l'infirmier qui s'active auprès de Clive. Il sort sa lampe et entame des allées et venues devant les yeux ouverts de Clive qui ne cille même pas. Il poursuit son examen, tensiomètre et stéthoscope en main, tandis qu'une chape d'angoisse me recouvre au fur et à mesure que se succèdent les tests réactionnels.

– État de choc et extrême fatigue, conclut-il. Sa tension est trop faible, il faut que le prévenu se repose impérativement. Capitaine, je me dois de vous rappeler l'état de santé critique de M. Howard. En conséquence, j'interdis tout interrogatoire avant un minimum de vingt-quatre heures. Ce jeune doit se remettre. J'insiste sur la nécessité d'un environnement familier et rassurant pour lui. Il pourrait nous lâcher s'il est soumis à un stress supplémentaire.

Blake grogne pour le principe mais ses traits sont tirés. Lui aussi est sur le fil, et il louche trop fréquemment sur Clive pour parvenir à masquer ses craintes. Si la bavure provoquée par l'alerte de Clive à son père peut éventuellement se justifier, il n'en sera pas de même si Clive lui claque entre les doigts.

– On joue de malchance, peste-t-il. Notre prévenu, mourant, et notre cible, son père... Ce n'est plus le jeu du chat et de la souris, mais du chat et de son chaton, bordel de Dieu !

Crawley rit sous cape ; quant à moi, je suis soulagée. Je m'avance d'un pas.

– Peut-être que je pourrais le ramener chez lui, capitaine. Ne devrait-on pas programmer par ailleurs une visite médicale demain dans l'après-midi pour statuer sur la suite ?

Blake se redresse, me toise puis soupire.

– Entendu, Jones. Faisons comme vous dites. Pour cette fois, ajoute-t-il avec un accent sévère.

– Attendez ! intervient Jeff. Je vous accompagne par mesure de précaution.

Un instant plus tard, Crawley apporte un fauteuil roulant. Jeff soulève Clive dont les jambes peinent à se stabiliser. Sa maladie s'impose ce soir et si jusqu'ici il m'avait semblé que Clive tenait le coup, cette certitude s'effondre subitement tandis que je m'empare des poignées et commence à le pousser à travers le couloir.

Jeff m'aide à le transporter du fauteuil à ma voiture et il pousse la gentillesse jusqu'à le porter dans son lit. Clive n'a plus dit un mot, le regard perdu dans le vide.

– Vous pensez qu'il va tenir ? je m'alarme face à son absence de réaction.

– Hailey, vous savez, la maladie est souvent imprévisible. Le choc psychologique a pompé toutes ses ressources et il n'en avait plus beaucoup. Réconfortez-le du mieux que vous pourrez et restez à ses côtés cette nuit. Je pense que ça aidera. Je repasserai demain midi pour prendre ses constantes, et à la moindre alerte, vous n'hésitez pas.

– Merci, Jeff, et bonne nuit.

Il s'en va, je reste au seuil de la chambre de Clive. Alertée par le bruit, Helen vient me rejoindre.

– Que s'est-il passé ?

– Clive a été choqué pendant une opération de terrain. Je n'ai pas le droit de vous en dire plus, j'en suis navrée.

Elle croise les bras, méfiante.

– On va le laisser tranquille maintenant qu'il vous a aidés ?

– Ce n'est pas si simple, je le crains, Helen…

– Il a fait ce que vous vouliez ! s'énerve-t-elle.

– Oui… mais il y a eu des imprévus et…

Elle fond en larmes devant moi. Submergée d'angoisse et de tristesse, je lui presse l'avant-bras en signe de compassion. J'aimerais moi aussi qu'on me console mais je dois être forte pour eux tous. Je dois continuer à me battre. Il faut que je trouve le moyen de sauver Clive, son état ce soir est terriblement préoccupant. Insupportable.

Helen se ressaisit petit à petit, les yeux sur le grand corps de Clive, inerte sur le drap. Elle repart se coucher des sanglots plein la gorge après que je l'ai assurée de veiller sur lui. Dire que cette famille endure tant de malheurs sans jamais se plaindre.

Je me déshabille et me couche à côté de Clive qui n'a toujours pas bougé. Ses yeux sont ouverts et absents, sa respiration profonde et calme. J'entrelace mes doigts aux siens sous la couette, j'ai besoin de son contact. À peine l'ai-je touché qu'il se tourne et se blottit contre moi. Son souffle me caresse, mon pouls s'emballe.

– Il ne reste plus beaucoup de temps… chuchote-t-il, avant la fin… Je suis tellement fatigué…

Il remue faiblement et son bras passe autour de ma taille. La gorge nouée, j'embrasse ses cheveux et sa peine.

– Chut ! Repose-toi, Clive. Repose-toi…

*Ne dis pas cela. Dors et reprends des forces, c'est tout ce dont nous avons besoin.*

Le lendemain matin, je me lève malgré un manque criant de sommeil. Mon esprit a carburé sans relâche et j'ai mentalement listé un certain nombre de points à étudier avec Clive. Je suis officiellement évincée de l'enquête, mais je ne compte pas rester inactive. Clive s'est affaibli, j'appelle l'hôpital et le Dr Windcraft, qui avait suivi Leo. Il connaît Clive et le fonctionnement de cette vaste institution, j'ai besoin d'en avoir le cœur net. Mon coup de fil achevé, une colère ravageuse me remue les entrailles. Le docteur a confirmé la nécessité d'une greffe de moelle osseuse et d'un délai court pour l'effectuer. Sur la liste des receveurs depuis plusieurs années, Clive ne devrait pas attendre trop longtemps. En revanche, un obstacle épineux se profile : l'hôpital refuse de le prendre en charge à cause des dettes accumulées et des créances en cours. Je n'ai pas le choix, je dois trouver de l'argent.

Jeff tient sa promesse et passe vers midi. Clive dort toujours. Il apporte des médicaments supplémentaires et une prescription de repos absolu. Au moins, Clive ne sera plus perturbé par les interrogatoires musclés de la cyber.

Helen est partie travailler tôt, je m'occupe de surveiller Mary qui tente de faire ses devoirs d'école mais qui bout de ne pas pouvoir voir son frère. Ces deux-là sont liés si profondément, toujours là pour se soutenir l'un l'autre. On dit que la foudre ne tombe jamais deux fois au même endroit et cette famille illustre la preuve du contraire. Si, il arrive que l'éclair déchire deux fois la même terre. Que reste-t-il alors ? Fumée et désolation ? Non, eux, jusqu'à l'épuisement, ils choisissent de se battre et de s'aimer. Difficile de ne pas être émerveillée par tant de courage et de tendresse réciproque.

*Bats-toi, Clive, on a encore une chance de s'en sortir !*

# 63

## Clive

J'émerge d'un brouillard épais, mes yeux papillonnent sur les murs blancs et les grues colorées offertes par Mary. Une dose d'énergie est revenue dans mon corps pendant ces heures de sommeil ; mes côtes, bien que douloureuses, ne m'envoient plus de décharges fulgurantes comme le premier jour. Je m'étire prudemment et pivote vers le chevet en tendant la main.

– Clive, tu es réveillé ! se réjouit Hailey avec un grand sourire. Je t'ai préparé tes cachets, veux-tu que je t'aide à t'asseoir ?

Elle cache son inquiétude sous une tonne d'enthousiasme factice, mais je ne relève pas. Ses yeux pétillants sont tout ce que je veux voir. La lumière du jour fait ressortir les paillettes bleues de ses iris, qui irradient jusqu'à mon cœur. Je louche sur sa silhouette gracieuse et ses courbes parfaites et retiens un soupir. J'ai *vraiment* la garde-malade la plus sexy de la planète. Si seulement on pouvait me fournir une batterie mobile pour quelques heures – minutes, soyons modeste –, je pourrais l'honorer comme elle le mérite.

J'avale une dizaine de comprimés rasoir sans effet là où j'aimerais en avoir et au moins deux verres d'eau, puis je pose les pieds par terre précautionneusement. Un vertige me prend, je renonce.

– Tu as faim, sans doute ! s'écrie-t-elle.

*Pas trop.* Rien qu'imaginer un burger me file la nausée, à croire que je ne suis plus le même homme. Rien de plus qu'une ombre. *Déjà*. Je déteste cette sensation d'être liquide dans un monde solide, d'une extrême faiblesse dans une société régie par la loi du plus fort. Mais je prétends le contraire pour ne pas l'affoler. Après tout, il faut bien que je mange.

Elle se précipite vers la cuisine, j'en profite pour mieux me caler car j'ai vu le petit museau trompette de Mary se profiler à la porte. Je lui tends les bras et elle vient s'y lover.

– Mon rayon de soleil ! Comment tu vas ?

– Il paraît que tu vas pas, toi, me reproche-t-elle.

Je caresse ses cheveux et l'embrasse.

– Ça ira toujours, Mary, rappelle-toi !

– Jusqu'au ciel, approuve-t-elle.

– Oui, rien ne m'empêchera jamais de t'aimer et de te protéger, d'accord ?

Elle opine du menton avant de se remettre debout.

– Tu veux quelque chose ? Le livre de papa ?

À ces mots, je plisse les yeux, en proie à une douleur insupportable qui me vrille soudain le crâne. Les souvenirs affluent. Nos retrouvailles, sa trahison. Son arrogance. Mon appétit s'est fait la malle pour de bon, cette fois.

– Non ! je décline trop précipitamment.

Yeux de Chat Potté. Mary ne comprend pas ce refus catégorique. Mais je ne peux pas lui révéler ce qu'est devenu notre père. Impossible.

– C'est que pour les moments graves, je me justifie en forçant un sourire.

Satisfaite, elle acquiesce dignement avant de retourner dans sa chambre. Sans son caractère affirmé, le cancer n'en aurait fait qu'une bouchée. Heureusement, ma petite sœur est une lionne, et je veux tout faire pour qu'elle s'en sorte.

Hailey rapplique avec une soupe et tout son attirail informatique. La petite sorcière a une idée derrière la tête, je me demande laquelle entre deux microsiestes. Les moments conscients alternent avec des assoupissements incontrôlés, c'est très irritant quand on sait que chaque instant compte et ne reviendra plus.

– Tout ça ? la taquiné-je.

– J'ai cogité et j'aimerais en discuter avec toi. Mais d'abord, nourris-toi un peu. Je me suis dit que la soupe passerait mieux, vu ton teint verdâtre.

Je rigole, elle ne m'épargne pas et curieusement, ça me maintient dans une bonne dynamique. Elle a compris que je ne voulais pas de pitié. Elle tient cette promesse accordée dans la bibliothèque de l'université.

– Tu as bien fait.

J'avale rapidement quelques gorgées pour abréger ce repas que je ne désire pas follement. Je bâille, elle vient s'asseoir à côté de moi sur le matelas tout en déposant un tas de livres autour d'elle. Je les zieute : des romans. J'arque un sourcil interrogateur.

– J'aimerais poursuivre notre jeu du Carly's, annonce-t-elle. Pendant que tu finis de manger.

Sourire.

– Je commence, décrète-t-elle en ouvrant un bouquin qu'elle feuillette brièvement. Herbert, *Dune* : « Le besoin pressant d'un univers logique et cohérent est profondément ancré dans l'inconscient humain. Mais l'univers réel est toujours à un pas au-delà de la logique. » Je suis désolée, Clive, de n'avoir rien compris ni anticipé. Le réel nous a rattrapés quand Mr A est apparu. Je suis désolée que tu aies dû affronter ton père, et je trouve ton geste noble. Je voulais te le dire.

Une boule remonte dans ma gorge, je pose le bol de potage sur le chevet. Hailey affiche cet air coupable que j'exècre. Je comprends qu'elle utilise notre jeu pour me faire passer des messages. Sa façon à elle de trouver les mots. J'attrape un livre pour lui répondre, mais elle stoppe mon geste.

– Non, toi, tu te reposes, tu ne fais qu'écouter ! On joue avec mes règles, cette fois !

J'esquisse un salut militaire, amusé.

– Bien, madame, je t'écoute.

Elle balance *Dune* négligemment et prend un second livre. Je l'observe avant de m'arrêter sur ses lèvres pleines qu'elle mordille en cherchant sa phrase.

– Kerouac, *Les Anges vagabonds* : « Au fond, qu'est-ce qui est arrivé après ? – Voilà la seule raison d'être de la vie ou d'une histoire. » Voilà ce que j'aimerais te dire, Clive. Ce qui compte, maintenant, c'est ce qu'on va faire de tout ça. Comment on va finir par gagner !

Elle dégage tant de détermination tandis que je la regarde taper du poing sur la couette pour ponctuer ses mots. Une puissante vague de tendresse afflue et me retourne complètement ; je suis tout entier pris dans ce tourbillon qu'elle seule fait naître au creux de mon ventre.

– Comment fais-tu pour me rendre encore plus amoureux à chaque instant ? soufflé-je en déposant un baiser sur son poing serré.

Elle me lance un de ses regards bouleversants qui déclenchent à pleine balle le carburateur de mon palpitant, avant de me dévorer la bouche. Je la soulève et l'assois sur moi pour approfondir ce baiser affamé qui nous emporte. Sa langue se mélange à la mienne, je suis de nouveau sur mon petit nuage de bonheur. Quand elle s'écarte, un air triste flotte sur ses traits.

– Dis… Je crois qu'il faut tout de même en parler. Pourquoi tu as averti ton père, Clive ?

Je baisse les yeux, inspire tout en contemplant les paumes de mes mains ouvertes sur le tissu gris, puis je pince les lèvres avec résignation.

– Parce que l'amour, ce n'est pas un zéro ou un un, ma belle, c'est toute l'infinité de nombres entre ces deux-là.

Puis, après un bref silence :

– J'ai cru qu'il pourrait m'aimer à nouveau. Qu'on se retrouverait. Quel con, pas vrai ?

Sa bouche me console doucement, j'étouffe tant bien que mal le sanglot resté coincé depuis cette nuit. Depuis qu'il m'a abandonné une deuxième fois dans sa caisse de luxe, sans se soucier des dégâts et des blessures qu'il avait pu causer.

Hailey a repris un livre, elle tourne une page et, droit dans mes yeux, elle déclare :

– « Les êtres les plus extraordinaires sont ceux qui traversent les plus grandes épreuves et restent étonnamment lucides et perclus d'espoir. Ceux qui n'abandonnent jamais jusqu'à leurs dernières forces. »

Je n'ai pas le temps de réagir qu'elle brandit un autre ouvrage et plonge son nez dedans.

– « De l'infinité de nombres qui le composait, elle choisissait l'infini. Rien ne pouvait la résoudre à perdre le nanopouillème d'espace-temps qui le constituait. »

Je déglutis, ce truc dans ma gorge redescend un peu. Sans que je m'en rende compte, un sourire fleurit sur mon visage en écho au sien.

– C'est pas dans le livre, ça.

– Non, ce n'est pas dans le livre.

– Tu as tout inventé. Toi et tes super-pouvoirs…

Je la contemple rêveusement.

– Je t'aime, Hailey.

*Et j'aimerais te le prouver.* Seulement, je ne suis pas encore assez vaillant pour prétendre lui offrir quoi que ce soit qui implique nos deux corps. Les médicaments font effet petit à petit, mais je suis sur le fil et j'en ai conscience. Je ne dois pas prendre le risque de gâcher la moindre parcelle d'énergie à autre chose que trouver ce putain de blé pour Mary.

Hailey se recule un peu, nos regards se croisent, pleins de désir et de défi.

– Parle-moi de ton plan. Parce que je suis sûr que tu en as un, petite sorcière.

***

Hailey me questionne depuis un bon quart d'heure. Moi qui trouvais Blake insistant…

– Réfléchis bien, Clive. Qu'est-ce qui pourrait te relier aujourd'hui à ton père, sur le plan du hacking ?

Hailey cherche absolument à comprendre comment la cyber a pu passer à côté de l'identité de Mr A. Moi, je pense que papa ignorait complètement à qui il avait affaire. Par contre, un truc évoqué par Blake et Hailey me revient en mémoire.

– Ce code signature censé me représenter… Tu pourrais me le montrer ?

– Bien sûr. J'ai tout rapporté, puisque Blake n'a pas eu la présence d'esprit de me confisquer mon PC.

Elle se connecte, survole les touches et me montre les schémas d'instruction. Plusieurs commandes successives, des séquences « décor » qui servent d'écran et évidemment, la cellule Apollon. Mon bijou et presque mon bébé. Je pointe du doigt les lignes qui lui correspondent.

– Quand tu m'as dit qu'on avait retrouvé ma trace dans d'autres affaires, j'étais intrigué. Puis tu m'as expliqué que le pourcentage de correspondance était inférieur à 85 %, et donc comme tel, qu'il ne prouvait rien. Tu te souviens ?

Hailey opine, concentrée.

– Je me souviens.

– Bon. Regarde ce truc.

Je zoome sur la partie intéressante.

– Oui. C'est un schéma jamais vu. Une vague inspiration de crypto à courbe elliptique mais sur fonctionnement inverse.

– Presque jamais vu, Hailey, rectifié-je. C'est une cellule Apollon que j'ai perfectionnée. Ce modèle, je suis le seul à m'en servir puisque je l'ai inventé. Mais l'originel, lui, provient certainement de mon père. Initialement, la fonction de ce schéma est de masquer un code actif derrière une ligne passive ou anodine. Un moyen d'endommager un environnement, mais aussi d'en explorer finement le contenu, car on peut en avoir un contrôle total dès lors qu'on l'utilise non plus comme cryptage mais comme décryptage. La cellule se déplace, furtive, modifie certains paramètres dans le code source et envoie simultanément des informations n'importe où selon notre souhait. Tu vois ?

Elle louche dessus, et teste elle-même la cellule sur un site lambda. De mon côté, je mets en surbrillance les lignes relevées sur les autres affaires.

– Là, c'est celle de mon père. Quand on inspecte le code source après utilisation d'une cellule, un vide apparaît, pas un blanc mais une fonction nulle, comme si le code avait été mangé par la boîte. L'intrusion est visible. Bon. Maintenant, tu peux constater par comparaison les évolutions que j'ai apportées. L'effet réversible permet aussi d'empêcher une intrusion extérieure, dans le cas où l'on voudrait protéger un fichier de façon fiable. J'ai utilisé ma version pour berner votre système de sécurité à la cyber.

– Oh, merde ! lâche-t-elle. C'est puissant ! C'est pour ça que j'étais incapable de rentrer dans ton fichier personnel, alors !

J'acquiesce.

– C'est un outil dangereux, surtout entre de mauvaises mains. Et ce nom que j'ai gardé, Apollon, me venait de papa. Il mettait la mythologie à toutes les sauces.

Son visage s'éclaire d'une lueur de compréhension.

– Mr A…

– Oui. A comme Apollon. Voilà ton indice. Voilà le lien. Et comme tout bon taré qui se respecte, mon père a ses manies. Il voit un pseudo appartenant à son univers de délire, il fonce. Si en plus c'est un mec qui tâte plutôt bien du code, il sort à découvert. Sans le vouloir, je suis entré dans sa folie.

Elle grimace et me jette un regard soucieux.

– Ce… taré ?

– Hailey, ce n'est plus mon père. Il a perdu deux fois ce titre. Il aurait pu nous sauver et le peut encore, mais il s'est enfui comme un lâche sans un regard en arrière. Je croyais qu'il… Enfin, je… Putain !

Je frotte mon visage avec mes mains. Le chaos. Le seul mot qui me vient à l'esprit quand je pense à son impact sur notre vie. Ma peau me démange et les doutes s'immiscent à nouveau. Avec les doutes, les questions sans réponse et la douleur insondable : comment a-t-il pu nous rayer de sa vie, lui, le héros de mon enfance ? Comment a-t-il pu me mentir dans ses cartes postales, me détruire par son silence ? Et pourquoi je m'évertue à chercher des raisons ? Une seule explication : il a sombré dans la démence, emporté malgré lui par une soif de pouvoir et de conquête. Il me dégoûte mais je l'aime quand même, allez savoir pourquoi. Pourtant, je me surprends à penser que mon opinion sur lui pourrait grandement se bonifier si je le délestais moi-même d'un petit million. Chacun sa fierté.

Hailey me considère avec gravité.

– Qu'est-ce qui compte le plus pour toi, Clive ? La liberté de ton père ou Mary ?

– Tu me poses vraiment la question ?

– Je veux juste être sûre. Car toi, tu dois te reposer et ce n'est pas une option. Mais moi, je peux agir. Maintenant que je sais que la cellule Apollon signe aussi ton père, je vais le traquer !

– Non, pas toi, moi ! je contre. Toi, il faut que tu trouves un moyen de le contraindre à payer, en toute discrétion. Et avant qu'Ulysse ne parle. S'il parle et que mon père se fait arrêter, on n'aura pas de quoi lui soutirer le fric.

Après une sieste salutaire, je me réveille face à une Hailey en pleine ébullition. Assise à mon bureau, elle paraît absorbée dans une recherche intensive, stylo en main devant le PC, le nez penché sur une feuille dénichée parmi le bordel de trucs en vrac jonchant le plateau. Je la suis du regard, fasciné par la mèche de cheveux qu'elle entortille sans fin autour de son doigt. Je rêve de glisser les miens derrière sa nuque, de soulever ses cheveux et déguster sa peau douce. Une pensée qui améliore clairement mon état, si j'en crois le frétillement de mon entrejambe dans mon jean.

– Clive ! s'exclame-t-elle avec un sourire en dégageant son visage.

*Grillé.*

– Concentre-toi encore un peu, reprend-elle. Établissons un profil de Mr A. Le code et la mythologie, c'est noté. Maintenant, sa personnalité. Tu es le meilleur atout, mais le capitaine a Ulysse. Il faut en effet le prendre de vitesse.

– J'ai connu mon père, Hailey, je réponds, dépité. Pas ce Mr A.

– Essayons quand même.

Je m'installe un peu mieux et m'adosse à la tête de lit tout en réfléchissant.

– Si je pars du principe qu'il a jeté lâchement sa famille pour conquérir le monde de la tech illégale, je dirais qu'il est ambitieux.

– Quelle serait sa principale motivation, à ton avis ?

– Le fric. Putain, entre sa bagnole et son costard, son train de vie doit plutôt être agréable ! Ça me débecte ! Je pense qu'il aime se montrer aussi, donc doit écumer les manifestations et événements publics.

– Hmm. Certainement. Il a aussi des hommes de main, armés, donc il trempe dans des vols d'envergure, avec un réseau à son service.

– Il en était fier en m'en parlant. L'œuvre de sa vie…

– Oui… Et il te voulait.

Je souffle.

– Pas tellement.

– Si, insiste-t-elle. Il a quand même tenté de t'avoir. Il t'a fait une proposition. On pourrait marchander sur cette base.

– Il doit se douter que le temps est compté, Hailey, vu ma réaction. Je ne suis pas un bon investissement. Mieux vaut ne pas trop compter là-dessus.

– Mais il n'a pas eu ta techno, restée dans la voiture. Il va vouloir la récupérer ! Ou récupérer quelqu'un à même de lui rendre ce genre de service ou de faire pression. Moi !

# 64

**Hailey**

Exclue de la cyber par Blake suite à mes – je cite – trop nombreuses incartades et ma tendance accrue à l'insubordination, je suis contrainte de me débrouiller par mes propres moyens. L'aide de Clive est cependant précieuse : à nous deux, nous avons réussi à nous greffer aux serveurs d'une entreprise de cloud qui nous procurent une puissance de calcul suffisante pour hacker simultanément plusieurs systèmes. Les registres des plus grandes boîtes d'événementiel chargées d'organiser des réceptions huppées ont été fouillés, patiemment analysés, et nous avons fini par faire mouche.

Avec Clive, on a retrouvé le profil public de son père, sous le pseudonyme de Frank Harris. Nouvel état civil, nouveau nom, cet homme a délibérément tiré un trait sur son ancienne vie. Ces trois derniers mois, on a compté pas moins de quinze apparitions dans des galas à travers tout le pays. En revanche, si son nom apparaît en ligne, jamais son visage : prudent, il se préserve d'une médiatisation excessive. Mais il effectue régulièrement des dons à diverses associations et projets. Mr A se complaît donc dans cette figure de philanthrope qui doit servir d'écran à ses activités illégales. Or Noël approche, et avec lui, son cortège de bonnes actions et de galas de bienfaisance. L'occasion parfaite pour tenter de le coincer.

Car sa générosité est intéressée : au moyen de dons modestes, il permet à son équipe de s'immiscer au plus près des grandes fortunes de notre pays. Certains récupèrent des moyens de pression ou des données biométriques, d'autres les exploitent pour soutirer à leur insu des contrats, technologies, brevets, revendus au plus offrant. Des manœuvres sans scrupule, immorales et injustes. Ils volent sans vergogne le travail des autres. J'ai épluché avec Clive les rares dossiers de plaintes – la plupart des litiges doivent se résoudre par un virement coquet – et corrélé les dates avec ces manifestations publiques. Il ne nous manque plus qu'une preuve directe.

J'arrive chez mes parents en milieu de soirée, certaine de les trouver à la maison. Comme à son habitude, ma mère me salue distraitement et mon père est enfermé dans son bureau en pleine conférence téléphonique. Mais pour une fois, cela m'arrange. Je dois absolument convaincre maman d'inviter Frank Harris à la prochaine soirée de sa fondation Leo's shooting stars.

– Bonsoir, maman !

Elle coupe le son de la télé et me fait signe de la rejoindre.

– Hailey ! Tu vis donc encore ici ?

Elle s'en amuse, elle n'est au courant de rien et il est vrai que je passe tout mon temps chez les Howard. J'aimerais faire preuve de la même légèreté, mais il suffit que je pense à Clive et Mary pour ne plus avoir envie de rire.

Je m'installe dans le fauteuil en face d'elle, celui qui donne sur le portrait de Leo au-dessus de la cheminée. J'adresse à mon frère une prière silencieuse avant de plonger mes yeux dans ceux de ma mère.

– Maman, j'ai plusieurs points d'extrême importance à discuter avec toi.

– Oh. Il s'agit de ton enquête ?

– En quelque sorte. Laisse-moi t'expliquer.

Je lui raconte en restant factuelle et pragmatique. Terriblement froide et distante. J'ai oublié comment me comporter avec elle, j'ai enfoui tous mes sentiments au fond de moi depuis si longtemps. J'omets toutefois des détails cruciaux. Elle n'a pas besoin de savoir que Clive était ma cible initiale, je laisse son père porter le chapeau. J'ai bien insisté en revanche sur le rôle joué par mon amoureux à la mort de Leo et sur son état de santé. Maman, en larmes, s'essuie les joues avec son mouchoir en tissu. Je peine à résister devant sa détresse qui remet ma culpabilité en plein jour. Ma vision devient floue, comme cette relation avec mes parents depuis la mort de mon frère. *Oh, maman !*

– Je te demande pardon, je balbutie. Infiniment. Je ne vous l'ai jamais dit, mais je m'en veux. Jamais je n'ai voulu ça, j'étais juste… perdue…

Les sanglots de maman redoublent. Papa choisit ce moment pour faire son apparition. Il se jette aux pieds de ma mère pour l'enlacer. Son premier réflexe est de me fusiller du regard, mais ma figure éplorée adoucit son expression.

– Mais…

– Je vous demande pardon, je répète. Pour Leo. Mais je vous en supplie, sauvez Clive et Mary. Aidez-nous ! S'il vous plaît.

Ils se regardent tous les deux. Je suis surprise par la tendresse de leurs gestes l'un envers l'autre, cette même tendresse que j'appelle au fond de moi. *Regardez-moi, s'il vous plaît.*

Le silence se prolonge, entrecoupé par les hoquets douloureux de ma mère qui revit son pire cauchemar. Moi, je contemple les motifs du tapis, anéantie par l'ampleur de ce manque qui me creuse depuis toujours. *Je vous aime, mais vous, est-ce que vous m'aimez ? Est-ce que vous m'aiderez, moi qui ne vous ai jamais rien demandé ?*

Papa se redresse, son bras glisse de la joue de maman le long de son bras. Du bout des doigts, il presse sa main pour lui redonner courage. Puis il vient vers moi et s'assoit sur la table basse pour se mettre à ma hauteur.

– Ce garçon… c'est du sérieux ?

– Comment peux-tu me demander ça ?! rétorqué-je, outrée.

Je bondis sur mes pieds, sors mon médaillon de sous mon pull et le lui plaque sous le nez.

– Regarde, c'est le sien !

J'enchaîne avec mon téléphone. Un portrait de Clive le jour de notre balade à Boston s'affiche. Ses yeux clairs ressortent avec leur teinte si particulière.

– Et là ? Tu le reconnais ?

– Mais, ma chérie, se défend papa, désemparé par ma réaction épidermique. Je te crois, bien évidemment, je veux juste m'assurer que ce n'est pas juste une aventure.

Je m'écroule sur le coussin, sans voix. Je n'ai pas les mots, je ne les ai jamais eus. Peut-être est-ce pour cette raison qu'ils ne m'ont jamais entendue. Papa pose prudemment une main apaisante sur ma cuisse.

– Hailey, si tu l'aimes, tout est dit. Nous ferons tout ce qui est en notre pouvoir pour l'aider. Et si, en plus, c'est ce garçon qui a aidé Leo à mourir dans la paix, alors nous ferons même l'impossible. Tu peux compter sur nous. Nous t'aimons, Hailey.

Je relève les yeux et tombe sur ceux de mes parents. Leur air préoccupé et sincère. Le léger tremblement du menton de maman et la ride soucieuse sur le front de papa.

– Nous aussi avons un pardon à te demander, ma chérie. Nous t'avons laissée seule aux prises avec la maladie de ton frère, puis seule avec ton deuil qui était aussi le nôtre. Nous aurions dû te rassurer et non faire peser sur toi cette épreuve insoutenable. Te protéger plutôt que te blâmer.

– Je vais inviter ce M. Frank Harris, Hailey, ajoute maman. Tout ce que tu voudras. C'est promis. Mais je ne veux pas mettre en péril notre fondation. Il faudra que toi et Clive soyez sûrs de vous. En attendant, envoie-moi les papiers, je vais régler les factures les plus urgentes de cette famille. Mais, pour la greffe, nous n'avons pas les fonds, ma puce, j'en suis navrée.

C'est déjà inespéré. Je n'en crois pas mes oreilles. Enfin, mes parents sont de mon côté.

– Merci. Merci pour tout.

J'aimerais sceller par un câlin ce début de quelque chose, mais je n'ose pas. Pas encore. Il nous faudra du temps.

Sur la route, je rappelle le Dr Windcraft, puis je fonce chez Clive lui annoncer l'aval de mes parents. Et une sacrée bonne nouvelle : il recevra une transfusion demain matin pour l'aider à tenir.

## 65

### Clive

Nous y sommes.

Hailey a été rencardée par un membre du réseau de mon père, Hélios, pour un entretien. J'ai de nouveau craqué les sécurités du département de cyberdéfense pour obtenir les informations nécessaires à notre mise en scène. Pendant ce temps, Hailey a imaginé un scénario culotté. Et dangereux. L'objectif : infiltrer le réseau et participer à l'opération qui se déroulera dans dix jours à la fondation de sa mère. Quoi de mieux qu'être au cœur même de l'action pour trouver une preuve ? La cellule Apollon dans sa version paternelle a été repérée sur une nouvelle affaire et la mythologie a une nouvelle fois parlé.

On a trimé pendant quatre jours, et il nous reste seulement quinze heures avant que la police ne revienne m'embarquer pour m'interroger. J'ai repris du poil de la bête, l'adrénaline provoquée par la perspective imminente de l'action insuffle dans mes veines de vieillard de quoi tenir quelques heures par jour sans sombrer. La transfusion aussi y est pour beaucoup, un sang neuf devrait me permettre d'être au taquet le jour J, en espérant éviter une rechute violente qui me mettrait à terre. Mon bracelet électronique m'interdit de bouger et c'est tant mieux. Autant limiter les risques d'infection et de contamination supplémentaires. Quand je ne suis pas sur mon PC, le reste du temps, je dors. De plus en plus. Je me sens glisser mais je me tais. Je n'évoque jamais que Mary, pour qu'Hailey ne se berce pas d'illusions toxiques. Elle n'insiste pas, se contente de m'étreindre ou de m'embrasser. Je jure alors que je gagne des années de vie. Tout ce que la maladie me prend, Hailey me le rend au centuple et je serais le plus heureux des mecs si Mary n'était pas dans l'équation.

Comme c'est enfin l'heure de la pause, Hailey est en train de se doucher, ça fait cinq minutes que j'entends l'eau couler et que des visions m'emprisonnent avec elle dans la salle de bains. Le genre belle naïade dont la chevelure d'or serpente délicieusement et hameçonne mon regard jusqu'à sa chute de reins… *Ouais, sans parler du reste.* Soudain alerte, je craque et cours la rejoindre.

Putain. Fermée à clef.

Je ne me vois pas bidouiller le verrou avec Mary juste à côté, d'autant plus qu'Hailey ne m'a visiblement pas invité, alors je prends mon mal en patience. Ma sirène n'a pas le temps de piger ce qui lui arrive. Lorsqu'elle revient, la peau encore humide et enroulée dans sa serviette, je lui saute dessus. Tant pis pour l'énergie que ça me coûtera, j'en meurs d'envie depuis de trop nombreux jours.

Enfermée dans mes bras, la petite sorcière, joueuse, feint de vouloir m'échapper.

– Tss, même pas en rêve ! Tu n'es pas pressée à ce point !

Elle se marre, continue à prétendre se débattre tout en se frottant à moi exprès. Je resserre ma prise et mon souffle sur son oreille la déstabilise ; je commence à connaître ses points faibles.

– Je voulais prendre le temps de réfléchir à ma tenue, beau gosse.

Je continue mon manège et mes doigts s'insinuent sous la serviette, vers le point très précis de son anatomie qui alimente tous mes fantasmes.

– Ils s'en tapent, je remarque distraitement. Ils veulent juste une nana futée qui s'y connaît techniquement.

– Tu crois ? minaude-t-elle. Moi, je pense qu'ils seront moins sensibles aux aspects techniques si je leur suggère subtilement que j'ai d'autres compétences.

Je la relâche et fronce les sourcils avec circonspection.

– Ça veut dire quoi, ça ?

La serviette tombe. *Elle veut m'achever direct, ou quoi ?*

Elle ondule vers son sac posé au pied du bureau et en sort un magnifique ensemble de dentelle noire qu'elle tend devant elle, mimant une profonde réflexion. La bouche entrouverte, je bloque.

– Non, pas celui-ci, fait-elle en le jetant sur moi.

Je l'attrape à la volée mais je n'ai pas le loisir de l'examiner qu'elle me harponne tout entier. Impossible de regarder ailleurs.

Dos à moi, elle se penche – elle se penche, bordel ! – et attrape un nouvel ensemble, rouge, cette fois. D'un geste, elle remet ses cheveux en arrière et merde, je suis déjà dressé comme un piquet de tente. Un putain de poteau électrique à cent mille volts. Tant pis pour elle, elle l'aura voulu. En mode prédateur, je m'approche à pas lents.

Je m'apprête à la soulever lorsqu'elle se retourne et me cherche encore.

– Celui-ci fera davantage effet, j'en suis sûre. Pas toi ?

Un rugissement m'échappe et j'attaque. Le cri qu'elle pousse se transforme en rire tandis que je la renverse sur le lit.

– N'imagine même pas t'en tirer comme ça, sorcière !

– Sans rien, alors ? réplique-t-elle de son faux ton ingénu.

J'écrase son corps nu sous le mien et la fais taire avec toute ma force linguale de persuasion. Mes mains perdent tout contrôle, je palpe la moindre parcelle de peau disponible. Je la respire, comme un fou, la lèche, la mordille avant de poursuivre par un baiser langoureux qui nous coupe le souffle. Cambrée, elle réclame plus alors j'invite ma bouche sur son ventre, puis l'intérieur de ses cuisses, en déposant une pluie de baisers mouillés qui lui arrachent des petits gémissements beaucoup trop sexy.

– Clive, la porte !

Merde, on a carrément oublié de fermer et Hailey est à poil dans une position sans équivoque. À contrecœur, je me recule et d'un bon coup de pied bien placé, je nous redonne l'intimité nécessaire. En espérant que Mary ne traînait pas dans le couloir…

– On en était où ? plaisante-t-elle.

Je lui écarte les cuisses sans ménagement et sans tergiverser, je me repais de sa féminité, encouragé par les soubresauts qu'elle ne peut contenir et par sa respiration qui s'emballe. Moi, je suis déjà au bord de l'explosion et sa façon d'empoigner mes cheveux est beaucoup trop torride pour que je tienne longtemps. J'accentue pression et circonvolution, je la sens proche, elle aussi, c'est si bon. Un long frisson la parcourt de part en part, elle rejette sa tête en arrière. *Putain.* Elle est sublime.

Je ne tiens plus. Je me désape en deux-deux – RIP la chemise de mon enfoiré de père – et attrape un préservatif dans le chevet. Je m'apprête à l'enfiler, mais elle est plus rapide et s'empare de ma queue pour lentement le dérouler dessus.

– Hailey… je la supplie.

Elle se moque et avec un clin d'œil, elle se retourne pour m'offrir son putain de cul parfait. Mon sang entre en ébullition. Je bouillonne de désir et d'amour, faut-il que le sort jeté ce jour-là au Carly's soit surpuissant. Irrésistible. Elle a foutu en l'air toute ma vie en un quart de seconde avec ses yeux mystérieux, sa repartie, et sa fossette charmeuse. Et si la route est rude, faire le chemin avec elle est une chance inouïe. *Ma* chance.

Je n'hésite pas et m'enfonce en elle tout en capturant ses seins dans mes paumes. *Enfin.* Je me balade, titille ses tétons, coule sur ses hanches tout en effectuant des va-et-vient de plus en plus rapides et profonds. Elle halète, accompagne chacun de mes coups de reins. Je gémis tant je suis envoûté, tous mes sens au bord de l'extase. Mes doigts retrouvent son intimité offerte, elle lâche un cri qui me fait basculer. Je pousse moi aussi un long râle avant de m'écrouler sur elle, au comble du bonheur. L'effet Hailey. Un jour, je me le promets, j'écrirai un théorème sur cette fille.

***

Je suis maudit. Elle a choisi les sous-vêtements rouges, sous une tenue plus discrète, adaptée au *diner* dans lequel elle va rencontrer Hélios. La monnaie d'échange est sur son téléphone. Je la couvre à distance avec une oreillette achetée grâce à la générosité de ses parents, juste au cas où. Les lunettes connectées gracieusement prêtées par la police lors de l'opération « Mr A » vont avoir leur utilité pour me permettre de suivre leur échange via la caméra intégrée, à condition qu'Hélios ne soit pas trop méfiant. Sur l'écran, je la vois avancer vers un type lambda attablé devant un demi, habillé en noir, une casquette rouge vissée sur le crâne. Le signe distinctif.

– Hélios ? s'enquiert-elle.

Sans lever le visage, il porte son verre à ses lèvres.

– Calypso ?

– Elle-même.

– Assieds-toi. T'as apporté ce que je veux ?

Elle s'exécute, pousse son téléphone devant lui et appuie sur *play*. La vidéo démarre : hangar, fusillade, un homme qui s'enfuit, Ulysse capturé. Hélios plaque sa main sur l'écran.

– Pas ici ! Pas de copie ?

Elle éclate de rire, balaie sa remarque d'un geste.

– Je ne suis pas une novice, Hélios.

– Ta source ?

– Personne ne donne ses sources.

Il retire sa casquette et passe la main dans ses cheveux. Une peau mate, des yeux noirs, une expression neutre. Rien de familier. Je ne l'ai jamais vu.

– Qu'est-ce que tu veux ?

– En être.

– Hein ?

– Tu m'as bien entendue. Votre prochain coup, j'en suis. Sinon, je publie cette vidéo et m'assure que la brillante carrière criminelle de M. *Harris* prend fin immédiatement avec perte et fracas.

Elle appuie sur le nom, certaine que cet homme est connecté comme elle à un autre. Notre cible, précisément.

Hélios blêmit mais reste silencieux, attendant probablement de nouvelles consignes.

« Attention, Hailey, ils ne te laisseront peut-être pas sortir », je ne puis m'empêcher de lui souffler.

J'ai le cœur qui part en sucette, comme à chaque fois qu'un danger guette. Elle, elle semble dans son élément, pas intimidée pour un sou par son chantage avec un criminel. Elle exsude l'assurance et la confiance en elle. Pas de doute, elle a bien choisi sa voie. La vidéo hackée de la cyber permet de relier l'homme du monde avec l'homme de l'ombre et ses déboires avec la police. Tant que l'équipe de Blake n'aura pas trouvé la nouvelle identité de Mr A, nous avons un coup d'avance. Il faut la jouer fine. J'espère que l'effondrement potentiel de son empire est un argument suffisant.

Hélios termine son verre cul sec et se lève.

– Le boss est d'accord. Tes instructions suivront. Au revoir, Calypso.

Sur le trajet du retour, Hailey est euphorique. Pour nous détendre, je lance le titre « Calypso Queen » de Calypso Rose à travers l'oreillette pour la féliciter. La phase un est un succès, croisons les doigts pour que la phase deux connaisse la même issue.

## 66

### Hailey

J'enfile ma tenue de serveuse. Chemise noire, pantalon noir. Une touche de maquillage et un chignon sage qui désole Clive. Je crois qu'il adore jouer avec mes cheveux, son regard toujours comme aimanté par mes reflets.

– Un bouton de moins, à ton avis ? je le taquine en désignant mon corsage, exprès pour tenter de réduire son stress.

Il grogne sans répondre, concentré sur les derniers réglages de notre attirail d'espions. *Raté*. J'ai conscience que stress et fatigue ne s'accordent pas, mais Clive ne se plaint jamais. C'est troublant parfois car je pourrais presque oublier l'épée de Damoclès au-dessus de sa tête, s'il n'était pas blanc comme un linge et à moitié allongé la plupart du temps.

Je n'ose pas les lunettes connectées que le père de Clive a déjà vues, il ne faut pas qu'il imagine un lien entre nous. Je suis pour lui une jeune hackeuse talentueuse, je cherche à faire mes preuves et je sais déjà assurer mes arrières : je dois l'intriguer. Je n'ai toujours aucun vécu numérique, aucune existence virtuelle, grâce à ma couverture pour l'enquête de la cyber, toujours active. Autrement dit, j'efface mes traces à la perfection, une aubaine pour lui, sauf si je joue *contre* lui. Je suis sûre que ce détail lui aura sauté aux yeux. La mention de son nom a dû le faire flipper, aussi, et c'est tout l'intérêt de la manœuvre. Maintenant, il n'agit jamais directement, donc pas évident de prouver son implication dans le vol prévu ce soir. Les instructions reçues d'Hélios ne contenaient rien de compromettant pour lui, et le chiffrement des données était assez élaboré. Clive a détecté in extremis une cellule Apollon version Harris qui aurait pu pirater mon PC mais l'a neutralisée par sa version améliorée, nous l'avons échappé belle. L'équipe se méfie donc de moi, à raison. J'attrape mon téléphone.

Je pars à la réception
dans cinq minutes.
Tu es prête ?

Dans les starting-
blocks, championne !
J'attends le signal !

Jess est de la partie. Elle m'a appelée l'autre soir, inquiète de ne plus recevoir aucune nouvelle de moi ni de Trent. Comme elle n'est évidemment au courant d'aucun des événements récents et qu'en tant qu'étudiante au MIT, elle n'a accès à aucune information confidentielle, je suis d'abord restée concentrée sur la trahison de notre ancien ami et sur les enjeux actuels de cette opération. Quand elle a compris l'étendue du fiasco auquel sa trahison a mené, elle s'est repentie. Sincèrement désolée de ne pas avoir compris. Ensuite, elle m'a pressée de questions au sujet de Clive et j'ai finalement pris le parti de lui dire la vérité. Je veux retrouver mon amie comme j'ai retrouvé mes parents. La vie est trop courte pour se brouiller à vie avec ceux qui nous sont chers. Pour sceller notre réconciliation, elle m'a presque obligée à l'intégrer à notre opération de la dernière chance. J'ai accepté. À un moment donné, je vais avoir besoin d'être remplacée et si elle porte une perruque blonde et baisse la tête, je pense qu'elle pourra faire illusion.

– C'est le moment ? demande Clive en levant enfin les yeux.

Une angoisse sourde déforme ses traits. Pour fonctionner, notre plan est chronométré. J'ai une heure, pas une de plus, pour coincer Frank Harris en tête à tête et lui extorquer un million. Au-delà de ce temps imparti, nous le livrerons quoi qu'il en soit à la cyber, que Clive préviendra au dernier instant. Ils le cueilleront dans le hall du lieu de réception, de quoi apaiser la colère du capitaine. Une heure, c'est aussi une sécurité : M. Harris arrêté, il ne pourra pas contacter ses sbires pour me mettre définitivement hors d'état de nuire. Je me love contre Clive une minute, pour respirer son odeur, imprégner ma peau et mon cœur de sa présence. Il croit que je suis courageuse, mais je suis juste amoureuse. Éperdument. Je suis véritablement capable de tout pour tenter de les sauver, lui et sa sœur. Il m'embrasse tendrement, du bout des lèvres, en prenant mon visage en coupe entre ses mains. Ses iris vert pâle me sondent, droit jusqu'au cœur, je ferme les miens. Délicatement, son pouce caresse ma joue puis dessine des lignes jusque dans mon cou. Un baiser au coin des lèvres, sur le nez, puis sur le front, avant de me serrer contre lui.

– Je suis mort de trouille, putain !

– Ne t'en fais pas, murmuré-je, tout ira bien.

– « L'espoir est la seule chose plus forte que la peur… »

– Tu cites le président Snow, maintenant ? demandé-je en gloussant.

– J'aurais pu citer Shrek, Mary le regarde tout le temps… Mais en vrai, je l'avais préparée à l'avance, avoue-t-il avec un rictus espiègle. Pour la cause !

Et son cœur qui bat si vite qu'il martèle ma poitrine… Parce qu'au-delà de l'humour, je sais ce que représente cet espoir pour lui. Ce soir, on mise sa propre vie et celle de sa sœur.

Je fonds sur sa bouche, passionnément.

– Moi, voilà ce que j'avais préparé, dis-je en souriant. Pour la cause !

Deux grands bras me soulèvent soudain. J'enroule instinctivement mes jambes autour de ses hanches tandis qu'il me placarde contre la porte.

– Hailey, je t'aime, bordel ! lâche-t-il entre deux baisers enflammés.

Nous haletons, l'imminence du danger catalyse le désir qui pulse entre nous. Puissant. Intense. Ardent. Je sens la bosse dure de son sexe contre le mien, j'exhale un soupir.

Mais nous manquons de temps. Je me force à résister à ses assauts et réplique sur le même ton.

– Calypso, ce soir, Clive. Le bordel, on verra ça à mon retour.

Il me sourit sans répondre, soupire. Se tait.

Silence.

Lourd. Dense. Oppressant. Plein de rêves, d'attentes, de mots qu'il n'ose pas dire.

Il se résigne à me reposer sur le sol mais reste collé à moi.

– Allez, file, ma belle, sinon je te retiens ici en otage.

***

**Vingt heures**

Je suis à mon poste, derrière le buffet où sont servies les boissons, au dernier étage d'un hôtel luxueux du centre historique de Boston. Un éclairage bleu et des fleurs blanches donnent la touche hivernale, réchauffée par des guirlandes électriques dorées déployées élégamment à travers l'espace. Ma mère a feint de ne pas me connaître quand elle a croisé mon regard en contrôlant la salle avant l'arrivée des invités. Jess, en coulisse, attend que Clive l'appelle. Je suis excitée, me voilà sur la dernière ligne droite. Un frisson parcourt mon échine, une chair de poule picore ma peau heureusement cachée sous le coton noir.

Les premières personnalités se saluent, l'immense pièce se remplit rapidement de monde. Sur une estrade, un pupitre et un micro, ainsi que le logo de la fondation Leo's shooting stars. Sur fond bleu, son visage en gros plan, son regard qui envoie des étoiles, d'autres visages dans chacune d'entre elles. Mon Leo. *Veille sur moi, Leo, ce soir.*

Je repère Frank Harris sans difficulté. Encore une fois, je suis saisie par la ressemblance frappante entre lui et son fils. Nous échangeons un bref regard entendu. Il connaît mon visage, mon rôle dans le vol de ce soir. Notre cible, Elena Royes, est l'épouse de l'homme d'affaires du même nom, CEO de la compagnie

HardGroveTech, une pointure dans le domaine des télécommunications. Cette entreprise, bien que fondée récemment, a misé sur un modèle économique audacieux, risqué, mais les résultats sont là. Sa croissance exponentielle au cours des deux dernières années ainsi que la qualité reconnue de ses innovations lui ont permis de se positionner dans le top dix à suivre. En particulier, les nouveaux systèmes de cryptage développés ont attiré l'attention de Mr A qui compte se les approprier ou bien soudoyer le concepteur qui en est à l'origine. Quoi qu'il en soit, la compagnie de M. Royes est en conséquence très recherchée mais relativement rare, sa femme assurant à sa place la tenue des événements mondains que son nouveau statut le contraint d'honorer. Je n'ai pas été mise au parfum de tous les détails de leur opération, malheureusement, puisque pour moi, il s'agit surtout de faire mes preuves. Mon rôle consiste donc à hacker son téléphone via le classique Bluetooth quand Mr A s'approchera d'elle et entamera la conversation. Comme serveuse, je vais devoir discrètement utiliser mon propre téléphone tout en passant mon plateau de champagne entre les invités.

À vingt et une heures, tous les chèques devront être déposés dans l'urne pour aider la fondation.

Je dois donc convaincre le père de Clive de procéder à un virement généreux à la fondation avant vingt et une heures, tout en jouant correctement mon rôle auparavant pour ne pas éveiller sa méfiance.

– Un peu de champagne ?

Je présente mon plateau tout en observant l'entrée d'Elena Royes. Elle s'avance dans sa robe bustier rouge, la quarantaine éclatante, gracieuse, une pochette noire en cuir verni à la main. À l'aise, elle gravite de groupe en groupe, un mot pour chacun, et je remarque que les hommes ne sont pas insensibles à sa beauté majestueuse. Frank Harris, jusqu'ici plongé dans une conversation sérieuse avec un avocat réputé, suit ses mouvements et profite du passage d'un de mes collègues serveurs pour prendre deux verres. Coupes en main, il pique sur Elena maintenant entourée d'une demi-douzaine d'hommes qui semblent boire ses paroles.

« Vingt heures vingt, Hailey, souffle Clive dans mon oreille. Il ne reste plus beaucoup de temps. »

Merde, il a raison. C'est le moment d'entrer en scène.

Mon plateau à moitié plein, je m'avance vers le groupe qui devise légèrement. Le père de Clive a abandonné sa coupe dans les mains de sa cible, et je me surprends à me demander la nature réelle de l'intérêt qu'il lui porte. Il déploie de mon point de vue beaucoup d'énergie pour attirer son attention : sourire charmeur, fossette – la même que Clive, bon sang ! – et toute une gestuelle à la limite de l'intimité. Heureusement, Clive n'assiste pas à ce spectacle.

De ma main libre, je prépare mon téléphone. La plupart des gens oublient de déconnecter le mode Bluetooth lorsqu'ils ne s'en servent plus, l'équipe compte là-dessus pour entrer sans frapper dans son système. Par chance, ces messieurs accaparent tant et si bien la belle Elena que personne ne remarque mon manège, à errer à proximité tout en pianotant sur mon écran.

*Connecting…*

La connexion prend un peu de temps, car je ne veux pas qu'un appariement sauvage lui soit notifié, puis, enfin, je pénètre son smartphone.

Je louche rapidement sur le contenu. J'ai les contacts mais aussi l'accès aux e-mails et à certaines informations de sécurité. Une base qui permettra d'établir un lien avec HardGroveTech et les affaires de son mari. Exactement ce que Mr A souhaitait obtenir.

Un signe discret à ma mère et elle prend le micro. Une présentation des objectifs de la fondation et des résultats des enfants déjà aidés est retransmise sur le panneau blanc derrière elle. Quand elle se termine, maman conclut :

– Mesdames et messieurs, généreux donateurs, encore un immense merci à tous pour votre présence ce soir et votre contribution à cette cause qui me tient personnellement à cœur. Merci également à tous nos nouveaux soutiens qui sont comme moi préoccupés par une plus grande justice sociale dans notre beau pays, et particulièrement l'accès aux soins pour tous. En cette fin d'année, je vous souhaite à toutes et à tous un très joyeux Noël.

Une salve d'applaudissements s'élève, les invités se pressent vers l'urne pour y glisser leurs enveloppes préparées en amont. D'autres sortent leur téléphone et confirment les virements préenregistrés.

« Jess, ce sera à toi dans deux minutes ! À mon top. »

Mr A fait quelques pas, ma mère l'intercepte pour le féliciter. Tout en lui baratinant quelques compliments destinés à mieux le ferrer, elle l'isole petit à petit dans un coin en retrait, à une dizaine de mètres de l'estrade, près d'une porte menant au vestiaire. Je n'hésite plus et trace sur lui. Simulant une maladresse, je renverse un verre sur sa manche de costume.

– Pardon, monsieur ! Je vais réparer ça, tenez une seconde.

Sans lui demander son avis, je lui plante le plateau dans les mains et le pousse sans ménagement dans le vestiaire. Enfin seuls.

« Top, Jess. »

– Qu'est-ce que vous faites ! peste-t-il. Ce n'est pas ce qui était prévu. Vous deviez laisser votre téléphone dans ma poche.

– Changement de plan, monsieur Harris, grincé-je. Voilà le téléphone.

– Très bien, dit-il en s'en emparant d'un geste vif. Retournez à votre poste, votre absence va se faire remarquer.

Je dois tenter de lui faire avouer son implication et le provoquer sur ce terrain.

– Pas avant de savoir ce que vous allez en faire.

– Calypso, sachez que dans mon organisation, la curiosité est un vilain défaut.

Je croise les bras et me rapproche discrètement du portant à ma droite.

– Frank Harris, sachez que dans notre pays, votre organisation est criminelle. Si vous voulez garder votre business florissant, vous allez devoir payer.

Il me jette un œil dédaigneux, sa langue claque contre son palais.

– Je ne cède jamais au chantage.

– On inverse les rôles, cette fois. Moi, j'ai les enregistrements des caméras embarquées des policiers qui ont tenté de vous arrêter, je lui rappelle sans ciller. Votre visage, vos tirs, votre homme de main actuellement en train d'être interrogé. J'ai détruit les fichiers originaux, j'ai sauvé votre cul de la police, mais tout se paie.

– C'est vrai, réplique-t-il en riant. Je me demande comment vous avez obtenu ces images. Et pourquoi vous êtes seule, face à moi. Vous êtes quoi, au juste ? Une mercenaire ? Une fédérale ?

– Vous aimeriez bien le savoir ! Moi, contrairement à vous, je ne laisse pas de traces aussi compromettantes derrière moi.

Il tape du pied par terre et s'agace.

– Ça suffit. Vous avez tenu votre rôle, vous aurez votre part. Et vous disparaissez de mes radars.

– Connectez-vous à votre banque.

– Hein ?

– Vous avez entendu. Faites-moi le plaisir de virer immédiatement un million sur le compte que voici. Celui de la fondation, vérifiez par vous-même. Voilà ma part.

– Oh. Une Robin des Bois ! C'est presque risible.

Il éclate de rire, tout en reculant de quelques pas.

– Je ne vois pas ce qu'il y a de drôle.

– Eh bien, je vais vous le dire. Les millions, c'est moi qui les vole, c'est dans mes poches qu'ils atterrissent. J'en reste au montant prévu pour cette opération : cinq mille dollars pour la fondation, cinq mille dollars pour vous.

Il vérifie les données récupérées depuis le téléphone d'Elena et les transfère sur son propre téléphone.

« On l'a ! Maintenant, le virement, Hailey ! »

– Un million et je vous donne les enregistrements. Fin de l'histoire. Fin de notre collaboration. Tout ce que vous devez souhaiter au fond, pas vrai ?

Un pas de plus. Ses traits durcissent, son expression devient menaçante.

– Vous avez perdu l'esprit ! Qu'est-ce qui vous fait croire que je vous obéirai ?

– Vous voulez que je vous dénonce à la police ?

– Vous ne savez plus ce que vous dites !

« Plus que dix minutes, Hailey ! »

Tant pis. Je voulais éviter d'en arriver là, mais il me tient tête trop longtemps. D'un geste vif, je glisse la main dans une veste rouge, et j'en sors le flingue emprunté à mon père et soigneusement caché dans le vestiaire par Jess en amont de l'opération.

À mon tour de sourire.

– Toujours envie de négocier ?

Nos yeux se croisent.

– Vous ne tirerez pas.

– Détrompez-vous. Vous ne savez rien sur moi. Vous n'avez aucune idée de mes motivations. Faites ce virement. Immédiatement !

Il me jauge mais s'exécute rapidement. Je contrôle le montant qu'il tape à la hâte. Un million. La transaction est validée puis confirmée quelques minutes après par sa banque, après les vérifications d'usage. C'est bon. On a de quoi poursuivre les traitements de Mary et envisager la greffe de Clive. Le prix de la vie, le prix de l'espoir.

Sa voix grave me tire de ma rêverie.

– Donnez-moi les enregistrements.

Je lui jette une carte SD qu'il réceptionne à la volée.

Il sort prestement son téléphone, fébrile, pour contrôler les images. Sans le savoir, il vient d'y introduire la cellule Apollon de son fils. Il inspecte les différents fichiers puis retire la carte et la range dans son portefeuille.

« Sécurité neutralisée », commente Clive. « Analyse en cours. »

Une minute s'égrène, j'ai le cœur qui bat la chamade. Le timing devient serré.

« Bingo. »

« Des échanges d'e-mails chiffrés décryptés sur l'opération HardGroveTech. »

Frank Harris me toise avec mépris.
– C'est quoi la suite ?
– La suite, c'est que vous allez gentiment rassembler vos troupes et foutre le camp de cette soirée. Vous n'êtes plus le bienvenu.
– Je suppose que je n'ai pas le choix ?
– Vous supposez bien.
Il se dirige vers la sortie, non sans alerter par message Hélios, ses deux comparses, et Icare, son nouveau chauffeur. Toujours selon notre plan, je le raccompagne, mon arme pointée sur lui masquée par le plateau de service, direction le hall où la cyber doit le cueillir, avertie par Clive. Je ne suis pas tranquille cependant : Mr A a accepté un peu trop vite la défaite. Dans l'ascenseur, il se tourne vers moi et plonge son regard dans le mien. Troublée par cette ressemblance perturbante, je détaille son visage, l'éclat dans ses yeux. La musique jazzy qui joue en sourdine agace mes nerfs, écorne mes certitudes : tout s'est un peu trop bien passé. Mes sens en alerte, je sens le picotement du danger titiller mon échine. Cet homme est trop calme, trop confiant.
– Vous savez que je vous retrouverai ?
– Je pourrais bien vous retrouver en premier, Harris, et plus tôt que vous ne le pensez !
Le « ding » retentit. Les portes s'ouvrent.
Merde, merde, merde ! Nous ne sommes pas dans le hall mais au cinquième étage. Déconcentrée par ce visage trop familier, je n'ai pas vu qu'il avait appuyé sur le mauvais numéro. Je n'ai pas le temps de brandir mon arme que cinq hommes me tombent dessus, me poussent et me plaquent contre le mur. Un geignement m'échappe sous la dureté de l'impact. La joue écrasée contre la tapisserie, des mains me fouillent sans délicatesse. Je tente de me débattre, mais ils sont trop nombreux.
« Hailey ? »
La voix paniquée de Clive grésille dans mon oreille tandis que Mr A se repaît du spectacle. Je dois gagner du temps.
« Tu es où ? Hailey ! »

– Vous voyez, Calypso, vous avez commis une erreur. Il ne faut jamais agir seule. Vous pouvez être intelligente et furtive, vous perdrez toujours sur le terrain. Vous semblez bien trop électron libre pour prétendre intégrer nos rangs. Votre carrière va s'arrêter ici, je le crains, conclut-il. Hélios ?

Hélios, dont le souffle chaud caracole dans mon cou depuis qu'il le serre de ses grosses mains calleuses, renforce sa prise. Je dois prévenir Clive avant d'étouffer pour de bon. Des paillettes grises s'invitent devant mes yeux, l'oxygène commence à manquer. Je suffoque.

« C'est quoi, ça, putain ! »

– Cinquième étage, je crache, pour qu'il comprenne.

« OK. Tiens bon ! »

Mes muscles se relâchent un par un, tout mon corps envahi par un sombre brouillard. Ma vue décline, se brouille, mon sang pompe lourdement, je n'entends plus que ses coups de boutoir qui résonnent à mes oreilles. Mes forces s'amenuisent. Je ne perçois pas l'agitation dans les rangs de Mr A ni les cris qui fusent d'un bout à l'autre du couloir.

« Hailey ? »

« Hailey ! »

Vaincue, je m'écroule par terre.

Trou noir.

# 67

## Clive

– Dites-moi qu'elle va bien ! je hurle dans le micro de mon téléphone.

Impuissant depuis ma chambre, j'ai été témoin malgré moi du calvaire d'Hailey. Le piège de mon père, son absence de scrupules, les sales pattes de ses gorilles sur *ma* petite sorcière. Je le sens, je vais vriller. La voix forte de Blake tonne à son tour.

– Calme-toi, Clive ! Elle va bien. Elle est dans l'ambulance, elle a repris connaissance et elle respire. C'était moins une ! J'envoie une équipe te chercher pour le débriefing.

– Non ! Je ne… je ne peux pas… Ma maladie…

Une flopée de jurons sort de sa bouche.

– Alors le débrief aura lieu chez toi à titre exceptionnel. Préviens ta famille qu'elle s'isole dans une pièce.

Hailey est la première à entrer et on se jette dans les bras l'un de l'autre. Je l'examine, fébrile, tâte son cou malmené et grince des dents aux marques de doigts sur sa peau. Je lui prodigue un câlin réconfortant qui dure et que Blake ne cherche pas à interrompre, pour une fois. Il s'installe avec Crawley et le chef d'équipe terrain qui nous a sauvé la mise ce soir.

– Hum ! fait-il pour nous rappeler leur présence et nous engager à démarrer.

Hailey s'écarte d'un pas, nos regards s'arriment. Une immense fierté coule dans mes veines pour cette fille si courageuse. Tout en caressant sa joue, je lui décoche mon sourire en coin pour la congratuler et la remercier. Grâce à elle, on a réussi.

Blake prend la parole.

– Résumons. Vous avez identifié et piégé le père de Clive ce soir. Les preuves de son opération sont actuellement en train d'être dépouillées par nos services, mais je peux vous dire que nous avons d'ores et déjà de quoi le foutre en taule. Sans compter que face à ces éléments écrasants, il a lui-même décidé de se mettre à table. Il compte peut-être sur la mansuétude du juge. Bref. Votre petite combine, bien qu'absolument interdite et inadmissible, a fonctionné à merveille. En revanche, j'ai une question, Howard : pourquoi ? Pourquoi ce revirement alors qu'il y a quelques jours, tu avais averti ton père et empêché sa capture ?

Assis sur le canapé miteux du salon, mes yeux errent sur ces odieux portraits dont les murs sont couverts. La question du capitaine est légitime, et l'ambivalence de mes sentiments difficilement communicable. Je cherche mes mots sur ces photos d'où son visage est absent.

Je me racle la gorge, Hailey s'appuie un peu plus contre moi pour me soutenir.

– Le choc passé, j'ai compris que l'homme qui se fait appeler Frank Harris ou Mr A n'était pas vraiment mon père. Que mon vrai père, Frank Howard, celui qu'au fond de moi j'ai toujours voulu retrouver, ne reviendrait pas de lui-même. Que si j'étais capable de l'aimer et de le haïr alors qu'il avait disparu de notre vie, je pourrais tout aussi bien l'aimer et le haïr depuis une prison. Je ne voulais pas qu'Hailey ou ma famille vive un insupportable et interminable procès. Alors j'ai décidé d'honorer finalement ma part du contrat que nous avions passé.

– Mais pourquoi nous avoir prévenus à la dernière minute ? Avec tous les dangers encourus ?

Hailey prétend que je ne sais pas mentir. Alors je croise les doigts pour être crédible. À aucun moment le capitaine ne doit soupçonner que nous avons agi en dehors de lui pour extorquer un million à mon père avant qu'il ne soit arrêté et déchu.

– Il fallait exercer un chantage et rester discret. Avec le déploiement de l'appareil policier, Hailey aurait pu se faire repérer. Nous avions besoin de preuves, donc on a imaginé ce scénario. La carte SD censée le libérer du chantage contenait un virus et une clef de décryptage par lesquels j'ai pu obtenir les preuves indiscutables nécessaires. J'avais auparavant les enregistrements de sa conversation avec Hailey, compromettants mais pas suffisants. Ensuite, on vous le livrait. Comme ça, je tenais ma promesse, Hailey démontrait ses compétences, et…

Le capitaine m'arrête d'un geste et prend son talkie-walkie. D'un ton peu amène, il engueule son interlocuteur.

– Qui sont les agents responsables de la surveillance à domicile de M. Howard ?… Parce qu'il va falloir justifier la présence de matériel informatique illégal chez un prévenu accusé de hacking, bon sang de bois !

– C'est moi, monsieur, intervient Hailey. J'ai apporté mon matériel et on a commandé quelques équipements qui nous manquaient.

Il tape du poing contre le mur et jure encore.

– Quelques ? aboie-t-il, furieux. Vous avez failli y laisser votre peau, Jones !

– Désolée, monsieur, comme j'étais écartée de l'enquête, on a pensé…

– Arrêtez de penser. *S'il vous plaît.* Je vais finir par arracher tous mes cheveux avec vous deux.

Excédé, il balance sa tête de droite à gauche en nous lançant des regards sans équivoque. Mais nous avons réussi. Et ça, il ne peut pas le nier. Nous avons pris la cyber de vitesse.

– Et ces enregistrements avec lesquels vous avez fait pression ? Donnez-moi le nom du traître qui vous les a envoyés !

– Personne, capitaine. Euh… j'ai hacké vos systèmes, je bafouille.

Il stoppe net et me roule des yeux furibonds.

– Quoi ? Une deuxième fois ?

– Je n'étais pas complètement parti, en fait. Vos équipes ont modifié et reformaté leurs clefs de chiffrement, mais le principe de mon outil à moi est de s'implanter, furtivement et durablement, et de décrypter les clefs complexes.

– Misère ! Tu es un véritable danger ! Doublé d'un génie. C'est bien ma veine.

– Grâce à nous, vous allez pouvoir démanteler le réseau de Mr A, je lui rappelle, un brin de sarcasme dans la voix.

– En effet. Laissez-moi réfléchir à tout ça. Jones, vous me ferez un rapport écrit de vos magouilles. Et il a intérêt à être complet.

***

**Une semaine plus tard**

Nous sommes à l'hôpital central.

Mary pourra poursuivre sa chimio jusqu'au bout et espérer guérir grâce au virement de Mr A. Moi, je ne sais pas. La greffe est ma seule chance restante, mais personne ne peut en garantir le succès. Je suis sens dessus dessous, j'ignore ce que je dois ressentir, si je dois me réjouir ou rester prudent. J'ai peur de passer des semaines sous cloche pour finir par mourir sans avoir profité de mes derniers instants. Après la « mission Harris », mon état s'est à nouveau dégradé. Un donneur a été trouvé en urgence et je suis coincé en chambre stérile depuis quarante-huit heures.

Je me suis effondré d'un coup avant-hier. Le malaise survenu sans prévenir, en plein dîner. Je suis tombé par terre avec ma fourchette et mon assiette de pâtes. Encore un beau spectacle pour mes proches. J'ai affolé tout le monde et j'ai été hospitalisé en urgence.

Les médecins parlent de contrecoup. De décompensation, pour être exact. Un mécanisme psychologique qui a accéléré brutalement le processus mortel. L'obtention du million pour Mary a ouvert une brèche dans laquelle la maladie s'est tout de suite infiltrée. Mon objectif atteint, mon cerveau a autorisé mon corps à être malade et à exprimer ses insuffisances. Mary sauvée, j'avais inconsciemment le droit d'aller mal. Bref, me voilà dans ma bulle sans pouvoir toucher personne. Tout se passe à travers les vitres ou par écran interposé. Pas moyen de crever là-dedans, je l'ai dit au doc qui s'occupe d'organiser ma greffe. L'aplasie me plonge dans un état de fragilité extrême face à tout corps infectieux ou viral, mes défenses immunitaires sont réduites sciemment pour permettre aux nouvelles cellules souches hématopoïétiques de migrer et se développer dans mon corps, de remplacer mon sang déficient en sang sain. Quelques jours de préparation, puis la greffe en elle-même, et enfin plusieurs semaines d'enfermement le temps au sang de se régénérer et aux défenses immunitaires de se rétablir à un niveau suffisant à défaut d'être optimal. Si ça fonctionne.

Je me sens seul et je me sens con, entre ces quatre murs, alité sans avoir l'énergie de bouger le petit doigt. Heureusement, Hailey me fait sourire chaque jour, elle m'envoie des citations de livres ou de films pour me maintenir, comme elle dit. Pour que je sois dans la vie et pas dans cette espèce de coma nébuleux dans lequel mon corps me plonge trop souvent.

Et ça marche.

Je vois quand même ma vie défiler, parce qu'on ne va pas se mentir, c'est presque une antichambre de la mort, cette bulle, et j'ai du temps à tuer – sans mauvais jeu de mots. En fait, même si ça tourne mal, je crois pouvoir dire que j'ai été heureux. Que je le suis encore. Et reconnaissant, en fin de compte. De tous ces instants de bonheur que j'ai la chance de vivre. Surtout quand Hailey utilise ma copie d'HackMeLove pour « jouer » à m'exciter, et pas seulement virtuellement. Depuis qu'elle a pris le contrôle de son *bot*, elle s'éclate à imaginer des scénarios complètement délirants où elle finit à poil et trafique les statistiques pour m'empêcher de conclure. Une sorte de joute verbale améliorée. Je ne vais pas m'en plaindre, bien au contraire, mais j'ai tout de même rendu l'usage de l'appli strictement privé. Je veux être le seul à en profiter. *Quand je dis que c'est quelque chose, cette nana…*

Mary m'apporte chaque matin un nouvel origami coloré, tout en poursuivant sa chimio un étage plus bas. J'aimerais être là pour la soutenir, toutefois je sais qu'Hailey et ses parents passent la voir dès qu'ils le peuvent. Nos deux familles s'entendent bien, un truc a changé chez les Jones depuis notre opération de la dernière chance. Une nouvelle complicité, une confiance réciproque et surtout, une tonne d'affection. *Enfin, ils la voient, leur fille extraordinaire.*

***

**Dix semaines plus tard**

– Tu n'as rien oublié ?

J'effectue un dernier regard circulaire, mais non, j'ai tout pris. Mon sac, mes livres, mon téléphone. Peu m'importe le reste. Je n'ai qu'une hâte, fuir ce maudit hôpital.

– Tu as repris des couleurs, mon chéri, approuve maman après le dixième câlin de cette dernière demi-heure.

Elle soupire et sourit. Sans cesse. Et me lance des petits coups d'œil, comme pour s'assurer que c'est bien réel, que je suis bien là.

– Je suis si heureuse, Clive ! me confie-t-elle après avoir salué le personnel soignant et les avoir remerciés pour leurs excellents services pendant ces mois passés avec eux.

– Moi aussi, maman !

Je me pince les lèvres pour ne pas rire. Maman va fondre en larmes, je le sens d'ici. Depuis que nous avons appris le succès de la greffe, elle est sur son petit nuage, à chantonner pour un oui ou pour un non, au grand dam de mes oreilles : maman chante aussi faux que moi. Et à chaque fois, cette euphorie se termine en pleurs de bonheur et en câlins collants étouffants. Je les lui rends de bonne grâce, surtout après toutes ces semaines sans pouvoir toucher personne, à gamberger dans mon coin sur le sens de l'existence.

– Mary est à la maison ? je demande en m'installant dans la voiture.

– Oui. Sa deuxième phase s'est bien passée, les résultats sont bons. Par contre, ses cheveux ont fini par tomber, alors évite de l'embêter.

– Promis ! je mens effrontément.

Quel est l'intérêt d'avoir une petite sœur si on ne peut pas – un peu, beaucoup, passionnément… OK, vous avez pigé – se moquer d'elle, franchement ?

Le trajet passe vite, je suis plongé dans mes pensées et la perspective de retrouver une vie normale. Maman insiste pour que je reprenne mon semestre à l'université, j'ai encore du mal à réaliser que cela pourrait me servir, tout compte fait. Et donc que je vais devoir me taper ce putain d'oral de philo.

– Clive ! s'écrie Mary en se jetant à mon cou.

Elle a mis un bandeau fleuri, ça lui va bien mais je le fais tomber exprès. Forcément. Elle râle pour le principe tandis que j'embrasse son crâne devenu chauve avant de descendre plaquer deux gros bisous sur ses joues.

– Mary, la combattante, n'aie jamais honte de ce que tu es !

– J'ai pas honte, seulement j'ai mis trois heures à le nouer et tu viens de tout défaire.

*Oups.*

– Tu es jolie avec ou sans, je tente pour me rattraper. Et… je ne serais pas foutu de le refaire correctement.

– Mouais, t'es relou en fait.

Je pose une main sur mon cœur, outré, et m'apprête à répliquer quand une voix m'interrompt dans mon dos.

– Je peux m'en charger si tu veux, Mary.

Oh, oh. Hailey.

Deux bras entourent ma taille puis se glissent autour de moi et elle me fait face.

Je me laisse inspecter sous toutes les coutures par ses yeux acier. Du bout des doigts, elle sinue dans ma presque barbe, remonte dans mes cheveux hirsutes avec sa petite moue taquine qui me chamboule toujours autant.

– La barbe, hein ?

– Bah, pas le choix, j'avais la flemme à l'hôpital. Mais j'ai pas assez de poils pour envisager ce fameux style sexy qui te rend folle, ma belle !

Je mime un rugissement en envoyant ma tête en arrière et elle éclate de rire. Maman, les yeux au ciel, entraîne Mary pour la préparation du déjeuner. Avec Hailey, nous nous attardons. Le ciel est bleu, l'air est doux pour ce début mars. Le printemps s'invite sereinement, j'inspire et m'imprègne de tous ces petits riens qui sont un si grand quelque chose.

– Avant de rentrer, il y a un truc que j'aimerais faire.

– Ah ? Et c'est quoi ?

– Tu me fais confiance ? je lui demande en l'entraînant vers ma caisse pourrie. Prête pour une virée ?

– Avec toi ? Toujours.

Je joue des sourcils et je démarre, feignant d'ignorer mon cœur qui s'est mis à galoper au mot « toujours ». Ce « toujours » qui prend un sens nouveau pour moi aujourd'hui. Ce « toujours » que j'ai justement envie d'immortaliser.

Les rues défilent, je nous emmène dans une allée étroite du quartier artiste de Beacon Hill, avec ses jolies façades en briques rouges typiques, et bordée de petites échoppes et de bars sympas. Cahotée par les pavés, la voiture nous secoue jusqu'à une place de parking que je me dépêche d'occuper, sous les klaxons jaloux des conducteurs derrière moi. Hailey observe les alentours avec curiosité, tâchant de deviner dans quoi je l'ai encore embarquée.

Main dans la main, je la guide jusqu'à l'atelier que j'ai contacté depuis l'hôpital, quand j'ai su que j'allais pouvoir faire entrer l'espoir dans ma vie.

– Un salon de tatouage ? s'exclame-t-elle. Après tout ce que m'a raconté Mary sur tes faux ?

– Ouais, je réponds en rigolant. J'ai commandé un truc spécial. Pour nous deux, si tu es d'accord.

Elle m'embrasse avec sa vivacité habituelle et c'est elle qui entre en premier, excitée par l'idée qui a germé en moi pendant qu'un goutte-à-goutte diffusait dans mes veines de nouveaux rêves. De ceux que je ne m'étais jamais autorisés.

Je présente le dessin au tatoueur, Cassius, et je garde secret mon bonus. Une petite heure plus tard, Hailey et moi sommes unis par une boucle infinie, un « *while true* » sur nos cœurs, pour signifier qu'on s'aimera tant que nos cœurs battront. Un petit délire de nerds que nous sommes. Typiquement le genre de commande qui fait bugger un système. C'est bien ce qui s'est passé, au fond, non ? Notre « toujours » à nous.

Et parce que j'aime beaucoup trop ce groupe, j'ai aussi demandé à Cassius de m'écrire une phrase autour de mon biceps. Une parole de chanson de Bright Eyes, une pensée qui ne s'effacera pas, celle-là.

– Regarde !

Hailey fronce un peu les sourcils pour déchiffrer les mots pendant que je soulève la manche de mon sempiternel tee-shirt gris, puis, quand elle comprend, les larmes lui montent aux yeux. Blottie dans mes bras, elle me serre à m'étouffer. Moi, je suis juste content. Parce que tout est vrai, là-dedans.

*This is the first day of my life. I'm glad I didn't die before I met you.*[1]

On l'a écoutée sur le retour, en boucle, afin que les mots tissent plus solidement en nous cette nouvelle réalité. Puis, parce que – vraiment – je n'en pouvais plus d'attendre, je me suis parqué dans un coin tranquille et j'ai fait l'amour à Hailey. Deux fois. Tant pis pour le rôti de maman. Mais je crois qu'elle a compris quand elle a vu Hailey débarquer les joues rosies, les lèvres gonflées et les yeux étincelants.

***

– Monsieur Howard, c'est à vous ! Votre sujet : le temps et l'éternité.

Le Pr Clark m'invite d'un geste à monter sur l'estrade de l'amphithéâtre réservé pour les présentations de philosophie. J'aimerais dire que j'angoisse, mais en vérité je m'en fiche. Je n'ai pas bossé le sujet et Hailey n'a pas eu le temps de s'y consacrer non plus depuis qu'elle a officiellement repris son

1. « C'est le premier jour de ma vie, je suis heureux de ne pas être mort avant de t'avoir rencontrée. » Extrait de la chanson « This Is the First Day of My Life » de Bright Eyes.

stage à la cyber. Le brusque revirement du capitaine s'explique par les membres du réseau de mon père qu'il épingle un par un et par les félicitations bruyantes – entendez pécuniairement intéressantes – du maire de la ville. Il paraît qu'il cherche une nouvelle recrue. Il paraît qu'il l'a trouvée. Moi.

Par contre, il a été très clair : pas avant mes 21 ans. Donc j'ai encore une année à tirer avant de pouvoir de nouveau m'amuser à bidouiller du code. Je dois cette promotion inespérée à ma cellule Apollon qui a impressionné toute l'équipe quand j'ai dû leur en expliquer le fonctionnement. Blake ne l'admettra jamais, mais je crois aussi que le million dérobé sous son nez à mon père lui a coupé le sifflet. Bien qu'il n'ait jamais fait ni commentaire ni allusion, il n'a pas non plus été dupe de ce soudain accès aux soins grâce à la fondation. Même mon père était admiratif, depuis sa geôle.

Car ouais, je n'ai pas abandonné. Alors je lui rends visite et je lui parle de la famille. Je lui fais un portrait tellement flatteur de Mary que j'espère qu'un jour il demandera à la revoir. Que lui aussi nous aimera à nouveau. Quant à maman, elle est au courant. Je lui ai tout confié. Elle accuse encore le coup, mais elle est heureuse que je continue à garder un lien avec lui. Comme moi, elle espère peut-être l'impossible. C'est ça, le problème, avec les miracles. Ils te font croire que tout peut en être un.

J'entame mon exposé face à la soixantaine d'yeux de mes camarades empêchés de roupiller, j'ai même droit à un clin d'œil de Bryan, célibataire depuis la mise hors service d'HackMeLove.

– Il n'y a pas longtemps, j'étais dans une bulle. Une bulle qui m'a fait comprendre la différence entre le temps physique, le temps vécu et cette putain d'éternité…

– Votre langage, Howard ! intervient le professeur.

– Pardon, monsieur.

Je reprends.

– … et l'éternité. Cette bulle, c'était une question de vie ou de mort. Vous voyez le délire ? L'angoisse. Puis je me suis dit que ce qui donnait de la valeur au temps, c'était la vie qu'on mettait dedans. Comme de l'air dans une bulle, si on veut garder l'image. Sans air, pas de bulle ; sans vie, pas d'éternité. Et qu'est-ce que l'éternité sinon du temps à valeur infinie ? Vous connaissez sûrement cette phrase : « Si on ne peut pas ajouter de jours à la vie, on peut ajouter de la vie aux jours. » Moi, j'ai de la chance, car j'ai rencontré la personne qui me rend vivant. Alors que j'étais certain que le temps allait pour moi en rétrécissant, elle n'a pas seulement allongé les jours, elle les a transformés. Elle en a fait un truc tellement intense, tellement beau et tellement vrai que j'ai décidé de continuer à les vivre avec elle, finalement. Et si c'était ça, l'éternité ?

Je marque une pause, observe les premières rangées d'étudiants qui prennent avidement des notes. Eux-mêmes ne savent pas pourquoi, je pourrais le parier.

– Bon, faut pas pousser non plus, je ne vais pas davantage perdre mon précieux temps avec un discours rasoir sur un thème que je n'ai même pas choisi…

– Howard ! m'avertit Clark une seconde fois.

Je glousse comme un con. L'envie de le provoquer est irrésistible. Comme tous les autres profs, il est au courant de ma maladie depuis le début et m'a déjà assuré il y a deux semaines de ma validation. Seulement, il m'oblige quand même à faire mon speech, pour le principe.

– Donc je vous laisse avec une image ! Mesdames et messieurs, je vous présente… mon éternité !

Satisfait, je retourne à ma place, à côté d'Hailey, rouge comme une tomate. Une photo de nous, en plein baiser, discrètement subtilisée du téléphone de ma belle, est affichée en XXL dans l'amphi. Elle n'aurait pas dû se prendre au jeu des selfies. Des « hou » retentissent, suivis d'applaudissements. Je me marre, c'est bien la première fois qu'on me félicite pour quelque chose. La main d'Hailey se pose sur ma cuisse tandis qu'elle se penche pour me chuchoter à l'oreille :

– Tu n'es pas seulement un génie, Clive, mais un être génial !

# 68

**Hailey**
**Deux mois plus tard**

– Des nouvelles de Trent ? s'enquiert distraitement Clive.

– Oui, définitivement radié de la police.

Il ricane.

– Bien fait.

Allongée en travers de mon lit, je contemple le plafond pendant que Clive zone sur Internet, la tête contre mon ventre. Les résultats de son nouveau bilan sont bons, ceux de Mary également, l'espoir a gagné encore quelques points aujourd'hui. Émerveillée par sa capacité à surmonter tous ces événements et tout ce stress avec flegme, j'ai envie de le fêter avec lui. Tout de suite.

Mes doigts s'enfouissent dans sa tignasse, il ronronne de bien-être. J'insiste un peu plus et il comprend le message. Il se bascule sur le ventre et m'attrape par les hanches pour me souder à lui. Je m'attends à ce qu'il fasse voler mes vêtements à travers la chambre, mais il ne bouge pas. Ses yeux me sondent, et je suis comme à chaque fois troublée et touchée par ce que j'y lis. La profondeur de son amour, son admiration, inaltérable, et ce désir ardent qui incendie le moindre recoin de mon être. Sous son vert qui flâne sur ma bouche et creuse en moi toujours plus loin, je brûle et me consume, littéralement.

– Alors, monsieur le hackeur des cœurs, as-tu réussi à percer le mystère de l'incroyable Hailey Jones ?

Il arque un sourcil.

– Impossible ! rétorque-t-il. Par ailleurs, miss Jones, en maths, le plus dur c'est pas tellement de trouver la solution.

Je me redresse sur les coudes, intriguée. Qu'est-ce qu'il va encore me sortir ?

– Ah non ?

– Non. Le véritable enjeu, c'est de poser correctement le problème.

– Et donc ?

Il dégage les cheveux de mon visage, suit la ligne de ma mâchoire avec son nez. Je gémis, déjà impatiente de plus.

– Il me faudra au moins dix vies pour faire le tour de la question, et encore… circonférence infinie !

– Donc tu renonces ?

Ses doigts courent sur la chair tendre de mon ventre.

– Non, j'approfondis mon approche.

Délicatement, il me retire mon pull et mon tee-shirt, sans se hâter, comme s'il savourait chaque seconde de ce lent effeuillage.

– Arrondi délicieux, des courbes logarithmiques, énumère-t-il en serpentant sur la dentelle de mon soutien-gorge.

À chaque nouveau bout de peau qui s'offre à son regard, il hoche la tête, un air approbateur sur le visage.

– Bouche de Möbius, poursuit-il en dessinant de l'index son contour. Inimitable.

Il fond sur mes lèvres. Une fois, deux fois, trois fois. Ses mains déboutonnent mon pantalon, je lui arrache son tee-shirt avant de recapturer sa bouche.

Encore.

Sa langue danse avec la mienne, nos souffles raccourcissent. Bientôt, je sens ses doigts glisser en moi sur une mélodie dont je ne peux plus me passer. Les yeux fermés, je donne de légers coups de bassin pour accentuer le plaisir tout en ahanant sans pudeur. Le désir m'inonde, sa respiration saccadée m'indique qu'il aime ce qu'il fait et ce qu'il voit. J'accélère, mon sexe pulse, je plonge la main entre mes jambes et rejoins la sienne.

– Encore ! soufflé-je.

Une langueur m'envahit et monte, par vagues d'amplitude croissante. Je suis au bord du gouffre.

– Putain ! lâche Clive dans un grognement rauque. C'est beaucoup trop chaud. Tu me rends fou, sorcière, tu le sais, ça ?

Nos mouvements lascifs s'intensifient petit à petit puis finissent par me faire perdre tout contrôle.

Dans un cri, j'atteins l'orgasme, haletante.

Clive me laisse quelques secondes de répit puis me retire le reste de mes vêtements et les siens. Beaucoup plus urgemment.

Béate, j'accompagne ses mouvements tout en reluquant son corps plus épais, moins pâle. Son sexe fièrement dressé qu'il recouvre de latex avant de s'avancer vers moi. Les yeux dans les yeux, nous nous regardons. Sa fougue me plaque contre le matelas, arrime mes poignets au-dessus de ma tête d'une main, et de l'autre soulève ma cuisse pour s'enfoncer en moi. Ses coups de reins intenses me transportent, la moiteur de notre peau à peau attise mon excitation. Une nouvelle déferlante de plaisir me submerge quand ses lèvres murmurent un « Je t'aime » silencieux. Le même que crient ses yeux et que je prononce moi aussi, sans me lasser. L'un en l'autre, nous nous rejoignons et il jouit quelques secondes plus tard, non sans m'avoir attentivement observée tandis que je m'abandonnais entre ses bras.

Nus, nous restons enlacés, à nous cajoler tendrement, à parler de livres et de code, d'étoiles et de voyages. De la vie, tout simplement. Celle que nous avons choisi de vivre ensemble. Et lorsque nos mots se tarissent, nos corps prennent le relais, en harmonie, sur ce rythme singulier et unique de nos deux cœurs à l'unisson.

# ÉPILOGUE

**Clive**

**Situation 2.0**

Elle s'approche de moi, se dandine un peu.

Ses courbes sont justes… Merde, même sur un écran, ça me fait bander.

Hailey insère exprès sa puce devant moi.

Les données se transfèrent.

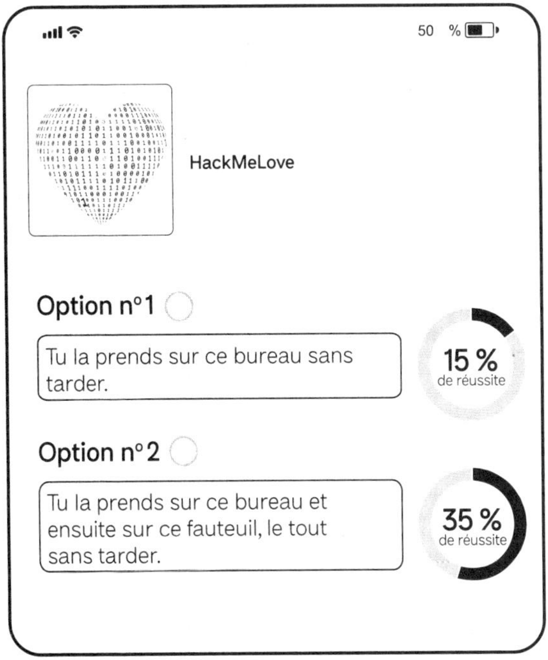

**Option n° 3**

Tu la prends sur ce bureau – sans tarder évidemment – après un strip-tease sexy. Ensuite, le fauteuil.

**48 %** de réussite

**Option n° 4**

Tu arrêtes de penser à la prendre sur ce bureau et tu te concentres sur ta mission.

***~ system error***

**Témoins possibles :**
Toute la cyber...

*OK, mauvaise idée.* J'active le micro.

– Magne-toi le cul au lieu de le remuer devant la caméra ! J'ai copié le disque, tu peux dégager. Et fissa, le gardien rapplique !

J'ai au moins cent dix mille au compteur cardiaque, avec ses conneries.

Elle, elle balance ses hanches, très fière de son petit numéro.

Dans un cuir moulant son cul parfait. Un *cuir*.

Putain.

Chaud. Froid. Toujours en enfer.

À moins que ce soit ça, mon paradis.

***

Je vous l'avais dit : l'amour, c'est un autre processus. C'est pas bon pour le business.

Et elle, c'est ma belle inconnue. Mon plus grand problème.

Et ma solution.

# REMERCIEMENTS

Je tiens à remercier en premier lieu l'équipe d'Addictives pour sa confiance renouvelée, et particulièrement Émilie et Laurine pour le travail réalisé sur le texte et toutes les améliorations apportées.

Ensuite, un grand merci aussi à celles sans qui ce roman n'existerait pas du tout. Les gentilles alphas qui ont lu et commenté la première version de ce roman et qui ont cru en son potentiel (parfois malgré elles !). C'est d'abord pour elles que je suis allée au-delà du chapitre deux. Elles se reconnaîtront.

Enfin, un immense merci à vous, lecteurs. C'est pour vous que nos histoires prennent vie et grâce à vous que nous avons la motivation d'en écrire d'autres.

Pour ne rien manquer
des éditions Addictives, suivez-nous
sur les réseaux sociaux.

Autrice : Luce Emerson
Edisource – Éditions Addictives
1 bis, avenue de la République, 75011 Paris
Imprimé par FINIDR – Lipova cp. 1965 – 73701 Cesky Tesin,
République tchèque
Dépôt légal : juillet 2024 – Achevé d'imprimer : juin 2024
ISBN : 978-2-37126-719-0
Réf. contrat : ZCLI_001